Eleanor Rigby vive en Granada, pero te sería más fácil encontrarla activa en Instagram. La edad no se le pregunta a una dama. Escribe novelas donde la gente se quiere mucho. Es lo único que hace: de ahí su prolífico catálogo, que en menos de tres años de actividad ha alcanzado la friolera de más de treinta títulos. Es bruta, no le tiene ningún miedo a mandar a sus personajes al psicólogo y le gusta vacilar. Ha ganado un par de premios, ha mantenido unos cuantos libros autopublicados en las listas de más vendidos durante meses y, en su día, recaudó con sus novelas en plataformas de internet algunos que otros millones de leídos.

Ahora, lo que le gustaría ganarse y mantener es tu interés.

Puedes seguirla en Twitter e Instagram:

🐦 @tontosinolees
📷 @tontosinolees

Papel certificado por el Forest Stewardship Council®

Primera edición: octubre de 2022

*Printed in Spain* – Impreso en España

ISBN: 978-84-1314-588-4
Depósito legal: B-13.802-2022

Compuesto en Llibresimes, S. L.
Impreso en Novoprint
Sant Andreu de la Barca (Barcelona)

BB 4 5 8 8 4

# Desde mi ventana

## ELEANOR RIGBY

He creado una lista en Spotify con las principales canciones que estuvieron sonando (en mi cabeza y en mi móvil) mientras escribía esta novela.

Creo que no te quiero, que solamente quiero
la imposibilidad tan obvia de quererte, como la
mano izquierda enamorada de ese guante que
vive en la derecha.

JULIO CORTÁZAR

# Capítulo 1

## EN BUSCA DE LA HETEROSEXUALIDAD PERDIDA

*Eli*

—¿Cuánto alquiler pagáis por este apartamento? —pregunta Edu, curioseando al otro lado del cristal—. Porque nada más que por las vistas que tienes desde esta ventana, ya tendría que costar más que el casoplón de George Clooney en el Lago di Como.

—No pagamos alquiler. Es propiedad de Eli, y yo me aprovecho de ella —anuncia Tay, satisfecha. Y delante de mis narices. Nunca ha tenido demasiada vergüenza, la verdad—. Pero la neta, esta vista no tiene abuela, y eso que estamos en el cuarto.

—¿En el cuarto? —repite Edu en tono inocente—. Yo estoy en el séptimo cielo.

Los dos se echan a reír como idiotas ante la rendija semiabierta de la ventana.

Pongo los ojos en blanco por sexta vez. A este paso voy a verme el cerebro más de lo que he visto a mi padre en los últimos diez meses. Que tampoco sería muy difícil, por otro lado. La competencia lo ha puesto fácil.

—Su madre debe de ser una paisajista profesional, porque tremenda visión —gimotea Edu, mordiéndose el labio.

—O arquitecta. Ese monumento no se construye solo.

—O pastelera..., que ese bombón no lo hace cualquiera.

Creo que ya ha quedado claro que con las «magníficas vistas de mi piso» no se refieren a una extraordinaria panorámica de la capital española. Las ventanas de la cocina no solo no dan al centro de Madrid, sino que ofrecen una perspectiva desoladora de la terracita interior donde solemos tender... y, a veces, del macizo y sudoroso cuerpo desnudo del galán que se mudó oficialmente al edificio hace unas semanas.

Edu, el cotilla número uno, aunque Tamara le disputa el podio, ya nos lo describió unos días antes de que se presentara de forma oficial.

—Dos minutos hablando con él y tengo las bragas como una pavesa de papel quemado —anunció—. Te juro que durante mi época de soltero habría dado todo lo que tenía porque me enchufara el pito. Lo habría cabalgado como Xena la Guerrera hasta la llegada de Gandalf; no lo habría soltado a menos que me diera la primera luz del quinto día.

—Y entonces habrías mirado al alba —le dije yo, por seguir la broma friki.

—Prefiero mirar a Cuenca, tú me entiendes... Pero vale, se acepta.

Estábamos sentados en la cafetería de la esquina, un lugar de confianza desde que nos contrataron a Tay y a mí como las proveedoras de la repostería, y una señora que justo pasaba por nuestra mesa lo miró consternada y se fue santiguándose.

—Le deseo buena suerte si se cree que echándome la maldición de Cristo va a curarme —bufó Edu después—. Me he pasado media vida siendo maricón en la sombra. Ya pueden volver a poner la mili obligatoria que voy a hablar de pollones todo lo que me dé la gana.

Y, en efecto, habló de uno de sus temas preferidos —que

no el único, porque Edu tiene lengua para ti, para mí y para nuestras abuelas— durante el resto de la tarde, dando detalles enfermizamente concretos de la anatomía masculina del vecino.

Yo pensaba que Edu exageraba. Es a lo que tiende. Y no voy a decir que, al igual que su afán de chismorreo, eso le venga con lo de ser gay —no me gusta generalizar tan a la ligera—, pero uno no suele ser peluquero si no le encantan los cócteles prototípicamente femeninos, con sombrilla incluida, ni está al día de todos los cotilleos que son primicia en el ¡*Hola!*

En el ¡*Hola!* y en el barrio donde vivimos.

Sabiendo como sé que es un abanderado de la hipérbole, asumí que «el hombre más guapo de la historia de la humanidad», que fue como definió a Óscar Casanovas, era una frase hecha para describir a un tipo solo atractivo. Ahora que es el *sex symbol* del edificio, ves a las vecinas de otros bloques asomándose al portal y te enteras de que Virtudes Navas, la escritora romántica del momento —y dulce abuelita que vive justo enfrente de mí—, lo ha tomado de inspiración para su antología de relatos eróticos, no te queda otro remedio que aceptar que a lo mejor estabas equivocada y sí que es el hombre más guapo de la historia de la humanidad.

De todos modos, no es solo que sea un macho ibérico a valorar. Como dice el propio Edu, «no es lo que tengas, sino cómo lo manejes». En este caso, el misterio digno de *Cuarto Milenio* que envuelve al vecino es *con quién* lo maneja. ¿Hombres? ¿Mujeres? ¿Hombres y mujeres?

Cada uno tiene una opinión distinta.

—Qué bien le sienta esa camisa —dice Edu, observándolo en la distancia con los párpados entornados—. Y que conste que no solo me gusta porque quien la lleve sea claramente maricón.

—No mames —rezonga Tay—. Ahora se lleva mucho el color salmón y el estampado hawaiano. Si me dijeras que lo combina con unas cangrejeras o unas bermudas, te daría la razón, pero los Levi's desgastados solo se los pone un heterazo como un sol de grande.

—Como un sol de grande tiene el agujero que yo me sé, y de tanto morder la almohada.

—Por Dios, Edu. —Sacudo la cabeza.

—¿Qué? Ese hombre es una pasiva, te lo digo yo, que mi *gaydar* huele estas cosas a diez kilómetros.

—Pues tu *gaydar* debe de haber olido mal, porque se echa Invictus, una colonia *fulminabragas*. El otro día le pregunté cuál llevaba, ¿sabes?

—¿Le has preguntado qué colonia utiliza? —le pregunto, perpleja. Pretendía mantenerme al margen y terminar los *brownies* para la fiesta de cumpleaños de esta tarde, pero en vista de que mis amigos no pueden dejar en paz al pobre vecino, me veo en el deber de recordarles lo que es la intimidad—. A ver, Tay, cielo...

Ella levanta la mano para cerrarme el pico.

—No, Eli. Esto se ha convertido en algo personal. Tengo que demostrarle a Edu como sea que a Óscar Casanovas le va el pescado, y si para ello debo meter la mano en su baño, así sea.

La miro alarmada.

—¿Has metido la mano en su baño?

—No, pero estoy planeando una excursión a su apartamento. Tengo la cámara cargando para hacer fotos de la escena del crimen y luego estudiarlas en mi cuarto.

—¿El crimen que tú vas a cometer por allanamiento de morada?

—El crimen de ser tan pinche sexy —me corrige Tay, de nuevo pendiente de la rendija de la ventana. Por lo menos esta vez no la ha abierto de par en par, lo que suele hacer para admirar sin ningún disimulo los estriptis de Óscar.

Edu me observa con un brillo ambicioso en los ojos.

—¿No estabas con nosotros cuando hicimos la apuesta?

—¿Qué apuesta? —pregunto.

—Ella dice que es hetero. —Señala a Tamara—. Yo digo que es marica. Anita y Matilda están conmigo. Susana y Gloria van con Tay, pero porque les daría rabia que no estuviera disponible para el público femenino. Virtudes es Suiza: se mantiene neutral.

*Genial*. Los gustos de Óscar se han convertido en tema principal para la mesa de debate de las marujas del edificio. Todas esas mujeres son mis vecinas, y sus edades oscilan entre los veintisiete y los setenta.

No sé de qué me sorprendo, viviendo donde vivo.

—¿Y qué? ¿Estáis buscando a alguien que desempate?

—Qué va. Cada uno ha apostado una cantidad de pasta. Si resulta ser gay, Tamara y sus seguidoras me tienen que invitar a copas durante tres meses consecutivos.

—¿Y si no? —Enarco una ceja—. ¿Tú les pagas las copas a ellas?

—De eso nada. ¿Te parece poco saber que tienen una posibilidad con el buenorro del cuarto? —jadea, ofendido. Luego mueve la mano—. Cosa de la que deberían ir olvidándose, por cierto, porque ve *RuPaul's Drag Race*, colecciona zapatos y no sabe conducir.

Pestañeo una vez.

—¿Qué tiene que ver que no sepa conducir?

—Todo el mundo sabe que ningún gay sabe hacer estas tres cosas a la vez: conducir, cocinar y ser bueno en matemáticas. Me dijo que estuvo a punto de estudiar una ingeniería, y él mismo se hace los almuerzos con comida orgánica que mete en envases reutilizables (marica, marica y más marica), pero va andando a todas partes.

—Y cómo explicas que le guste tanto el baloncesto, se pase el día jugando a la Play Station con Álvaro y sepa de mecánica, ¿eh? —replica Tamara, orgullosa—. El otro día entró a arreglarnos la caldera porque el agua salía helada. Todo un manitas.

—Solo que las manitas no las hará contigo, guapa —se regodea Edu—. Las usa todas las noches para echarse una crema facial de ochenta y cinco euros, y encima de Júlia Moss, ahí es nada. Y me ha recomendado una que está promocionando Gemma Arterton.

—¿Y qué? ¡Se le oye aullar cuando hay partido! —exclama Tay.

—Viste de maravilla —contraataca Edu—. Un hetero no cuida tanto su aspecto.

—Te acabas de cargar de un plumazo a toda la población metrosexual —apunto yo.

—Le gusta el heavy metal —bufa Tamara, cada vez más ofuscada.

—Eso solo descarta que huela mal —replica Edu—, no que le truene la reversa.

—¿A qué gay le gusta el heavy metal? ¡Os gusta Lady Gaga y las divas del pop!

—Bueno, vale, ¡pero hace yoga!

—¡Y también lucha libre!

Dejo de batir los huevos para los *brownies* y me acerco con las palmas levantadas para tranquilizar a las fieras. Los dos tienen un temperamento de aúpa, pero me parece exagerado que lo saquen a relucir por la orientación sexual de un perfecto desconocido. Están gruñéndose a la cara como dos perros cuando uno mete el hocico en el cuenco de la comida del otro.

Y justo porque es la hora de la comida, alguien toca a la puerta. Akira, el prometido de Edu, veterinario y tocador de guitarra acústica profesional, asoma sus ojitos rasgados.

—¿Por qué tenéis la puerta abierta?

—Porque quieren que todo el mundo se entere de lo mucho que les importa en qué equipo juega el vecino —le explico.

Akira, que había entrado con esa sonrisa escueta tan característica en él, cambia de expresión al mirar a su novio.

—¿En serio sigues con eso, Eduardo? ¿Qué más te da?

—Se cruza de brazos. Tamara y yo nos miramos. «Lo ha llamado "Eduardo". Eso significa movida»—. Vamos, que ya llegamos tarde a la comida de Olga.

Antes de coger su chaqueta del brazo del sofá y marcharse con Akira, Edu se gira para apuntar a Tamara con el dedo.

—Esto no quedará así —la advierte.

—El otro día me dijo que iba al gimnasio, así que ya te invitaré a nuestra boda —se regodea Tay.

—¿Y qué si va al gimnasio? Yo también voy, y preferiría el garrote vil a cenar almeja.

Gracias al cielo, la puerta se cierra dos segundos después, librándome de un Edu orgulloso de haber tenido la última palabra y un Akira mosqueado que está hasta la coronilla de conspiraciones.

Por una parte, me dan ganas de reírme. Es increíble cómo se van de madre las cosas en esta comunidad vecinal.

He vivido en suficientes apartamentos a lo largo de mi vida para saber que no hay otro bloque de pisos como este, y no porque los apartamentos estén a un precio asequible para encontrarse en el centro mismo de Madrid, sino por las curiosas criaturas que lo habitan. Hemos creado una especie de microcosmos aparte en el que todos orbitamos alrededor de todos; conocemos los detalles de la vida de cada uno y nos entrometemos en ella siempre que se nos canta. Y no solo con consejos amables. A veces metemos tanto las narices que nos acabamos cayendo de cabeza al pozo. Es un milagro que aquellos cuya intimidad violamos sin compasión sean los que nos tienden la mano para rescatarnos y nos disculpen continuamente por algo que debería estar prohibido por ley.

Nunca se me habría ocurrido acabar rodeada de gente así, y menos aún participar con frecuencia, activamente, en su manera de relacionarse. Siempre he sido una persona muy introvertida. No me meto donde no me llaman, pero no porque no me interese, sino porque siempre he pensado, en mi ingenuidad, que siendo respetuosa con las intimidades del prójimo, este lo será con las mías.

Pero no es así como se funciona en el número trece de la calle Julio Cortázar, pero no me importa. Sacan una parte de mí que me gusta, aunque también me han contagiado ese afán de cotilleo que tanto me desagrada. Son los únicos culpables de que, al verme a solas en la cocina, deje la cucharita con la que iba a verter la vainilla en el cuenco y me acerque en silencio a la ventana.

No estoy orgullosa de mi lado *voyeur*; de esta exhaustiva investigación para conocer las preferencias sexuales de Óscar, menos aún. De acuerdo, especular sobre sus gustos en la cama no tiene nada de ofensivo. Ahora bien, espiarlo desde el piso de enfrente mientras se cambia de ropa ya no me parece tan cívico. Yo he sido lo bastante discreta para que no me pillen —aunque, de hecho, vaya de santurrona—, pero no soy la excepción. Me encanta mirarlo. *Disfruto* mirándolo. No porque su madre lo esculpiera con cincel en lugar de parirlo, ni porque quiera averiguar la verdad para cerrarle la boca a todos —como le pasa a Edu—, sino porque... Bueno, pues porque me gusta.

Sí, me gusta un hombre homosexual. Y sé que es un error de adolescente que da sus primeros pasos en el terreno amoroso, pero no pude hacer nada para remediarlo. Me tuvo en la palma de su mano desde la primera vez que me miró. Hasta ese día, nunca antes había experimentado la famosa tensión sexual, y fue tan intensa que estuve una semana sin salir de casa por miedo a cruzármelo de nuevo. No me hizo ninguna insinuación, ni tampoco se sacó el manubrio delante de mis narices, lo cual habría matado la magia del momento; solo se subió al ascensor conmigo después de que nos hubiera caído a los dos el diluvio universal, y... y ya está.

*Qué fácil soy.*

Le echo la culpa a la vergonzosa cantidad de novelas eróticas que he leído y a ese gusto morboso por la emblemática escena en la que la pareja se empotra contra el cristal del ascensor. De lo contrario, estar a solas con él durante unos minutos en un espacio cerrado no habría sido la experiencia más sensual de mis veintisiete años de vida.

Yo sentía que él me estaba mirando con curiosidad, seguramente sorprendido porque quisiera mimetizarme con la pared e hiciera lo imposible por alejarme de su cuerpo —«¿Por qué alguien querría alejarse de mi cuerpo?», se estaría preguntando—, y entonces, el ascensor, que se supone que estaba arreglado ya, dio una sacudida que me arrojó a sus brazos. Luego se quedó varado.

Agarré sus bíceps durante cinco segundos y tuve sus ojos verdes a cinco centímetros de mi nariz. Aún no sé qué cara puse, si de haberme meado encima del gusto o de haber visto al fantasma de las Navidades cachondas.

—Pe... perdón —balbuceé, histérica, y me aparté todo lo rápido que pude—. No estaba intentando nada contigo, ¿eh?

—Tranquila, un tropiezo lo tiene cualquiera.

Esa voz. Mmm...

No me podía creer la cantidad de pensamientos tórridos que me estaban bombardeando de repente. Y, menos aún, la cantidad de majaderías que empecé a soltar cuando el silencio me taladró los oídos.

—Esto parece el principio de una peli romántica, ¿no? El ascensor que se para de golpe con una sola pareja dentro... Hasta estamos mojados, como en las mejores escenas de besos de la historia del cine. *Desayuno con diamantes*, *El diario de Noa*, *Spiderman*, *Match Point*... aunque esa acababa fatal, así que muy romántica no es. —Meneé la cabeza, consciente de que desvariaba—. Claro que depende de la definición que uno tenga de romántico. A mí solo me parece romántico cuando acaba bien.

Me di cuenta de lo que podía estar insinuando y mi voz se

apagó. Lo miré horrorizada, y al coincidir con su mirada brillante, me encogí un poco.

—No estoy diciendo con eso... que esto —nos señalé a los dos— sea romántico, ¿eh? Ni que quiera que me beses, ni... No insinúo nada parecido.

El silencio duró unos dos o tres segundos, pero en esos dos o tres segundos me dio tiempo a desear que me tragara la tierra en torno a quince veces.

—Mi favorito siempre ha sido el de *The Quiet Man*, aunque el de *Jeux d'enfants* es muy gratificante después de una relación tan llena de altibajos como la de los protagonistas.

Habló con una serenidad que me dejó de piedra. ¿Qué clase de hombre parecería tan complacido de haberse quedado atrapado en un espacio cerrado con una mujer emocionalmente vulnerable? Solo un psicópata o un depredador sexual.

Aparte de esa locura, pensé que pronunciaba muy bien el inglés y el francés, y ahora recuerdo que Edu siempre dice que a los gais se les suele dar de maravilla hablar otros idiomas.

—No he visto *The Quiet Man* —respondí, rascándome el codo de forma compulsiva.

—Es del cincuenta y dos, si no recuerdo mal. En las películas de antes había unos besos muy teatrales, quizá por eso me gustan tanto —siguió comentando con toda naturalidad. Se guardó las manos en los bolsillos y miró al techo—. El de *Cantando bajo la lluvia* tampoco está nada mal. Ni el de *Cinema Paradiso*.

—Ni el de *Sweet Home Alabama*. Aunque yo, de todas las películas, me quedo con el beso de Charles y Carrie en *Cuatro bodas y un funeral*.

Él me sonrió y dejó caer el peso en el hombro contra la pared del ascensor. Yo sentí que me iba a desvanecer. No exagero. Óscar Casanovas es tan guapo que te sientes mal por no pagar antes de mirarlo.

—No me gustó que Charles le rompiera el corazón al personaje de Kristin Scott Thomas, pero es verdad que Hugh Grant es muy bueno en ese tipo de personajes. Él siempre se define como una «antiestrella», y dice que actuar no es su trabajo, sino «algo que se le da bien». —Ladeó la cabeza hacia mí. Bueno, *todo su cuerpo* se ladeó hacia mí. De pronto yo era el centro de atención—. ¿Y por qué dices que solo lo que acaba bien es romántico? ¿No te pareció romántico *El diario de Noa*? ¿No te dejó el corazón en un puño *Titanic*?

—Me dejó sumida en una depresión. Si quiero que algo me agarre el corazón en un puño, veo una película de terror, y, entre tú y yo, no me va ese tipo de adrenalina.

Él volvió a sonreír, esta vez de lado, y yo no supe qué hacer para aparentar normalidad.

—¿Y qué tipo de adrenalina te va, ojos azules? —preguntó en tono guasón.

—Ninguna —respondí enseguida, casi histérica—. Absolutamente ninguna.

Debió darse cuenta de que eso de hablar de mí no me va, porque retomó el tema principal:

—Pero eres consciente de que el romanticismo, tal y como se inventó, se caracterizaba por su trágico final, ¿verdad? Empezó en Alemania con el deprimente Goethe.

—No tiene nada que ver ese romanticismo con el de las películas que hemos estado mencionando. El término ha evolucionado.

—Sin duda. —Se me quedó mirando con el labio inferior atrapado entre los dientes—. ¿Por qué crees que el beso bajo la lluvia será un recurso tan socorrido?

—Hombre, supongo que bajo el granizo sería peligroso besarse. —Óscar se rio—. Y si está nevando, con el frío se te quitan las ganas de ser romántico. O, bueno, a lo mejor te apetece darle un beso a alguien para entrar en calor, pero como la mayoría de las películas se sitúan en Nueva York y allí nieva

tanto que hay riesgo de que te resbales y te abras la crisma...
—Me di cuenta de que estaba desvariando y al final solo musité—: En fin, que no creo que nadie quiera enfrentarse a la muerte por un beso.

Óscar volvió a sonreír, aunque de forma algo extraña.

—Yo sí me arriesgaría.

Nos quedamos mirándonos durante un segundo. Él cambió el peso de pierna, señal de que empezaba a estar incómodo, y yo no podía ni respirar.

Igual que no puedo respirar ahora al mirarlo desde la ventana.

Está casi de la misma guisa, empapado de la cabeza a los pies por la lluvia de finales de abril. No sé por qué se quita la ropa en el salón y no se molesta en correr las cortinas; o le encanta que lo miren, o es tan poco presumido que ni se le pasa por la cabeza que alguien vaya a perder el tiempo echando un ojo. En cualquier caso, y lo siento por cómo va a sonar, él se lo está buscando al ponerse en bandeja.

Yo no me creería eso de que sea inseguro. ¿Quién, en sano juicio, duerme todas las noches con un *six pack* bien armado y tiene la desfachatez de actuar como si no fuera gran cosa? Debe de tener el ego como la catedral de Notre Dame, y no me refiero a chamuscado, sino a monumental.

—¿Qué haces? —exclama alguien a mi espalda. Doy un respingo y me apresuro a correr la ventana antes de darme la vuelta. Tamara, con su larga coleta oscura reposando sobre el hombro y los pestañones de Bratz entornados, me mira como si me hubiera pillado en flagrante delito. Justamente lo que ha hecho—. ¿Estabas revisándole la palanca a Óscar?

—¡Claro que no! Estaba... Iba a recoger la ropa tendida. Estará empapada después de lo que ha llovido.

Pero el rubor me delata, y aunque no lo hubiera hecho, Tamara no es estúpida. No tarda en poner los ojos como platos, abrir la boca y apuntarme con un dedo acusador.

—¡Cómo eres de puerca! ¡Llevas semanas diciéndonos a Edu y a mí que no tenemos respeto por nada, que somos unos sucios, y mírate ahora, dándote un gustazo a toda madre con el *papasito*!

—Eso no es así, no... No saques las cosas de quicio, solo... sentía curiosidad, y...

Tamara sonríe igual que cuando ficha a su víctima en la discoteca.

—Aliviánate, güey, no te voy a interrogar. Lo estoy dando por hecho. Llevo una semana entera observándote y está claro que Óscar te gusta.

—Bueno, una acaba sintiendo curiosidad por el hombre que tiene obsesionada a su mejor amiga —replico en una defensa desesperada.

No pienso admitir, por mucho que me amenacen, que he acampado noches enteras delante de la ventana para verlo hacer ejercicio. O atacar la bolsa de Doritos mientras ve una película. O simplemente echarse la siesta.

Mi obsesión es preocupante, lo sé. Y no puedo permitir que se enteren de que estoy de psiquiátrico. Tengo una reputación que mantener en este edificio. Se supone que soy la mente racional. Si no me comporto como cabe esperar en un ciudadano ejemplar, entonces ¿quién lo hará? Los vecinos no son un ejemplo de estabilidad mental.

—He estado obsesionada con muchos vatos a lo largo de mi existencia y nunca has pegado las chichis al cristal para ver cómo se quitan la camiseta.

—A lo mejor es porque este es el único de tus ligues que me pilla cerca de la ventana de la cocina.

—Déjate ya de mamadas —me señala con ese dedo acusador que me hace sentir una niña traviesa—. Te agarré con las manos en la masa, y no es la primera vez. Haces ruiditos cuando lo miras, Elisenda. Pareces Peppa Pig.

Intento ocultar mi incomodidad cruzándome de brazos.

—Solo me parece guapo. Si me gustara, ¿no crees que flirtearía con él como hacéis las demás?

—¿Por qué me tratas como si acabáramos de conocernos? Sé reconocer cuándo babeas por un güey, y ocurre precisamente cuando lo evitas.

—Yo no evito a Óscar.

—Checas la mirilla todos los días para asegurarte de que no sale a la vez que tú —empieza a enumerar—, y es muy sospechoso que decidas bajar por las escaleras «para hacer cardio» cuando ves que está esperando al ascensor. ¿O es que no sabes que las pompas se estimulan subiendo escaleras, no bajándolas?

—Es porque me cae mal —miento.

—A ti no te cae mal ni tu padre, y ya es decir. ¿Por qué no lo quieres admitir? —Hace un puchero—. ¿Es que no confías en mí? ¿Ya no soy tu mejor amiga?

Si lo hubiera dicho de cualquier otra forma, me habría reído. Pero Tamara sabe hacerse la víctima —y, de rebote, convertirte en una mala pécora— con el argumento de una adolescente.

—Vale... A lo mejor me gusta un poco.

—¡A huevo! ¡Lo sabía!

—Pero es algo puramente físico. No lo conozco y tampoco pretendo hacerlo. Mis sentimientos son platónicos y siempre lo serán —zanjo en voz baja, volviendo al abandonado *brownie* solo para poder darle la espalda con una buena excusa—. Es gay y no hay nada que hacer.

Tamara se cuelga de mi espalda.

—Eso no lo sabemos —me susurra al oído, igualita que el diablo sobre el hombro.

—¿Y por qué no pruebas a preguntarle y se acabó?

—Edu se lo insinuó, bajita la mano, y él se hizo el interesante. ¡Está bueno y es misterioso! ¡Normal que te guste! Y ahora con más razón tenemos que averiguar qué es lo que le va. ¿Es que no sientes curiosidad? ¿No te gustaría saber si tienes alguna oportunidad?

Claro que siento curiosidad. Cuando vives rodeada de gente que no para de conspirar sobre alguien —y cuando ese alguien tiene la cara y el cuerpo del Capitán América— es imposible no dejarte arrastrar por su entusiasmo. Pero si tengo o no una oportunidad, me da igual. Estoy cómoda disfrutando de la soltería y la soledad. No es como si fuera a entrarle con una propuesta indecente en caso de ser heterosexual. Y es probable que tampoco le prestara atención si él se dirigiera a mí con la intención de llevarme a la cama. Sé que solo me gusta porque me ignora, porque es un imposible. Una vive más tranquila y cómoda espiando al vecino que teniendo que implicarse en una relación real.

Carraspeo y me saco de encima las uñas de gel de Tamara.

—Me da igual si le gustan los hombres, las mujeres, los perros o la comida ecológica. Me gusta igual que me podría gustar Bon Jovi. Óscar ni siquiera es mi tipo. No me van los músculos, ni...

—No me irás a decir que no te has imaginado esos músculos en torno a ti, empapados de sudor, flexionándose mientras... —Pierde el hilo enseguida. Había estado acompañando la descripción con aspavientos de lo más insinuantes—. No tengo el mismo talento que Virtu para describir el porno, pero seguro que ya te lo estás imaginando.

Sí, por desgracia, me lo estoy imaginando. Me lo he imaginado tantas veces que he consultado un psicólogo online para que me ayude a desenmascarar esta patología que estoy desarrollando por culpa de un hombre de ojos verdes. El diagnóstico del especialista fue claro: necesito meterme en la cama con alguien. Pero yo no secundo su moción. Una mujer no necesita sexo para vivir, ¿vale?

Aun así, todas las noches, Óscar aparece en mis sueños para arrancarme la ropa a tirones y ponerme contra los buzones de la entrada. Ni siquiera me va el rollo sadomasoquista, pero con el Óscar de mi subconsciente he descubierto que tengo el apetito sexual de una ninfómana fetichista.

—No te estás viendo la cara de pilla —dice Tay, regocijándose en su descubrimiento—. Te mueres de ganas de averiguarlo, igual que Edu y yo. No puedes negármelo. Es la primera vez desde que te conozco que te veo tan clavada con alguien. —Hace una pausa y añade—: Está decidido.

Sacudo la cabeza y me giro hacia ella.

—¿Cómo que «está decidido»? ¿El qué has decidido?

—Mañana empieza la investigación.

—Ah, que lo de antes no era una investigación.

—No, era el calentamiento. Primera misión: Indiana Jones en busca de la heterosexualidad perdida —pronuncia con la voz en falsete, separando las manos para anunciar lo que parece su nuevo eslogan—. Edu y tú vais a ayudarme. Edu, porque necesito una segunda opinión y él no soportaría que lo dejara al margen, y tú, porque así tendrás una excusa para estar cerca de él.

—¿Qué? —Suelto la cuchara sobre la encimera, a punto de hacer un berrinche—. ¡De ninguna manera! ¡Yo no necesito...!

Ella me atraviesa con una mirada afilada.

—¿A qué le tienes tanto miedo?

Me quedo inmóvil, porque no es una pregunta que me gustaría responder.

Digamos que prefiero vivir en la inopia y deleitarme en la distancia con las vistas. La fantasía es más bonita que la realidad, sea cual sea esa realidad y digan lo que digan. Y si no, ya lo aseguro yo, que tengo una estantería llena de novelas románticas y todas ellas aseguran que no voy a tener al hombre ideal ni en mis brazos ni entre mis piernas, a no ser que me convierta en una protagonista salida y sexy, lo cual veo bastante improbable.

—¿Qué es lo peor que podría pasar? —insiste Tamara, pesada como ella sola—. Si estás tan segura de que es gay, no te llevarás ninguna sorpresa.

Sin embargo, como es bastante deprimente pensar como pienso, por no decir que me deja en el lugar de una amargada, cuadro los hombros y le doy la razón. A Tamara siempre hay que dársela, porque, cuando no lo haces, te la arranca y se asegura de que te duela. Pero lo hace con cariño. Por eso es mi mejor amiga. Aunque en ocasiones como esta hubiera preferido hacer buenas migas en el curso de cocina con cualquier otra persona antes que con ella.

—Muy bien, tú ganas, joder. Descubramos si usa Tinder o Grindr.

## Capítulo 2

### DIETAS EQUILIBRADAS PARA MUJERES DESEQUILIBRADAS

*Eli*

—No se puede saber si alguien es gay o no limitándose a echar un vistazo en Grindr —explica Edu entre bufidos—. ¿Sabéis la cantidad de tíos que no se ponen foto de perfil? ¿Y la cantidad de gais que se niegan a participar en estas redes sociales, generalmente por homofobia interiorizada? He revisado todos los perfiles que se encuentran cerca de mi localización y no hay ningún Óscar Casanovas, pero ya te digo que en Grindr nadie se pone el apellido. Está lleno de hombres casados... y no precisamente con otros hombres.

—Y también de hombres comprometidos, por lo que veo —apostillo, con las cejas arqueadas.

Las pasadas Navidades, y después de insistir mucho, Akira puso un anillo en el dedo de Edu. Su novio no es el colmo del romanticismo y, por lo que sé, no cree en la institución del matrimonio, pero como quiere tanto a Edu, quien siempre ha soñado con vivir la historia de amor al completo, al final se decidió a hacerle la promesa eterna.

A lo mejor es porque soy reacia a creer en los «felices para siempre», que suele convertirse en un «felices por un rato», o tal vez porque Edu le está prestando más atención a Óscar que a su actual prometido, pero me parece a mí que ese anillo no estará por mucho tiempo en el anular de mi amigo.

Esto, por supuesto, no lo voy a decir en voz alta. Estaría invocando la mala suerte, y no podría vivir con la conciencia tranquila si su compromiso se fuera al traste por mi culpa.

—He borrado todas las *fotopollas* que me han mandado —me responde, todo digno él— y, hasta donde yo sé, querer saber si alguien es gay para lamerlo de arriba abajo mentalmente sin miedo a estar fantaseando con un *hooligan* del Atleti todavía no cuenta como infidelidad.

—¿Y dónde trazas tú las líneas de la infidelidad? Te has hecho una cuenta en Grindr para ver si Óscar anda por ahí —le regaño—, donde dices que solo se mandan fotos con alto contenido sexual. ¿Qué esperabas? ¿Reconocer a Óscar en unos abdominales?

—¿Qué esperas tú espiándolo todos los días laborables y a jornada completa? —me replica—. Conozco tus secretos, Elisenda. Y solo cuando estés libre de pecado podrás apedrear a esta María Magdalena.

Aprieto los labios.

—¿Quién te lo ha...? —Me callo al ver que Tamara se entretiene rebuscando entre la caja de bombones. Ha decidido llevarse algo a la boca justo ahora, para librarse de dar explicaciones. Sabe que odio que me hable mientras mastica—. ¿Sabes? Ojalá tuviera una compañera de trabajo que en lugar de desperdiciar su energía en el chismorreo lo empleara en hacer pasteles. Ahora ya sé lo que estabas haciendo ayer por la noche en lugar de ayudarme con el glaseado.

—Soy mi propia jefa —espeta, muy digna—. Puedo darme unas vacaciones cuando a mí me dé la gana.

—No eres tu propia jefa. Respondes ante mí.

Tamara hace un gesto que viene a significar «háblale a la mano».

En líneas generales no es una pasota, pero últimamente anda desganada. Para no tener que hacer frente a las dudas existenciales que la asaltan respecto al compromiso y la familia que se muere por formar, se dedica a hurgar en los secretos de Óscar Casanovas. No me molestaría si al menos lo admitiera en voz alta —que se entretiene con él porque de lo contrario se arrancaría el pelo—, pero en su lugar me usa a mí y a mi inofensiva obsesión con el vecino para escurrir el bulto.

—Tay, necesito que me ayudes con los canapés —insisto—. Tienen que estar listos para mañana por la mañana, y nos van a dar las cinco de la tarde.

—Los canapés son tu especialidad. No me necesitas.

Eso es verdad. Yo suelo encargarme de los tentempiés salados y los platos de alta cocina; los postres dulces de cualquier tipo y la comida exótica, principalmente la mexicana, corren a cuenta de Tay. Ambas formamos un tándem perfecto llamado El Yum y el Ñam en honor al yin y el yang, las dos fuerzas opuestas y complementarias del taoísmo. Si ya con el nombre queda claro que somos dos, no debería estar rogándole que empiece a ganarse el sueldo.

Abro la boca para recordárselo, cuando ella se pone en pie de un salto. Edu sigue enfrascado en la pantalla del móvil.

Prefiero no saber qué hace.

—De acuerdo, te ayudaré con los canapés... pero se los vamos a llevar a Óscar —anuncia, segura. Viene dando saltitos hasta la cocina y agarra su delantal con la frase «Aquí se masca la tragedia» estampada. Me dedica una sonrisa escalofriante antes de decir—: ¿No crees que va siendo hora de darle la bienvenida que merece? Lleva viviendo aquí casi un mes y todavía no le hemos llevado ninguna de nuestras delicias.

Me interpongo entre la encimera y ella.

—No vas a poner un dedo en el encargo de Pascual. Esto es para su cóctel de negocios. Dios santo, Tay, no me digas que el vecino va a conseguir que olvides los principios sobre los que se sustenta nuestra empresa. No podemos comernos el producto. Y Óscar tampoco —añado por si acaso.

—¿Y comernos a Óscar? ¿Eso podemos hacerlo?

Suspiro, dándola por perdida.

Tamara hace un mohín.

—En ese caso, haré un bizcocho. Un bizcocho muy especial. E iremos a entregárselo en persona.

—Irás *tú* a entregárselo —contesto con indiferencia, y vuelvo a mi tarea intentando que no se note que me late el corazón muy deprisa—. Yo ya te dije que no estoy interesada.

Pero sí que lo estoy.

Es la eterna contradicción.

Por un lado, no quiero que se me relacione con Óscar por más que por ser la inquilina del piso de enfrente. No quiero oír hablar de él ni verlo salvo cuando sea obligatorio, como en las juntas vecinales, en las que tengo que estar presente por narices porque soy propietaria. Y por otro... Me cuesta un mundo no pegar la oreja cuando Edu y Tay conspiran. No solo porque, entre todos los lugares del mundo, escojan mi salón hippy chic decorado según el imaginario mexicano, sino porque he estado pensándolo largo y tendido y he de admitir que quiero saber la verdad.

Qué estupidez, ¿no? Estar interesada en la orientación sexual de un hombre al que no pretendo insinuarme ni siquiera con el mejor de los pronósticos.

No quiero ser una de esas mujeres que dicen «qué desperdicio» cuando se enteran de que un tipo batea en el otro equipo. Me parece despectivo e injusto, porque no es como si estuviera muerto; seguro que alguien se lo acaba comiendo. Y también, hasta cierto punto, un poco ingenuo: a ver quién les dice a las señoras que lloraron por Ricky Martin que, aunque hubiera salido del armario heterosexual, habría sido bastante improbable que ellas hubieran catado su cuerpo serrano.

Me aguanto un suspiro y me reclino a mi lado de la cocina para terminar la tanda de los rellenos de paté. Para desconectar de la conversación, me pongo los auriculares y corro la cortina de la ventana para no caer en la tentación de echar una miradita. El primer álbum de Zaz me acompaña mientras envuelvo los pequeños emparedados. Antes de que acabe *Prends garde à ta langue*, ya la he puesto una vez, y otra, y otra más. Los pies y la cabeza se me mueven solos.

Mi madre siempre decía que soy francesa desde el último pelo de la melena hasta el dedo meñique. Me acuerdo irremediablemente de ella cada vez que escucho a Zaz, a Carla Bruni o Indila; también al desayunar a las siete y media, cuando dejo propina al acomodador del cine o al taxista, e incluso cuando me quedo con cara de estúpida al acercarme a dar un tercer beso en la mejilla para saludar a alguien y ese alguien se retira al segundo. «En España son dos besos, Eli, no tres». Son las tradiciones de la infancia que me persiguen, y no sabría decir por qué. A fin de cuentas, solo viví en Burdeos hasta los doce, y después, en París, de los veinte a los veintitrés.

—*Voilà* —exclama Tamara, besándose las puntas de los dedos.

Me giro hacia ella sonriendo incrédula, sorprendida porque haya estado tan fina en cuanto a la línea de mis pensamientos. Tiene entre las manos un bizcocho de chocolate perfecto, con una de esas estrambóticas figuras que solo se le ocurren a ella y que la convierten en, primero, la reina de la repostería, y, segundo, la indiscutible diosa de Instagram. Tiene que hacerle una foto antes de servirlo en un plato espolvoreado con azúcar glas.

Me dan ganas de ir a visitar a Óscar solo para probarlo.

—¿Y si es diabético? —pregunto.

Tamara sonríe con aire malvado y se chupa el pulgar, donde había un rastro de glaseado.

—Si le sienta mal algo, no creo que sea el azúcar.

—¿Y qué le va a sentar mal, si no?

Ella se encoge de hombros, como dejándolo a mi libre interpretación.

—¿Y si es celiaco?

—Pues que confirmaré que es heterosexual, solo que le irán exclusivamente las Celias.

Pongo los ojos en blanco.

—¿Y si es vegano? No digas que le irán las Vegas —la amenazo—. ¿Y si está a dieta?

—¿Y si te buscas un hobby?

Coge el plato con una mano y se dirige a mi minúscula y preciada bodega para seleccionar un vinito al azar. No puedo rebatirle porque es cierto que necesito encontrar un hobby. Y cuanto antes, mejor.

—¿Cómo va el Rich Tropical Honey con el chocolate fundido? —pregunta.

Esa insinuación me espabila más rápido que un jarro de agua fría. Me precipito sobre ella y le arrebato la botella de las manos.

—¿Qué pretendes? No vas a desperdiciar ni una gota de mi ambrosía.

—Güey, no es como si fuera a ducharme con él. —Pone los ojos en blanco—. Solo es para darle un toque más alegre a la fiesta. Con suerte, así Óscar se suelta.

—¡Pues con más razón! —Me abrazo a la botella—. No pienso permitir que lo uses con fines perversos. Tanto si pretendes abusar de él como si no, ¿no te da vergüenza emborrachar a un homosexual para que confiese que lo es? ¿Es que no se te ha ocurrido que puede seguir en el armario?

—El armario es un lugar muy oscuro —se mete Edu, que acaba de aparecer por la puerta—. Si lo admite después de jugar a «verdad o atrevimiento», le habremos hecho un favor.

—¿Jugar a...? ¿Cuántos años tenéis?

—*Chale*, pues me tendré que llevar el que abrí la semana pasada...

—¿Cómo? ¿El rioja gran reserva? —Me sale voz de pito—. ¡No puedes servir ese vino con un bizcocho!

—¿Y cuál sirvo, entonces?

—Siempre hay que elegir uno más dulce que lo que se va a tomar, por eso los tintos van tan bien con el chocolate negro. Si el del pastel lleva chocolate con leche, deberías elegir un merlot, un pinot noir o un sauvignon blanc... O uno espumante, como el champán.

—El merlot suena bien perrón. Me lo llevo.

—Pe... pero...

Marcho detrás de ella con la intención de exigirle que me devuelva mi elixir divino. Todos los que me conocen saben que hay tres cosas que no perdono: que se rían del horóscopo, que me digan que tengo la frente muy amplia y que me roben el vino para bebérselo sin permiso. Tamara ha cometido los tres pecados capitales más de una vez, pero ahora es el colmo.

—¡Ta...!

Freno de golpe al toparme con un elemento discordante en la encimera de la cocina. Parpadeo para asegurarme de que no es ningún efecto visual, y no lo es: ahí sigue. Entorno los ojos sobre el papelito y enseguida los vuelvo a abrir de golpe.

Camino hacia el cuenco donde ha estado mezclando el chocolate y dejo de respirar al reconocer la sustancia.

Por si aún tuviera alguna duda, me basta con inspirar muy hondo para reconocer el olor.

Dios santo. Le ha echado marihuana al bizcocho.

Echo a correr detrás de ella y casi me da con la puerta en las narices.

—¡Tay! —grito, peleándome con la cerradura—. ¡Tay, no tiene ninguna gracia!

Para cuando consigo abrir, ya es demasiado tarde y no puedo increparle a mi compañera mexicana, que pronto tendrá antecedentes penales, que haya especiado de más su receta estrella: Óscar acaba de abrir la puerta de su casa llevando una camiseta de tirantes algo sudada y los AirPods puestos..

Tamara aprovecha que me quedo paralizada para cogerme del brazo.

—¡Hola, vecino! Venimos a darte la bienvenida como Dios manda: con un regalito para compartir. —Y le ofrece el bizcocho del mal, levantando las cejas varias veces.

Me voy a desmayar. Juro que me voy a desmayar.

Ahora no puedo huir. Tengo que hacer lo que sea para que no pruebe esa bomba de la risa. Sé que los efectos son mortales porque una vez, por curiosidad, acepté un trozo y estuve toda la tarde hablando de mí en tercera persona. Hasta me atreví a eructar delante de auténticos desconocidos.

No sé si la marihuana afecta de un modo tan contundente a hombres de metro ochenta y tres y ochenta y cinco kilos de puro músculo —*más o menos, eso aún no he podido averiguarlo mirando por la ventana*—, pero mi conciencia no me perdonaría que olvidara este asunto, volviera a casa y pusiera en la tele una comedia romántica con besos bajo la lluvia.

No mucho más de lo que podría soportar estando bajo el mismo techo que él, por otro lado.

—Vaya, es todo un detalle, gracias —dice Óscar con ese tono calmado que me pone el vello de punta. Se quita los auriculares y los guarda en los bolsillos del pantalón de deporte—. Me habéis pillado haciendo ejercicio. En hora y media tengo que dar una clase, pero pasad, pasad... siempre y cuando no nos entretengamos mucho.

—Oh, no, nos iremos antes de que te des cuenta.

Y sin decir más, Tamara y Edu se infiltran en el recibidor de su casa con todo el descaro del mundo. Yo me quedo inmóvil a un paso del sencillo felpudo, con la vista clavada en el pastel y el corazón latiéndome muy deprisa en el pecho.

—¿Entras, Eli?

Levanto la barbilla de golpe, conmocionada.

*No puede ser. Sabe mi nombre.*

Como si me hubiera leído el pensamiento, esboza una sonrisa sin enseñar los dientes y se mete la mano en el bolsillo.

—Lo pone en el buzón y Tamara acostumbra a gritarlo con frecuencia. De Elisenda, ¿no?

—En realidad, no —contesto, nerviosa—. Me llama Elisenda porque en su día me negué a decirle cuál era mi nombre completo, y de ahí dedujo que debía ser horrible. Estuvo una mañana entera haciendo una lluvia de ideas hasta que decidió que Elisenda era lo más espantoso que había oído nunca y dio por hecho que así me... bautizaron.

«¿Por qué le cuentas todo eso? ¡No le importa!», me grita la voz interior.

—¿Y cuál es el nombre verdadero?

—Eh... —Siento las mejillas ardiendo—. Eliodora.

Él enarca las cejas.

—La variación femenina de Heliodoro, que viene de «sol» y «don». Tiene un significado muy bonito: Heliodoro es «aquel que ha sido agraciado con el don o regalo de Dios»... Pero apuesto a que habrías preferido llamarte Ana. —Él sonríe de nuevo de esa forma tan sutil, como si estuviera cansado pero fuera demasiado educado para decirle que no a alguien—. Pasa.

Lo primero que me viene a la cabeza al poner un pie en el recibidor —aparte de «tira esa mugre de bizcocho a la basura»— es la palabra «GAY». Así, en mayúsculas.

Nadie diría que un soltero tendría un apartamento minimalista, pintado en grises y verdes agua y lleno de velas aromáticas. La Eli que tiene asumida la homosexualidad de Óscar no se sorprende al ver figuritas talladas al estilo moái, una esterilla para hacer ejercicio y un batín de satén perla colgando de detrás de la puerta.

La Eli que se resiste a ello, en cambio, se niega a caer en los tópicos.

¿Qué pasa? ¿Que un hombre heterosexual debe vivir por narices en un piso con las paredes forradas de pósters de conejitas Playboy, portadas de *Interviú* y del *Grand Theft Auto* y medallas de campeonatos de fútbol sala? ¿Qué problema hay con que sea ordenado y limpio? ¿Debería tener latas de cerveza vacías por el suelo? ¿Y dónde pone que en el estéreo tenga que sonar 50 Cent en lugar de una canción relajante de Enya? Uno no hace yoga con un rap de fondo, por muy motivadora que sea *Not Afraid*.

«Pero es que el sexo masculino no hace yoga... por lo general», me reclama la voz interior.

—Tienes una casa preciosa —le alaba Edu.

Maldito sea, seguro que se está regocijando en lo que significa esa mesilla de cristal y madera caoba; parece la insignia de «loco del Zara Home», y solo un adicto a los programas de decoración de interiores se preocupa de que las cortinas conjunten con el bordado de los cojines del sofá y la alfombra.

—¿Aquí es donde sueles hacer el saludo al sol? —pregunta Edu.

—Ajá. —Óscar se cruza de brazos, interesado—. ¿Estás familiarizado con el lenguaje del yoga?

—Estoy familiarizado con todos los lenguajes corporales —asegura, coqueto como siempre—, aunque nunca he probado el yoga. ¿Lo recomiendas?

—Desde luego. Son todo beneficios. Reduce el estrés, ayuda a controlar el peso, es bueno para el corazón y, sobre todo, te proporciona paz mental.

«No me vendría nada mal un poco de eso ahora mismo».

—Me han dicho que es muy duro —explica Edu. Yo casi no los escucho; estoy buscando con la mirada a Tamara, a la que le he perdido el rastro. Por suerte, ha dejado el bizcocho sobre la mesita, a la vista. Perfecto para robarlo y desaparecer—. No sé si estoy tan en forma como para empezar en un deporte tan exigente, aunque probé el pilates.

—El yoga es como el pilates en el sentido de que hay diferentes niveles. Yo trabajo como monitor para varios grupos en el centro deportivo que hay un par de calles más abajo. Ven un día a probarlo, si te apetece, y me cuentas. Seguro que te vendrá bien. Alivia dolores musculares que seguro que tienes de estar todo el día de pie en la peluquería.

Los ojos de Edu brillan.

—Sí que tengo dolores... La pobre cadera me está matando. —Y hace un movimiento sexy con la cintura que nada tiene que envidiar a los de Shakira.

Óscar no parece darse cuenta de que cada palabra que sale de la boca de Edu es un anzuelo con el que espera capturarlo, porque se acerca y le pide permiso para manipularla con toda naturalidad.

Aprovecho la distracción para buscar a Tamara, a la que me encuentro sentada junto a la isla de la cocina descubierta.

Observa la escena con un mohín.

—Fíjate cómo se regodea el puñal[1] —bufa—. Podría dejar algo para las demás.

La agarro del codo y tiro de ella hasta apartarla del rango de visión de la parejita.

—¿Has perdido la cabeza? —mascullo en voz baja—. ¿Cómo se te ocurre echarle...? Es que ni siquiera lo voy a decir. La marihuana es una droga. Estás drogando a alguien en contra de su voluntad.

—Ay, pero si será un bocadito nomás. Anda y te...

—No me digas que me «aliviane» —le advierto con el dedo en alto—. Si te importo algo, coge ese puñetero pastel y sácalo de aquí.

Tamara echa un vistazo por encima del hombro y suspira.

—*Chale*, parece que es demasiado tarde.

El corazón me da un brinco en el pecho al ver que Óscar,

1. Gay.

acomodado ya en el sillón, alarga una mano hacia la porción que Edu le ofrece.

—¡No! —exclamo.

Sorprendido, Óscar se gira hacia mí.

—¿No?

—No.

—No ¿qué?

—Que no te lo comas.

Mira el bizcocho sin comprender.

—¿Por qué no?

—Porque... eh... estabas... decías que hacer yoga te ayuda a mantenerte en forma, ¿no es cierto? Pues no creo que tanto chocolate vaya a ayudarte con eso. Es una bomba calórica. Te morirás de diabetes.

Él me sonríe como si yo fuera una pobrecita. Y lo soy. Merezco que me den una palmada en la espalda y me consuelen. Es tan guapo que tengo que mantener todo el cuerpo en tensión para que no se me despeguen las articulaciones al derretirme.

No tiene nada de especial, y, a la vez, es excepcional. Lleva el pelo castaño muy corto, sin seguir ninguna moda actual o pasada: el clásico corte estándar de quienes están más preocupados por la comodidad que por la apariencia. Su postura corporal es la de alguien que no quiere que le miren demasiado. No creo que le salga muy bien la jugada, porque llamaría la atención desde la otra punta de la calle. Tiene los ojos de un verde grisáceo hipnotizador y sorprendentemente cálido para tratarse de un tono invernal, una boca grande de labios gruesos y la nariz recta de un retrato romano. Está lleno de esos detalles que lo hacen masculino: la nuez de Adán marcada, la mandíbula definida, el mentón prominente, la sombra de la barba incipiente en el cuello, la forma trabajada de los hombros, las manos grandes y con las uñas cortas...

Me estremezco sin poder evitarlo.

—Suenas como uno de esos supuestos nutricionistas on-line, *realfooders*, que exigen eliminar las grasas —comenta, sonriendo—. Las dietas equilibradas que prohíben el chocolate no son verdaderas dietas equilibradas. Un dulce casero cada cierto tiempo no hace daño a nadie.

Y vuelve a hacer ademán de comérselo.

—¡No! —insisto, esta vez más alto—. Es que yo... creo que sí te haría daño.

—¿Por qué?

*Puto preguntón de las narices*. Seguro que de pequeño tenía fritos a sus padres: «¿Por qué el cielo es azul, mami?», «¿Por qué no puedo estornudar con los ojos abiertos, papi?». Y encima no suelta el maldito trozo. Se lo va a llevar a la boca en cualquier momento.

—¿Crees que merece la pena pasar semanas batallando contra la grasa acumulada a cambio de un segundo de placer?

Él me sostiene la mirada con una mezcla de curiosidad y... ¿diversión?

—Creo que todo lo que sea capaz de darme un segundo de placer es impagable —dice en tono comedido.

—Eso no te lo dará. Está malo. La leche estaba caducada.

Hace rato que yo le parezco más interesante que el bizcocho, porque me observa sin disimular su interés.

—A mí me parece que huele bien, y ni el instinto ni el olfato me fallan nunca.

—¡Que no te lo comas! —espeto, viendo que se lo lleva a la boca—. Mira, no te lo quería decir, pero comer no es lo que más falta te hace.

Su mano se queda suspendida en el aire.

—¿Cómo?

—Estás un poco fondón. Y ya sabes... si quieres lucir tipín este verano... —muevo las manos sin parar, esperando que eso lo distraiga del rubor de mis mejillas—, vas a tener que renunciar al chocolate.

Óscar se me queda mirando como si le hubiera dicho que la Tierra es plana. Y la comparación no le anda a la zaga, porque he soltado una mentira como un templo y me he quedado tan ancha. Pero consigo lo que quería: deja el trozo en el plato y, en silencio, descansa la mano inerte sobre el regazo.

Espero que tenga una gran autoestima y mi comentario haya hecho que se parta de risa para sus adentros. No podría perdonarme haberlo traumatizado con su físico. Si no lo han nombrado Míster Universo debe ser porque no se ha presentado como candidato.

Joder. Es que acabo de llamarle gordo en su propia casa y, encima, delante de otras dos personas. Eso no ha sido nada francés por mi parte. Y anda que la que ha ido a hablar... Las veces que he ido al gimnasio ha sido para sacar un KitKat de la máquina expendedora, y solo porque la del centro comercial me pillaba más lejos.

—No tengo nada en contra del sobrepeso siempre y cuando no derive en una enfermedad que limite el movimiento —responde con tiento. Oh, venga ya, ¿encima es un abanderado del *body positive*? ¿Qué defecto tiene este hombre?—. Por tanto, si no te importa, y no debería importarte porque este no es tu cuerpo, voy a...

No sé quién se queda más boquiabierto cuando le doy un manotazo para que suelte la porción: si él, Edu, Tamara o yo misma.

Afortunadamente, no ha caído sobre la alfombra, que habría tenido que cambiar si se hubiera manchado con la cobertura de chocolate. Pero ha caído, que es lo importante, y Óscar me mira en estado de *shock*. Tras un silencio tan violento que podría denunciarlo a la policía, Óscar retoma la cuestión con su serenidad de dalái lama:

—Si tanto te molesta que coma algo alto en calorías, ¿por qué me habéis traído un pastel como este, en lugar de un muesli o una macedonia?

—Yo no te he traído nada —suelto a la defensiva—. Para empezar, ni siquiera pretendía venir.

Edu me lanza una significativa mirada de espanto.

«¿Qué demonios estás diciendo?».

No lo sé. No tengo ni idea de qué estoy diciendo. Solo pienso en que, con lo obtuso que es Óscar, voy a tener que darle manotazos hasta que todo el bizcocho embadurne la tarima flotante.

Me observa entre atónito y cabreado. Se está esforzando para que no se le note, y, la verdad, lo está consiguiendo.

Tamara carraspea a mi espalda.

—¿Quién quiere vino?

Óscar me dirige una mirada interrogante.

—Dime. ¿Quiero vino o debería dejarlo también? —ironiza.

*Joder.*

Si Tay hubiera preguntado quién quiere morirse, habría sido la primera en levantar la mano.

## Capítulo 3

### Yo nunca la he cagado a lo grande

*Eli*

No he tenido la suerte de morirme, pero por lo menos parece que Óscar se ha olvidado de mí. Esto me ha permitido servirme con tristeza una buena copa de merlot, el vino que guardo para las ocasiones especiales y que Tamara usa para emborracharse igual que se serviría el vodka a cinco euros del supermercado: sin ningún tipo de criterio.

¿Hay algo peor que la gente sin criterio?

Está claro que mi compañera y yo tenemos distintas visiones de cómo afrontar la vida cotidiana. Visiones que deberían coincidir a la hora de mantener una relación, sacar adelante un negocio y compartir techo, tres cosas que, efectivamente, hacemos desde hace tiempo.

Un ejemplo es la gestión económica. A mí no me gusta tirar el dinero, pero Tamara es una manirrota. Otra es la manera de dar la bienvenida al vecino que acaba de mudarse al piso de enfrente. Ella considera que hay que drogarlo y yo creo que no es necesario, sobre todo si el objetivo es sonsacarle su orientación sexual. A ver quién le dice que vivimos en el siglo XXI y no está mal visto preguntarle a alguien directamente por su estado civil. Si no estuviera haciendo todo lo posible para ser invisible en el salón de Óscar, y si no me diera vergüenza dirigirme a él después de lo que he soltado, le haría dos sencillas preguntas: «¿Tienes novia?», «¿Y novio?». Y si por alguna causa en la que no debemos entrometernos —porque no es asunto nuestro— resulta que está metido en el armario, pues le deseo toda la felicidad del mundo. No debe de haber mucha diferencia entre vivir en un armario y vivir en un piso mosquito, que ahora por lo visto son tendencia en Hong Kong. Por lo menos tengo claro que un ropero saldría más económico que un alquiler en el centro de Madrid.

En defensa de estos dos *hooligans* puedo decir que han sido muy sutiles durante la primera parte de la conversación. Yo me he mantenido al margen por razones obvias, pero no me he perdido ni un detalle.

Resulta que Óscar trabaja como profesor de Educación Física en el Ángel Ganivet, el colegio público al que asisten los niños del edificio. Como estoy bebiendo vino compulsivamente para calmar los nervios, me asalta el pensamiento de la indecente cantidad de niñas de diez años que habrán tenido su gran despertar sexual gracias al maestro de Gimnasia.

Tampoco sería tan raro. A fin de cuentas, yo lo tuve con el de religión.

Intento no mirarlo porque la mortificación aún me dura —y porque se nota que está incómodo en mi presencia y no lo quiero molestar—, pero es como si le pones un parche de lentejuelas a un saco de patatas. Los ojos se te van sin querer a lo que brilla. Y con esto no quiero decir que Edu y Tamara sean feos, porque ni mucho menos lo son; mi amigo se da un aire a Yon González, con ese pelo ondulado y los ojos de cervatillo, y Tay es una latina explosiva.

Pero Óscar...

Es de los que gesticulan mucho y se ocupa de repartir su atención de manera que nadie se sienta ignorado. Incluso a mí me lanza miraditas furtivas, como si quisiera hacerme saber que, aunque no participe en la conversación, lo que me convierte en una completa estúpida, sabe que estoy aquí y que puedo intervenir cuando me apetezca.

Ese momento en el que irrumpo está cerca de propiciarse cuando Tamara por fin se cansa de cháchara y, aprovechando que estamos todos alegres por el vino, propone el juego.

—Por ejemplo... —Se acomoda mejor en la alfombra, donde se ha sentado al estilo indio—. Yo digo: «Nunca he probado las quesadillas». Quien lo haya hecho, tiene que darle un sorbo al vino.

Óscar hace una mueca divertida.

—He jugado a esto mil veces en la universidad, aunque era más común el juego de girar la botella para enrollarte con alguien.

—También podemos jugar a ese, si quieres —dice Tay, guiñándole un ojo.

Él se ríe de forma cortés.

¿Cómo se ríe alguien de manera cortés?

Pues como lo hace él.

—Creo que eso nos tomaría más rato, y en media hora tengo que prepararme para la clase.

—Ajá... Un hombre que se toma su tiempo —comenta Edu, regocijándose—. Eres una caja de sorpresas.

¿Por qué la gente dirá eso cada vez que descubre algo nuevo de alguien? Nadie es una caja de sorpresas por revelar un dato del que los demás no tenían constancia: es una persona de la que te quedan muchas cosas por conocer. Debería darse por hecho que alguien va a dejarte boquiabierto cuando te cuente algo porque no somos adivinos.

Qué importa, estoy desvariando. He bebido tanto y tan rápido que la cabeza me da vueltas, pero tenía que ser yo la que vaciara la mitad. Es *mi* merlot y estoy en todo mi derecho de empinármelo solita, que para eso lo he pagado.

—Venga, empiezo yo. —Edu carraspea—. Yo nunca me he enrollado con alguien de mi mismo sexo.

*Pues empezamos bien.*

—Teniendo en cuenta que vives con tu novio, eso no parece que sea verdad —apostilla Óscar.

—Podemos proponer cosas que sean mentira.

—Y yo que pensaba que esto iba de conocerse mejor... En fin.

Bajo la atenta mirada de todos, Óscar le da un sorbo al vino.

Ya está. Se acabó. Lo puedo ver en la mueca decepcionada de Tay y la sonrisa triunfal de Edu: suena el pitido final y el partido acaba con una victoria aplastante del equipo rosa.

Óscar es gay y no hay nada que podamos hacer.

—¿Con quién fue? —se interesa Edu—. ¿Has tenido muchas experiencias con hombres?

—No, la verdad es que no. No me gusta hacer manitas con cualquiera.

—Dicen que el yoga mata la libido —comento, por decir algo.

Óscar esboza una ligera sonrisita que me pone el estómago del revés.

—Yo diría que la redirige por el buen camino.

—¿Y cuál sería ese camino? Porque has sonado muy espiritual. ¿Estamos hablando del inescrutable e insondable del Señor?

Él me mira con interés.

—¿Qué quieres decir con eso? ¿Crees que soy medio cura?

—No pareces un creyente radical de los que no suelen tener sexo, pero quién sabe, a lo mejor eres asexual. Es una posibilidad que no se explora a menudo —desvarío con la intención de que el mensaje les llegue alto y claro a los otros—. Llevas un anillo en el dedo: a lo mejor es uno de esos de castidad que significan que hasta que no te cases no vas a echar un polvo, como los que llevaban los Jonas Brothers.

De pronto, un rayo de lucidez surge entre la verborrea. ¿Acabo de decir «echar un polvo»? ¿Delante del vecino?

—Entiendo. —Óscar se incorpora y apoya los codos sobre los muslos. Pone la misma cara que el terapeuta al psicoanalizarte—. Has llegado muy rápido a la conclusión de que no follo.

Me atraganto con el vino y estoy a punto de sufrir un ataque de tos.

Él ni se inmuta.

—Supongo que tiene sentido. Hay mujeres muy superficiales ahí fuera que no se meterían en la cama con un gordo como yo.

—¡No he dicho que estés gordo! Solo que estás... bueno... fofo —mascullo con la boca pequeña.

Para mi asombro, Óscar contiene una sonrisa divertida y vuelve a echarse hacia atrás. Y al hacerlo, todos esos músculos que estoy ignorando para no provocarme un aneurisma se flexionan, como queriendo recordarme que no hay quien se crea una palabra de lo que digo.

—Supongo que me toca. Eh... —Echa un vistazo al techo, meditabundo—. Yo nunca me he acostado con una de mis alumnas de la clase de yoga.

—No será porque no sean guapas o no se te insinúen —interrumpe Tamara—. Sé la clase de mujeres que asisten a esas sesiones y algunas se perfuman con intención. ¿No te tientan?

—Cuando dices que nunca te has acostado con una de tus alumnas... ¿excluyes deliberadamente a los hombres porque hay alguna posibilidad de que sí lo hayas hecho con un alumno? —cuestiona Edu.

—Excluyo a todo el mundo. Intento ser profesional en mi trabajo.

—Bueno, pues yo nunca le he dado por el chiquito a un vato —suelta Tamara.

Estoy a punto de escupir el vino, pero lo retengo en la boca de puro milagro. Todos dirigimos nuestros ávidos ojos, inyectados en sangre, al único jugador real del reto.

Óscar no bebe.

Edu y yo intercambiamos una mirada.

«Eso es que es una pasiva», me dice.

«O a lo mejor no le gusta el coito como tal», propongo yo.

Tamara nos fulmina a ambos.

«Es heterosexual y se acabó».

—Yo nunca me he enamorado de una mujer —dice Edu.

Óscar da un sorbo lento.

El Comité de Orientación e Identidad Sexual de la calle Julio Cortázar vuelve a compartir una mirada.

«Puede haberse enamorado platónicamente. Yo lo hice cuando pensaba que era heterosexual», aclara Edu.

Tamara lo castiga con una mirada hostil.

«¿Es que piensas buscar el lado gay a todas sus respuestas?».

«Sí. Siguiente pregunta».

—Yo nunca he tenido un pensamiento sexual que incluya a alguien de esta habitación —propone Óscar, luego se cruza de piernas y nos lanza una mirada distraída—. Se podían proponer cosas que pueden no ser verdad, ¿no?

Los tres nos quedamos tontos.

—¿No es verdad? ¿Has fantaseado con alguno de nosotros? —jadea Tay.

—¿La magia no está en dejarlo en el aire?

Desde mi posición veo y oigo girar los engranajes del cerebro de Tamara. Sobre todo porque los míos se mueven en la misma dirección.

Por estadística, existe una mayor probabilidad de que sea heterosexual, porque hay un sesenta y siete por ciento de mujeres en la sala frente al treinta y tres que representa solo Edu. A no ser que sea bisexual, una opción que estamos ignorando y que abarcaría el cien por cien de las opciones. También estamos dando por hecho que se ha gozado ese presunto pensamiento sexual, cuando yo, por poner un ejemplo, he tenido muchos con gente que no me gustaba en absoluto. Puede haberse imaginado retozando con Tamara y ser gay, que no son dos hechos excluyentes.

Dios mío. Ahora hasta hago matemáticas para intentar comprender a un hombre. Esto se me está yendo de las manos, aunque no tanto como a Edu y a Tamara, que empiezan a lanzar pullas a diestro y siniestro hasta tal punto que se les ve el plumero.

—Yo nunca he recibido por detrás.

—Yo nunca he estado en un bar gay.

—Yo nunca he ido a un concierto de Lady Gaga. —Porque, por lo visto, Lady Gaga es la diosa suprema de los gais, y si eres hombre y la escuchas, está cantado en qué acera te mueves.

Óscar ha ido a un concierto de Lady Gaga y sale con frecuencia por bares gais, pero nunca ha probado el anal en ninguna de sus dos posiciones.

¿Qué clase de enigma digno de Iker Jiménez es este?

—¿Y qué has hecho en el bar gay? —pregunta Edu, pasando del escaso disimulo del «yo nunca» para ir al grano—. ¿Has ligado?

—Sí que suelo ligar —contesta Óscar, distraído.

A esa respuesta le siguen otra serie de preguntas tan detalladas sobre su vida sexual que empiezo a ruborizarme. Si se puede morir de la vergüenza ajena, ya me puedo olvidar de especificar en el testamento mi deseo de que arrojen mis cenizas al mar. No creo que, agonizante como estoy, me dé tiempo a cruzar el rellano y agarrar un bolígrafo.

—¿Cuál dirías que es tu parte favorita del cuerpo de una mujer? —pregunta Tamara justo cuando estoy llegando a mi límite.

A este pobre hombre le están aplicando el tercer grado sin anestesia.

—¿A quién le importa eso? —interrumpo, ansiosa porque todos salgamos de aquí y continuemos con nuestras vidas—. Ni que fuera tan interesante. Además, es obvio que está incómodo, no quiere hablar de esos temas. Seguro que tampoco tiene mucho que decir.

En mi cabeza había sonado mucho más agradable. Pretendía darle algo así como una vía de escape, pero creo que lo ha interpretado como un insulto. En cualquier caso, ha servido para lo que me proponía. Tamara y Edu parecen satisfechos con la información obtenida... y con el colocón, pues también. Parece que había vino de sobra para emborrachar a dos personas aparte de a mí. Óscar, en cambio, está fresco como una rosa. Cosa que agradezco cuando estoy a punto de desplomarme por haberme levantado tan deprisa.

El mareo me nubla la vista un segundo y, gracias al cielo, Óscar interviene a tiempo. No me suelta hasta asegurarse de que puedo sostenerme por mí misma, y entonces se despide de los otros dos. Para dar dos besos a Tamara, coloca la mano peligrosamente cerca de la curva de su trasero. Ella lo nota y pone los ojos en blanco. Acompaña el adiós a Edu dándole un segundo beso en la mejilla casi sobre la comisura de la boca.

*Joder*. O es bisexual, o es demasiado cercano, o se está riendo de nosotros. Óscar parece demasiado formal para hacer algo así —burlarse de sus fans, digo—, y también me da la impresión de ser distante, pero...

—Ven, bébete un vaso de agua —me dice—. Lo necesitas.

Accedo porque tiene razón, pero me pone histérica estar borracha y vulnerable en su casa. Acepto con dedos temblorosos el vaso que me tiende e intento esquivar su mirada mientras doy sorbitos cortos.

Él no aparta los ojos de mí.

—Espero parecerte más interesante la próxima vez.

—Yo también —contesto sin pensar. Enseguida me doy

cuenta de lo que había dado a entender e intento arreglarlo—. Quiero decir...

—¿Por qué te caigo tan mal?

Aparto el vaso de los labios y lo miro horrorizada.

¿Caerme mal? ¿Él? ¿Eso es lo que ha entendido? No me extraña. Solo un villano o un maleducado insulta a alguien en su propia casa. A lo mejor lo apropiado es seguirle la corriente, mentir diciendo que me parece un estúpido. Así nunca sospechará que lo espío y se mantendrá alejado de mí. Tanto si es gay como si no, me merezco un poco de paz mental y no pasarme las noches soñando que el vecino me clava contra la pared.

—No creo que eso les importe a los hombres como tú.

Óscar enarca las cejas.

—¿Quiénes son los hombres como yo, si se puede saber?

—Los que se lo tienen muy creído. Seguro que piensas que por tener los ojos verdes y suficiente pasta para vivir aquí, los demás debemos hacerte la ola.

«Pero ¿qué coño estoy diciendo?».

Óscar echa la cabeza hacia atrás, asombrado por la inesperada puñalada. No recuerdo haberlo visto nunca frunciendo el ceño o haciendo una mueca hostil, y, naturalmente, no iba a hacerla ahora, y por mi culpa. No soy tan importante.

—No me conoces de nada —me recuerda—. Y eso que acabas de decir en concreto no es ni siquiera una primera impresión; es un prejuicio.

—Todos prejuzgamos. Seguro que tú pensaste algo de mí al verme por primera vez.

Óscar apoya la mano en la encimera y me lanza una mirada pensativa.

—Pensé que eres muy dulce, pero ya veo que me equivocaba. —Da un paso hacia mí—. También te vi tan nerviosa que se me ocurrió que podría haberte gustado.

«Pues deja que te diga, amigo, que tienes un instinto acojonante».

— 49 —

—¿Qué? ¿Tú a mí? No. No, nada de eso. Imposible. A mí no me gustan los...

—¿Los fofos, aburridos y engreídos que para colmo tienen una clarísima falta de experiencia sexual? Tienes suerte de que no sea muy sensible o podrías haberme hecho llorar, Elisenda.

Trago saliva.

Está muy cerca. Siento que quiere intimidarme y hacerme sentir mal por ser una cabrona.

¿Puedo culparlo por eso?

—No... no te imagino llorando —balbuceo.

—Pues tienes una imaginación muy limitada. No me importaría prestarte un poco de la mía —agrega, con los ojos entornados—. Creo que cambiaría bastante el concepto que tienes de mí.

—¿Qué más te da el concepto que tenga de ti? —replico, mucho más seca de lo que pretendía.

*Por favor, señores buenorros, no se acerquen a Eliodora Bonnet. Corren el riesgo de salir escaldados mientras ella trata de aparentar normalidad.*

*P. D.: En el proceso parece de todo menos normal.*

Óscar aparta la mano de la encimera y da un paso atrás.

—Ahora que lo dices, tienes razón —contesta con la misma dureza—. ¿Qué más me da? Tampoco me quita el sueño llevarme bien con gente superficial que solo sabe criticar.

Eso me sienta como una patada en el estómago. Me dan ganas de gritar que yo no soy así, que me parece la persona más interesante y el hombre más sexy que he visto en mi vida, pero que no tengo la menor idea de cómo demostrarlo.

Dios mío, él pensaba que soy dulce. ¿Por qué no volvemos a ese punto? ¿Por qué no puedo rebobinar?

Pues porque tendría que dar explicaciones, y no le voy a decir que mi reacción se debe a un bizcocho de marihuana y a que llevo delirando por él desde que nos encontramos. Prefiero que me vea como una tía desagradable que como una *groupie*. Seguro que le parezco más original como su detractora que como su fan número uno.

Él se queda un momento delante de mí, a lo mejor esperando que desmienta lo dicho y justifique mi actitud. Pero se rinde antes de que me tiente la posibilidad de ser sincera.

Da media vuelta y, antes de salir de la cocina, me suelta:

—Ya sabes dónde está la puerta.

## Capítulo 4

### AL LEÓN DE ESTA SELVA LE FALTA TESTOSTERONA

*Eli*

—«Tus premoniciones y corazonadas darán en el blanco, pero debes poner de tu parte para no dejar que las ideas tristes o negativas te alejen de tus metas y te coloquen en una situación de desventaja emocional con respecto a la otra persona» —leo en voz alta—. «Lo que se dijo en un momento de acaloramiento no tiene por qué estarse repitiendo constantemente. Tus canales psíquicos están trabajando a la perfección, y si afinas tu intuición, dentro de pocos días podrás encontrar soluciones a ese problema que tienes».

Supongo que, con «problema», El Señor del Horóscopo se refiere al hecho de que mi vecino me odie, porque, en la actualidad, ninguna otra cosa me perturba. Mis finanzas van viento en popa: en estas fechas se casan muchas parejas y precisan un servicio de *catering*. También hay un montón de jubilaciones por eso del fin del cuatrimestre, y de graduaciones: a mediados de mayo, los universitarios que lo han aprobado todo ya están lanzando su birrete al aire. La presencia de la familia en mi vida brilla por su ausencia, y no lo consideraría un problema porque lleva siendo así desde que murió mi madre. En cuanto a mi salud, se encuentra en perfecto estado de revista, así que...

—El Señor del Horóscopo te acaba de leer la cartilla sobre Óscar —comenta Tamara justo después de echar un ojo a la pantalla de mi móvil.

Acabamos de salir de la cafetería de la esquina, donde todas las mañanas hacemos la entrega de repostería a Martiño. Los lunes son especialmente duros; ambas vamos en chándal y las ojeras nos llegan por los tobillos. A Tay le gusta pasar los fines de semana en camas ajenas o tirándose el cubata encima cada vez que le ponen una canción de Bad Bunny; yo prefiero dormir la mona, pero en esta ocasión a las dos nos ha venido mejor hornear tartitas, porque tenemos mucho en lo que pensar y la repostería es el remanso de paz al que recurrimos cuando algo nos perturba. Apuesto a que Tamara ha estado meditando su siguiente paso para destapar los secretos de Óscar. En cuanto a mí, necesitaba sentirme realizada, y qué mejor que hacerlo dando uso a la cocina. De lo contrario, me habría tirado horas lamentando mi mala suerte con la vista clavada en el techo.

Está claro que el que está deprimido es aquel que no sabe cocinar.

—¿Tú crees? —Suspiro.

—Lee el apartado del amor, a ver si te da otra pista.

—¿Qué tiene que ver el amor con Óscar?

—Quién sabe —dice, encogiendo un hombro con aire misterioso.

Pongo los ojos en blanco, pero acabo complaciéndola porque el camino hasta el número trece de la calle Julio Cortázar se hará muy largo si no le doy conversación.

—«¡Conjunción de Júpiter con tu regente Venus, ambos en Sagitario, un aspecto muy positivo! No dejes que te desalienten las repeticiones aburridas de quienes se pasan el tiempo quejándose con monsergas y lamentos. Tal vez más pronto de lo que piensas estarás envuelto en una relación sentimental maravillosa, pero solamente si no dejas que esas ideas negativas aniden en tu corazón». —Asiento muy despacio, asimilando la información—. ¿«Una relación sentimental maravillosa»? Señor del Horóscopo, le deseo buena suerte si lo que pretende es buscarme novio entre los astros.

—Es obvio que te está diciendo que dejes de pensar que tu *crush* es gay y que le pidas disculpas.

—Lo que tú digas. Pero sí, lo he pensado —confieso a mi pesar—. Lo de pedir disculpas, digo. No quiero que me tenga por una maleducada. Pero se comporta conmigo de forma muy fría... Me da miedo decirle algo.

—¿Fría? —Tamara se ajusta el bolso sobre el hombro—. ¿Se vieron? O sea... —Sacude la cabeza. A veces, y a pesar de llevar años viviendo en España, le salen las conjugaciones y el «ustedes» mexicano—. ¿Os habéis visto?

—Un par de veces. El otro día yo entraba en el edificio y él salía. Nos saludamos con un simple «hasta luego» y ya está. Bueno, yo le dije «hola» y él me dijo «hasta luego». Nos quedamos mirándonos durante un momento, muy tensos, y luego nos perdimos cada uno por nuestro lado. —Tuerzo la boca—. Todo esto es por tu culpa, ¿sabes?

No soy la clase de persona que descarga sus derrotas en las espaldas de los demás, pero en este caso hasta Tamara sabe que ha tenido mucho que ver.

Resulta que, al volver a casa, me dio un ataque solo de pensar que el bizcocho se hubiera quedado en el apartamento de Óscar. Tamara me «tranquilizó» diciendo que no le había echado marihuana, que solo hizo que me lo creyera para obligarme a ir a saludarlo.

Está claro que, para ella, en el amor y en la guerra todo vale.

Mi trabajo me impide no dirigirle la palabra, y si no trabajo en condiciones, no gano dinero, lo que significa que estar enfadada con Tamara no me sale rentable y, de hecho, puede llevarme a la ruina. Ese es el único motivo —además de mis modales franceses y mi falta de sangre en las venas— por el que no le di dos tortas allí mismo.

Ahora que han pasado unos días, lo veo con un poco más de filosofía. Pero cada vez que me encuentro con Óscar —hemos vuelto a compartir ascensor y ni siquiera me ha mirado a la cara al desearme las buenas tardes, probablemente porque lo que quería desearme era un brote agudo de sarampión—, me acuerdo de la terrible cagada y me dan ganas de estrangular a Tay con las dos manos.

Pero no solo a ella, también a mí misma, por lerda, y al propio Óscar, por no haberme leído la mente en el momento y descubrir que no tengo nada contra él.

—Odio sus modales —me desahogo—. Mi madre me enseñó que hay que ser educado con todo el mundo, te caiga bien o no, pero me molesta que me dé los buenos días cuando lo que quiere es darme la espalda y hacerme un corte de mangas. Debería ser lo bastante hombre para decirme que quiere que me mude de país y que no soporta verme la cara.

Tay arruga la nariz.

—¿Pone en tu horóscopo que hoy te vas a poner apocalíptica? Órale, Elisenda. Si es gay, ganándote su odio te has quitado de encima el sufrimiento de desear lo imposible. La neta que no hay nada peor que enamorarse de quien nunca te corresponderá.

—Lo dices como si a ti no te hubieran correspondido alguna vez, o como si algún hombre fuera imposible para ti.

—Óscar podría ser imposible para mí, porque, si es gay, no le gustaré, y si es hetero y te gusta a ti, pues yo no lo miraré dos veces. —Suspira de esa manera que antecede una de sus exageraciones; hasta se pone la mano en el pecho—. Tendré que desahogar las fantasías eróticas que Óscar protagoniza escribiendo un *fan-fiction* en internet, o pegando fotos de nuestras caras encima de las de Brangelina.

—Brad y Angelina rompieron hace tiempo.

—*Chale*, Elisenda, no me lo recuerdes.

—Literalmente Brad la está denunciando ante los tribunales —insisto.

—Podrías bajarle el ardor a un chavo con priapismo, te lo juro.

Paro delante del cajero automático para sacar dinero. Tamara, que es una neurótica, no tarda en transformarse en un muro, brazos extendidos incluidos, para que nadie curiosee mientras introduzco el pin.

Aprovecho para mirarla por encima del hombro.

—Volviendo al tema... No hables como si yo tuviera alguna posibilidad. Cree que soy una bruja, Tay. Una bruja gordófoba y criticona. Una bruja gordófoba, criticona, repelente y engreída... Incluso puede que crea que, como solo les hablo bien a las mujeres y a los gais, soy una misándrica que quiere dar muerte a los penes.

—Es imposible que seas una misándrica que quiere dar muerte a los penes...

—¡Lo sé! —exclamo, a punto de darme una palmada en la frente.

—... porque no te acercarías tanto a un pito como para darle cuello[2] —apostilla, asintiendo muy convencida.

No le replico a mala idea porque tiene razón.

—Le dije que lo odio porque seguro que se cree que, precisamente por tener los ojos verdes, ya tiene el cielo ganado —recuerdo con tristeza—. No copularía conmigo ni aunque fuese heterosexual y yo fuera la única mujer que quedara en el mundo por culpa de la sexta extinción masiva. Íbamos por la quinta, ¿no?

—Yo qué sé, mija. Me aprendí los números ordinales por las temporadas de *Gran Hermano*, no por las extinciones. Y llámame optimista, pero creo que en una situación tan extrema como

2. Matarlo.

es el fin del mundo, tendría que hacer de tripas corazón y arrearte un vergazo. Aunque fuera por compasión —replica con naturalidad, pensativa.

—Oye —le advierto con el dedo en alto—, no pretendía darte ideas, que te veo capaz de desarrollar un virus mutante que mate a todas las mujeres del planeta para dejarme a merced del vecino.

—La de cosas que hago por amor... —suelta, y empieza a batir las pestañas.

—Pues menos amor de ese, Jaime Lannister, y más amor del que evita que la gente me deteste por salvarla de acabar drogada.

—Incluso si hubiera metido marihuana en el pastel, ¿qué es lo peor que podría haberle pasado? ¿Que hubiera ido a clase de yoga en plan risitas o con los ojitos colorados? Luego soy yo la dramática. —Bizquea, y viendo que no me apacigua con sus «hábiles» argumentos, acaba claudicando—: ¿Quieres que vaya a hablar con él y le comente la situación?

Saco los billetes y los guardo en el monedero. Luego rebusco el móvil en el bolso para revisar que me ha llegado el aviso de extracción. En efecto, ahí está... junto con un par de llamadas perdidas de Normand.

Involuntariamente, le frunzo el ceño a la pantalla. Enseguida me obligo a borrarlos; el mensajito y la cara de tonta. A Tamara no se le escapa ni una, así que como me dé la vuelta y me pille pálida, va a saber qué es lo que pasa y va a liar la de Dios es Cristo. Por eso debo intentar ocultarle ciertas noticias. Aunque solo sea por unas horas, que es lo que tarda en olerse la movida y sacar a relucir su poder deductivo.

Tampoco es que le cueste mucho averiguar qué me pasa. Solo hay dos temas que me traen por la calle de la amargura: Normand y mi madre. Si estoy más triste que enfadada, me ha entrado la nostalgia del luto. Si estoy más irritada que preocupada, la culpa la tiene mi exnovio.

¿Lo bueno de todo esto? Que no es la primera vez que Normand intenta ponerse en contacto conmigo, así que puedo fingir con gran credibilidad que su aparición me da igual. ¿Lo malo? Que se me sigue descomponiendo el estómago cada vez que veo su nombre. He pensado en borrarlo de mis contactos, pero me sé de memoria su teléfono y seguiría sintiendo lo mismo al comprobar que pretende retomar la comunicación.

—Perdona, me he distraído. —Carraspeo, después dibujo en los labios una sonrisa agradable al girarme hacia Tamara—. ¿Qué me habías preguntado?

—Que si quieres que hable con él. Le caigo a todo dar, seguro que puedo hacer algo.

—Si lo haces para aumentar mis posibilidades de que nos acostemos, olvídalo. —Arrojo el móvil al fondo del bolso y suspiro, hastiada con mis propios sentimientos—. ¡Ni siquiera sé por qué me importa! Estoy acostumbrada a que la gente piense que me creo superior.

—Te importa porque te gusta, mensa. ¿O tú qué crees? —rezonga. Me agarra por el brazo antes de que dé un paso más hacia delante—. No, *perate*, no vayas por ahí. Quiero darme una vuelta por el centro deportivo. Voy a inscribirme a unas clases de zumba y hoy es el último día. Ándale, acompáñame.

—¿*Ahora* vas a apuntarte a zumba? Estamos desbordadas. No tenemos tiempo ni para el club de lectura que se te ocurrió hace dos meses.

—*Chale*, es cierto. Tenemos que armar uno pronto —piensa Tay en voz alta—. Pero quería esperar a que Matty volviera de viaje para leer lo nuevo de Nora Roberts.

Matty es nuestra mejor amiga. No voy a decir que seamos las tres marías porque ella siempre ha sido un alma libre que va a su bola, la amiga de todos, el culito inquieto; Tamara y yo, en cambio, somos más tradicionales y solo nos tenemos la una a la otra. Y ahora más que nunca, porque Matilda se ha echado novio formal y, aunque han estado viviendo en el ático del edificio, pretenden mudarse a la otra punta de Madrid. Parece ser que ese apartamento acumula más malos recuerdos que buenos y, a pesar de que ambos adoran la comunidad, se han decidido a romper con esa leyenda de que quien entra en el número trece de la calle Julio Cortázar no sale si no es con los pies por delante.

Ahora están en El Paso, Texas. La madre de Julian, su pareja —un yanqui con las pintas de Charlie Hunnam, solo que achuchable como un osito y, a la vez, huraño como un escritor de buhardilla—, quería conocerla en persona después de unos cuantos meses de relación. Esa ha sido la excusa perfecta para hacer el viaje en el que Matty pretende fortalecer el vínculo familiar entre su novio y sus parientes. Ella es así, siempre piensa en los demás antes que en sus intereses, que de todos modos han sido satisfechos: siempre quiso conocer Estados Unidos, y la verdad es que las madres se le dan muy bien. La mía la quería un montón.

—No me extrañaría que un día nos llame y diga que va a quedarse allí, la verdad.

—No mames. Matty no sabe hablar inglés y tiene el examen de selectividad el mes que viene. Ni de pedo se queda. —Tamara señala una calle paralela—. Es aquí. Me anoto en menos de lo que canta un gallo.

La acompaño hasta el mostrador del centro deportivo. Es el típico local recientemente remodelado que con toda probabilidad ha invertido más dinero en que se vea nuevo y moderno que en el personal; me apuesto el alma a que les pagan cinco euros la hora. Este tipo de negocios suelen quebrar muy rápido, pero por lo que observo en la placa de recepción —«Juntos desde 2010»— y la cantidad de mujeres que entran en manada para tomar su siguiente clase, parece que va a ser la excepción.

En lugar de pararse a hablar con el recepcionista, Tamara comienza a seguir a un hombre con los bíceps como balones de baloncesto y las cejas depiladas al estilo Rachel Weisz en *La momia* que nos guía a una sala inmensa con un tatami azul. Las paredes están recubiertas de espejos del suelo al techo, y un par de mujeres con mallas y camisetas de nadadora cotillean entre ellas mientras observan su reflejo en el espejo. Me entretengo examinando el equipamiento —pesas apiladas en una esquina, sobre todo— como quien ha visto un fantasma hasta que oigo una voz que me suena familiar.

Levanto la cabeza y ahí está Óscar, hablando con una treintañera que luce su embarazo con orgullo, es decir, con un sujetador deportivo y nada más. Por un instante solo puedo admirar con embeleso y cierto escrúpulo la curvatura de la barriga —no me extrañaría lo más mínimo que se pusiera de parto aquí y ahora—; después, mi cabeza asimila la encerrona a la que Tamara me ha expuesto.

Me muevo rápido para esconderme, pero Tay me agarra antes de que pueda escabullirme por el pasillo.

—¡Óscar! —grita la muy cerda—. ¡Hola, mijito!

Como si Óscar fuera el basilisco y pudiera ocultarme de él quedándome inmóvil, permanezco con los pies clavados al suelo y el cuerpo tenso como las cuerdas de un violín. Sin embargo, nuestro vecino no es un bicho deforme y ciego, y en cuanto reconoce a mi amiga, dibuja una inmensa sonrisa en los labios.

Ya no puedo huir, y Tay es consciente. Sabe que me permito hacer el ridículo solo hasta un punto; a partir de ahí, no más. En este caso, no puedo desaparecer sin que se dé cuenta de que estoy evitándolo, y creo que sería malísima idea actuar como si *él* fuera la peste después del mal rato que *yo* le hice pasar.

—Voy a despellejarte —mascullo, sin mover apenas los labios. Tamara me guía hasta el tatami, donde Óscar espera de brazos cruzados a que sus alumnas lleguen—. ¿Por qué me haces esto? No me toques, cabrona. —Hago un gesto todo lo disimulado que puedo para deshacerme de su brazo de hierro—. Puedo ir sola.

—Hace unos minutos estabas chillando porque Óscar piensa que eres una bruja, y es obvio que eso te choca, así que vamos a hacer esta clase de yoga y después nos echamos algo con él. ¿Jalas?[3] —me pregunta con esperanza.

—No.

—Esa es mi chica —dice en voz alta, palmeándome el hombro amistosamente.

Y así es como me las veo, una vez más, en una situación que no me he buscado.

La embarazada y otra mujer también en estado, aunque no a punto de alumbrar, se retiran a regañadientes, cediéndonos el turno de cautivar al buenorro de su profesor. Viendo sus caras enrojecidas por la rabia, me queda claro que no vienen para saludar al sol o hacer la postura del saltamontes, sino a buscarle un padre a su hijo. Tampoco me extrañaría lo más mínimo enterarme de que se han quedado preñadas con tan solo poner un pie en la sala: Óscar está increíble con la camiseta de tirantes negra y los pantalones cortos de chándal.

Me pongo colorada al echar un vistazo al bulto de las bermudas.

Deberían prohibir esa clase de prendas en lugares públicos, sobre todo a los hombres a los que se les marca el paquete como si se hubieran metido un calcetín en la ropa interior.

—Qué grata sorpresa, Tay, ¿cómo estás? —dice Óscar, sonriendo a Tamara. La saluda con dos besos, y, para mi sorpresa, se gira hacia mí con una sonrisa cortés—. Hola.

El corazón se me para al instante y juraría que me suben aún más los colores.

*Oh, venga ya.* Me ha dicho «hola» y es como si me hubiera soltado que anoche se acarició pensando en mí. ¿Cuándo va a terminar esta tontería? ¿Y por qué he dicho «se acarició pensando en mí»? ¿Es que se me tiene que pegar el estilo erótico

3. ¿Te hace?

de Virtu? Y por qué no hay dos besos para mí, ¿eh? Por un lado me enfada, porque la educación es lo primero, pero, por otro, bendito sea Dios por evitarme su contacto, que seguro que me habría provocado un síncope.

Aun así...

«No me digas *en serio* que quieres que te toque».

Pues claro que no quiero que me toque, eso es una auténtica estupidez... además de imposible. A mí no me gusta que los tíos con *sex appeal* y una evidente y prolífica vida sexual me miren; menos aún, que me rocen.

Estamos bien así, sin dos besos. Estamos muy bien. Estamos *de lujo*.

«Estamos profundamente deprimidas», lamenta la voz de mi conciencia.

—Me alegra que te hayas animado a venir, Tamara. No te vas a arrepentir.

—¡Al chile[4] que no! Si ya me alegro de haber venido —asegura ella. Y apoyándole la mano en el hombro, le echa un vistazo de arriba abajo y añade—: Estás de rechupete, mijo.

Siempre he admirado la capacidad de mi amiga para soltarles esas burradas a los hombres sin pestañear. Yo no podría decirle ni que le favorece el nuevo corte de pelo sin atragantarme tres veces con mi propia saliva y empezar a toser como una tuberculosa. Incluso puede que me orinara encima.

La vida de la gente tímida es muy dura y no se visibiliza lo suficiente.

Me siento tan sola en este mundo cruel...

Óscar le guiña un ojo —es sorprendente que, a pesar de eso, Tamara siga sobre sus dos piernas— y nos pide que nos sentemos con el resto de «nuestras compañeras».

Al darme la vuelta y dirigirme, de mala gana, a donde nos

4. Claro, evidentemente.

ha señalado, me quedo de una pieza. Tengo ante mí suficiente gente para formar dos equipos de rugby y competir. Y quien dice «gente», dice hormonas femeninas.

—Aquí hay más mujeres que en las rebajas de El Corte Inglés —murmuro sin apenas mover los labios.

—Todas están luchando por el amor de Óscar —responde Tay en el mismo tono mientras se acomoda en la última fila con esa seguridad con la que se conduce por todas partes.

A mí me da vergüenza sentarme con todos esos ojos clavados en mi frente, y no precisamente para darme la bienvenida, sino para dejarme bien claro que no piensan compartir conmigo al profesor de yoga.

—Míralas, Eli... Míralas —masculla Tamara, devolviéndoles la mirada con gesto desafiante. Si tuviera un poco menos de vergüenza, les presentaría a Puño y a Tazo—. Unas puercas calenturientas como no he visto en toda mi vida. Esa tipa de ahí lleva relleno en el *bra*. Se le nota desde aquí.

—Pues mira a esa, que te quedas muerta. Se está subiendo el tanga rojo para que se vea lo que lleva —musito, incrédula—. Dios, yo tengo uno igual, pero en negro. Es de La Perla. ¿Se ponen tangas caros para venir a sudar? Si ese lo reservo yo para Año Nuevo, y solo si salgo con pareja.

—¿Y has visto a la güera[5] de la primera fila? —Me da un codazo—. Está doblada en un ángulo de cuarenta y cinco grados. Saca un poquito más de pecho y se le parte la columna vertebral.

—¿Y qué me dices de la asiática de la esquina? No para de tocarse el pelo y mirarlo embobada... —Me muerdo el labio—. No está bien que las acusemos de trepadoras, ¿verdad?

—Yo no he usado esa palabra. Ni siquiera sé qué significa. Si es un sinónimo de «guarras», no lo diría en plan despectivo. Las adoro, me siento muy representada y me veo reflejada en

5. Rubia.

su comportamiento. —Y sonríe con orgullo—. Yo también me he puesto mi mejor labial para que se fije en mí.

—Genial, entonces soy el único espantapájaros de toda la sala.

Y no lo digo porque padezca ese virus contagioso de la falsa modestia. Me he despertado, me he hecho un moño de cualquier manera y me he plantado unas mallas grises descoloridas por los lavados. No acostumbro a maquillarme porque lo hago como el culo, y siento un extraño aprecio por las camisetas de propaganda, supongo que porque todas pertenecieron a mi madre —ella y sus extrañas colecciones—. Esta en concreto reza: «Electrodomésticos Suárez».

Menos mal que Óscar ni me mira.

Para cuando se sienta en posición del loto y nos anima a hacer lo mismo, han entrado unos cuantos hombres —por la forma en que repasan al monitor, imagino que o son gais o son simples mortales que tratan de confirmar que ese tipo de ahí no es el mismísimo Capitán América— y una cara conocida.

Susana Márquez, la vecina del 2.º B, nos localiza en medio del tumulto de hormonas y se sienta a nuestro lado. Se acomoda la coleta rubia sobre el hombro y nos guiña un ojo.

—¿Qué? —saluda con una sonrisilla traviesa—. Habéis descubierto ya el monumento madrileño, por lo que veo. Venir a verlo es una gozada.

—¿Tú también estás aquí como espectadora? —le pregunto en voz baja.

—Qué va. Llevo haciendo yoga desde que abrieron el centro. Pero reconozco que con Óscar es más interesante que con Yuin, y no solo porque esté bueno. Es un profesor estupendo. Me transmite la serenidad que necesito para afrontar un día de estrés.

Susana tiene un *sugar daddy* que trabaja en política y un hijo que porta el apellido de su madre, por sorprendente que suene. El misterio de quién es el padre de la criatura ha tenido a toda la comunidad en vilo hasta que ha asumido que nunca lo descubrirá. Susana no da pistas ni permite que se metan en su vida. Es de las únicas que participan en las investigaciones que emprendemos fruto del aburrimiento, como a qué se dedicaba el ermitaño del ático o qué le va al metrosexual del cuarto, pero se encarga de que estas indagaciones nunca la tengan a ella como objetivo. Es inteligente y el modelo de mujer de treinta y cinco —¿o treinta?— que tiene un cajón reservado para las cremas antiedad, conduce un todoterreno con tacones y a la que, por cierto, le importa un comino lo que piensen de ella.

A diferencia de mí, si Óscar la tuviera como a una imbécil de manual, seguro que no habría derramado unas lagrimitas. Y eh, que yo las derramé porque me bajó la regla y cuando entra Mercurio retrógrado o tengo la Luna en Escorpio me pongo especialmente sensible.

—Hoy tenemos en clase a un par de nuevas alumnas y, como sabéis, cada primera semana del mes empezamos despacio. Os voy a pedir que os sentéis en posición del loto y peguéis la mano derecha al pecho, sobre el corazón. La izquierda llevadla al vientre. Empezamos el trabajo de *pranayama*: respiramos en cinco tiempos.

Óscar me pilla mirándolo fijamente y arquea una ceja. «¿A qué esperas?», parece preguntarme. Lo imito con torpeza, sin apartar la vista de sus numerosas adeptas. *¿Pranayama?* Lo único que quieren todas estas mujeres es que las llamen, ir a su casa y quedarse en la cama, «sin pijama, sin pijama». No soy nadie para juzgarlas porque soy la primera que ha pospuesto sus tareas culinarias mil y una veces para asomarse a la ventana y echar un ojito al monumento. Lo único que hago es envidiarlas. Si fuera un poco más atrevida, yo también me pondría mi tanga de La Perla, me lo subiría hasta abrirme un agujero en el intestino grueso y le sacudiría el culo en la cara cuando viniera a corregirme la postura de la uve invertida. Pero como, por desgracia, no tengo ningún carisma o talento de seducción, puedo respirar aliviada sabiendo que nunca me mirará dos veces.

—¿Pero tú sabes si puedo estar aquí? —le pregunto a Tamara en voz baja.

Ella tiene los ojos cerrados y las manos apoyadas donde Óscar ha indicado.

Es verdad que lleva un pintalabios nuevo, la muy descarada.

—Pagué todo el mes para las dos.

Yo también cierro los ojos. No me va a venir nada mal concentrarme en la respiración para no arrancarle el pelo, pero hasta calva estaría guapa.

—Te lo voy a decir para que lo entiendas, Tamara Tetlamatzi: *voy a partirte la madre*.

La mujer que reflexiona, medita o babea —o las tres cosas a la vez— delante de mí se gira para mandarme callar.

—Qué bueno está el hijoputa. —Susana suspira unos segundos después. A ella, como es veterana, no se atreven a decirle que cierre la boca—. ¿Habéis avanzado algo en vuestra investigación sobre sus preferencias? Estoy ansiosa por conocer el veredicto de la comunidad.

—Esperaba sacar algo más viniendo a observar cómo se desenvuelve en su hábitat natural —contesta Tay—. ¿Sabes si la criatura tiene costumbres de apareamiento con las presentes?

Susana reprime una carcajada.

—Que yo sepa, no, pero creo que algunas han fantaseado tanto que actúan como si el sujeto las hubiera visto desnudas. Una cosa sí te digo, y es que es el auténtico rey de la selva.

—Despide demasiada testosterona —conviene Tamara, dándole la razón—. Eso atrae a las hembras.

—Seguro que pronto habrá disputa entre la especie. Las leonas no dejan que otras jueguen con su presa. Son posesivas y territoriales.

Entonces es a mí que se me escapa sin querer una carcajada. Resuena por toda la sala, captando la atención del público y del objeto de nuestra obsesión.

—Electrodomésticos Suárez —me llama Óscar—, ¿te parece muy divertido el ejercicio?

—¿Te... te acaba de llamar «Electrodomésticos Suárez»? —balbucea Susana, mirándome de reojo y a punto de partirse el culo.

Yo niego con la cabeza, con los carrillos llenos de aire, y cierro los ojos para ocultarme de mi vergüenza.

—Quiero que ahora apoyéis las manos sobre el suelo, a la altura de los hombros, y las rodillas a la altura de las caderas. A cuatro patas.

—Enseguida, mi amor —susurra Susana en tono sugerente.

—Eso puedo hacerlo —ronronea Tamara—, aunque debes saber que preferiría hacerlo viéndote la cara.

Niego con la cabeza, dando a estas dos por perdidas, y me pongo como ordena «el rey de la selva».

Siempre he sabido que las mujeres pueden ser terriblemente inapropiadas cuando quieren. Veo muy razonable la queja generalizada sobre la cosificación femenina por parte de los hombres, pero en la intimidad, nosotras, las mujeres, no nos quedamos cortas. A lo mejor no silbamos por la calle ni nos machacamos el ciruelo en el transporte público cuando una adolescente se nos sienta al lado, con el trauma que eso deja, pero he oído una cantidad de barbaridades sobre Óscar que me han dejado en severo estado de *shock*. Y es posible que yo también haya pensado cosas peores, lo cual nunca deja de sorprenderme porque, siendo franca, odio el sexo y todo lo relacionado con él.

—Güey, no cierres los ojos. Tienes que estar buza caperuza —me dice Tamara, tirándose de la ojera para que esté al loro—. Quiero que las dos os fijéis en él, a ver si le echa el ojo a algún culo. Parece que se levanta.

—¿En serio? —tercia Susana—. ¿Se le ha levantado? —Tamara se ríe por lo bajo—. Ahora va a corregir las posturas. Es mi parte preferida.

—*Chale*, me mama ver cómo algunas lo hacen mal adrede para que las guíe.

—¿Cómo te puedes poner mal a cuatro patas? —pregunto yo en voz alta—. Tampoco es muy difícil.

—¿Estás segura de eso? —De repente levanto la barbilla del pecho y lo veo delante de mí, rodeándome poco a poco hasta colocarse a mi costado—. Porque no parece que tengas mucha práctica haciendo esta postura.

Susana abre la boca, dibujando una «o» perfecta.

«No-me-lo-creo —silabea, moviendo los labios—. ¿Te está vacilando? ¡Si es un amor!».

—Tienes que alejar los hombros de las orejas... —me dice, poniendo sus manos en mis cervicales y empujando suavemente.

Tiene los dedos fríos. Me gusta la sensación y a la vez se me hace muy incómoda.

—Puedes arquearte más —insiste—. Y relajarte. En el yoga no hay tensión ni se fuerza la musculatura a no ser que lo requiera un ejercicio concreto.

Coloca la mano sobre la parte baja de mi espalda y presiona en sentido descendente. Me pongo colorada, por enésima vez, al darme cuenta de que se ha arrodillado a mi lado. Está tan cerca que, si inspirase hondo, podría reconocer el gel con el que se ducha.

Pero no se puede respirar cuando estás conteniendo el aliento.

—Más.

—P-pero... ¿qué q-quieres? —tartamudeo, notando la cara ardiendo—. ¿Que ponga el culo en pompa?

—Se trata un poco de eso. —Agacha la cabeza para hablarme cerca—. Si tienes experiencia sexual, seguro que puedes hacerlo. Es una postura que sale casi sin pensar cuando estás acostumbrado.

Se me desencaja la mandíbula.

¿Acaba de insinuar que soy una frígida?

Ladeo la cara en su dirección. No sé qué cara esperaba que pondría, pero cualquiera habría estado mejor que la inexpresividad con la que me sostiene la mirada.

—¿Y tú? ¿Estás acostumbrado? —le espeto de mal humor.

Los hombres guapos sacan lo peor de mí.

—Llevo tres años siendo profesor de yoga en este centro. Estoy más que acostumbrado.

Qué manera tan elegante de esquivar mi provocación. No era eso lo que le estaba preguntando.

—Las piernas más separadas.

Y no espera a que lo haga yo. Desliza las manos por la cara interna de mis muslos, ahora temblorosos. Si pretendo volver a esta clase, tendré que conseguirme unos *leggins* con doble forro. O un neopreno. Algo con lo que no se note tanto el roce de sus dedos.

Me muerdo la lengua y tenso todo el cuerpo para evitar estremecerme.

—Estira los brazos, y ahora... respira.

*Que respire, dice.*

—Respira tú, gay provocador de pobres mujeres heterosexuales, que eres un cabronazo —mascullo por lo bajini.

Él se acerca a mis labios tirándose del lóbulo de la oreja.

—¿Qué has dicho?

—Que este ejercicio me hace daño en el brazo.

No aparta la mano que queda sobre mi espalda. La mantiene ahí, o bajo mi vientre, dependiendo de la postura que esté haciendo —el gato o la vaca— y yo empiezo a sudar la gota gorda.

¿Qué tengo que hacer para que se largue? ¿Repetirle que está fofo servirá?

—Estás muy tensa —me dice en voz baja—. Deberías hacer esto más a menudo.

—¿Yoga, dices? Hombre, pues claro. A ti te vendría de maravilla que volviese, soy yo la que paga y tú el que cobras.

—No tiene que ser yoga necesariamente. Cualquier otro tipo de ejercicio serviría. Y yo escogería uno que, además de ser bueno para la rigidez, me hiciera pasar un buen rato. Relájate —insiste al ver que aprieto el culo.

Pero ¿cómo me voy a relajar?

—¿Co... como por ejemplo? —balbuceo.

—Echa de vez en cuando un casquete.

Giro la cabeza de golpe.

—¿Perdón?

Él me mira con inocencia.

—Echar unas carreras como jinete —repite con naturalidad. «Y una mierda. Eso no es lo que has dicho»—. Cabalgar desbloquea las caderas y no es un ejercicio muy extremo.

Por fin se quita de en medio y se incorpora para volver al sitio que le corresponde como profesor. Prefiero no pensar en que me acaba de sugerir que tenga sexo para sacarme el palo del culo. Bastante tengo con que el psicólogo online me mande a hacer *sexting* para reconciliarme con mis fantasías morbosas como para tolerar este tipo de insinuaciones.

—No te ha tocado las nalgas. —Tamara suena decepcionada.

«Uy, sí, menudo dramón».

—A veces lo hace, pero de forma totalmente profesional —interviene Susana—. No se le pone cara de perro en celo, ni nada de eso —añade en tono confidencial—. Es como si fuera inmune a las mujeres. Aquí vienen con perfumes, escotazos, ombligos perforados, *shorts* de esos que, cuando se agachan, una sabe si se hacen las ingles a la brasileña o completas, y Óscar no presta la menor atención.

—Chance y le gustan las mujeres sencillas —sugiere Tamara.

—Eso son tonterías. Hasta al hombre más angelical del mundo se le van los ojos a un buen par de peras —zanja Susana.

—Muy bien, chicas. Ahora estirad el brazo derecho hacia

delante, alineado con el hombro. Lo mismo con la pierna izquierda. Levantadla doblada e id estirándola hacia atrás. Quiero que os quedéis en esa postura unos segundos. La respiración es muy importante...

—Ojalá me echara su respiración en la cara —lamenta Tamara.

—¿Y si no le gusta nada? —planteo yo, dubitativa—. Todo el mundo babea por él porque es el hombre imposible. Tal vez lo sea de verdad. La asexualidad es una orientación real, aunque no se hable de ella.

—Quién sabe. —Susana suspira—. Yo, desde luego, no tengo ni idea de nada relativo a su vida privada. Es muy celoso de su intimidad. Todos los viernes desayunamos con él en la cafetería de aquí al lado y estamos horas y horas cascando; le contamos nuestras historias de divorcios, parejas actuales, problemas en la cama, y nos escucha con paciencia para después aconsejarnos; sin embargo, cuando queremos devolverle el favor, se cierra en banda. Es como un monje de la sabiduría, o la voz del oráculo que solo te lee el futuro y el pasado, pero no tiene opinión ni vida propia.

—¿No sabéis nada de él? —tanteo como quien no quiere la cosa—. ¿*Nada*?

—Nada de antiguas relaciones, nada de ambiciones profesionales o planes a corto plazo, nada de familia... Solo sabemos que está soltero.

—Así es imposible averiguar su signo del Zodiaco —me quejo—. Y, créeme, eso ayudaría mucho para descubrir algunas cosas.

—No creo que el signo te revele si le gustan los hombres o las mujeres —bromea Susana.

—No, pero podría saber cómo es en sus relaciones personales, dentro y fuera de la cama...

Cambio de pierna para repetir el ejercicio. La estiro tal y como pide Óscar y la sostengo en el aire.

Tal vez debería haber tenido en cuenta que no he hecho deporte en mi vida antes de ponerme a hacer estiramientos, pero para cuando me da un calambre que me estremece entera es demasiado tarde para arrepentimientos.

Lanzo un alarido y me caigo de lado con la mano sobre el glúteo.

—¿Qué pedo? ¡¿Eli?! —exclama Tamara—. ¿Estás bien? ¿Qué te ha dado?

—Me ha... —El dolor punzante me paraliza el cuerpo y me quedo hecha un ovillo de costado—. Creo que me ha dado un tirón, no sé qué...

—¿Qué pasa por allí? —oigo la voz de Óscar.

—¡Eli se fregó[6] un músculo!

6. Jodió.

## Capítulo 5

### Nunca te fíes de un capricornio

*Eli*

Bufo sonoramente.

—Pero mira que eres exagerada. ¿Cómo me voy a fregar el...?

Me agarro el cachete hasta clavarme las uñas, esperando que el masaje baste para suavizar la tensión, pero el agarrotamiento sigue ahí y el dolor se extiende por oleadas a lo largo de mis extremidades inferiores.

Óscar llega trotando y se arrodilla para atenderme. Sigo sin saber qué gel usa —necesito conocer su signo para averiguarlo—, pero por lo menos puedo decir que huele de maravilla.

Mi mente genera los pensamientos más extraños en los momentos menos oportunos, porque no puedo quitarme de la cabeza que se está regodeando al verme sollozar de dolor.

«Te lo mereces —seguro que piensa—. Por llamarme fofo. Fofa tú, que te has desarticulado viva haciendo yoga».

«No puede ser un desgarro», medito yo por otro lado. De ser así, y sabiendo lo hipocondriaca y neurótica que soy, seguro que me habría desmayado.

—A ver, túmbate boca abajo. —Esta vez emplea un tono sorprendentemente cariñoso—. ¿Dónde te duele, Eli?

Cierro los ojos y me esfuerzo por tenderme sobre el pecho. Lo que Susana ha dicho hace un rato queda más que demostrado: no siente el menor reparo en tocarles el culo a sus alumnas, pero lo hace como un fisioterapeuta, hundiendo el pulgar para sentir la tensión del músculo.

Suelto un pequeño gritito cuando toca el punto problemático.

—Te ha dado un tirón, parece. Tranquila, que no es nada serio; sé reconocer una rotura fibrilar cuando la siento. Aun así, será mejor que te lo manipulen cuanto antes. Ven conmigo. ¿Puedes caminar?

Le lanzo una mirada que deja muy claro que va a necesitar un remolque si pretende trasladarme a alguna parte. Él demuestra comprender el lenguaje no verbal y no insiste. Entonces anuncia que va a interrumpir la clase unos minutos para llevarme a la sala de rehabilitación —¿tienen sala de rehabilitación? ¿Por qué? ¿Es habitual romperse el culo haciendo la postura del bebé llorón?—, se agacha y me coge en brazos. Mi cerebro vuelve a reproducir la preocupación equivocada; nada de «¿Y si me he rajado el glúteo y no puedo volver a sentarme?», sino «¿Pesaré mucho?», «¿Pensará que estoy gorda?», «¿Y si le aclaro que no estoy gorda, por si acaso, sino que me pesan los huesos o soy ancha de caderas?».

Joder, peso cincuenta kilos y mido un metro setenta y dos, seguro que no le molesto tanto. Aunque me odia. Me odia y tiene que cargarme como a una novia en la noche de bodas. Seguro que mis cincuenta kilos le parecen una tortura china.

—Esto no lo ponía en mi horóscopo de hoy —mascullo entre gimoteos.

Él me mira con una mezcla de curiosidad y diversión.

—¿Crees en el horóscopo?

—¿Tú no?

—No.

—Típico de un libra. —Sacudo la cabeza—. Siempre tan concienzudos, racionales y calculadores...

—No soy libra.

Pestañeo, incrédula.

—Claro que eres libra. No puedes ser ningún otro signo, y yo nunca —recalco, mirándolo con severidad— jamás me equivoco.

—Te doy otros dos intentos —responde con naturalidad, sin prestarme atención.

—Eres libra —insisto—. Equilibrado, reflexivo, entregado a las labores que emprende (domésticas, profesionales), pragmático...

—Qué curioso que me tengas tan calado sin tener ni idea de quién soy. —Lo dice sin ningún retintín especial, pero sé que lo hay—. Te queda un intento.

—Eh...

¿Será posible? Jamás me he equivocado asociando un signo a alguien, incluso sin conocer al sujeto en persona. Descubrí el del exnovio de Tamara después de hablar con él un par de veces, y el de la actual pareja de Matty sin haberlo visto siquiera.

Era acuario. ¿Quién se encerraría en un ático, sino un acuario?

—¿Sagitario? Si no eres libra, tienes que ser sagitario. Inteligente, informado, un poco friki, bueno con los niños, paciente y educado. —Asiento, convencidísima—. Me apuesto lo que sea a que eres sagitario.

—Concreta más esa apuesta. Me gustaría saber lo que puedo ganar si te equivocas. Y... ¿friki? —Esta vez detecto cierta mofa en su tono y en el gesto de arquear la ceja—. ¿Por qué?

—No es nada negativo, ¿eh? —me apresuro a aclarar, preocupada porque piense que he vuelto a insultarlo—. Todos somos frikis de algo. Tú lo eres del yoga y yo supongo que del horóscopo, el buen vino y las novelas de Virtudes Navas.

—Es una escritora con mucho talento —coincide, sonriendo con afecto hacia la mencionada—. Mi favorita es *El azul de tus ojos*, aunque *Triana* la sigue muy de cerca.

Casi me da un tic en el ojo. Si Edu estuviera aquí, habría pegado un grito de emoción y, acto seguido, hubiera arrojado a la chimenea las carpetas en las que guarda los detalles de su investigación confidencial: le gusta la novela romántica. Ya no hay nada que las mujeres heterosexuales podamos hacer.

En otro orden de cosas, no tengo la menor idea de adónde nos dirigimos, pero sé que hemos llegado a nuestro destino cuando entra en una habitación pequeña y me deja sobre lo que parece la camilla de un ambulatorio.

Es difícil que se te olvide el dolor intenso de un calambre, pero estoy muy cerca de hacerlo ante el nuevo descubrimiento. Mi anuncio será celebrado en el número trece de la calle Julio Cortázar como en su día la toma de Granada por los Reyes Católicos.

—Mi preferida es *Amar de nuevo*.

Él hace una mueca y me ordena dar la vuelta para examinar la lesión de cerca.

—No me parece muy creíble —replica—. La protagonista merecía algo más que un hombre incapaz de olvidar a su ex.

—Al final la olvidó.

—No estoy de acuerdo. Quizá Olivia sí olvida a Guillermo en *Si tú me quisieras*, pero me da la impresión de que el viudo de *Amar de nuevo*, aunque consigue ser feliz otra vez, nunca termina de sacarse de la cabeza a su exmujer.

—Solo podrías haber llegado a esa conclusión si fueras sagitario —insisto. «Y gay», añado para mí, y en lugar de hablar, me revuelvo para intentar calmar el dolor muscular.

—Te has vuelto a equivocar, brujilla. —Y entonces me ilumina con la verdad—: Nací el diecinueve de enero exactamente a las veintitrés y cincuenta y nueve.

—¿Qué? —Pestañeo varias veces—. ¿Cómo vas a ser tú capricornio? No te pega nada.

En general, aguanto de maravilla el dolor, pero creo que si me hago la víctima me verá más como a una humana y menos como a un monstruo de tres cabezas, así que aprovecho el breve silencio para quejarme un poco.

—¿Por qué no voy a ser capricornio? —protesta, divertido.

—Pues porque...

¿Por qué no iba a ser capricornio? Ahora que lo pienso, parece ambicioso. Tiene dos trabajos, el de profesor de yoga en el centro y el de profesor de Educación Física. Los niños del edificio, que son sus alumnos, lo adoran, y la puntualidad que demostró el otro día marchándose quince minutos antes pese a tener invitados, al igual que la profesionalidad al atender a las mujeres de la clase, lo delata como un hombre cumplidor. No le importa asumir responsabilidades de otros: nos arregló la caldera gratis cuando a Tamara y a mí se nos inundó el baño —esto lo sé por ella, porque yo no estaba, aunque, ahora que lo pienso, puede que Tay le metiera la trola para verlo de cerca— y ayudó a Edu con un problemilla de tuberías que hubo en la peluquería. Además, hay que ser metódico para cumplir tus rutinas a rajatabla. Es serio a su manera, pero no autoritario, y parece estable.

—Definitivamente, capricornio —digo en voz alta—. Es verdad. Aunque si hubieras nacido un minuto después, serías acuario, que sí te pega más.

—¿Y eso por qué?

Las palabras mueren en mis labios cuando noto que me baja las mallas.

Al sentir el aire del ambiente en la piel desnuda, todo el vello se me pone de punta. Mi primer impulso es levantar la cabeza y preguntarle qué (coño) está haciendo, pero prefiero que no se dé cuenta de que se me ha puesto la cara del color de la grana. Lo que me faltaba, que sepa —porque ya lo sospecha— que soy una niñata vergonzosa.

Pego el mentón a la camilla y cierro los ojos con fuerza.

—¿Se puede saber qué...?

—Tengo que masajearte la zona.

—¿Y para eso tienes que... q-quitarme...?

Me está viendo las bragas. Y no son de La Perla. Son de Mercerías Paquita. Las uso cuando me ha bajado la regla y tienen más años que un bosque.

—Sabrás que los masajes se hacen sin ropa, ¿no?

—Ya, claro, pues venga, ¿a qué esperas para quitarme el resto de la ropa? —mascullo entre dientes.

—A que me lo pidas.

Pestañeo una vez, inmóvil como una estatua.

—¿Qué has dicho?

—A que sea necesario para salvar tu vida —resuelve, tranquilo—. Si te sientes incómoda conmigo, puedo llamar a una mujer, pero me parecería de muy mala educación interrumpir la clase de Yuin para que haga algo de lo que me puedo encargar yo. Te aseguro que no soy ninguna amenaza para ti.

Oír eso me alegra, sobre todo porque suena sincero. Al mismo tiempo, algo hace clic en mi cabeza.

«Te aseguro que no soy ninguna amenaza para ti», ha dicho.

¿Qué significa eso? ¿Que no le van las tías y por eso no se le ocurriría abusar del poder temporal que le estoy cediendo sobre mi cuerpo para hacerme mujer, o que yo, en concreto, soy tan poco atractiva para él que nunca se abalanzaría sobre mí?

—Procede —accedo con voz estrangulada.

Pego un grito cuando toca el punto problemático por primera vez. Para evitar reventarle los tímpanos y dejarme más en ridículo, me muerdo la mano.

—Lo siento. En general no soy tan escandalosa.

—Pues es una pena.

—¿Perdón?

—Que es normal que duela. —«Qué manejo tiene este hombre para la rima asonante», pienso con sarcasmo—. Te he traído aquí para que puedas gritar todo lo que quieras, y así también les ahorramos el espectáculo a las alumnas.

—Sí, ahora que lo pienso, eso ha sido lo mejor. No habría soportado que me odiara toda una tropa de mujeres enamoradas de ti por haber tenido la gran suerte de sufrir un calambre en tu presencia. ¿Te has dado cuenta de que todas te idolatran? ¿De que la mayoría vienen porque eres tú quien da la clase? Yo me sentiría un poco expuesta. E incómoda. Tanta atención sobre mí...

«Estás volviendo a hablar demasiado, Eli».

—Uno se acaba acostumbrando. —Seguro que acaba de encoger un hombro. Su voz me acaricia la nuca; no así su aliento, por desgracia. No está tan cerca—. No es del todo agradable cuando intentas dar una clase, pero tampoco puedo hacer nada por evitarlo. Salir a la calle con una bolsa en la cabeza me parece una medida algo extrema.

—Siempre puedes ponerte un traje de buzo, un casco de astronauta o un pasamontañas.

Me parece captar una sonrisita en sus labios. Es difícil saberlo mirando con el rabillo del ojo.

—Soy el primero que quiere normalizar lo de ser atractivo. Si yo mismo actúo como si fuera una tortura, que lo es, nunca dejará de perseguirme.

Ese comentario despierta mi curiosidad y le echo otro vistacito.

Está concentrado... en mi culo.

Si me hubieran dicho hace unas semanas que me encontraría en esta situación, no me lo habría creído. Puedo culpar de nuevo a Tamara si me apetece —es la que me ha traído aquí, a fin de cuentas—, y desde luego que me apetece, porque para mí es muy violento tener a un hombre encima de mí, aunque me esté «manipulando el glúteo» en lugar de «sobando la nalga», como diría ella.

Al final, la línea que separa una cosa de otra es muy fina. No obstante, debo admitir que el masaje está sirviendo, él huele extremadamente bien y en la radio de recepción suena una canción que me gusta mucho, y encima está lo bastante alta para que podamos escucharla en el cómodo silencio que se ha instalado entre nosotros.

—¿No te gusta recibir atención femenina? —pregunto antes de que me mate la curiosidad—. Debes de ser el único hombre heterosexual sobre la faz de la Tierra al que le molesta.

«Ahora desmiente que eres heterosexual. Es tu momento. Vamos, ¡dilo! ¡Sácame de dudas!».

—A veces preferiría pasar desapercibido. Mi físico es algo que me ha traído muchos problemas en demasiadas ocasiones, incluso cuando no debería haberlos tenido. Si a eso añades que me gusta el flirteo inofensivo y no hay manera de que se vea como tal cuando eres como yo...

Me reservo el comentario agresivo que surge en mi cabeza —«Vaya autoestima, Brad Pitt. ¿Dónde aparcas todo ese amor propio?»— y lo sustituyo por una respuesta que alargue la conversación.

—¿Parejas celosas? —Enseguida me arrepiento de no haber respondido al primer instinto, el de llamarlo «engreído»—. Perdona, no quiero ser una cotilla. Creo que ya tienes suficiente con Tamara y Edu... y también con todo ese club de admiradoras, como para que ahora venga yo a meterme donde no me llaman.

Él medio sonríe de nuevo sin apartar la vista de su tarea.

El glúteo se me va soltando poco a poco.

—Uno sabe cuándo quieren conocerlo porque de veras lo encuentran interesante y cuándo porque pretenden meterse en su cama. Seguro que tú también diferencias a los hombres según las intenciones que tienen contigo.

—Si los dividiera entre los que se acercan buscando mi compañía y los que solo quieren manosearme un rato, como pareces sugerir, estaría hablando de los gais en el primer caso, y luego, de todos los demás.

No puedo evitar que se me escape una nota de amargura. Nunca he sido una bomba sexual, ¿de acuerdo? Los hombres apenas se fijan en mí cuando voy al lado de Tamara, que sí es el ejemplo de chica arrebatadora, pero es verdad que los que lo hacen me encuentran guapa pero aburrida. Es decir, perfecta para echar un polvo y pasar a otra cosa. Y yo soy incapaz de darles solo eso —mi cuerpo— por una serie de motivos que no me gusta discutir. Ni con mi mejor amiga, ni, por supuesto, con alguien que acabo de conocer.

Cuando me doy cuenta de que he dicho eso en voz alta, es tarde para echarme atrás. Óscar me ha escuchado y ha detenido el masaje un momento para dedicarme una mirada insondable, como compruebo al alzar la cabeza, avergonzada.

No sabría decir qué pasa por su cabeza, pero se está bien en la ignorancia. Mi madre decía que ese es uno de mis grandes defectos: que prefiero hacerme la tonta para no tener que afrontar ciertas situaciones.

Ella lo llamaba cobardía. Yo prefiero considerarme una chica prudente.

(También decía que me suelo engañar con las mentiras que más me gustan, por cierto).

—A veces los hombres dejan mucho que desear —dice él al fin.

—Hablas por experiencia, ¿no?

—Lamentablemente, sí.

«Conclusión: gay».

Es evidente que, si no le han roto el corazón, al menos los hombres le han defraudado.

Igual que a mí.

Curioso. Siempre he pensado que los gais no son tan insensibles con sus parejas como los hombres heterosexuales tienden a serlo con sus mujeres, pero me imagino que ese es otro estereotipo de género más.

En cuanto Óscar retira las manos de mi glúteo, me subo las mallas a toda prisa y me incorporo.

Es increíble cómo ha desaparecido el dolor tan rápido; casi tanto como el recelo que inundaba sus ojos al posar la vista sobre mí. Al mirarlo a la cara, sé que su opinión acerca de una servidora ha dado un giro inesperado, y no creo que se haya puesto blandito porque haya contemplado mis bragas de mercería de barrio. Debe de compadecerme por sufrir algún tipo de trastorno que me hace insultarlo y luego contarle mi vida, como si fuera mi amigo, y no voy a ser yo la que lo saque de su error si eso le ayuda a tenerme en consideración. La verdad es mucho peor que ninguna conclusión que saque sobre mí, incluso si sus pajas mentales me delatan como bipolar.

Carraspeo.

—Bueno, eh... Si te consideras acuario, a pesar de haber nacido un minuto antes de tiempo, que sepas que tu horóscopo de hoy dice que debes evitar que la negatividad te aleje de tus metas... y que no tienes que regodearte en lo que dijiste en un calentón. Ah, y que si afinas tu intuición, encontrarás soluciones a ese problema que tienes.

Él ladea la cabeza. No se mueve. Está delante de mí, de pie; sus caderas rozan mis rodillas separadas.

—¿Cómo lo sabes?

—Porque el novio de Matty es acuario, y como no los veo desde hace un tiempo, leo sus horóscopos para saber cómo le va. A él y a ella.

Óscar esboza lentamente una sonrisa que me encoge el corazón.

—¿No es más fácil descolgar el teléfono y llamarlos? —pregunta casi con ternura.

—Hombre, claro, los llamo y todo eso, pero hay cosas de Julian que solo se pueden saber si lees su horóscopo, ¿sabes? No es muy comunicativo. Que no es que sea algo malo, ojo —advierto, levantando la mano como los indios americanos ante un juramento—. Yo también soy muy celosa de mi intimidad.

Óscar ladea la cabeza, como si quisiera mirarme desde otro ángulo.

—Y yo que pensaba que te sabías el horóscopo diario de los acuario porque ese es tu signo.

—Qué va. —Me echo a reír. La sola propuesta de que yo, Eli Bonnet, sea acuariana, es irrisoria, pero a juzgar por su cara de pasmo no creo que entienda por qué—. Yo soy libra.

—Los equilibrados, ¿eh?

—¿Por qué lo dices con ese tono? ¿Es que no lo parezco?

«Eso te lo puedes responder tú sola, guapa», me espeta la voz interior.

Óscar apoya la mano en el borde de la camilla, acorralándome a medias. Con tan sencillo gesto, logra sacarme de mis pensamientos y hacerme consciente de mi cuerpo.

—*Pasapalabra* —bromea, guiñándome un ojo—. Y... ¿tienen los astros (o tú, ya que estamos) alguna pista acerca de cómo tratar a los que nacieron bajo el signo de Libra? Un libra se está resistiendo a mis encantos, y la verdad es que el tema me tiene un poco mosca.

Trago saliva.

No tiene por qué referirse a mí. ¿Por qué iba a hacerlo?

—Pues... eh... Ser educado nunca está de más.

—Eso ya lo soy.

—En general, los libra solo son ellos mismos cuando tienen una relación amistosa más o menos estable con otra persona. —Carraspeo. «Concéntrate en la información, Eli, en lo que conoces bien y puedes transmitir, no en su cara de ángel»—. Necesitan confianza y buena comunicación para abrirse.

—Creo que puedo hacer eso. —El desenfado de su tono contrarresta la intensidad de su mirada fija. Tiene las pupilas tan dilatadas que han engullido el verde de sus ojos casi al completo—. Ser un buen confidente, me refiero. Pero para eso, el libra tendría que querer contarme sus secretos. Y eso ya no depende de mí.

—Ya. Es verdad.

«Ya. Es verdad —repito para mis adentros con voz de pito—. Eres el colmo de la elocuencia. Estás tú para dar un discurso en Stanford».

Óscar levanta la mano y me da un ligero pellizco en la mejilla. Aunque en un principio me quedo petrificada, sin entender, pronto averiguo a qué ha venido: entre sus dedos índice y pulgar hay atrapada una pestaña.

—Tu deseo.

—¿Qué? —Parpadeo, aturdida.

«Ha dicho "tu deseo", no "tus bragas"».

—Se te ha caído una pestaña. —La levanta, por si se me hubiera olvidado de qué habla. Se lo agradezco, porque sí, la cercanía ha hecho que de pronto no sepa qué es una pestaña—. Puedes pedir un deseo.

El estómago se me encoge mientras decido si voy a cogerla. Mis manos no le responden, y la pestaña se la queda Óscar.

Cierro los ojos un momento para darme un pequeño respiro y pensar en algo que desee. Algo que sea posible. Al abrirlos de nuevo, estaba segura de lo que iba a pedir, pero encontrarme con la mirada verde de Óscar lo trastoca por completo.

No sé qué decir. No recuerdo ni cómo se habla, pero me duele la garganta reseca y noto que el sudor se me acumula en la nuca.

—No... n-no t-tengo ningún d-deseo.

Él sonríe de nuevo muy despacio; por desgracia, no tan despacio como para darme tiempo a asimilar que está siendo... ¿coqueto? conmigo. Sacude la cabeza, divertido.

—Eso es imposible, Eli.

«Eli».

—Ninguno que quiera compartir en voz alta —me apresuro a aclarar.

—No tendrías por qué hacerlo; dicen que si los expresas a viva voz, no se cumplen... —Entorna los ojos para fijarse en la pestaña con interés clínico—, aunque a veces los deseos dependen de otros, y decirles a ellos lo que queremos o esperamos de su parte podría ayudar más.

—Confío más en la suerte y el destino que en la gente.

Él me dirige una mirada pensativa.

Confieso que esa es una de las cosas que me gustan de él. No he dicho más que estupideces —no solo ahora, hoy, sino desde que lo conozco—, y, aun así, siempre presta atención a mis desvaríos con el mismo respeto que si fuera la ponente de una charla TED. Eso es novedoso para mí, y también la principal causa de que me comporte como una histérica a su alrededor.

Si no me hiciera ni puñetero caso, podría respirar tranquila.

—Me he podido dar cuenta de eso —murmura, meditabundo—. Si no quieres pedir nada, no te importará que lo aproveche yo, ¿verdad?

Sacudo la cabeza y observo, ensimismada, que sonríe de lado después de pensar algo con los ojos cerrados. Luego sopla. La pestaña cae en algún punto entre los dos, y su aliento me acaricia las mejillas un segundo. Un segundo irresistible.

—¿Qué has pedido? —pregunto con curiosidad infantil.

Él se retira, como si no me hubiera escuchado, y me hace un gesto para que abandonemos la salita. Mientras aguanta la puerta para que yo pase antes, me sonríe de forma enigmática.

No es hasta que me doy la vuelta y enfilo hacia la clase que le oigo murmurar:

—Algún día te lo diré.

## Capítulo 6

## EL AMOR ESTÁ EN EL AIRE, Y EL AIRE, INTOXICADO

### *Óscar*

En general no tengo deseos. Tengo *planes*, que es como llamamos a los deseos aquellos que estamos dispuestos a cumplirlos. Y a cualquier precio. Pero como no se puede planificar todo eso de acostarte con alguien, aceptaré que, en este caso, *deseo* follarme a mi vecina hasta el hueso, y con cada fibra que compone mi organismo, que no es poco.

Eli me describió bien con ese popurrí de signos zodiacales que intentó adjudicarme: soy concienzudo, racional y calculador. Si acaso, habría añadido «controlador» y, en ocasiones, un poco hijo de puta.

Esto del control que menciono no suele afectar a las demás personas; no implica que ande mirándole el móvil a nadie en cuanto se descuida, más que nada porque odiaría hacerle a alguien lo que yo mismo solía sufrir. Pero es verdad que la vena cabrona me estalla cuando tengo a ciertos individuos en el radar, y con «ciertos individuos» me refiero a los vecinos que están ansiosos por averiguar si me gusta la carne de burro.

Esos vecinos con los que me divierto jugando a «adivina en qué equipo bateo».

Si no les paro los pies es porque me lo paso bomba con los planes que se inventan para hacer sus averiguaciones. El «yo nunca he» que Tamara y Eduardo improvisaron en mi salón puso a prueba mi dominio sobre la risa irreverente, y eso de venir a verme a la clase de yoga para ver si manoseo a mis alumnas, aunque me ofendió —¿por quién me toman?—, también pone a prueba mi paciencia, una virtud que me alegra que me animen a cultivar con su insistencia. No obstante, y más allá de que una parte de mí se sienta halagada porque mi persona suscite tanta curiosidad, la otra está ansiosa porque se busquen un hobby. Uno acaba cansándose de escuchar, gracias a la magnífica acústica del edificio, comentarios como: «Tiene los sobacos depilados. Con cera —recalcó Susana, la treintañera del segundo, una mañana que me pilló tendiendo la lavadora—. Un heterosexual no se aplica esa arma de tortura medieval en las axilas a no ser que le digan la frase mágica: "No hay huevos"». O como: «El otro día me agarró un aguacero y Óscar me paró en medio del portal *pa* decirme que tenía el rímel corrido —oí que contaba Tamara cuando me asomé a regar las plantas—. Y no solo eso, sino que me corrigió el maquillaje con sus propias manos. Al chile, un hombre que no sea gay considera la máscara de pestañas una especie de sustancia corrosiva. En conclusión, si fuera heterosexual, me habría dejado marchar luciendo como un payaso».

No tenía a Tamara por una de esas personas que tienden a pensar lo peor de los demás, pero supongo que hay gente a la que le cuesta entender que, a algunos, nuestra madre nos enseñó modales. Me gusta ser amable con mis vecinos, y tengo muy presente la regla de los tres segundos: no le señalo a nadie un defecto que no se pueda corregir en ese periodo de tiempo, como un mechón fuera de la coleta, una arruga en la falda o, en este caso, el rímel corrido. Si veo que una mujer está a punto de acudir a un cóctel de lujo en el que pretende servir canapés con el maquillaje emborronado, creo que sería un capullo si no le pidiera que se detuviese un momento.

Y a ver quién le explica a la gente que el vello corporal te frena al nadar y se me quedó la costumbre de depilarme de cuando competía en la universidad con otros nadadores de alto rendimiento. No creo que cuestionen tanto a Michael Phelps, pero será porque no vive en el 4.º C del número trece de la calle Julio Cortázar. O, dicho de otra manera, porque Michael Phelps, a diferencia de mí, no les ofrece un entretenimiento diferente al habitual. El misterio de mi sexualidad es tan irresistible como un sudoku o un acertijo del profesor Layton.

—¿En serio? —se burla mi hermana al teléfono. Me había prometido que hablaríamos «solo veinte minutitos», pero se ha tirado una hora de reloj describiendo el vestido de novia de su última clienta, y otra hablando de sus vacaciones en Ibiza—. ¿Eso dicen de ti? Los pobres deben de estar pasándolo fatal. ¿Por qué no les cuentas la verdad?

—¿Qué necesidad hay de desmentir si uno es o no es gay? Nada de lo que dicen sobre mí me parece ofensivo. —Encojo un hombro, como si pudiera verme—. Y si en algún momento me llaman algo que lo sea, tengo claro que quien esté dispuesto a pensar lo peor de mí sin conocerme no se merece que me moleste en defenderme. ¿No te parece, Lali de mis amores?

Admiro mi reflejo en la cuchara de plata que acabo de sacar de una de las cajas de la mudanza. Tuerzo la boca de forma involuntaria, y no porque el tamaño de mi nariz aparezca diez veces aumentado en la curvatura cóncava del cubierto.

—Siempre he odiado los ajuares que te regalan las tías abuelas en las bodas —comento en voz alta, tirando la cuchara dentro de la caja y cerrándola de mala gana—. ¿Te interesa una vajilla de plata? Para regalársela a algunos de tus clientes enamorados. Con tal de deshacerme de esto, me hago cargo de los gastos de mandártelo a Valldemossa, a Menorca o adondequiera que estés ahora.

—Te he dicho mil veces dónde estoy en la última hora y media. Y no me cambies de tema —me advierte. Para Lali, primero van los cotilleos; luego, todo lo demás—. Lo que me cuentas, Óscar, me parece muy incómodo. Eso de tener que vivir en un sitio donde todo el mundo te ve como un experimento social o un ratón de laboratorio... No sé.

Apoyo el móvil entre la oreja y el hombro para dejar las manos libres. Aún tengo algunas cajas por desembalar, lo que es curioso porque me traje de mi piso de Deià unas cuatro o cinco, y llevo viviendo en Madrid en torno a dos meses.

No sé si los capricornio son un puto desastre, pero, desde luego, yo lo soy.

Podría preguntárselo a la experta en el tema.

—Por el momento, no llega a tanto, y la verdad es que no me importa. Los vecinos se divierten, a mí me da lo mismo, y si veo que se pasan de la raya, juego un poco con ellos y ya me siento mejor. Sabes que me gusta tener la sartén por el mango.

—¿Cómo que juegas con ellos? ¿En qué sentido?

—Me regocijo pensando en la cantidad de horas que pasarán reunidos en torno a una mesa dulce, intentando descifrar qué significó cierto comentario mío, que cogiera de la cintura a una mujer para darle dos besos o que alabara el nuevo corte de pelo de un hombre.

—¡Qué malo eres! —exclama Lali, riendo—. ¿Es que quieres volverlos locos?

—Solo hago tiempo mientras se cansan. Porque se cansarán, ¿no?

Es una pregunta retórica. No espero que Eulalia, que actualmente se encuentra en la isla de Menorca —o eso creo, porque también ha mencionado todos y cada uno de los pueblos mallorquines en la última hora y media, y mucho me temo que le he perdido la pista— organizando una de sus esplendorosas y mágicas bodas, resuelva el problema menos significativo de mi vida sin ni siquiera haber conocido a los vecinos.

Estoy convencido de que no lo hará jamás. No viajará ni a la península, eso para empezar, como para encima venir a hacerme una visitita. Es isleña hasta la médula —de sus Baleares no la mueve ni Dios—, y también de esas personas que se llenan la boca autoproclamándose «sus propias jefas» cuando se imponen doce horas de jornada laboral, lo que, en mi opinión, no es como para enorgullecerse. Pasando por casa solo los domingos, y para cambiarse de ropa interior —la ley del autónomo es la ley de la selva: explotar o ser explotado, devorar o ser devorado. Ella es explotada por cuenta propia, al menos—, nunca tendría tiempo libre para pasar a ver qué tal me lo he montado en el piso de nuestra tía abuela Desirée.

Lali ha sido así desde que era una cría: exigente hasta lo enfermizo con lo que depende de ella y una enamorada del amor, o, lo que *cree* que es lo mismo, de su trabajo de organizadora de bodas. Se traga sin rechistar todos los programas «románticos» que encuentra —*Mujeres y hombres y viceversa*, *Quién quiere casarse con mi hijo*—, esa «basura *chupavidas*», como la llama otra de mis hermanas, Allegra, a lo que carece de interés intelectual. Además, Lali se fuma los *realities* que consisten en «encontrar el vestido perfecto» y los de «reforma tu casa», pasando por esos en los que se juntan unos exnovios en una ratonera llena de cámaras donde los graban durante veinticuatro horas por si acaso quisieran volver a enamorarse. Y querer, no sé, pero convenirles desde luego que les conviene para ganar pasta a costa de los crédulos espectadores.

Eulalia Casanovas poniendo el grito en el cielo al hablar de experimentos sociales cuando se lo pasa bomba viendo *Gran Hermano*. Es de risa.

—Pues claro que se cansarán. Pero hoy no es ese día, ¿a que no?

—Hoy en concreto, no. O quién sabe. Esta tarde se supone que se reúne el club de lectura romántica en el 4.º B, y he sido invitado. Sospecho que pasaré desapercibido. No podría robarle el protagonismo al personaje principal de un libro de Virtudes Navas.

—Que te crees tú eso. Sabes que te invitan para psicoanalizarte, ¿verdad?

—Creo que en el fondo también valoran mi presencia —replico con retintín.

—Solo como animal mitológico, porque ¿dónde se ha visto un hombre que se pegue con otro jugando al *FIFA* y adore a los bebés al mismo tiempo? Me puedo imaginar lo que puede pasar por las mentes de esos vecinos tuyos.

—Claro que te lo imaginas. Es lo que lleva pasando por la mente de todas tus amigas desde que tengo uso de razón.

Supongo que ahí reside el quid de la cuestión. Estoy acostumbrado a ser una celebridad a nivel cósmico por mi presunto hermafroditismo, un diagnóstico al que hay que sumar la metrosexualidad y el travestismo. Y todo porque llevaba *motu proprio* slips estampados al club de natación, pero ahorrándome los gestos amanerados al hablar.

Reconozco que crecer así no ha sido muy fácil. Cuando eres un crío y se ríen de ti por jugar con muñecas o llevar pantalones heredados de tus hermanas mayores, no tienes la suficiente madurez para entender que no hay absolutamente nada de malo en cómo eres. Por fortuna, tuve la suerte de contar con una familia estupenda que me quitó de la cabeza bien rápido todos los prejuicios que durante tantos años han insistido en usar contra mí como arma arrojadiza.

Sé de gente a la que, frente al *bullying*, no le ha servido adoptar una actitud pasiva. Y no es que recomiende dicha pasividad: el que te mete un cate se merece un cate de vuelta. Pero además de ser afortunado con mi familia, lo fui también en ese aspecto y nunca necesité recurrir a la violencia. La mejor forma de evitar la discusión con mis compañeros de clase más obtusos fue demostrando que me importaba un carajo que me imitaran o cuchichearan a mi paso. Y lo mío no era una indiferencia forzada, era tan real que supongo que acabé despertando la curiosidad de los alumnos. Nada sorprendía tanto a los niñatos como darse cuenta de que yo era feliz, incorruptible, y que me resbalaban sus tonterías.

Al final comprendí que yo les daba una envidia del copón. No todo el mundo tiene don de gentes para juntarse con los niños que lloran cuando pierden el partido de fútbol del recreo y las niñas que juegan a ser las Winx, y esto de forma indiscriminada. Por supuesto, siempre hubo críos que me miraron por encima del hombro, como si tuviera que haberme limitado a encajar en un grupo: o intercambiaba tazos de Pokémon o intercambiaba estampitas de Hello Kitty, no había punto intermedio. Aparte de en el colegio, hubo de estos muchachitos cortos de miras en el instituto y en la universidad, e incluso hoy en día aún me topo con alguno que otro. Quizá por eso me caen tan bien los vecinos, porque su obsesión con entender mi personalidad no se basa en el rechazo, sino en la mera curiosidad: la suya es una investigación que se distancia de mí como individuo para convertirse en un análisis de género. Estoy agradecido, en cierto modo, porque se tomen la molestia de indagar, de discutir sobre un tema tan importante. Me gusta pegar la oreja y escucharlos desmontar sus propios argumentos, que sepan que, aunque algo fuera para mujeres prácticamente por definición, no debería seguir siendo así en los tiempos que corren. Es una señal de madurez, y todo ejercicio de reflexión que rompa con los prejuicios habituales acerca de la perspectiva de género me parece fantástico. Puedo decir que hasta me alegro de servir de inspiración para que se cuestionen, sobre todo si la conclusión los anima a adoptar principios tolerantes que evitarán que muchos niños sufran en el futuro por el desconocimiento y el conservadurismo rancio de sus mayores.

—*Cap de fava*,[7] como si no saber qué eras ni qué te iba hubiera evitado que mis amigas se enamoraran de ti —me recuerda Lali entre risas.

Una sonrisa amarga se dibuja en mis labios.

Qué me va a contar.

Esa es otra de las cosas con las que, con el tiempo, he aprendido a sentirme cómodo: el fanatismo femenino que me persigue allá donde vaya. Tenía un Instagram dedicado a la salud, el mantenimiento del físico y el cuidado de la mente, y tuve que chaparlo porque mujeres hetero y hombres gais me seguían para dejar comentarios subiditos de tono.

No exagero cuando digo que he sido perseguido.

Como es natural, jamás he sentido miedo. De hecho, estoy aprendiendo a sentirme halagado con esa atención como no podía cuando tenía pareja, y esto por culpa del pánico a que la persona con la que vivía se lo tomara de mala manera. Pero como ciudadano del mundo que valora la intimidad sobre todas las cosas y quiere moverse con libertad y ganarse lo que tiene porque se ha esforzado, no que se lo regalen por el privilegio de haber nacido con una cara bonita, también digo que uno acaba hasta los mismísimos cojones de levantar sonrojos y risitas coquetas.

—¿Me lo dices o me lo cuentas? —Suspiro, poniendo los brazos en jarras—. Tengo que dejarte. Me espera la relectura de *Pasión a medianoche*. *Ja te diré coses.*[8]

—¡Adoro *Pasión a medianoche*! —Pongo los ojos en blanco. Como no la corte en seco o le cuelgue sin miramientos, me va a enganchar en una conversación sin fin—. ¿Sabes que hace poco organicé una boda con la temática de esa saga? Cada dama de honor representaba un momento del día: el atardecer, el anochecer, la media mañana... ¡La novia llevaba un vestido espectacular!

---

7. «Tonto» en mallorquín; literalmente, «cabeza de haba».
8. Despedida mallorquina.

—Dices eso de todas las novias, Lali. ¿No será porque es tu hermana Allegra la que hace los vestidos?

—No, *rei*,[9] es porque todas las novias van preciosas. ¿Quién no lleva el guapo subido cuando está enamorado? ¡El amor nos favorece a todos sin excepción!

Eso es discutible, pero ya hace algún tiempo que no me molesto en opinar sobre el amor. Especialmente porque, si el amor estuviera presente, se sentiría muy ofendido por las barbaridades que me oiría decir. Y si es cierto que está en el aire, como Dios y como canta Lágrimas de Sangre en *La gente*, o como Lali afirma una y otra vez, no me conviene que se cabree conmigo más de lo que ya lo está.

Aunque tampoco creo que pudiera ensañarse más de lo que ya lo ha hecho.

Me despido de ella, como todos los viernes a las cinco y media —sin falta, y sin importar si ha terminado o no de contarme su rutina de *wedding planner*—, y me echo una chaqueta por encima para tocar el timbre del 4.º B. Ya desde el rellano, y por culpa del horrible eco que rebota en las paredes del edificio, se oye el barullo al otro lado de la puerta.

Por lo que sé, el club de lectura romántica fue una iniciativa que surgió cuando Virtudes Navas, afamada escritora autopublicada en el gigante Amazon y ahora casi autora predilecta de la editorial Aurora, empezó a tomar la vida y la forma de los habitantes del edificio para crear a los personajes y las tramas de sus novelas. Conforme he ido conociendo a los inquilinos, he podido hacer las comparaciones con los protagonistas que inspiraron, y no me cabe ninguna duda de quién es quién.

No afirmaré ni desmentiré que le echara un ojo por encima a mi colección de historias de amor para averiguar a quién encarnaba Eli.

9. Expresión cariñosa en mallorquín.

No he encontrado ninguna protagonista femenina que le haga justicia.

Por ahora.

Es ella la que me abre, y la que se arrepiente de hacerlo apenas me ve la cara. Me he acostumbrado a que se ponga los hombros como pendientes y haga ademán de retroceder, además de ruborizarse furiosamente, cada vez que tropieza conmigo. Al principio me parecía adorable, luego me desconcertó y, ahora, la verdad, no tengo ni puta idea de qué pensar.

—Has... has venido —balbucea, como si fuera un milagro, ¿o un castigo?—. Pensaba que ibas a rechazar la invitación.

—¿Por qué? —Enarco una ceja—. Creo que ya sabías que soy un gran fan de este estilo literario.

Respuesta real: no *pensaba* que iba a rechazar la invitación, sino que *le habría gustado* que rechazara la invitación.

Nunca había dado con alguien tan decidido a esconder (o, por lo menos, disimular) su introversión. Me conozco a las que se ponen a la defensiva cuando les gustas, pero Eli no hace eso. Eli me tiene miedo, miedo *real*, y me da la sensación de que quiere ignorarlo aun cuando tiene que vivir con ello, algo que me parece imprudente y de lo más curioso. Pude intuir el porqué durante nuestra conversación en el centro deportivo: los hombres no la han tratado bien, y esa intuición me bastó para batirme en retirada antes de mover la ficha equivocada.

Eli me quiere follar tanto como yo a ella, pero algo muy poderoso, más que la tensión sexual, la frena. Por eso y por nada más, mi deliciosa vecina es un deseo en lugar de uno de mis planes.

—B-bueno... —Le falta gemir como Mariana Pineda en el garrote vil—. Pasa.

Se retira para que pueda ver el sarao que han montado: una mesa repleta de saladillas hipercalóricas y dulces que matarían de diabetes a un elefante, todas las bebidas con gas imaginables y una fuente casi obscena de nachos con sus respectivas salsas clásicas: macha, guacamole y queso fundido. Sentadas en un corro, y dando buena cuenta de la comida, hay siete personas que ya conozco, todas ellas inquilinas del edificio. Susana, una de las alumnas estrella de mi clase de yoga de los lunes y miércoles; Anita, la adorable venezolana que trabaja en la peluquería de Edu; Tamara (ay, Tamara...); Edu (no veas con Edu...); Virtudes Navas, la tierna abuelita que se dedica a escribir las escenas eróticas más calenturientas que he leído en mi vida; Daniel, su querido nieto de veintitantos, y una mujer que me suena haber visto en alguna parte pero que no conozco personalmente. Creo que se trata de la hermana del tipo que vive con su novia en el ático. Se supone que está cuidando de sus plantas mientras ellos disfrutan de un retiro romántico en Estados Unidos.

Hay que contar a Eli, que se esconde en la cocina con la obvia intención de huir de mí.

—... hablando con una de mis clientas, una señorona que se proclama fan número uno de Corín Tellado, y me recomendó que leyéramos *Oscuro presagio* —dice Edu.

—¡Esa yo me la chuté! —exclama Tamara.

—¿De qué va? —pregunta Anita.

Eli aparece con una botella de agua a temperatura ambiente y una pinza para el pelo en la mano.

—De un tío que usa su trauma infantil como excusa para vejar a la protagonista a placer —responde con tranquilidad—. Creo que lo único que no hace para humillarla es pegarle.

—Descartado —declara Anita. Después se gira hacia mí y me da la bienvenida con una sonrisa—. Hola, marico.[10] Siéntate, dejamos un sitio acá para ti.

—¡Qué me dices! —estaba diciendo Edu a la vez, ofendido—. ¿Maltrata a la protagonista? ¿Cómo?

10. Es un apodo que los venezolanos jóvenes suelen usar con todo el mundo.

—Esa pregunta cae en el morbo que una trama de esas características busca generar en el público. Has mordido el anzuelo —señala la mujer que no conozco, la hermana del ermitaño.

—Vale, vale, somos lo peor, pero dinos qué pasaba —insiste Susana, rogándole a una reacia Eli con la mirada.

—Pasa lo típico. «No te pongas eso, que pareces una furcia», «Ese tío te ha mirado, así que te voy a hacer sentir mal por ser guapa y atraer a los hombres», «Soy tan masculino y sexual que debo follarte en público, aunque me hayas pedido que no lo haga». —Mueve la mano y se sienta. Cruza las rodillas y coloca la botella entre las piernas. Nunca pensé que sentiría celos de un pedazo de plástico.

—No me puedo creer que Úrsula, con lo moderna que es, ande leyendo esas cosas. El otro día me dijo que se quería teñir el pelo de azul y se fue a su casa que parecía Marge Simpson. ¿Y me sale con estas? Qué decepción. —Edu chasquea la lengua.

—No es culpa suya —interviene la mujer, que creo que se llamaba... ¿Alicia? No, es un nombre inglés. ¿Alice? ¿Alison? La he tratado poco y es una de esas personas con un aire interesante. Quizá sea por las gafas cuadradas, pasadas de moda pero que sabe defender gracias a su atractivo intelectual, a la sencillez con la que viste, porque le bastan unos vaqueros para destacar, o a lo relajada que se la ve al hablar con gente a la que no conoce de nada, como si estuviera segura de que van a escucharla porque lo que dice es importante—. ¿Qué edad tiene la señora? ¿Sesenta? ¿Setenta? No se le puede pedir a una mujer que nació en los años de la posguerra y vivió la represión que se quite de la cabeza el ideal romántico que hoy tenemos por tóxico.

—La edad no es excusa. Mi abuela es una cachonda —interviene Daniel, señalando a Virtudes—. Mírala, con el pelo teñido, unas Vans y usando la Thermomix con la misma soltura que quien la inventó.

—Es cierto que hay quienes se adaptan con facilidad a los avances de la juventud —le concede Alison, cabeceando—, pero la mayoría de los ancianos no lo comprenden o les cuesta, y a la hora de debatir con ellos uno tiene que ser algo más transigente o, por lo menos, paciente.

—¿A quién llamas tú anciana? —se mofa Virtudes.

Alison le devuelve la sonrisa.

—Lo que quiero decir es que las mujeres como Úrsula no son machistas conscientemente; están anticuadas, y esas son dos cosas muy diferentes. No se dan cuenta de lo que defienden porque no les permitieron desarrollar un espíritu crítico.

—Tampoco las dejes de tontas —se queja Eli.

—Jamás las trataría con condescendencia, y me disculpo si he dado esa impresión, pero siempre es un *shock* plantearse cuestiones que nunca se te han pasado por la cabeza, o se te han pasado pero has desestimado enseguida porque iban contra lo inculcado.

—Pues le voy a decir unas cuantas cosas cuando vuelva a verla —decide Edu—. Así debatimos, la Ursu y yo.

Alison se da cuenta de que la estoy mirando con fijeza y arquea una ceja en mi dirección, como preguntándome qué es lo que quiero saber.

—¿Psicóloga? —adivino.

—Sexóloga, para más señas —apostilla con una media sonrisa—. No me gusta la novela romántica, pero me lo paso bien diseccionando las implicaciones de las conductas que se dan en ese género literario.

—Yo vengo por la comida —admite Daniel, repantigándose en el asiento con los dedos entrelazados sobre el vientre y una sonrisa de bendito.

—A huevo que sí, aprovechado. —Tamara le saca la lengua de buen humor.

Alison se inclina hacia delante y me tiende la mano. Por el

acento ya me imaginaba que es americana, pero me queda claro cuando se presenta sin los dos besos de rigor.

—Alison Bale. Creo que no habíamos coincidido antes.

—Óscar.

Estrecho su mano y vuelvo a mi sitio. Con el rabillo del ojo me fijo en que Tamara está muy pendiente de nuestra interacción, al igual que Eli, aunque de un modo distinto. Se me pasa por la cabeza que hayan invitado a la psicóloga para estudiar mi comportamiento, pero me gustaría seguir pensando lo mejor de mis vecinos. Además, Alison no parece ser manipulable ni estar tan aburrida como para meterse en mis asuntos.

—Yo intento evitar esas cosas que mencionáis al escribir —retoma Virtudes, que hasta hace poco también tenía el pelo azul, como «la Úrsula», y ahora se lo ha puesto verde—, pero es cierto que tiendo a crear personajes dominantes, oscuros, traumatizados y... en fin, machos. Muy machos. En el peor sentido de la palabra. Leer la revista de la que os he hablado me está ayudando a acabar con eso, e incluso me han ofrecido publicar algo al respecto.

—¿Qué revista? —pregunta Susana con curiosidad.

—*Todas Somos Una*. Es divulgación feminista. He dejado en pausa la novela que estoy escribiendo porque me apetece hablar de asuntos revolucionarios. He seleccionado el tema «los roles de género».

—¿Cómo así?[11] —Anita se mete un nacho en la boca.

Abro la boca para explicarlo, pero Alison se me adelanta mientras hojea la novela con desinterés. Todos tienen un ejemplar a mano derecha.

—Conductas y normas sociales que se asocian generalmente a un género o a otro, y que, en resumidas cuentas, tienen una concepción machista.

—Por ejemplo, la mujer ha de ser delicada, bonita y feme-

11. Expresión venezolana que quiere decir «¿Qué/Cómo es eso?».

nina, mientras que el hombre tiene la obligación de ser rudo, dominante y traer el pan a casa —continúa Eli—. Nos hacen sufrir a todos por igual porque encasillan a las personas desde el momento de su nacimiento y en función de sus genitales, lo cual es una ridiculez.

—Si un hombre cruza esa línea invisible y se comporta como una mujer, es repudiado, y viceversa —concluye Virtudes.

—Sobre esto, y si te sirve de algo —agrega Eli, mirando a la escritora con una sonrisa humilde—, tus mejores protagonistas son los tímidos y caballerosos. Por lo menos para mí.

Pestañeo una sola vez, gratamente sorprendido.

No es que pensara que Eli es una cara bonita con la cabeza llena de serrín. Entre el numerito del bizcocho y su comportamiento errático en la clase de yoga, más el primer encontronazo en el ascensor, me ha dado motivos de sobra para que lo crea, eso es innegable, pero ya sea porque soy demasiado tozudo para pensar lo peor de los demás o porque en el fondo no me transmite nada negativo —o porque me la quiero pasar por la piedra—, siempre he tenido la sensación de que es alguien muy interesante.

Y lo más interesante de todo: nunca sabes por dónde te va a salir.

—¿Tú qué opinas sobre eso, Óscar? —me pregunta Edu.

Me encojo de hombros.

—Todo lo que le imponga a la gente cómo debe ser, comportarse o sentirse, debería estar prohibido. Excepto las normas que exigen un mínimo civismo —apostillo con un cabeceo—, claro está.

Edu levanta la mano.

—*Can I get an amen?*

Tamara bufa.

—He venido a leer qué chingados pasa con Gabriel y Rosa, no a tener una discusión política. Ya nomás falta que os pongáis a hablar de revoluciones marxistas. Antes de que se claven en un debate sobre esto, ¿podemos empezar? Espero que no te moleste, Óscar, pero estamos acabando esta novela. El próximo día ya empezaremos una nueva. Podrías sugerir la siguiente, ¿te late?

—¿Por qué no?

—Eli es la verga contando historias —explica Tamara, con una sonrisa insinuante—. Siempre es la que se encarga de leer. Te vas a ir de espaldas con ella.

Le lanzo una mirada a sabiendas de que la voy a poner nerviosa.

Tal y como esperaba, Eli se revuelve en el asiento.

Qué tierna es.

—Estoy seguro de eso, Tamara.

Ella no dice nada, solo prueba a sonreír, supuestamente agradecida, pero visiblemente contrariada.

—Te hago un resumen de la historia para que no te pierdas. —Susana carraspea—. Gabriel se casó antes de empezar la universidad con una amiga de la infancia. La perdió en un terrible accidente y debe reponerse. Rosa, por otro lado, tiene problemas para acostarse con los hombres por una humillación que sufrió en el pasado; además, es muy tímida, y aunque le gustaba Gabriel en secreto... bueno, no se atrevía a dar el paso. Ahora están juntos.

El corazón se me acelera de la forma más estúpida imaginable. No puedo contener una sonrisa de incredulidad, que capta la atención de Tamara y de la psicóloga. No les doy más que eso, una sonrisa con miles de interpretaciones posibles.

*Me cago en la leche. Qué argumento tan apropiado.*

—¡Se avienta[12] a dar el paso en el capítulo de hoy! —exclama Tamara, dando palmas.

—Sí... Recuerdo que lo dejamos en un punto importante —musita Eli.

12. Se atreve.

—Vamos, empieza —la anima Edu.

Cierro los ojos un momento para contener un incómodo estremecimiento. No ha empezado y ya sé con toda certeza que voy a odiar el maldito libro con todas mis fuerzas, porque la trama me toca las narices y porque lo va a leer Eli con esa vocecita involuntariamente sugerente que me trastorna a la hora de dormir.

Con las mismas ganas de leer que yo de escucharla —cero y descendiendo—, Eli coge aliento con las mejillas coloradas y empieza.

## Capítulo 7

### A falta de amor, otra cerveza, por favor

*Óscar*

Pensé que tendría un momento para revisar el entorno. Fijarme en la decoración. Descubrir si tenía alguna mascota. Respirar, en definitiva, y reconocer el perfume de Gabriel en el aire. Lo habría agradecido. Igual que una charla tranquila, y, a poder ser, algo insinuante, hasta el dormitorio, donde me dejaría concentrarme en lo que estaba a punto de hacer: perder la virginidad por segunda vez.

Porque eso era. Después de tanto tiempo sin un hombre, no podía llamarse de otra manera.

Pero no lo tuve. No tuve ni un solo instante.

Después de conducir en silencio hasta la casa, estudiando la raja de la falda de mi vestido a través del retrovisor, y después de seguirme sin decir nada hasta la puerta del apartamento, Gabriel abrió, me dejó pasar, cerró...

... y en cuanto me di la vuelta para asimilar que estaba a solas con él, todo intento de raciocinio desapareció. Gabriel lo aplastó al besarme con urgencia, sin control alguno; como solo besaría un hombre si le dijeran que es su última vez. Si el tenso y sexual silencio del camino no me había excitado lo suficiente, sus labios terminaron por convencer a mis tobillos de ceder. Me abracé a él y lo convertí en mi único punto de apoyo.

Me elevó con una facilidad asombrosa. No bastaba con cogerme en brazos: me echó sobre el hombro, como cuando me obligaba a ver comedias malas con él.

—¡Gabriel! ¿Eso era necesario?

—Sí —escuché que decía—. Me gusta tener tu culo a mi alcance.

Y me dio un azote inesperado. No encontré nada mejor que decir, así que dejé que me llevara a su habitación sin preocuparme de dónde estaba.

Me pareció que caía desde una altura vertiginosa sobre un colchón enorme. No perdí el aliento por el golpe, que fue más bien suave, sino porque Gabriel se tendió sobre mí para devorar mis labios de nuevo. Su pecho aplastó el mío y lo único en lo que pude pensar fue en el miedo a que se percatara de que mi corazón ahora estaba latiendo desenfrenado solo por él.

—Maldita sea... —gruñó mientras me daba la vuelta para bajarme la cremallera. No sabía si me preocupaba o me fascinaba ser tan fácil de manipular por sus manos—. Si no llevaras un vestido caro de cojones ahora estaría hecho trizas.

—Si a mí me rompen un vestido, lo denuncio ante los tribunales. ¡Eso es violencia! —interrumpe Susana—. Consejo, queridas: no estéis con hombres que se carguen vuestras prendas favoritas. Mejor salid con quien os las regale. Y cuanto más caras sean, mejor. Así, si luego hay que venderlas, os lleváis un buen dinerito.

Todos se ríen menos Eli y yo. Ella tiene la vista clavada en las páginas del libro, como si hubiera leído algo que la ha horrorizado —se le han subido los colores, y sospecho que no es por lo que describe, sino por a quién se lo está describiendo—, y yo intento no moverme demasiado para que no se note que mi incomodidad inicial ha dado paso al tipo de tensión que pone a los hombres en un aprieto, nunca mejor dicho, porque tengo la bragueta a punto de reventar.

Eli lee de maravilla, Tamara no ha exagerado. Usa la entonación perfecta, hace las pausas necesarias y, para colmo, tiene una voz agradable y persuasiva que se te mete bajo las siete pieles. A mí me ha llegado más hondo de lo que debería, pero gracias al cielo tengo una chaqueta con la que cubrirme el regazo por si acaso.

Sí, bueno, no soy gay. *Qué sorpresa*. No voy a hacer más declaraciones que esa, ridícula de tan obvia. Tanto, que aún no me explico cómo Eli permitió que le sobara el culo en el centro deportivo, cuando me surgió el mismo contratiempo que sufro ahora. Me puse tan duro que me habría abalanzado sobre ella si no hubiera soltado esa parrafada sobre los hombres que solo quieren a las mujeres para follárselas. Si lo hubiera hecho, le habría dado la razón, y a mí me gusta llevarles la contraria a las mujeres tímidas porque así les saco los colores, el mal genio o ambas cosas a la vez. Pero es cierto que soy ese tipo de hombre, el que solo se acerca a una mujer para que le caliente las sábanas; por lo menos, lo soy en este momento de mi vida, y todo apunta a que no recuperaré pronto el interés por las relaciones serias que solía caracterizarme, cuando era lo que se dice «un buen tío».

Dicho esto, no importa cómo de cerdo sea yo... o ella me ponga. No se me ocurriría hacerle ilusiones a una mujer que no desea (que repudia, mejor dicho) ese tipo de acercamiento, y todo para satisfacer el capricho de la carne. Y que conste que lo digo con la lagrimilla colgando, porque estoy perdiendo la oportunidad de demostrarle que, punto número uno: no estoy una mierda de fofo; dos, no soy en absoluto aburrido, cosa que puedo demostrar con o sin juguetes, lo que ella prefiera, y tres: no necesito follar con frecuencia —no lo hago— para recordar cómo llevar al orgasmo a una amante.

Ella necesita uno. O dos. O tres. Y yo habría estado dispuesto a regalárselos por el precio de uno en el ascensor en el que la conocí si no se hubiera pegado a la pared contraria con un rictus de partir piedras y el ruego «Aquí no, Óscar Casanovas» escrito en la cara.

Eli Bonnet Farrés, como reza su buzón, no es la clase de mujer con la que uno se divierte. Y eso está bien. Puedo sacármela de la cabeza. Me he arrancado nombres más importantes que el suyo, y de partes de mi cuerpo aún más espinosas. Pero mi miembro, que es el que manda hoy, discrepa, y está condenado a darme la tabarra mientras dure la dichosa narración.

Intenté respirar.

—¿Eres siempre así de intenso, o podré ponerme mis vestidos favoritos cuando andes cerca?

—Siempre preferiré que no te pongas nada... Pero sí, podrás. Nunca he sido tan intenso como contigo, Rosa, y tienes toda la culpa. Me has tenido babeando durante meses.

Ahí iba toda una declaración.

Me habría puesto automáticamente nerviosa —e incluso me habría retirado— si Gabriel no hubiera sabido de antemano cómo iba a reaccionar y me hubiese distraído con besos húmedos y perezosas lamidas a lo largo de la columna. Me retorcí e intenté incorporarme echando el peso sobre mis rodillas, lo que hizo que elevara el trasero y acabara siendo el punto de interés de Gabriel. Lo supe porque eché un vistazo por encima de mi hombro y lo vi —y lo sentí— metiendo las manos debajo de la falda.

Ahuecó los cachetes con las palmas y los pellizcó antes de colar los dedos en la tira de las bragas y empezar a deslizarlas poco a poco.

—¿Lo escuchas? —preguntó en un tono bajo y seductor que me enloqueció por completo.

Era consciente de que lo miraba con los ojos entornados, los labios entreabiertos y siendo toda yo el ojo del huracán que era Gabriel entre mis piernas.

—¿El qué?

Gabriel mantuvo la expectación con una sonrisa torcida. Me levantó la falda hasta la cintura y dejó caer mi ropa interior hasta que se enredó en mis rodillas. Ese brevísimo silencio me hizo sentir expuesta, sobre todo por la postura de estar a cuatro patas y casi mordiendo la almohada, pero al mismo tiempo era dueña de sus pasiones y eso me encendía. Me encendió tanto que, cuando me acarició desde la parte trasera de los muslos hasta la cintura, empecé a temblar como una hoja.

—Se me va a salir el corazón del pecho —susurró—. Tienes que escucharlo...

Se interrumpió para soltar una blasfemia.

—Si nada me lo hubiera impedido, te habría puesto en esta postura desde que me llamaste «cerdo».

—Entonces tienes una gran fijación por las mujeres que te tratan mal... y deberías hacértelo mirar.

—Coincido —apostilla Alison, subiéndose las gafas cuadradas por el tabique nasal—. Que un hombre se pirre por una mujer que lo desprecia tiene su trasfondo psicológico. Los sujetos de este calibre entienden el interés de la gente esquiva como un premio, un atributo que les hará sentirse bien. Su objetivo suele ser el de los machos de toda especie en la que podamos pensar: dominar a la hembra.

—Yo no tengo problema en que ese macho domine a esa hembra, así que si dejas a Eli seguir leyendo, te lo agradeceré —tercia Tamara, impaciente.

No dije nada más porque me dio la vuelta de golpe y terminó de sacarme el vestido sin contemplaciones. No temí por él, aunque lo lanzara Dios sabe dónde. Tener de nuevo sus ojos sobre mí fue incentivo suficiente para recordar que había cosas más importantes. Más primitivas...

Gabriel tiró de mi cadera para ponerme debajo de él. Se inclinó hasta rozar mi nariz con la suya.

Sonrió muy satisfecho y empezó a repartir besos por todo

mi cuello, mi pecho y mis hombros; por mi estómago, por los huesos de mi cadera. Sus labios tenían un efecto perturbador y sexual. Aunque eran fugaces, los seguía sintiendo al retirarse, como si me los hubiera tatuado. Sus besos tenían eco.

—Gabriel... —jadeé—. Aún tienes la ropa puesta.

Él levantó la cabeza y me miró con esa sonrisa de canalla consumado que me molestaba tanto porque no podía enmarcarla en mi habitación. Lo eché de menos en cuanto se incorporó.

—Entonces, quítamela.

Tragué saliva y lo pensé un momento, pero ni toda la meditación del mundo podría haberme echado atrás. Me incorporé sobre las rodillas, completamente desnuda, y llevé mis manos inseguras a los botones.

«No es la primera vez que lo haces. Lo has hecho muchas veces antes», me decía mientras intentaba desnudarlo lo más rápido posible. Acabé sacándole la camisa por los brazos a tirones, poseída por la impaciencia.

Eli se detiene un momento para coger aire, pero no retoma la lectura enseguida. Entre lo realista que parece la situación que narra —es como si lo estuviera viviendo yo en primera persona— y lo erótico que resulta que sea precisamente ella la que me lo está contando, me cuesta fijarme, pero habría que estar ciego para no ver que se siente incómoda. Hay algo en la narración que la está acomplejando, aunque tampoco estoy en condiciones de preguntarme qué es.

Tengo que cambiar de postura para que no sea (muy) evidente que podría correrme aquí y ahora.

Quise ponerme manos a la obra enseguida con los pantalones. La visión de su torso desnudo me lo impidió. Me dejó fuera de juego. Sabía que era ancho y fuerte, pero no esperaba que fuera así. Mis dedos acariciaron la línea de fino vello oscuro que nacía bajo su ombligo, y subieron para rodear los pequeños pezones.

Disimulé muy mal la fascinación, porque Gabriel tiró de mi barbilla y susurró, tan despacio que yo misma paladeé sus palabras:

—Si vuelves a mirarme así, te follaré hasta volcarte los ojos. No importa el lugar, la hora o con quién estemos. Simplemente lo haré, ¿de acuerdo?

—¡Me apunto! —exclama Edu—. ¿Dónde hay que firmar?

Eli se ríe como si se alegrara de que alguien la hubiera interrumpido.

Me mordí el labio y asentí. Dejé de ser de carne y hueso para convertirme en un foco de fuego del que escapaban chispas. Estaba calentándome y Gabriel ya ardía; casi me quemé al quitarle el cinturón. Él se bajó los pantalones sin despegar los ojos de los míos, y, como si más que mirada fueran manos, lo sentí tan dentro que me estremecí.

Gabriel envolvió mi sexo con la mano. Di un respingo, sorprendida por la humedad que había encontrado. Introdujo un dedo y me exploró, trazando círculos. Yo, aún sobre mis rodillas, casi cedí al peso de las sensaciones. Antes de desplomarme, me agarré a sus hombros y lo besé.

Era la primera vez que tomaba la iniciativa desde el episodio en la puerta de mi apartamento. Quizá por eso gruñó de placer y coló un segundo dedo, como si quisiera gratificarme de algún modo. Lo consiguió, aunque le costó que me acostumbrara a la sensación. Tuvo que separarme las piernas con la rodilla y sostenerme contra él, convencerme, profundizando como necesitaba para quitarme el sentido.

—Joder, lo sabía —jadeó contra mi boca. Apreté los muslos para comprimir sus dedos. Me contoneé contra ellos, jugando con su lengua—. Sabía que eras pura fachada y en el fondo te morías porque te tocasen así. Eres fuego.

Gabriel volvió a tenderme sobre la cama. Esta vez se ensañó con mis pechos. Toda mi piel ansió el calor húmedo de su boca. Intenté concentrarme en cada pequeño mordisco, en cada succión, cada beso, pero unía y alternaba tan bien unos con otros que no conseguí diferenciarlos. Empecé a sudar. Todo iba a parar a mi bajo vientre, que se encogía y dilataba con cada caricia, incapaz de decidir si quería más o menos. Ahí dentro estaba la pasión que dominaba el resto de mi ser. Necesitaba algo más, quería algo más: mi cuerpo lo gritaba entre estremecimientos.

—Gabriel, por Dios... —Me mordí los labios para no suplicar entre sollozos—. Hazlo... hazlo ahora.

—Necesitas mucho más. Te va a doler.

Le clavé las uñas en la espalda, tratando de descargar en vano toda esa tensión que se concentraba en mis ingles y en mi estómago.

—Me da igual.

—Rosa... No quiero hacerte daño.


Eli vuelve a detenerse. Está sudando, al igual que yo, aunque imagino que por motivos diferentes.

La tengo tan dura que podría rajarme los vaqueros. Podría, de hecho, abrir un boquete en el techo. Lo prudente sería batirme en retirada y regresar cuando esté calmado, pero ella se me adelanta.

—¿Podría seguir otra persona? —pregunta, esbozando una sonrisa desvalida—. Creo que me han sentado mal los nachos.

—A mí me sentó muy mal un Nacho —comenta Susana—. No te puedes fiar de ellos.

Eli se ríe por compromiso, crispada y ansiosa por desaparecer, y se levanta con el cuerpo en tensión. Me fijo en que le tiemblan las manos y no está muy segura de adónde ir antes de dirigirse al baño.

Nadie se ha dado cuenta. Nadie salvo yo.

—¡Continúo yo! —exclama Anita—. Espero que no les importe mi acento.

Me quedo donde estoy y cierro los ojos para concienciarme de que debo bajar el calentón como sea. Anita también tiene una voz muy sexy, y a cualquiera le parecería erótico el deje de una venezolana, pero no es lo mismo, porque ella no me tiene obsesionado. Eli se me metió entre ceja y ceja desde que me pidió perdón veinte veces por haber insinuado que podríamos besarnos en el ascensor. Fue tan adorable y espontánea que me pasé todo el día sonriendo sin querer.

Cuando estoy algo más relajado, y sabiendo que corro el riesgo de que me mande al infierno, o me repita que estoy gordo, como si eso fuera un defecto, me disculpo y enfilo hacia el baño. Ha dejado la puerta entornada, lo que puede significar que esperaba que alguien acudiera a consolarla.

Cuando me asomo, está inclinada sobre el lavabo, echándose agua en la cara. Nunca se maquilla, así que se ahorra que se le corra el rímel por culpa de las lágrimas. El problema es que el chorro le cae por el escote, y lleva una camiseta blanca de manga corta con la que se le transparenta el sujetador azul. Siempre lleva esas camisetas con publicidad de negocios locales. Le encantan. Esta de hoy anuncia «Desatranques Jaén», y, aunque no estuviera mojada, se intuiría la delicada lencería por culpa de los miles de lavados a los que somete las prendas.

—¿Estás bien?

Ella se gira hacia mí, sorprendida por la interrupción. El agua corre por sus mejillas, por su cuello, incluso chorrea por el escote. Y yo no soy de piedra. Más bien me pongo como una piedra cuando la tengo delante.

Es, definitivamente, la clase de mujer que me gusta. Alta, tan delgada que transmite una fragilidad irresistible, como Kate Moss y todas esas modelos de los noventa. No tiene demasiado pecho ni un culo trabajado, pero para mí la feminidad son unas caderas bien puestas y una cinturita marcada. Y esas dos piernas, largas como un día sin pan, largas como para todo el fin de semana. Lleva la melena castaña recogida ahora en una pinza, y se cubre los ojos azules, redondos y esquivos, con un flequillo más denso de la cuenta que me parece tierno a rabiar.

Tiene una boca perfecta. Perfecta, de veras. Y los dientes ligeramente separados, lo que le da un toque personal a su sonrisa. Qué voy a decir yo de eso, si estoy loco por Vanessa Paradis desde que tenía quince años.

Puede que la haya estado admirando de lejos un tiempo, siempre procurando que no me pillara. No me traía cuenta. Incluso si hubiera querido acostarse conmigo, no me habría arriesgado. Prefiero mantenerme alejado de la gente que me atrae. Es una estupenda manera de ahorrarse problemas y un magnífico ejercicio de dominación personal.

—¿Y si hubiera estado orinando? —me espeta Eli, fingiendo enfadarse para que no se note que está nerviosa... tal y como lleva haciendo desde que la conozco—. ¿Vas abriendo las puertas de los baños por ahí, sin más?

—He supuesto que no estarías haciendo nada íntimo al oír el grifo.

—A lo mejor lo había abierto para que no oyerais cómo vomitaba.

—Pues espero que lo hicieras por no encontrarte bien y no por un TCA... Aunque esto segundo explicaría que no soportes ver a la gente comerse un trozo de bizcocho.

Eli me condena con una mirada reprobatoria.

—No tenemos suficiente confianza para que hables conmigo de un supuesto desorden alimentario.

—Es verdad, solo tenemos suficiente confianza para que me llames fofo.

Ella se muerde el labio, avergonzada, y, sin quererlo, logra atraer toda mi atención a ese punto exacto. Sé que no quiere provocarme; más aún, que no se ve capaz de hacerlo.

Nunca le he visto el encanto a que una mujer dude de su atractivo. One Direction me hacía torcer la boca cuando cantaba *you don't know you're beautiful, that's what makes you beautiful*»[13] —¿qué opinará Edu de que me guste One Direction? ¿Soy gay o soy una adolescente en el cuerpo de un hombre de veintiséis?—, como si las inseguridades fueran una fiesta. Pero también es verdad que toda horma necesita su zapato, y yo necesitaba tropezar con alguien que, por hache o por be, no tuviera el valor de coquetear conmigo descaradamente... aun teniendo un obvio interés en mí.

Porque le gusto, y me conmueve, a la vez que me cabrea, que no intente nada conmigo. Esa es la verdad.

—Mira... Tamara a veces pone marihuana a los *brownies* y pensé que ese bizcocho la llevaba también —confiesa de carrerilla—. No es que mi amiga intentara envenenarte, o drogarte, o algo de eso, pero le gusta experimentar algunas veces, y yo temí que te hubiera ofrecido ese por equivocación, ¿vale? No tengo ningún problema con tu cuerpo.

«Bueno, yo sí tengo alguno que otro con el tuyo. Que lo quiero tocar y ni tú ni yo nos dejamos».

—Eso significa que no has huido por mi culpa. Bien —contesto en su lugar, empleando un tono informal—. ¿Por qué lo has hecho, entonces? Estás acostumbrada a leer esta clase de cosas, ¿no? Eres la que lee en voz alta desde que se creó el club.

Ella aprovecha que tiene que secarse la cara para pensar en una respuesta.

—Sí, pero a veces... creo que me tomo muy a pecho lo que leo. Y era un fragmento demasiado intenso. A ti tampoco se te ha visto cómodo —añade, mirándome de reojo—. Parecía que no te gustara de qué va la historia.

Una gota de agua detiene su descenso en la comisura del labio inferior. Para no estirar el brazo y secarla, guardo las manos en los bolsillos de los vaqueros.

—No me gustan ese tipo de argumentos.

---

13. «No sabes que eres preciosa; eso es lo que te hace preciosa», de *What Makes You Beautiful*, de One Direction.

—¿Cuáles?

—Los de segundas oportunidades. Gente que se enamora de nuevo... —Sonrío de lado, sin ganas, y encojo un hombro—. Poco creíble. No creo que se pueda amar más de una vez.

Ella pestañea, sorprendida.

—Coincido en que no puedes amar de la misma forma a dos personas, si es lo que querías decir, pero claro que se puede encontrar el amor otra vez. Quizá no dura mucho; quizá, de hecho, acaba mal —me aparta la mirada—, pero... ¿cómo puedes leer novela romántica con ese planteamiento? Es lo contrario a romántico.

—Discrepo. Creo que no hay nada más canónicamente romántico que una persona amando durante toda la vida a la misma pareja. Las historias hablan de un alma gemela, de la media naranja, de la otra mitad, no de los veinte tercios que podrían irte bien.

—¿Ahora estamos hablando de cerveza?

—A falta de amor... otra cerveza, por favor. —Le guiño un ojo.

Ella aparta la mirada, tan vergonzosa como siempre, y se da la vuelta para lavarse las manos. Mientras las frota con ímpetu, me dice con aparente naturalidad:

—Espero que tu primer, gran y único amor no te decepcione jamás, o pasarás el resto de tu vida vagando por ahí como un alma en pena, incapaz de hacer buenas migas con otra persona.

Ladeo la cabeza con curiosidad.

—Hablas de mi concepción del amor como algo deprimente.

—Es que lo es. Uno debería creer en lo que vaya a hacerle la vida más fácil, y pensar que solo amarás una vez te cerrará puertas a las segundas oportunidades.

—No me cerraré puertas. Saldré con otras personas. Solo digo que nunca será como con el gran amor. Frank Sinatra y Ava Gardner hablaban el uno del otro como el amor de sus vidas, igual que Madonna y Sean Penn, a pesar de que cada uno se casó antes y después. Siempre hay alguien que te marca profundamente, y no me considero un hombre conformista. No quiero pasar el resto de mi vida buscando sentirme de la misma forma que me sentí una vez cuando ya sé que será imposible, y no me quedaré con alguien que despierte en mí solo un cuarto de las sensaciones que solía provocarme otra persona.

Mientras se seca las manos, Eli me sostiene la mirada.

—Más que un profesor de Educación Física, con tanta fracción pareces el de Matemáticas. Y, ¿sabes?, yo me niego a pensar que la marca que alguien te deja no pueda borrarse. —Parece como si estuviera enfadada conmigo, cuando en realidad está molesta por algo que acaba de venirle a la cabeza—. Nadie es inolvidable.

Se arrepiente enseguida de haberlo soltado sin pensar. Lo noto en el rubor de sus mejillas y en la manera en que traga saliva, como si le costara.

Suelta la toalla y da por zanjada la conversación dirigiéndose a la puerta.

Intenta abrirla, sin ningún resultado.

—Joder —mascula—. Encerrados.

—¿Cómo?

Eli se gira hacia mí, exasperada.

—Que la puerta está bloqueada.

—Déjame ver. —Pruebo todo cuanto se me ocurre para abrir una puerta: empujo, doblo la manija, hago ambas cosas a la vez...—. ¿Cómo es posible?

—¿Que cómo es posible? ¿No te lo imaginas?

La miro a los ojos, pensativo. Me hago una idea de a qué se puede referir. Eli es la única persona en todo el edificio que no está obsesionada con saber si me acuesto con hombres o con mujeres, y no solo eso: también es la que no le tiene miedo a hablar abiertamente del hobby oficial de la comunidad.

—¿Crees que encerrarme contigo es otro experimento?

—Tamara ha invitado a Alison para que te psicoanalice. La veo muy capaz de ponerle tres candados a una puerta para encerrarte con alguien, como si la claustrofobia fuera a incitarte a decir la verdad. —Suspira, más por cansancio que por fastidio—. A lo mejor hasta le puso un toque de afrodisiaco a los nachos para que nos desmelenáramos.

—Has dicho «nos», tú y yo —apostillo, y no sin cierto placer perverso—. ¿Qué interés podría tener Tamara en que *tú*, entre todas las personas que han asistido hoy al club, te quedaras encerrada *conmigo*?

Lo sé, no debería haberla puesto contra la espada y la pared de esa forma, y no voy a decir de qué otra manera la podría poner —mente sana en cuerpo sano—; entre otras cosas, porque ya me imagino que Tamara quiere encerrarla conmigo porque sabe bien que le gusto y, encima, es *esa clase de amiga*: la que, en el proceso de ayudar, lo único que hace es cagarla.

Pero una pequeña parte de mí necesita provocarla. Todos tenemos nuestro lado vanidoso, y el mío quiere un cumplido de Eli.

—Lo dedujiste tú aquel día en la clase de yoga —mascula sin mirarme—. No hago *ese* tipo de ejercicio, y lo único que a Tamara le da más pena que el hambre en el mundo es que la gente no folle. Son sus palabras, no las mías, ¿eh? Parece que nadie le ha dicho que no es políticamente correcto comparar ciertas cosas. Pone el holocausto nazi al mismo nivel que los guisantes.

Sonrío sin querer.

—Es una buena chica. Tiene lo suyo, pero no he conocido a nadie que lleve sus defectillos con tanto encanto.

—Yo no puedo enfadarme con ella —reconoce Eli—. Me es imposible. Aunque admito que, si me persiguiera y me espiase tanto como te persigue y te espía a ti, es probable que ya le hubiera dado un bofetón.

Lo único que ha hecho desde que hemos empezado a hablar ha sido retroceder hacia la pared contraria. Ahora empuja los azulejos con la espalda, y tiene las manos entrelazadas ahí detrás.

Para ponérselo más fácil y no incomodarla, me siento en la taza del inodoro y apoyo los codos sobre los muslos.

—Tamara no es la única que me persigue. —Me encojo de hombros.

—¡Eso solo lo hace peor! ¿Por qué lo permites? ¿Por qué dejas que una marabunta de lunáticos te tenga como entretenimiento? —pregunta, no tan interesada como agobiada—. Siempre he sabido que no eres tan tonto como para no darte cuenta de lo que pasa a tu alrededor, por eso me sorprende que no lo atajes de raíz.

Se me escapa una sonrisa incrédula.

—Te cuesta escoger las palabras adecuadas para hablar conmigo, ¿no?

—¿Qué he dicho? —Sacude la cabeza, confundida.

—«No eres tan tonto» no es lo mismo que «eres lo bastante listo», igual que hay una gran diferencia entre «no sé si me entiendes» y «no sé si me explico», por ponerte un ejemplo.

—Perdone usted, señor académico de la RAE —ironiza—. ¿No será que tú te molestas en buscarle el sentido negativo a todo lo que sale de mi boca?

—Es que todo lo que dices, por lo menos cuando te refieres a mí, es negativo. Tendría que ser muy retorcido para poder interpretar tus comentarios como un halago.

—¿Y no eres retorcido? —Se cruza de brazos—. Sabes que la gente se pregunta quién eres y no haces nada para remediarlo.

—Se lo están pasando de maravilla, Eli. Y lo cierto es que estoy acostumbrado a que se metan en mi vida. Crecí en una casa donde habitaban nada más y nada menos que un padre, una madre, una abuela, un tío soltero y cuatro hermanas mayores. Me mudé a este sitio porque me garantizaron que habría ruido y movimiento, justo lo que buscaba.

Eli hace un mohín pensativo.

—¿A ti te molesta que se metan en tu vida? —pregunto un rato después en tono amistoso—. No debe molestarte mucho si aún no has cogido tus bártulos y te has pirado.

—No me molesta la mayor parte del tiempo. Yo siempre he vivido con una persona: o con mi madre o con mi padre. Soy hija única. Cuando me mudé a este edificio, me di cuenta de que quería un poco de compañía, ¿sabes? Sentirme rodeada y parte de... algo, de una comunidad. Pero también es verdad que vivo tranquila porque nunca han hecho investigaciones sobre mí.

—No entiendo por qué. —Entorno los párpados para mirarla de arriba abajo, conspirando—. Eres mucho más misteriosa que yo.

Ella se ruboriza.

—¿Misteriosa? Trabajo en un *catering* y no salgo con nadie, mientras que, por ponerte un ejemplo, Virtudes escribe libros con setenta años, es una celebridad en internet y ahora va a publicar en una revista de divulgación feminista.

—La mujer no tiene techo —comento, maravillado.

—La cosa es que, por comparación, y no solo con ella, sino con cualquier otro vecino, soy la persona más aburrida de este edificio.

Abro la boca para replicar, pero el modo en que se define, como si no estuviera dispuesta a permitir que le lleven la contraria, hace que me lo piense dos veces.

No suena convencida. Me parece que está poniendo en su boca las palabras de otro, de alguien que se las ha repetido hasta que ella las ha asimilado como ciertas.

—Por no mencionarte a ti —continúa. Ha pillado confianza, ya nada la puede parar—. Todo el mundo se pregunta por tu orientación sexual, la del dios pagano de la belleza y los pectorales que reside en el 4.º C. —Se me escapa una risa floja al oírla mencionar mis atributos—. No es que yo piense nada de tu belleza o tus pectorales, ¿eh? Lo digo porque es lo que piensa *la gente*, no yo. Yo no lo pienso —recalca de nuevo, mostrándome las palmas de las manos.

—Tranquila, no tienes de qué preocuparte. Ya sé que te parezco un fofo insípido.

—A ver, eso no... Es que... —Lanza una mirada de auxilio al techo.

Suelto una carcajada que me devuelve toda su atención.

—Solo estoy bromeando, Eli. Ya sé que no tienes nada contra mí.

Ella me mira angustiada.

—¿De verdad? Porque no quiero caerte mal. O sea, no es que vaya a morirme si me odias ni nada de eso, pero... me parecería un poco injusto, porque no me metí contigo adrede, fue por lo de la marihuana, ¿entiendes? Tampoco es que esté deseando ser tu amiga o ganarme tu simpatía, solo que... no eres especial. Solo me gusta estar bien con todo el mundo.

Asiento muy serio, más por cortesía que por otra cosa, porque por dentro me estoy descojonando.

¿De verdad se piensa que algo de lo que sale de su boca es creíble? Le tiemblan hasta las pestañas y está colorada como la bandera de la Unión Soviética. Su timidez es de las cosas más adorables que he visto nunca. Es deliciosamente tierna. Una auténtica ricura.

Y está coladita por mí.

Esto va a ser muy difícil.

—No te preocupes. —Modulo el tono para que no sospeche de mis pensamientos—. Lo entiendo.

Y sí que lo entiendo, ¿eh? Entiendo que no quiere desvelar sus sentimientos, y le reconozco el empeño en ocultarlos: no he visto a nadie tan rojo por el esfuerzo desde que mi mejor amigo, que con doce años pesaba cien kilos, hacía el test de Cooper en la clase de Educación Física.

También comparto su afán de secretismo. Yo mismo preferiría que no supiera que me encanta. Pero ¿por qué no puedo ser solo yo el que pone distancia? ¿Por qué la tiene que poner ella, joder? ¿Es que no se da cuenta de que haciendo y diciendo cosas tan raras, de que comportándose de forma errática, despierta mi curiosidad y eso hace que me sea imposible retirarme del todo? Debería estar ignorándola, y no puedo porque no para de hacerse notar a su manera. Ojalá me persiguiera por la calle, me pusiera un microchip para oír las conversaciones que mantengo con mi familia o me pasara fotos desnuda por WhatsApp. Así me sería más sencillo superar esta estúpida expectación.

Y así la vería desnuda, lo que tampoco me parecería nada mal.

La puerta se abre y Tamara asoma la cara con una mueca de consternación tan falsa que me dan ganas de echarme a reír, pero mantengo el tipo por respeto a Eli, que se nota que lo ha pasado mal.

—¿Estáis bien? No me di cuenta de que bloqueaba el pestillo... Perdón.

Sin decir nada, Eli sale por el estrecho hueco entre el cuerpo de Tamara y la puerta. Es como si estuviera programada para interactuar conmigo durante veinte minutos y después fuera incapaz de formular una palabra. Tiene valentía para media hora, y yo he demostrado tener paciencia y mesura para dos meses, justo lo que llevo viviendo al lado de la tentación. Puedo aguantarme mucho más, estoy convencido. O eso me digo, porque al verla volver al corro, con esos vaqueros estrechísimos que se pone y le levantan el culo a mala idea, tengo que suspirar.

Apenas me doy cuenta del significado que tiene para mí el consuelo que le ofrezco a Tamara:

—Un descuido lo tiene cualquiera.

Solo habría que definir qué es un descuido exactamente, y si Eli se podría permitir descuidarse una sola vez conmigo.

## Capítulo 8

## CON «Z» DE ZORRO, ZAFIO, ZÁNGANO Y ZOQUETE

*Eli*

—Si Marilyn Manson es hetero, Óscar puede serlo también.

—¿Qué clase de argumento es ese? Marilyn Manson no parecía gay. Era emo, o gótico, que no es lo mismo.

—Se pintaba demasiado.

—Como los góticos.

—Y le preocupaba mucho su ropa.

—Gótico.

—¡Dicen que se sacó las costillas para besarse la pinga!

—He dicho gó-ti-co. ¿Y por qué hablas de él como si estuviera muerto?

—Bueno, yo no sé dónde está, si vivo, muerto o en Kentucky. ¿Tú lo sabes? ¿Cuánto tiempo lleva sin sacar música interesante? ¿A alguien le ha importado ese tío desde *Sweet Dreams*, o desde que lo dejó con Dita von Teese? Es increíble cómo una mujer puede cargarse la fama de un hombre.

—Vaya comentario tan penoso. Son pocas las mujeres que pueden cargarse la fama de un hombre, Tamara, y mi argumento lo puede respaldar todo el movimiento del Me Too.

—Bueno, pero sí pueden acabar con una firma de lencería y con el desfile de modelos más prestigioso del mundo. ¿Habéis visto que se acabó Victoria's Secret? Justo después de que Rihanna hiciera su *show* de Fenty Beauty incluyendo todos los tipos de cuerpos imaginables.

Y esta es la conversación que mantienen dos mujeres bajando las escaleras con la basura en la mano: Alison insiste en su teoría sobre el estilo gótico de Marilyn Manson, mientras que Tamara cambia de tema hacia lo que le interesa.

Yo me limito a escuchar en silencio.

Por lo general, Néstor y Luz, nuestros vecinos veinteañeros, son los que se encargan de empujar el contenedor e ir puerta por puerta pidiendo nuestros desechos, pero Luz se ha puesto enferma de la gripe y Néstor no es lo suficientemente amable ni le preocupa tanto el medioambiente como para hacerlo sin ella. Así pues, nos toca a nosotras encargarnos por vez primera del reciclaje.

A Tamara no le importa. Parece que esta era la excusa que necesitaba para enganchar a Alison del cuello de la camisa de azafata e interrogarla sobre lo que vio y lo que sintió tras interactuar con Óscar, como si la homosexualidad fuera una corazonada, o como si te hiciera tener el aura rosa, o como si lo tuvieras escrito en la frente con una tinta solo legible para los psicólogos.

—Se acabó porque hace ya un tiempo desde que se descubrió que el «secreto de Victoria» era matar de hambre a sus modelos, excluir a las que pesaran más de cincuenta kilos e ignorar a las mujeres transexuales —replica Alison—, pero supongo que el mundo de la moda necesitaba una alternativa tan suculenta como Fenty, y mientras no la tuviera, estaba bien tener montado el *show* de Victoria's Secret. De todos modos, ¿qué tiene que ver la lencería con tu vecino?

—Pues un chorro. ¿Crees que le gusta para quitarla o para ponérsela?

A pesar de no haber participado en la conversación desde que salimos del 4.º B, estoy tan harta de estar en medio que suspiro y me adelanto unos cuantos pasos con la excusa de vaciar la propaganda del buzón. Por mucho que me guste Óscar, que me hablen de él todos los días acaba por minarme la moral.

Gracias al cielo, hay correo que revisar, así puedo alejarme un ratito del comadreo vecinal, que sigue por estos derroteros:

—No puedes mirar a alguien a la cara y saber que es gay. Ni siquiera si eres psicólogo —se apresura a apostillar Alison, viendo venir la réplica de Tamara: «¡¿Cómo que no?! ¡Si tenéis rayos X!»—. Podría estar jugando con vosotros, podría seguir en el armario y no saberlo, podría darle vergüenza decirlo porque tuvo problemas con ello en el pasado, podría ser heterosexual, o bisexual, o asexual... Hay infinidad de posibilidades.

Pongo los ojos en blanco y reviso las cartas.

Ojalá hubiera vivido en los años previos al teléfono fijo, cuando esperabas al cartero con el corazón en un puño porque sabías que solo así tendrías noticias de tus amigos, de tu familia lejana o de tu novio. En esa época no tenías que lidiar exclusivamente con las facturas del agua y la electricidad, un folleto publicitario para pasarte un láser mortal por las ingles y ofertas de academias de inglés. Eso es lo que tengo yo pendiente: la maldita compañía del gas me atraca sin ninguna vergüenza y...

Pestañeo al toparme con mi dirección escrita a mano.

Eliodora Bonnet Farrés
Calle Julio Cortázar, 13, 4.º B
28010
Madrid, España

Me gustaría no reconocer su letra, pero para olvidarme de sus detalles, por nimios que parezcan, tendrían que borrar los últimos años de mi vida. Tampoco quiero leerlo, pero los regresos del exnovio que marcó el principio de tu edad adulta evocan las mismas sensaciones que presenciar un accidente en la vía pública: por desagradable que sea, apartar la vista resulta imposible.

Muy lentamente, porque en realidad lo último que me apetece en este momento es lidiar con él, doy la vuelta al sobre... y no hay remitente.

No ha escrito su nombre.

Debe de saber que nada me ahuyentaría más rápido que esas siete letras.

Lo rasgo, y antes de sacar la carta echo un vistazo veloz por encima del hombro a Tamara. Sigue enzarzada con Alison en la discusión sobre la variedad de gustos sexuales. Perfecto. Así puedo ojear el contenido del mensaje antes de que venga a curiosear y, al descubrir que no he roto en mil pedazos el mensaje y que no he masticado los restos, me sople un guantazo con el que la palmemos las dos.

Menos mal que la he visto yo antes. Tay habría sido capaz de abrirla aunque estuviera a mi nombre, o, mejor dicho, porque *precisamente* está a mi nombre. Incluso de hacerle vudú o exorcizarla mediante rituales satánicos, porque sabría tan bien como yo quién la ha escrito.

En efecto, es él. Ha sustituido la letra de médico por la clase de florida caligrafía que uno vería en un documento oficial del siglo pasado.

En vista de que no coges mis llamadas y tampoco respondes mis mensajes, no me dejas otro remedio que intentar contactarte empleando vías más anticuadas. Recuerdo que me decías que te encantaría recibir una carta, y ¿qué mejor ocasión que esta? Recuerdo todas las que te mandaba, y aún conservo las que tú me devolvías. Entonces no nos iba nada mal, ¿verdad que no?

*Bibou*,[14] no entiendo esta actitud que tienes conmigo. Tú no eres así, nunca lo has sido. ¿Por qué me ignoras? ¿No podemos hablar y solucionar las cosas? Por favor, llámame. Sabes que te adoro. Desde siempre y para siempre. Eso no ha cambiado ni lo hará nunca.

Estaré esperando.


—Pues sigue haciéndolo, *salaud. Va te faire foutre!*[15] —mascullo por lo bajo.

Doblo la carta en tres o cuatro partes antes de meterla en el bolsillo. Me tiemblan tanto los dedos que me gustaría cortármelos. Al final tendré que asistir nuevamente a las clases de yoga del maestro Óscar, aunque sea para corregir esta falta de dominio sobre mis emociones. Tengo entendido que los ejercicios de respiración ayudan, el dichoso *pranayama* de los cojones.

Por lo menos me queda el consuelo de que, si Tamara llega a leerla, no se enterará de nada. No tiene la menor idea de francés, y Normand y yo no nos comunicamos de otra forma. No nos comunicamos de ninguna, en realidad. No desde que corté la relación hace más de un año, de forma sorpresiva para él, y salí por piernas.

Se suponía que ya estaba olvidado, pero unos meses atrás envió el primer mensaje, y como siempre ha tenido la sucia costumbre de interpretar mis silencios como una confirmación de sus deseos, ni se habrá planteado que, más que reconquistándome, me está atormentando. Ahora incluso se hace el romántico, algo que le iba al pelo a su apariencia de dandi y que combinaba con sus exquisitos modales franceses cuando yo aún no sabía que era un capullo.


14. «Búho» en francés, un apodo cariñoso.
15. Cabrón. Que te den.

Cierro los ojos un segundo para recuperar la calma.

—Güey, ¿por qué no aprovechamos que la semana que viene abren la alberca para indagar más a fondo? Con tantos hombres y mujeres churros en bañador juntos, seguro que sabremos de qué lado masca la iguana —continúa proponiendo Tamara, entusiasmada con su mente privilegiada—. Va a estar cabrón que Julian se preste a hacer el helicóptero con la verga para llamar su atención, pero apuesto a que Álvaro no se negaría. En las Navidades de hace dos años se puso tan hasta las chanclas que se animó a hacernos un estriptis y...

El portal se abre, rescatándome de la alargada sombra de Normand y de las tonterías de Tamara. Susana, vestida con una falda y una chaqueta monísimas —y con los labios pintados con el gloss de sus amores—, entra aprisa. Se detiene abruptamente al vernos y nos hace un gesto acelerado.

—Chicas, por favor, ¿alguna puede ir a recoger a Eric al colegio? Me iban a hacer una entrevista de trabajo a las doce, pero parece que el director de la empresa tenía una conferencia y todo se ha atrasado, así que debo ir a las dos y Eric sale de clase a esa hora.

—Claro que sí, mujer —me ofrezco enseguida—. ¿Estaba en el cole...?

—Ángel Ganivet —completa de carrerilla, haciendo unas indicaciones con las manos que seguramente no entienda ni ella—. Está muy cerca de aquí, podría volver solo, pero no me gusta que vaya por su cuenta y no dejo que se lleve el móvil al instituto, así que no hay manera de decirle que hoy no lo recojo...

—Tranquila, yo me encargo.

—Ay, muchísimas gracias, Eli. —La sonrisa ilumina su rostro—. Te debo una.

—Para eso estamos. ¿Cómo es que estás...? No sabía que buscaras trabajo.

—Una se cansa de ser tan feliz, y esa parece la forma más

efectiva de estresarse —se mofa—. Me dedicaría a coger llamadas y atender a maleducados durante ocho horas al día. No está mal. ¿Puedo confiar en que lo dejes en casa de Sonsoles? Le dará garbanzos, lentejas o judías de comer; en definitiva, esos potajes que yo no sé hacer y que no le vienen mal.

—Sí, claro.

—Gracias. —Me lanza un beso—. Me voy pitando. ¡Ah! Hoy era el día de los disfraces y ha ido de Joker. Por si no lo reconoces a simple vista, es el de la chaqueta morada y el pelo verde. *Ciao!*

En cuanto Susana desaparece, echo un rápido vistazo al reloj de pulsera.

Son las dos menos cuarto.

—¿Y a esta qué bicho le ha picado? —pregunta Tamara, vigilando la puerta con recelo—. ¿Ya no quiere ser la mantenida? Si se ha aburrido de eso, yo no entiendo nada. ¿Quién chingados se cansa de que un *sugar daddy* le pague los caprichos?

—A lo mejor ha roto con el político —aventura Alison, cerrando el buzón de Julian Bale. Ha sacado suficiente basura para parar un tren—. El otro día estaba en casa de Jules porque le tenía que resolver un tema de trabajo y los oí discutir.

—No mames. A ver, desembucha.

Suspiro.

—No tenéis la menor intención de acompañarme, ¿verdad?

—No. —Alison encoge un hombro sin remordimientos—. Ni siquiera conozco al chico.

—Yo tengo un plan malvado que pulir. Y no es por nada, pero me esperan unos taquitos arriba para la pachanga de Alberto. Vamos a celebrar una comilona mexicana porque lo han ascendido a gerente en el restaurante.

Asiento distraídamente.

Mejor. Así no tendré que molestarme en poner buena cara

durante el trayecto. Ahí donde se la ve, disparatada e impulsiva, Tamara es una de las personas más perspicaces que conozco. Sabe que algo va mal con solo echarle un vistazo al color del que te has pintado las uñas, y si te duele el corazón, no te apapacha y luego lo deja correr. Como le gusta hacerlo todo a lo grande, lo mismo se pillaba un vuelo a Burdeos y le quemaba la casa a Normand.

Me despido de las dos con la mano y pongo rumbo al colegio.

No es la primera vez que le hago este favor a Susana. No nos contamos confidencias, lo que considero que convierte a una conocida en una buena amiga, pero hemos salido de compras, hemos cenado juntas un par de veces —el vino corrió de lo lindo; para una persona que entiende mis gustos exquisitos, no iba a desaprovechar la oportunidad— y me cae de maravilla. Su hijo también, por cierto. Es la versión masculina e infantil de ella misma: rubio, ojos azules, irreverente y encantador. Es un calco de su madre, en definitiva, por lo que a ratos me pregunto en qué medida colaboró —si es que colaboró— el padre en su creación.

El famoso y misterioso padre...

No me gusta meterme en la vida privada de la gente, pero preguntarte vagamente quién será el hombre y dónde estará todavía no es ilegal, ¿verdad? Es uno de los pocos enigmas que me provocan genuina curiosidad en este edificio. No me imagino a Susana quedándose embarazada a los dieciocho por error, aunque hay apuestas que respaldan esa posibilidad. También se baraja que él tenga un trabajo en el que ha de viajar por el mundo, como piloto o por su ocupación de magnate —de ahí su actual prototipo masculino—, que se casaron y divorciaron en tiempo récord porque confundieron la pasión desenfrenada de un par de noches con el amor verdadero, que tuvo un desliz con su enemigo acérrimo y que nunca llegó a contarle que tenía un hijo...

¿Quién sabe cuál será la apuesta ganadora?

Eric ya tiene once años. Cumplirá doce en unos meses y pasará a la ESO. Si su padre no sabe que existe, ya va siendo hora de que lo descubra. ¿O se enterará el día de su boda, como en *Mamma mia!*?

Llego al colegio con unos minutos de antelación. Susana no bromeaba con lo del Joker. En este sitio celebran los carnavales cuando les da la gana, porque no hay ni un niño —ni un adulto, dicho sea de paso— sin un imponente disfraz. Han montado un modesto parque de atracciones en el patio de acceso a la conserjería: una bóveda cubierta de negro con el anuncio «Túnel del terror», un tiovivo y un castillo hinchable. Hay críos entre los seis y los once años repartidos en las distintas actividades. Una de ellas, el famoso juego de «poli y cacos», la comanda un hombre esbelto y vigoroso vestido de negro. Está de espaldas a mí, pero, siendo sincera, se le reconoce por las posaderas.

Ni me acordaba de que Óscar era el profesor de Educación Física del Ángel Ganivet. Y ahí está, arrodillado con su disfraz de buenorro oscuro, curándole una herida en la rodilla a una pobre niña que ha debido de derrapar sobre el asfalto. La reconozco porque también vive en el edificio: es Helena Olivares, la hija de los profesores universitarios del segundo. Va disfrazada de Cleopatra.

Qué se podía esperar de unos padres catedráticos de Historia y Arqueología.

—Es una herida de nada —está diciendo Óscar cuando me acerco con pies de plomo—. Un par de tiritas y quedarás como nueva. Mira, tengo estas con animales. Van a quedar perfectas.

Helena se muerde el labio para no romper a llorar. Tiene diez años y un control sobre sus emociones que ya les gustaría a algunos adultos, como, por ejemplo, a Eliodora Bonnet.

—¡Helena! —exclama Eric.

Pega un salto de trapecista desde el león del tiovivo en el que estaba montado y llega corriendo a nuestra altura. No sería correcto decir que está «monísimo» con el maquillaje del Joker, porque lo que está es hecho un esperpento, pero una puede decir que un niño de once años es guapísimo sin exponerse a acusaciones de pedofilia, ¿verdad?

—¿Qué te ha pasado? ¿Estás bien?

Helena se gira para mirar a Eric un momento, como una tortuguita que solo quiere asegurarse de quién la llama antes de volver a meterse en su caparazón. En efecto, enseguida clava la vista en las sandalias con las mejillas coloradas.

Como se prevé un momento incómodo y me conozco el modo en que se siente ser escudriñada por un hombre atractivo —para ella, Eric debe de ser algo parecido, como Óscar lo es para mí—, salgo en su rescate.

—¡Hola, Eric! Me encanta tu disfraz.

No es el único que levanta la cabeza hacia mí. Óscar ladea la suya y tiene que quebrarse en un ángulo doloroso para verme la cara. El sol le da en los ojos, cubiertos precariamente por el antifaz negro de El Zorro.

Oh, venga ya. ¿En serio? ¿El Zorro de Antonio Banderas?

Yo, como tengo que dar el cante siempre que coincido con él, llevo otra de mis camisetas publicitarias, aunque esta vez pregono mi negocio y no el de la mercería del barrio: «*Catering* El Yum y el Ñam».

Me agacho para que el sol no lo deje ciego al mirarme y me entretengo organizando las tiritas que se le han esparcido por el suelo. Eric se ha arrodillado para revisar la herida de Helena, lo que me da la excusa ideal para hablar con Óscar como una persona normal y corriente.

—Tu disfraz tampoco está mal —comento con amabilidad—. ¿Es una especie de indirecta? ¿Te consideras un zorro?

—Me gusta verme como alguien astuto.

Sigue en su línea de dar respuestas ambiguas.

—¿Y tú? ¿Es que no te has enterado de que hoy había que venir disfrazado?

—Me he enterado hace diez minutos de que tenía que venir a secas, pero si lo hubiera sabido, me habría disfrazado de ninja. Era de lo que me vestía en estos días.

—¿De ninja? ¿En serio?

—Me gustaba pasar desapercibida.

—No creo que lo hubieras conseguido con un *body* negro. Y menos en este colegio. —Aparta la mirada para echar un vistazo a su alrededor, lleno de niños—. Se ha denunciado a unos cuantos cerdos en el departamento de orientación, y el otro profesor de Educación Física, el de la ESO, seguro que te habría molestado.

«Habría preferido que me molestara el que tengo delante».

Eh, eh, eh... ¿Qué ha sido ese pensamiento intrusivo?

BORRAR.

Borrando...

Borrado con éxito.

—¿En serio? ¿Tienen acosadores sexuales en un colegio?

—Por fortuna, solo acosan a las madres solteras y a las profesoras. Susana en concreto debe de estar harta de unos cuantos... El sol te está molestando en la cara, ¿verdad? Toma.

Sin preguntar, me cede su sombrerito plano para que haga sombra sobre mis ojos. Es un gesto tonto y le sale tan natural que no debería haberme quedado patidifusa, pero sí, me quedo patidifusa.

—G-gracias...

—Oye, profe, ¿seguro que no hay que llevarla al médico? —interrumpe Eric con el ceño fruncido—. Le está saliendo mucha sangre. A lo mejor tienen que ponerle puntos.

Unos cuantos críos se aproximan, entre ellos Mine, la hermana melliza de Helena. Se nota que son familia porque tienen la misma fisonomía. Son un calco la una de la otra, pero Minerva es rubia de ojos oscuros y Helena es una pequeña Cleopatra. Si tuviera que elegir a personajes de películas históricas en consonancia con la profesión de sus padres, Minerva sería la Helena de Troya que interpreta Diane Kruger y Helena, la Cleopatra de Vivien Leigh, con el mismo aire frágil y melancólico.

—No le pasa nada —bufa Minerva, y se cruza de brazos—. Si es una cuentista. Mírala, ni siquiera está llorando.

—Llorar solo es una manera más de expresar dolor, no la única que existe —me oigo decir—. Y ahora que lo pienso, puede que sí hubiera que llevarla a la enfermería. ¿No hay alguien por aquí que pueda encargarse de eso?

—La profesora de Biología estudió un grado superior de Atención Primaria, seguro que puede hacerle un apaño.

Minerva le sonríe a un niño a su derecha.

—Menudo golpe se ha dado. ¿Tú lo has visto? Deberíamos haberlo grabado.

—Ha sido muy gracioso —reconoce el otro, riéndose—, aunque fue mucho mejor el del otro día, en el patio...

—Hacerse daño no tiene ninguna gracia, Fernando —le espeta Eric—. Aquí nadie se rio cuando llevaste un esparadrapo pegado a la barbilla después de raspártela con el suelo, y te recuerdo que te *hostiaste* porque querías chutar y le diste una patada al aire.

A Fernando se le desencaja la mandíbula. Parece algo mayor que Minerva, quizá tenga la misma edad que Eric, aunque no su mesura —ignoremos el «hostiarse» que se le ha debido de pegar de la madre— y, definitivamente, tampoco su talento para poner a la gente en el lugar que le corresponde.

—¿Por qué no te callas?

—Tranquilos —trata de sosegar los ánimos Óscar—. No hay necesidad de discutir. Minerva, ¿por qué no acompañas a tu hermana a por la seño Tere? Está en el tiovivo. Que te acompañe Inma.

Helena lanza una mirada esperanzada a su hermana, que pone cara de fastidio, pero no se opone. Es Inma, otra de las niñas que han venido escoltando a Minerva, la que se me queda mirando con la misma curiosidad que el resto de la tropa. No me había dado cuenta hasta ahora, pero todos me observan de hito en hito, como si fuera una aparición. Y con «todos» me refiero a cuatro pares de ojos infantiles.

—¿Es tu novia, profe? —pregunta Inma en tono inocentón.

Pestañeo una sola vez. Mi corazón bombea frenético.

—¿Eli? —pregunta, y se ríe suavemente—. Claro que no.

«Claro que no», dice el tío.

¡Óscar, agáchate, hombre, que se te han caído el «Qué locura es esa, Inma» y el «Eso sería imposible»!

—¿Por qué no? —insiste Inma, a la que le brillan los ojos como farolillos de feria—. ¡Es muy guapa!

—¿Eso es lo que te parece más importante? ¿Ser guapa? —Óscar espera su contestación con interés. Inma no se muestra por la labor. Las discusiones sobre el concepto de superficialidad les importan un carajo a los niños en esta edad—. No es mi novia. Ha venido a recoger a Eric porque es amiga de su madre.

Fernando bufa y esboza una sonrisa despectiva.

—Pues claro que no es su novia, si es maricón.

# Capítulo 9

## MÁS VALE MONSTRUO BAJO LA CAMA
## QUE ENCIMA DE ELLA

### *Eli*

Me quedo helada en el sitio, como si acabara de decirle que es un hijo de la gran puta o algo aún peor. Y es curioso, porque oigo a Tamara y a Edu usar la palabrita casi a diario. Debería estar acostumbrada a su significado, y lo estoy: tanto que hasta me parece divertida, ya desprovista de todo significado peyorativo. Pero en la boca de un niño de once años, esa palabra tiene unas connotaciones especiales. A nadie le ha pasado por alto el desprecio con el que lo ha soltado, como si no le pareciera mejor que ser un asesino.

Hasta Helena y Eric se han olvidado de la herida. Minerva e Inma, en cambio, sueltan una risita.

—Retira eso que has dicho —le espeta Eric, malencarado.

—No —tercia Óscar, alzando la mano—. No me ha insultado. Quizá podría haber utilizado otra palabra, pero lo que significa está perfectamente bien.

Me quedo de una sola pieza allí en medio.

¿Está saliendo del armario delante de mis narices? ¿Delante de las narices de sus alumnos? Pensé que, si algún día tenía la suerte de descubrir la verdad, sería fisgando por la mirilla de la puerta o escuchando los gemidos de su amante masculino, no en un colegio y con él vestido de El Zorro.

¿Por qué me da pena? ¿Por qué, incluso, me molesta la verdad? Supongo que porque me ha vacilado algunas veces. Con lo de quitarme el sujetador cuando yo se lo pida, y cuando dijo que yo le parecía interesante, y...

Dios mío, qué estúpida he sido.

—Claro que no está bien —replica el niño, asqueado.

—¿Por qué no, Fernando? —le pregunta Óscar, sin alterarse—. ¿Por qué ser gay no está bien? ¿Te hace daño a ti?

El crío tuerce la boca.

—No, claro que no, porque no dejaría que me tocara ningún gay.

—¿Y le hace daño a alguien más?

Fernando vacila un instante.

—No.

—¿Por qué está mal, entonces? ¿Por qué mi forma de vida te parecería desagradable?

Su forma de vida.

Sí, está saliendo del armario. Aquí y ahora. Y yo pensando que el gesto de darme el sombrerito de El Zorro era similar a ofrecerle tu chaqueta a la chica que te gusta para que no pase frío.

Soy muchísimo más que estúpida.

—Eric, anda, vámonos —intervengo en voz baja mientras Óscar y Fernando siguen hablando. Minerva y Helena ya han desaparecido en busca de la «seño Tere»—. Me corre prisa llegar a casa. Tengo que ayudar a Tamara con unos platos.

—¿Adónde vamos? ¿Y mi madre? ¿Por qué has venido tú?

—Ella no podía.

—¿Por qué? —De repente parece nervioso—. ¿Le ha pasado algo?

—¿Qué le va a pasar a tu madre, criatura? —contesto con una sonrisa, tranquilizándolo—. Está en una entrevista de trabajo.

Fernando vuelve la cabeza hacia nosotros y se queda mirando a Eric con una especie de regocijo malicioso que no he visto en la cara de ningún niño jamás.

—¿No le da suficiente trabajo el tío ese que te paga los videojuegos? —espeta con una pequeña sonrisa de orgullo.

Eric se pone tenso y deja de respirar.

—Cállate la boca.

—Mi padre me lo ha contado. Yo sí sé lo que le pasa a tu madre.

Eric lo encara amusgando los ojos.

—¿Sí? ¿Y qué es?

—Lo que le pasa... —mantiene el suspense con mala baba—, es que es una puta.

Exhalo de golpe, como si me hubieran dado un puñetazo en el estómago de los que te revuelven las tripas y te dejan sin respiración. Ahora sí que nos quedamos inmóviles. Todos menos Eric, al que la boca se le tuerce en una mueca furiosa antes de arremeter contra él.

Ni a Óscar ni a mí nos da tiempo a separarlos. Después de recibir el primer empujón y trastabillar hacia atrás, Fernando se recompone y echa a correr en la dirección contraria, quizá porque sabe lo que le espera. Eric, al que la cara de ángel nunca le ha quitado lo chulesco, no deja que las cosas se queden así. Con los puños apretados, lo persigue como alma que lleva el diablo hasta el túnel del terror.

Ni siquiera me he dado cuenta de que, como si estuviéramos compenetrados, Óscar y yo hemos salido a la vez detrás de los dos críos.

—¿A... a qué ha venido eso? —balbuceo, mirando de soslayo la mandíbula rígida de Óscar.

—Fernando es un niño problemático. Conozco a su padre, y digamos que no me sorprende lo más mínimo su actitud. Eric y él están en la misma clase y llevan desde que empezó el curso buscándose las cosquillas. No es la primera vez que le dice algo así...

—¿Qué? ¿En serio? ¿Y no habéis tomado medidas?

—La tutora habló con el padre.

—¿Y Susana no sabe nada de esto?

—Eric me ha rogado que no se lo diga. Y yo... yo no sé qué hacer, la verdad. —Se quita el antifaz sin aminorar el paso, y se revuelve el pelo con incomodidad—. No lo había visto hasta hoy, solo lo sabía de oídas porque lo comentaron de pasada en el claustro hace un par de semanas. Nunca le había soltado algo tan... —Renuncia a encontrar la palabra adecuada y suspira—. Tenemos que encontrarlos.

Se detiene delante de la carpa y se dirige al encargado, un adolescente encorvado, disfrazado de la Parca, mascando chicle con aire aburrido.

—¿Puedes encender las luces, por favor? Hay dos niños ahí dentro, posiblemente peleándose.

El chaval tuerce el gesto.

—¿Qué luces, tío? —replica—. La gracia del túnel del terror es que está todo oscuro. Ya sabes... para dar miedo y todo eso.

—Pues voy a entrar. —Óscar me mira por encima del hombro—. ¿Vienes?

Asiento sin pensarlo dos veces y me concentro en la oscuridad de las escaleras que descienden al pequeño sótano. Sin que yo se lo pida, y como si supiera que necesito un soporte para no caerme de boca, Óscar me coge de la mano y entrelaza los dedos con los míos. Tira de mí para que entre rápido en la boca del lobo, aunque no tanto como para llevarme de cabeza.

No es el momento, lo sé. Hay dos críos a punto de partirse la crisma porque uno es un intolerante y el otro moriría por su madre —y no exagero—, pero la mano de El Zorro es cálida y enorme. Engulle la mía y me transmite esa sensación con la que he fantaseado toda mi vida, incluso cuando estaba con Normand: la de que hay alguien protegiéndome, cubriendo mis espaldas.

De pequeña me encantaba dar la mano. Matty y yo íbamos en las excursiones al Retiro, al Palacio Real y al Museo del Prado con los dedos entrelazados. Si nos sudaban las palmas, cambiábamos de lado y seguíamos caminando tan tranquilas. Pero luego aparecieron Normand y su mano fría y dominante, y dejé de sentir que iba hacia alguna parte para dudar de mis pasos, para desear que el suelo se abriera a mis pies antes de llegar a donde él me quería.

Con Matty confiaba en que, aunque nos perdiéramos, sabríamos volver. Juntas. Con mi madre, también. Con Normand, con mi padre... Ellos solo me daban la mano para disimular que me estaban forzando a seguir sus órdenes; que no me acompañaban, sino que tiraban de mí. Me arrastraban.

Por eso dejé de tomar la mano de los hombres. Y no solo sus manos, sino todo lo demás.

Pero con Óscar es otra experiencia.

Debe de ser porque es gay. Un homosexual no me usaría a placer. Él, en concreto, tampoco me despedazaría el corazón, ni me convertiría en su paño de lágrimas, su saco de boxeo o la persona con quien practicar sus burlas, porque Óscar es libre, indiferente, bueno de verdad. Pero me sigo sintiendo como si esto fuera... especial.

No me fijo por dónde vamos. No veo nada. Pero, de repente, una puerta se abre y una persona caracterizada como el loco de un manicomio —uniforme blanco salpicado de sangre, mascarilla, ojos hundidos— se abalanza sobre nosotros. Lanzo un chillido que me sorprende incluso a mí, y hago algo aún más raro: echarme a los brazos de Óscar, que demuestra tener unos muy buenos reflejos al sostenerme con firmeza e incluso abrazarme de vuelta.

—Lo... lo siento —balbuceo, temblando. Ni siquiera sé por qué lo hago, si por la repentina aparición del figurante o porque Óscar me haya cogido de la mano. Por qué me ha cogido de la mano, ¿eh? ¿No puede ser gay y distante?—. Es que me he asustado.

—No pasa nada. —Suena muy cerca de mi oído, pero sus labios me hacen cosquillas en la frente—. Tengo que preguntar a los monstruos si han visto a los niños.

—¿A los monstruos? ¿Y eso qué significa, que vas a dejarme aquí?

—No. Ven conmigo.

No vuelve a darme la mano; en su lugar, me pasa el brazo por la cintura y me pega a su costado. Su cuerpo se amolda al mío. El calor que retienen las prendas del disfraz me llega en oleadas, y pronto estoy sintiendo las palpitaciones de la conocida taquicardia en la cintura, en las costillas; ahí donde me está sosteniendo.

Apenas oigo lo que pregunta a los monstruos. Solo escucho los grititos de los niños, sus risas nerviosas, los comentarios sobrados del típico que no se deja acongojar y entra en el túnel para echarse unas risas... o por si acaso alguna niña guapa se arrojara a sus brazos.

Los figurantes no han visto nada, pero Óscar no se da por vencido. El bochorno concentrado entre las paredes hace que empiece a costarme respirar y sude por la nuca y las axilas. Su mano sigue anclada a mi cadera casi con posesividad.

Posesividad, Óscar... Qué ridiculez.

—Los han encontrado y sacado —me anuncia unos minutos después. Su voz ya no suena en mi oído, sino directamente en mi pecho, como retumba la música de los altavoces en un concierto—. Una de las profesoras se había dado cuenta de que se estaban peleando y se los ha llevado.

—Eso está bien... Muy bien.

El grupo de niños que iba unos cuantos pasos por detrás

de nosotros es sorprendido por la espalda por un par de monstruos. La reacción general es desgañitarse chillando y corretear sin orden ni concierto hacia la siguiente sala. No consiguen mandarnos al suelo y pisotearnos, pero sí que nos empujan con la suficiente violencia para mandarme a mí contra una de las paredes.

Óscar choca conmigo y su reflejo es sujetarme —¿sujetarse?— por las caderas.

—¿Te encuentras bien?

—Eh... —Noto la boca seca—. Sí... Es que hace mucho calor aquí. Y todo eso de... Bueno, nunca me han gustado las películas de terror.

—¿Tienes miedo? —Detecto una nota de risa en su voz, pero no es una risa condescendiente, sino... tierna—. ¿En serio?

Abro la boca para contestar, pero entonces sus dedos rozan mi frente sudorosa. Me quedo sin palabras al momento. En realidad, en esta oscuridad no puedo saber a ciencia cierta si son sus manos, solo que, sea lo que sea con lo que me esté tocando, recorre mi sien, mi mejilla, y termina en el mentón.

—Estás sudando y temblando, Eli —susurra con preocupación—. Parece un ataque de pánico.

Mejor que piense que lo que me ha atacado es el pánico y no las hormonas.

—¿Qué dices? ¡Qué va! Estoy bien.

—Vamos a salir en un momento.

Su voz tranquilizante activa algo dentro de mí. Alargo la mano y me aferro a su muñeca ancha.

—Sí, por favor. —Se me quiebra la voz—. Quiero... salir.

Me da la impresión de que él asiente. Hay luces suficientes en el túnel para que se intuyan las siluetas de los monstruos y sus terribles maquillajes fluorescentes, pero no veo a Óscar. Creo que usa el antifaz, apenas una tela negra con dos agujeros, para limpiarme la cara y secarme el cuello. Intento disimular que estoy hiperventilando, pero mucho me temo que eso no es algo que se pueda controlar.

—Si llego a saber que eres claustrofóbica, no te meto aquí.

—Yo tampoco sabía que me daban miedo esas cosas. He entrado en las casas del terror de... de muchas ferias y... no tiene que ver con esto.

—¿Y con qué tiene que ver, Eli?

Trago saliva e intento respirar hondo. Un bloqueo en el pecho me lo impide, y él, como si supiera cómo me estoy sintiendo y lo que necesito, vuelve a acariciarme la cara.

Un soplo de aire fresco, aunque sus dedos casi quemen.

—No estoy... no estoy acostumbrada a esto —logro articular, vacilante.

—Yo tampoco —confiesa en voz baja, sin despegarse de mí.

No sé a qué se refiere, porque, en primer lugar, tampoco sé a qué me estaba refiriendo yo. ¿A qué *no* estoy acostumbrada? ¿A derretirme por un hombre? ¿A sentirme bien y no poder evitar, a la vez, sentirme mal cuando me roza? ¿Por qué iría yo a decirle eso, y por qué se sentiría él identificado conmigo?

Me agarro a la fina tela de las mangas de su disfraz. Óscar se pega a mí y sus dedos me tocan el lateral de la nariz, la mejilla, solo que son más suaves, están húmedos y exhalan un dulce aliento mentolado. ¿Son sus labios? No pueden ser sus labios. Es gay, lo ha confesado. Lo ha admitido ante sus alumnos, ante mí, y mi corazón se ha encogido agónicamente, harto de decepción, cuando lo ha dicho.

Esta es mi fantasía. Estoy fantaseando con que me besa. Solo en mis fantasías podría ocurrir. Así que son sus dedos y no sus labios los que descienden cuidadosamente, resbalando por mi mejilla, dando una vuelta remolona por la línea del mentón, y parándose un segundo... un solo segundo... en la comisura de mis labios. Juraría que la yema de su índice exhala contra mi piel, que sus dedos y no sus labios respiran, que saben besar. Juraría también que tiene el tacto más delirante del mundo.

Pero... ¿y si fueran sus labios? ¿Y si me estuviera besando la cara?

Abro la boca e inhalo con fuerza. El aliento vuelve a mí apenas choca contra su rostro. Óscar está demasiado cerca de mí, y su cuerpo desprende esa energía masculina y dominante que normalmente me haría sentir impotente, incluso en peligro, pero ahora solo me hace cosquillas en el estómago. ¿Son cosquillas? ¿O son las mariposas?

—Joder, Eli —mascula entre dientes.

No dice nada más, pero no le hace falta. Yo he entendido lo que encierran esas dos palabras.

Su voz hace que mi corazón se salte un latido y, de forma involuntaria, me pegue a él. Óscar se acerca más aún. Nuestras prendas son tan finas, lo mío algodón y lo suyo poliéster, que siento mis pechos aplastados contra sus pectorales y un bulto ardiente en el estómago. Esto casi pasa desapercibido cuando un roce húmedo y sensual recorre mi labio inferior antes de que sus dientes lo mordisqueen.

Yo jadeo y me aferro a sus bíceps.

Y entonces lo sé. Despierto al fin y caigo en la cuenta de que no eran imaginaciones mías: sus labios han estado cerca de mi boca, han pululado por mi frente y mi mandíbula y se han detenido un segundo en zona prohibida.

Casi me ha besado.

El alma se me sale del cuerpo cuando él roza sus caderas con las mías, cuando asimilo —porque ya lo sabía, pero no quería interiorizarlo— el contenido de ese «Joder, Eli». Dos palabras. Solo dos palabras y todo explota dentro de mí tan intensamente que no puedo seguir de pie.

Me escabullo por debajo de su brazo y, a trompicones, logro alejarme del pasillo oscuro. Óscar dice mi nombre unas cuantas veces, pero yo no me giro, y esta vez los monstruos no me dan miedo ni hacen que me detenga. Ni siquiera pestañeo cuando se arrojan sobre mí con los brazos en alto para tratar de acobardarme.

¿Cómo me iban a acobardar, si yo nunca he temido a los monstruos con cicatrices, vestidos de lunáticos y maquillados hasta las orejas? ¿Cómo hacerlo, si a esos los ves venir?

A mí me dan miedo los otros, los que no puedes reconocer a simple vista.

## Capítulo 10

## SER O NO SER (GAY), ESA ES LA CUESTIÓN

*Óscar*

—¡Hombre, superestrella! ¡Por fin te asomas a la piscina! —me vitorea Edu, batiendo las palmas—. La han abierto hace ya dos semanas y no te has pasado ni para la inauguración, ni para la fiesta de la espuma... No me digas que te da vergüenza que te vean en bañador, porque no me lo creo, rey.

Esbozo una sonrisa cortés mientras termino de sacar el correo del buzón. Ha debido de asumir que me dirijo a la piscina porque llevo el bañador y las chanclas, pero teniendo en cuenta la temperatura que marca el termómetro, tampoco sería tan extraño que fuera de esta guisa a una comunión. Este mayo está siendo demasiado caluroso incluso para tratarse del infernal Madrid, pero, por lo visto, también es perfecto para celebrar una boda.

—He estado liado con el trabajo y con los preparativos de un evento inesperado. —Antes de que se las ingenie para sonsacarme con indirectas las características del evento, resuelvo el misterio—. Mi tío, el eterno soltero, se va a casar por fin. Como su pareja es de Madrid, quieren celebrar las despedidas aquí. Me han mandado a alquilar el local, buscar la decoradora, el *catering*, los disfraces... Una locura.

Edu se cruza de brazos y apoya el hombro en la taquilla de al lado, que resulta ser la de Eli Bonnet y Tamara Tetlamatzi.

La sonrisa se atenúa en mis labios.

Es curioso cómo a veces basta con leer un nombre para que una inexplicable nostalgia te coma por dentro. Aunque, según tengo entendido, se siente nostalgia por aquello que sucedió hace algún tiempo, y no puedo contar ni veinte días desde que Eli me abandonó en el túnel del terror con un insoportable dolor de huevos y una cara de idiota que todavía me dura.

Y me dura porque desde entonces hace todo lo posible por evitarme.

—¿Tu tío el eterno soltero?

Cierro la puertecilla del buzón y lo miro tratando de disimular el cansancio.

—El tío Juan ha vivido en casa de mis padres toda la vida. Se dedicaba a cepillarse a toda la población femenina de Mallorca hasta que descubrió que es gay. Se casa en dos semanas con un tipo diez años más joven.

—Vaya, conque tienes un familiar marica... Yo no entiendo ni papa de biología, pero ¿sabes que hay charlas TED que dicen que la homosexualidad se transmite genéticamente? —propone con desenfado—. En algunos casos se manifiesta y en otros no, como el gen de los ojos azules.

Edu puede no ser un experto en genética, pero desde luego es fantástico llevando cualquier tema a su terreno.

—Pues ninguna de mis hermanas es lesbiana. Por ahora, que yo sepa —apostillo, excluyéndome deliberadamente del plural—. Aunque están todas solteras menos una. Puede que sea por eso, porque siguen en el armario.

—¿Cuántas hermanas tienes?

Le hago un gesto con la cabeza para que me acompañe a la piscina.

Hoy, por fin, después de un par de semanas recibiendo órdenes de Lali y de todo su equipo por teléfono —que si «ve y reserva ya, que me lo quitan de las manos», que si «echa fotos y me las mandas para que confirme que no han *photo-shopeado* el sitio», que si «habla con mi amigo Tomás, que es el mejor en temas de *catering* y hace una *red velvet* de muerte»—, tengo la oportunidad de pasar un rato tendido a la bartola. Aún no he visto la piscina, pero sí me he fijado en que a Eli le gusta ir con una copa de vino, una pamela y un libro. Es así como me la encuentro nada más pongo un pie en la zona recreativa del edificio.

Hay dos piscinas, una para críos y otra que tiene hasta tres metros de profundidad, ambas revestidas con los clásicos azulejos añiles. En torno a ella queda suficiente espacio para desplegar unas cuantas tumbonas de rayas, sombrillas para resguardarse del sol y un par de duchas de agua dulce. Parece que un sábado por la mañana nadie madruga para darse un chapuzón, porque solo Álvaro, un vecino del primero, está haciéndose unos largos, Tamara y Susana charlan mientras tragan Doritos casi sin masticar y Eli lee lo que parece una novela, deliberadamente apartada del grupo.

No levanta la vista cuando entro, y tampoco es que esperara esa gentileza de su parte, pero reconozco que, si desde mucho antes del paseo por el túnel del terror me habría gustado ser irresistible para ella, ahora estoy desesperado por hacerme notar.

Sobre todo cuando va en bañador.

Debería haber imaginado que no es una chica de biquinis minúsculos. Lleva un bañador celeste de cuerpo entero y un pareo. Estoy seguro de que se taparía más si no temiera dar el cante apareciendo en la piscina con un traje de buzo.

Se me escapa una sonrisa tierna al fijarme en la pulserita tobillera que descansa sobre su empeine, y que tenga las uñas de los pies a juego con las de las manos.

—¿Óscar? —insiste Edu.

Pestañeo hacia él y hago memoria.

¿Qué me había preguntado...?

*Ah, sí.*

—Cuatro. Tengo cuatro hermanas. —Dejo la toalla sobre una de las hamacas libres, una lo bastante cerca de Eli para que me oiga, pero lo bastante lejos para que no tengamos que saludarnos—. Todas mayores que yo.

—Vaya... —Edu tuerce la boca, decepcionado—. Eso explica muchas cosas.

Disimulo una carcajada aprovechando que tengo que quitarme la camiseta.

Pobre Edu. Acaba de darse cuenta de que no comparto la lista de aficiones, costumbres y gustos que suelen asociarse al género femenino por ser homosexual, sino por la influencia de mis hermanas.

—Bueno, no sé hasta qué punto me obsesioné con *Sailor Moon* y los accesorios de las *Polly Pocket* por ser el menor de un cuarteto de niñas, a cada cual más repipi —bromeo—. Estoy seguro de que también tuvo algo que ver mi personalidad. Pero si me sé de memoria el guion de *El diario de Noa* y me he leído todas las novelas románticas del mundo, no ha sido porque me lo pidiera el cuerpo. Tenía que hacerlo para poder hablar con ellas de algo. De lo contrario, me cortaban los huevos. Ya sabes... —Me encojo de hombros alegremente—. Adáptate o muere.

—Dímelo a mí. —Bizquea—. Mi padre es un fanático del fútbol y me pasé toda la adolescencia fingiendo ser del Betis. Por lo menos puedo camuflarme entre heterosexuales durante un rato. Alguna que otra vez he tenido que hablar de saques de córner y de los mejores centrocampistas de la historia.

—Que serían Iniesta y Zidane, aparte de los que han ganado el Balón de Oro, que son los obvios.

—Y el mítico Maradona —añade él—. ¿Qué hacen tus hermanas? ¿A qué se dedican?

Al darme la vuelta para dejar las chanclas a la sombra, pillo a Eli mirándome de reojo. Ella se hace la sueca enseguida, devolviendo la vista al libro.

«Ay, nena, nena...».

—Violeta es la niña prodigio de la familia. Estudió violín en el conservatorio e hizo carrera en la Filarmónica de Viena. Eulalia organiza bodas desde los ocho años —continúo con sorna—. En esa época lo hacía gratis; ahora cobra una millonada. Cali, la mayor, abrió una floristería de mucho éxito en el pueblo vecino, y Allegra se ha hecho mundialmente conocida por sus vestidos de novia. Mi tío también ha estado metido en el mundo de las flores hasta ahora. Parece que se viene a vivir a Madrid, aunque la boda la celebrará en Valldemossa.

*Este es mi momento.*

Ladeo la cabeza hacia Eli como quien no quiere la cosa.

—Necesito a alguien que me ayude con el *catering* de la fiesta de compromiso. Los amigos de mi hermana están muy ocupados. ¿Eli?

Por fin se gira hacia mí y prueba a sonreírme con algo parecido a la cortesía.

La verdad es que después de haber compartido toda mi vida con cuatro mujeres —cinco, si cuento a mi madre; seis, si menciono a la que no debe ser mencionada—, aprendes a verlas venir. Sabes más o menos cómo funcionan. Por desgracia, no tengo ni la menor idea de qué pasa con Eli. No sé si está enfadada o abrumada por haber intentado besarla.

¿Traumatizada, quizá?

Joder, espero que no.

—¿*Catering*, dices? —pregunta con el mismo desenfado.

Parece que con la comida estamos en terreno neutral.

—Voy a darme un baño —anuncia Edu—. Os dejo con vuestros planes culinarios, que no me interesan a no ser que pretendáis comeros algo humano... en el sentido figurado, por supuesto.

*Gracias, Edu.* Ahora tengo la excusa perfecta para sentarme en el borde de la hamaca que está junto a la suya y molestarla un poco.

Al ver que me aproximo, ella cambia de postura con cierta incomodidad. No baja el libro, señal de que pretende despacharme rápido o bien disuadirme de que me acerque.

—Necesitaría una mano con eso, la verdad. Vamos a alquilar un local para celebrar una pequeña fiesta en honor a los novios, lo que vendría a ser una despedida de soltero, pero con toda la familia y para un hombre de cincuenta y pico años. Lo tengo todo listo y preparado salvo la comida. Había pensado en Tamara y en ti.

—Lo siento, pero estamos muy ocupadas. En mayo hay muchas bodas, graduaciones, jubilaciones...

—El otro día oí a Tamara quejarse de que le sobra tiempo libre, y eso le molesta porque lo invierte en comer, algo que, dicho por ella misma, «tiene a sus vaqueros muy preocupados».

Eli se ruboriza.

No me gusta dejar al descubierto las mentiras de la gente, como tampoco pasarme de vacilón, pero si se cierra en banda, voy a tener que arrinconarla.

Es por el bien del tío Juan. Está en su derecho de comer decentemente en su despedida.

—¿Por qué no vas a hablarlo con ella? Está justo ahí —me pide, señalando a su socia con la barbilla.

—¿Y por qué no lo hablo contigo? ¿Acaso te ha dicho el horóscopo que debes ignorar a los capricornio, o qué?

Eli sigue con la vista fija en la página. Tal es la fuerza con la que agarra el libro que los nudillos se le han puesto blancos.

—No puedo escucharte y leer al mismo tiempo.

—Llevas media hora «leyendo» la misma página. Parece que lo que se te hace cuesta arriba es compartir espacio conmigo.

Claudica por fin.

Cierra la novela con un gesto airado y la deja a un lado para lanzarme una mirada rencorosa que, casi sobre la marcha, se transforma en cautelosa.

¿Cuándo le he dado a entender que debe ser cautelosa conmigo? Tampoco es que me pasara de zorro en el túnel del terror, y si lo hice fue por exigencias del disfraz. Como docente, es mi deber tomarme en serio las actividades extraescolares.

—Si quieres que me encargue del *catering*, escribe una lista con los alimentos a los que los invitados son alérgicos o intolerantes, remarca las preferencias de los homenajeados, anota cuánta gente asistirá y añade una temática si la precisas. Tenemos menús aptos para veganos, celiacos, intolerantes a la lactosa, alérgicos al marisco, e incluso unos cuantos adaptados a dietas hipocalóricas. La hora en que se celebre es muy importante, porque de eso dependerá si se añade vino y cuánto dulce nos podemos permitir.

—Veo que no te importa hablar de menús. ¿Solo puedo comunicarme contigo si la conversación va sobre eso?

Ella coge aire y lo retiene un momento en el pecho.

—¿De qué otra cosa querrías hablar?

«Ah, ahora te haces la longui».

—Tal vez de lo que pasó en el colegio.

Eli pestañea una vez.

—Claro, tienes razón. Fue algo bastante grave. Espero que hayas cambiado de opinión sobre la forma en que vas a abordar el tema de Eric. Creo que deberías comentarle a Susana que a su hijo le hacen *bullying*, sobre todo cuando la están utilizando a ella contra él.

Una sonrisa incrédula asoma a mis labios. Si tuviéramos confianza, le aplaudiría los huevazos que acaba de demostrar. Eli es tímida y se bloquea con facilidad ante un tema que no le hace gracia, pero desde luego sabe cómo huir de forma elegante.

Me pregunto si es un talento innato o algo que tuvo que aprender para sobrevivir.

—Hablé con Eric y Fernando y más o menos lo solucionamos en el aula. No son mis alumnos, yo no tengo tutorías, así que si la profesora a cargo del sexto C no quiere concertar una cita con los padres y mediar, yo no puedo hacer nada por ellos. Aun así, si la situación empeorase, pondría al jefe de estudios al corriente. También podría abordarla en el ascensor, pero creo que sería muy incómodo para los dos, y tengo entendido que las mujeres se ponen muy nerviosas cuando lo hago.

Eli desvía la mirada. Yo estoy a punto de hacer lo mismo, avergonzado de la indirecta. Hasta que no sepa qué es lo que pretendo con ella, debería dejarme de jueguecitos.

—Tú eres el profesor. Sabes más sobre los menores de edad y sobre las mediaciones que yo —ataja, recogiendo sus cosas rápidamente y poniéndose de pie—. Si no te importa, voy a hablar con Tamara de la propuesta de trabajo que me acabas de hacer.

«Te haría una propuesta más indecente si te dejaras, guapa».

—Eli...

Ella se detiene un momento, ya de pie. Lleva el sombrero en la mano, las gafas de sol —unas Ray-Ban que cuestan una pasta: la niña no escatima en gastos en según qué complementos— colgando del escote y un bañador que, aunque no es de los más provocativos que haya visto en mi vida, me basta y me sobra para sentirme inspirado.

Se me olvida dónde estoy y con quién al examinarla de arriba abajo. Piernas y brazos largos, vientre plano, caderas redondas. Y, como en un flashback, recuerdo que por un segundo pensé en bajarle los pantalones en medio de una atracción para críos.

Ese ni siquiera es el problema, más allá de que los sueños eróticos me interrumpan las noches de descanso. El problema es que fue recíproco. Joder, ¡ella se excitó conmigo! Sé que le gusto, pero parece que no le intereso, y es la primera vez en mi vida que me topo con una contradicción semejante. Ni se me habría ocurrido que el querer y el hacer no fueran de la mano.

Eli cambia el peso de pierna y se ruboriza. Vale, mensaje captado: mis ojos han pasado demasiado tiempo en su escote y soy consciente de que lo que pienso se refleja bastante bien en mi cara. Farfulla algo incomprensible y se marcha precipitadamente, y al girarme para ver adónde va, me fijo en que todo el mundo nos está mirando.

*Qué raro.*

Suspiro y me quedo un rato sentado con los codos sobre los muslos y los hombros hundidos.

Es verdad que me prometí que la dejaría tranquila. No solo porque ella explicara escuetamente que ha tenido malas experiencias con hombres que han estado con ella para pasar un buen rato, justo lo que yo pretendía hacer —bueno, no exactamente igual, soy algo más caballeroso—, sino porque me recuerda a alguien y no creo que sea nada saludable enrollarme con una persona que es la representación del fracaso de mi vida.

Además de que es obvio que ella tiene problemas, y yo me acojo a mi derecho a no involucrarme en las movidas de los demás. Eso siempre sale mal. Siempre.

Dicho esto, me niego a pensar que le haya ocurrido algo terrible. Estoy decidido a mantener que es tímida, que la abrumé al acercarme a ella de golpe después de haber pasado semanas aceptando que me hubieran adjudicado el papel de gay, y que no era el lugar indicado para hacerle el salto del tigre. Pero parece que la piscina tampoco lo es, ni el rellano, ni el portal, ni ningún sitio.

Al final tendré que invitarla a cenar. Si es que lo estoy viendo.

Un profundo suspiro capta mi atención.

Álvaro, el hijo de los Román —y lo llamamos así porque

vive con los Román, sus padres, cuando tiene edad de sobra para tener casa propia—, se acerca a mí al tiempo que se seca los rizos con una toalla de baño. Con la confianza que le otorga haberme derrotado diez veces al *League of Legends* y al *FIFA* durante todas las tardes libres desde que nos conocemos, se sienta a mi lado.

—¿Sabes qué me acaba de decir la mexicana?

—¿«Me vale verga»? —pruebo—. Le encanta decir eso. Algo así como su coletilla.

Álvaro sacude la cabeza. Unas gotas escapan de las puntas de su pelo castaño oscuro.

—Me ha dicho que me dé unos cuantos paseítos por delante de ti. Quiere averiguar si soy de tu gusto. —Se pone una mano en la cintura y otra detrás de la cabeza, exhibiéndose de forma cómica—. ¿Qué me dices? ¿Te resulto atractivo o no me consideras tu tipo?

Álvaro está igual de perdido en cuanto a mi orientación sexual, pero como le importa un carajo, jamás me ha abordado al respecto. Sé que tampoco lo va a hacer ahora. No solo porque mis gustos en la cama sean algo de lo que jamás vamos a hablar él y yo, y que para nada afectará a nuestra floreciente amistad, sino porque es uno de esos tíos de la vieja escuela que creen que hay cosas que no hace falta decirlas.

Vamos, que no creen en el poder de la comunicación.

Con lo bocazas que es, tal vez me diera su más sentido pésame, o me preguntaría, en tono jocoso, qué problema tengo con las mujeres, si son unas criaturas maravillosas.

Eso no excluye, por supuesto, que se lo pase de lujo tonteando con Edu. Es un provocador, y la pose de píntame-como-a-una-de-tus-mujeres-francesas que acaba de poner lo demuestra.

Una lástima que no sea él la mujer francesa que me importa.

—¿Por qué no te paseas y lo comprobamos? Darcy decía que el ejercicio hacía brillar los ojos de Elizabeth Bennet. Seguro que, tras una vuelta por la piscina, capto en ti un encanto especial.

Álvaro arquea una ceja.

—¿Le has hablado a Tamara de Darcy? Asumiré que no, o de lo contrario no tendrían ya la menor duda de que eres un pedazo de bujarrón.

—Espero que no digas «pedazo de bujarrón» delante de tus gais de confianza —me mofo—. Respondiendo a tu pregunta... Les he hablado de novelas eróticas y de comedias románticas, así que Darcy, un personaje clásico de la literatura universal, es lo de menos. Incluso tú has tenido que leerlo si has entendido la referencia.

—¿Leer? ¿Yo? He visto la peli, y muchas gracias. La madre era un descojone. —Se palmea los muslos—. Bueno, chaval, me voy a levantar para que puedas mirarme con deseo. Quiero pillar un refresco. ¿Te apetece que te traiga algo?

Aunque «pille refrescos» y diga otras cosas como «tío» y «chaval», Álvaro es mayor que yo, hace bastante desde que se separó —o divorció, o quedó viudo, qué sé yo, nunca ha querido hablar del tema— y está más salido que un adolescente. No me extrañaría cazarlo matándose a gayolas en su habitación con una *Playboy* de los noventa. Si no lo hace es porque es un tipo bastante atractivo, y candidatas para una cita no le faltan. Se da un aire a Matthew McConaughey que lo hace perfectamente digno de mi deseo, así que solo por eso me preocupo de darle un repaso bajo la atenta mirada de Tamara y su escuadrón de curiosos, entre los que cabe incluir a Eli, a la que le doy un repaso aún mayor cuando no están mirando.

Se parecen tanto... Debe de ser eso lo que me llamó la atención de ella a primera vista. Las paletas ligeramente separadas; el pelo liso, aunque algo abombado por las sienes; esa tendencia a caminar como si no quisiera emitir el menor sonido. El ascensor aún no se había quedado varado y yo ya sabía que, por el bien de mi paz mental, tendría que mantener la distancia con la curiosa y tímida inquilina del cuarto.

Pero abrió la boca y no pude resistirme a seguirle el juego.

Sacudo la cabeza, como si fuera así de fácil sacármela del coco, y entonces me fijo en el libro que estaba leyendo. Ha marcado la página con un trozo de papel doblado. No es una historieta romanticona, sino la novela más famosa de Julio Cortázar, *Rayuela*.

Reconozco que a mí también me han dado ganas de echarle un ojo a la obra del escritor argentino. Que la calle en la que vivimos fuera bautizada así en su honor y se renueve una frase de su autoría mensualmente para hacer más llamativo el portal resulta inspirador. Pero si no tengo tiempo para descifrar a Eli, menos aún para leer.

No debería cotillear —no debería hacer tantas, tantas cosas...—, pero la abro por una página al azar y observo que ha subrayado casi todo un párrafo:

Alguna vez había creído en el amor como un enriquecimiento, como una exaltación de las potencias intercesoras. Un día se dio cuenta de que sus amores eran impuros porque presuponían esa esperanza, mientras que el verdadero amante amaba sin esperar nada fuera del amor, aceptando ciegamente que el día se volviera más azul y la noche más dulce y el tranvía menos incómodo.

Involuntariamente, y muy despacio, alzo la barbilla en su dirección. Está al otro lado de la piscina haciendo el tonto con Tamara.

Ahí no hay solo una persona que no conozca. Hay varias. Todas ellas, de hecho. No sé qué siente Edu ni con qué sueña Tay, o qué opinión tiene Susana sobre las cosas, pero no me importa. Solo quiero saber qué pasa *con ella*. Por qué subraya lo que subraya, por qué se enfada si crees que solo hay un amor para ti en esta vida; por qué me mira cuando cree que no la miro, anhelante, pero odia que yo le preste atención.

En serio, no quiero pensar que le hayan hecho daño. No la conozco lo suficiente para que eso me afecte y, sin embargo, de alguna manera, me parecería injusto e incluso antinatural que le hubieran partido el corazón.

Cuando la vi la primera vez, detecté en ella esa adorable vulnerabilidad de las buenas personas, de las que aman intensamente y se lo guardan porque temen molestar a los demás con sus sentimientos; de las que prefieren demostrar su afecto a perder el tiempo buscando las palabras perfectas para expresarlo. Y quienes responden a esa descripción solo merecen cosas buenas.

El juego entre Tamara y Eli, que consistía en empujarse hacia el borde de la piscina, concluye con catastróficas consecuencias. Eli cae al agua con un chapoteo que ni siquiera suena. Tay y Edu sueltan una carcajada antes de enzarzarse en una nueva conversación, ignorándola. Susana vuelve a plantarse las gafas de sol, se coloca los auriculares y despliega la revista de cotilleos como si no hubiera pasado nada.

Yo me quedo mirando el agua con el ceño fruncido. Ese ceño se acentúa al ver que pasan unos segundos y Eli no sale.

Casi medio minuto y Eli no asoma la cabeza.

Me levanto como un resorte y camino hasta la zona de la piscina sin apartar la vista de las burbujas que llegan a la superficie. Al ver que me siento en el borde, haciendo el amago de meterme, Tamara corta la conversación y me dirige una mirada dudosa que no tarda en convertirse en una mueca de espanto.

Entonces se le descompone la cara completamente.

—¡Verga! —grita—. ¡Eli no sabe nadar!

Ni yo sé cuál es la blasfemia que balbuceo antes de arrojarme al agua. La piscina es lo bastante honda para que una persona de metro setenta se ahogue. Al abrir los ojos bajo el agua, me queda claro que lo ha intentado. No deja de patalear incluso cuando la cojo por la cintura y me impulso desde el fondo para sacarla.

Para ese momento, Edu, Susana y Tamara ya están gritando arrodillados en el borde.

Con ayuda de los dos primeros, logro sacarla a flote y tenderla en el suelo.

—Se ha desmayado —musita Edu, pálido, y dirige toda su furia contra la mexicana—: ¡Casi matas a la niña!

—Pero ¡qué dices!

—Sabes que no sabe nadar, ¡¿y vas y la empujas?! —Susana no da crédito.

—¡Se me fueron las cabras![16]

—¡Pues espero que no se te vayan cuando se trate de las alergias de tus clientes, porque si no, te van a meter una denuncia que te vas a cagar por las patas abajo! —le espeta Edu, y con más razón que un santo.

Mientras los tres discuten a grito pelado y dan vueltas alrededor de Eli, como si ejecutando la danza del fuego fueran a resucitarla, yo me arrodillo a su costado y empiezo la RCP.

Si me hubieran dicho que para besarla tendría que haber estado a punto de ahogarse en una piscina por culpa de su mejor amiga, no me lo habría creído, pero aquí estoy yo, intentando devolverle el oxígeno y, por lo visto, con suficiente éxito, porque unos segundos después empieza a escupir el agua que le encharcaba los pulmones.

La ayudo a incorporarse tomándola delicadamente por la nuca.

—¿Estás bien? Eli... —Le acaricio la cara con los dedos—. Dime algo.

Eli pestañea varias veces, desorientada. Sigue tosiendo durante medio minuto, poniéndonos a todos de los nervios. Tiene los ojos inyectados en sangre, el pelo pegado a la cara, y está

16. Se me olvidó.

tan abrumada por lo que acaba de ocurrir que no puedo controlarme. Un ridículo instinto de protección que no sabía que tenía me impulsa a envolverla con mis brazos.

A ella se le escapa un sollozo muy cerca de mi oído.

—Tranquila. Ven..., intenta ponerte de pie.

Por primera vez desde que la conozco —o, mejor dicho, por primera vez en su vida—, Tamara permanece en silencio, quizá porque sabe que la ha liado a lo grande y un «lo siento» no bastará para apaciguar a su amiga. No hace ni el amago de acompañarme al interior del edificio, donde la temperatura y el silencio ayudarán a Eli a recuperar la calma.

Estoy seguro de que arderé en el infierno porque esto me haya dado la excusa perfecta para tocarla, aunque sea de forma inocente.

—Necesito... —Inhala hondo.

—Apóyate en mí.

«Aprovechado», me abronca la voz interior.

Pero ella también se aprovecha, así que no me siento del todo mal. Tiembla tanto que, para que no se caiga, tengo que sostenerla con fuerza. Para cuando nos hemos refugiado en el pasillo, ella ya ha conseguido caminar en línea recta. También ha recuperado la vergüenza, por lo que veo, porque esconde la barbilla en el pecho.

Y, de repente, coge aire y se aparta de mí como si acabara de lanzarle una descarga.

—Gracias por... eso —balbucea—, y lo siento.

—¿Lo sientes? ¿Por qué?

—Siento que hayas tenido que hacer... que hayas tenido que... —Me mira con una falsa seguridad que me hace sentir fuera de lugar—. Bueno, sé que eres gay y no ha debido ser agradable hacerme el boca a boca, así que agradezco que... hayas hecho el esfuerzo.

Su respuesta me cae como un jarro de agua fría. *Helada.*

¿Gay?

¿Me acaba de decir que soy gay?

Me tengo por un tío bastante elocuente, pero lo único que me sale es un incrédulo:

—¿Cómo?

—Sí, eso —insiste en voz alta—. No te preocupes, no lo he interpretado como nada raro. Ya sé que no te van las mujeres.

—Eli, no me jodas.

Soy consciente de que eso ha sonado más a una advertencia. Doy un paso hacia delante, preparado para sacarla de su error, pero entonces lo veo en su cara, en sus ojos aterrorizados: no hay error. Se lo está inventando para salir ilesa, para quitarme de en medio.

—Me voy a casa —anuncia—. Necesito... tumbarme un momento.

—Eli —insisto, pero cuando me da tiempo para justificarme, me desinflo y solo soy capaz de gruñir—: deberías quedarte con alguien hasta que estés más tranquila.

Le quita importancia a mi preocupación con un aspaviento.

—Me encuentro bien, solo ha sido un susto, yo... yo... Me voy corriendo, tengo cosas que hacer, muchísimas cosas que hacer; tantas cosas que hacer que no doy abasto, vaya, tengo una cantidad de trabajo pendiente que no te creerías. En fin, que... que... Gracias. Gracias y... Bueno. —Me dedica una sonrisa atemorizada—. ¡Hasta luego!

Se da la vuelta y echa a andar apresuradamente. Tropieza un par de veces y se larga haciendo eses, pero no contempla detenerse para recuperar el aliento, como tampoco se asegura de que me va dejando atrás mirando por encima del hombro.

Sin pensarlo demasiado, voy detrás de ella. Estoy decidido a desmentir lo que acaba de decir por primera vez desde que vivo aquí, aunque Eli, entre todos los vecinos, sepa muy bien lo que soy y lo que me gusta. Pero reculo en el último momento, recordando que acaba de vivir un suceso traumático y no está en condiciones de hacerse cargo de nada que tenga que ver conmigo.

«Sé que eres gay».

Y, al decirlo, me ha mirado pidiéndome que lo sea. *Rogándome* que lo sea.

¿Por qué? ¿Qué es lo que pasa?

¿Cuál es tu problema, Eli?

## Capítulo 11

## ¿Mercurio retrógrado o amiga retrógrada?

*Eli*

Tamara vuelve a carraspear. Y digo «vuelve» porque lo ha hecho quince veces en el último minuto y medio, lo que ya tiene bastante mérito. También me ha pedido en varias ocasiones que le alcance ingredientes o herramientas de cocina que no necesita para elaborar los postres, como el aceite, el salero, el vino blanco, un ibuprofeno de 600 mg, vaselina para los labios, la tarjetita de contacto de una compañía de seguros que ha visto que me sobresalía del bolsillo de los vaqueros y una pinza para el pelo.

No he hecho ningún comentario. Ni siquiera cuando he visto que tomaba esta última sin permiso, se quitaba la que llevaba puesta y la sustituía por la mía solo para llamar mi atención.

No se puede negar que tenga un talento para desquiciar a la gente con mi silencio. Sobre todo a Tamara, a la que reto con frecuencia a mantener el pico cerrado y lo único que consigo es que se ponga colorada, luego morada y, a los diez minutos, explote con algo como: «¿Sabes que hay una medusa inmortal?

Su nombre científico es *Turritopsis dohrnii* y, según dicen, repite su ciclo vital eternamente. ¿No te da rabia que el único animal que vive para siempre sea un bicho asesino?».

Esta última semana se ha mostrado algo más contenida. Quizá porque es el tiempo que llevo sin dirigirle la palabra.

Podría seguir así un rato más. Se agradece trabajar en silencio. Pero Tamara no opina lo mismo, y no sabe qué hacer para sacarme una sonrisa o una blasfemia, para recordarme que está ahí. No me sorprendería que me señalara las tetas al grito de «¡Eh, tengo un tumor!» para llamar mi atención.

Desde luego, sería de muy mal gusto, pero ella no tiene tan claro con qué se puede y con qué no se debe bromear, y lo digo porque hace tan solo unas horas me ha dicho que su abuelo ha fallecido para ver si mordía el anzuelo. Una ocurrencia muy poco creíble, porque conozco a su yayo y puedo jurar que la medusa *Turritopsis* no es el único animal inmortal del mundo. Ese hombre sobreviviría a un holocausto nuclear como la mejor de las cucarachas.

Total, ha sobrevivido a su nieta. No sé si es algo que yo podré decir.

—¿En serio seguís así? —interrumpe una voz cantarina—. ¿Cuándo pensáis volver a hablaros?

Me giro hacia Matilda sin pronunciar palabra.

Anteayer regresó de su viaje a Estados Unidos cargada con un bolsón de ropa interior estampada con las cincuenta estrellitas de la bandera. No le gustó encontrarnos de morros e intentó sonsacarnos qué había pasado, pero Tamara estaba demasiado avergonzada —espero que siga así— y yo preferí engatusarla para que me contara su experiencia yanqui, una mucho más agradable que haber estado a punto de morir bajo el agua de una piscina comunitaria.

Extiendo el brazo hacia ella.

—¿Está todo?

—Sí, todo lo de la lista. También he comprado esas galletitas de *Los Simpson*. Me encantan. Y los pastelillos recubiertos de crema... y puede que también esa bolsa de chuches de diez euros que siempre nos zampamos para ver películas de Nicolas Cage —añade, esperanzada—. Hoy es viernes. Noche de pelis. Quiero ver *Arizona Baby*. Se mantiene, ¿verdad? Es tradición.

Siento los ojitos de perro pachón de Tamara sobre mí, anhelando una respuesta afirmativa.

—No se mantuvo cuando te fuiste a Estados Unidos. Por un día más que se cancele no va a pasar nada. Además... A las siete empieza la despedida de soltero familiar del tío de Óscar, y tenemos que estar dando de comer a los Casanovas.

Matilda arruga el ceño.

Es toda una muñequita, con sus vestidos de pana o de damasco, sus blusas con el cuello de bebé y sus botines estampados o sus zapatitos de charol. Si es cierto que los críos se pierden en supermercados al menos una vez durante la infancia, a ella debió de abducirla una boutique *pin-up* con ropa de señora mientras su madre comparaba precios en la sección de productos de limpieza. Es adorable y la quiero con locura, sobre todo porque llevamos toda la vida juntas, pero prefiero tenerla bien lejos de mí cuando intenta salirse con la suya haciendo pucheros.

—Venga ya, ¿qué fue lo que pasó? ¿Tan grave es?

—Elisenda no tiene sentido del humor —espeta Tamara, muy digna—. Le he pedido perdón y he hecho veinte ofrendas de paz, pero le vale vergas.

—¿Qué será eso que escucho? —comento en voz alta—. Voy a cerrar la ventana. Parece que hay corriente.

—Si te ignora, debe ser porque has hecho algo grave —medita Matty, que sabe cómo me las gasto en las escasas ocasiones en las que encuentro el valor para enfurecerme con un ser querido.

—A huevo que la cagué, sí, pero tampoco es para tanto.

Dile a tu amiga que no puede haber dos *drama queens* en este negocio, y yo me agencié ese puesto hace mucho tiempo. ¡Ahora se amuela![17]

Matty me mira, expectante.

—¿Has oído la corriente, o tengo que traducirte lo que acaba de decir?

Me encojo de hombros y continúo elaborando el menú de esta noche.

—¿Ves? —exclama Tamara—. ¡Capricornio tenías que ser!

—En realidad es libra —la corrige Matty—, aunque deberíamos mirar si tiene la Luna en alguna posición especial, o si estamos en Mercurio retrógrado, porque no es normal que Eli se ponga así. Voy a buscarlo en internet.

—Internet no te va a decir nada que no sepa ya. Sus amigas y los sentimientos ajenos le valen tres hectáreas de verga. La morra es capaz de pasar de mí una semana entera y mirarme por encima del hombro como si ella nunca me hubiera hecho el feo. Pero claro, ¿qué se puede esperar de alguien que huye de todos sus problemas, incluso de los que aún no le han ocurrido?

Trato de ignorar el vuelco que me da el corazón y sigo picando cebolla.

—¿Cuál es tu definición de amistad, Matilda? —le pregunto, alzando la voz por encima de los refunfuños de Tamara—. La mía implica, por ponerte un ejemplo, no intentar matar a mis amigos.

—¡Puta madre! ¡Se me olvidó que no sabías nadar! ¡Me lo contaste el día que aprendimos a hacer el suflé salado en el curso de cocina, y de eso ya llovió!

—Pues a no ser que se te haya olvidado cómo hacer el suflé salado, no entiendo cómo se te pudo pasar algo que te conté durante su elaboración —replico con retintín—, y, para colmo, algo de lo que te estuviste riendo toda la clase.

---

17. Se fastidia.

—¡*Chale*, Elisenda! ¡No formaba parte de los ingredientes, y...! ¡A huevo! —Me señala con el dedo, victoriosa—. ¡Me has hablado!

Retengo una palabrota mordiéndome la lengua.

—Vale... —Matty carraspea, mirando la pantalla del móvil—, parece que tiene la Luna en Escorpio, y eso significa que sus emociones han alcanzado unas cotas muy altas.

—*Ora*, ¿qué emociones? ¡Si es más fría e indiferente que un esquimal! Vive en la Antártida, ¡en un iglú con veinte ventanas!

Sigo cortando cebolla sin prestarle la menor atención.

—Hay que vigilar la tendencia a sentir celos, venganza, obsesiones... Todo se siente elevado a la enésima potencia. Dice que en un par de días tendrá la Luna en Sagitario y sentirá deseos de expansión, así que es importante que no se cierre demasiado. —Baja el móvil—. No te cierres, Eli.

—Que no se cierre... ¡*Oila*! —bufa Tamara—. ¡Buena suerte! ¡Además de aburrida como una ostra, está más cerrada que una!

Matty abre mucho los ojos. El cuchillo deja de moverse, y yo también.

Ladeo la cabeza hacia Tamara.

—¿Por qué no te vas a la mierda? —le espeto entre dientes—. O, mejor, ¿por qué no te vas de mi casa?

—¿Perdona?

—A ver, a ver, a ver... —Matty alza las manos—. Tranquilidad en las masas. Y suelta ese cuchillo, Eli. Los objetos punzantes no traen nada bueno, te lo puedo asegurar.

Lo dejo caer sobre la encimera y agarro un paño de tela para secarme las manos.

—Estoy harta de ti —admito al fin—. Estoy harta de que todo en tu vida se reduzca a divertirte a costa de los demás.

Tamara se queda petrificada a dos metros de mí.

—Pero ¿qué dices?

—Me dejas a mí todo el trabajo del *catering* para pasar más tiempo revoloteando alrededor de Óscar, a ver si cae la breva y descubres «de qué lado masca la iguana», o haciéndole estúpidas confidencias a Edu sobre asuntos de los vecinos que ni te van ni te vienen. Cada vez entras menos a la cocina, y tu único tema de conversación es qué sucede en esta comunidad. Ya lo último fue intentar ahogarme para averiguar si un tío que ya te he dicho que no me interesa es o no es gay.

Tamara abre la boca de par en par.

—¡No mames! ¿De verdad te crees que te tiré al agua por eso? ¿Me ves capaz de algo así?

—¡Te veo capaz de lo que eres capaz, Tamara! ¡Me hiciste pensar que habías metido marihuana en un bizcocho, me obligaste a ir a la maldita clase de yoga y me encerraste en un puñetero baño! ¡Y sabes perfectamente que no sé nadar! ¡Qué casualidad que lo hicieras justo cuando Óscar apareció en la piscina! Se tuvo que lanzar él a buscarme, y tú no moviste un dedo ni me acompañaste a casa después del trauma. Nos dejaste solos porque eso es lo que llevas intentando que pase desde que se mudó al piso de enfrente. Podría haberme muerto allí mismo porque estás obsesionada con que le eche un polvo... ¿y soy yo la mala amiga? ¿Qué pasa en tu cabeza, tía?

Suelto el paño sobre la encimera y marcho al salón dando zapatazos, tratando de controlar mis emociones. Entre los vapores de la cocina, que he estado cortando cebolla y que me he tomado una copa mientras preparaba los entrantes, tengo los ojos colorados, sudo por todas partes y me duele la cabeza.

Esto es justo lo que me faltaba: una discusión. Con lo que yo odio las discusiones.

Cruzo el apartamento con toda la intención de salir a dar un paseo para despejarme.

Tamara me detiene gritando desde la cocina.

—¡Te lo creas o no, no hice eso para acercarte a Óscar! Pero ya que sacas el tema, ¿sabes qué te digo? ¡Que eres una cobarde! Óscar te gusta, y es obvio que tú también a él, y lo único que haces es huir. Alejarte. Justo como estás haciendo ahora. No es que no te guste la confrontación, Eli; por lo visto, es que no te gusta sentirte viva. ¿O acaso hay otra explicación a que evites todo lo bueno que podría pasarte para ahorrarte lo malo?

La miro por encima del hombro, tan tensa que se me resienten los músculos del cuello y la espalda.

—¿Y qué se supone que es «lo bueno»? ¿Acostarme con el vecino? —replico en tono burlón, cruzándome de brazos—. ¿Te has parado a pensar que a lo mejor yo no me muero por encontrar el amor o por acostarme con un desconocido, como otras que yo me sé?

—¡Esto no tiene nada que ver con acostarse con nadie! —exclama, desesperada. Hace tantos aspavientos que me extraña que no le haya dado un golpe a algo, como a la estantería que le pilla a mano derecha, o a la cara de espanto de Matty, que permanece inmóvil tras ella—. ¡Tiene que ver con que por culpa de un culero ya no quieres estar con nadie, y eso no es ni justo, ni debería ser así!

—¿Ahora vas a convertir un intento de ahogamiento en una lección vital? Eres la última persona en la que pensaría para hacerme de psicóloga, Tamara. —Sacudo la mano; la otra va al pomo de la puerta de la entrada—. Olvídalo. No quiero hablar contigo.

—No, no quieres hablar conmigo, pero es que tampoco quieres escuchar lo que sientes, ni quieres aceptar la verdad, ¡ni ver lo que hay a tu alrededor! Te dices que no te interesa para quedarte tranquila, pero a la hora de la verdad, sigues siendo una persona humana con sentimientos y deseos, y resulta que te mueres por ese güero. —Y apunta a la puerta, como si Óscar estuviera allí—. Yo solo intento...

—A ver si adivino —la interrumpo—. «Solo intento ayudarte», ¿no? Haces todo esto por mí. Anda ya, Tamara. —Pongo los ojos en blanco—. Solo te importas tú misma. Te lo pasas de maravilla cotilleando, urdiendo planes que ni se te ocurre que puedan suponerles una molestia a los demás, por no decir algo peor. Lo hacías antes de que llegara Óscar y lo harás cuando te aburras de él. Me criticas porque vivo mi vida de forma pasiva, pero ¿qué hay de ti, que todo lo disfrutas en diferido, pegando la oreja a las puertas y acostándote con desconocidos a los que no vuelves a ver?

Ella pestañea varias veces. Deja caer los brazos contra las caderas, como si acabara de rendirse.

—¿Eso es lo que piensas de mí?

—Chicas... —empieza Matty, carraspeando.

Ninguna de las dos le prestamos atención. Tamara y yo nos quedamos mirándonos en la distancia, las dos con los puños apretados y la mandíbula rígida. No sé ella, pero yo noto una bola de fuego en el centro del pecho, consumiéndome los buenos sentimientos y el filtro por el que suele pasar todo lo que digo para no dañar a nadie con mis contraataques.

Mis contraataques. Ni que estuviera acostumbrada a numeritos como este. Creo que es la primera vez en años que he hablado así, no ya a Tamara, sino a alguien en general.

Ella es más fuerte y temperamental que yo, está acostumbrada a alzar la voz, pero no a esta Eli que le para los pies. Por caras como la que se le queda a Tamara, no me gusta abrir el pico cuando me enfado. Por eso evito las discusiones. Uno dice cosas que no piensa, o peor aún: cosas que piensa pero que no es justo decir. No tenía la menor intención de hacerle daño, pero lo dicho, dicho está, y no voy a dar un paso atrás.

—Estoy cansada —atajo, ya sin voz. Me la he dejado en los gritos—. Me alegro de que hayas encontrado en Óscar una fuente de entretenimiento, y me alegro más aún de que él te permita divertirte a su costa, pero que me hayas metido a mí en tus experimentos ha sido pasarse de la raya. Si no quiero acercarme a un hombre por los motivos que sean, tú no vas a obligarme a hacerlo. No eres mi hada madrina, ni eres Cupido. Eres mi amiga y deberías respetarme. Si no te ves en condiciones de hacerlo, hasta aquí hemos llegado.

—Eli, espera... —se adelanta Matty.

El portazo impide que me alcance y sofoca un sollozo quebrado de Tamara. Nada más cerrar, apoyo la espalda contra la puerta y cierro los ojos un segundo.

«Pero claro, ¿qué se puede esperar de alguien que huye de todos sus problemas, incluso de los que aún no le han ocurrido? No es que no te guste la confrontación, Eli; por lo visto, es que no te gusta sentirte viva. ¿O acaso hay otra explicación a que evites todo lo bueno que podría pasarte para ahorrarte lo malo?».

Me abrazo los hombros y, ahora que estoy sola, me permito estremecerme de pura desesperación. No hacia Tamara. Por suerte o por desgracia para ambas, la conozco de sobra para saber que incluso cuando es hiriente solo intenta abrir los ojos a los demás. Y lo ha conseguido, porque toda esta rabia silenciosa que lleva años consumiéndome tiene un único culpable, y, naturalmente, no es ella.

Soy yo.

Le he abierto las puertas a la ira, la he dejado crecer, y ahora me está ahogando.

Tiene razón. Tiene toda la razón.

De pronto, la puerta del 4.º C se abre y Óscar aparece con una bolsa de basura en la mano. Se me encoge el estómago al verlo, y él tiene una reacción similar: se queda parado bajo el umbral, mirándome como si fuera un fantasma.

*Lo que me faltaba.*

—¿Eli? —murmura, dudoso—. ¿Qué pasa?

—Todo esto es por tu culpa —le espeto, señalándolo con el dedo—. No deberías haber pedido la tortilla de patatas con cebolla.

# Capítulo 12

## Porque existes

### *Eli*

Si hay algo peor que tener que volver a casa después de una discusión y actuar como si nada, no quiero saberlo.

A mi regreso descubro que Tamara ha decidido dar por concluido el ritual de llamar mi atención. Retomamos nuestros quehaceres sumidas en un silencio sepulcral. Ella se mueve por la cocina como si no quisiera que me diera cuenta. Sin hablarme. Sin rozarme.

Sin mirarme siquiera.

Terminamos de empaquetar la comida gracias a la colaboración de nuestro ayudante habitual, un encantador camarero de la cafetería de la esquina, y la subimos al camión a las seis y media. Tenemos treinta minutos para colocar las viandas en bandejas, preparar las mesas del bufet y perdonarnos; por lo menos mientras nuestro sueldo dependa de cómo nos compenetremos durante la fiesta.

—Tregua hasta las doce —le propongo, una vez nos hemos montado en el camión.

Tamara ladea la cabeza hacia mí. Está guapísima con la sombra de ojos oscura y los labios pintados, a juego con el uniforme burdeos: un polo y unos pantalones ceñidos que le copiamos al uniforme de Mercadona.

—No necesitas hablar conmigo para servir la comida.

—¿En serio vas a ser tú la que se haga la digna? —Sacudo la cabeza—. ¿Ese papel también te lo pediste cuando decidimos ser amigas, como el de *drama queen*?

—Y como el de ser una mala pécora —apostilla con retintín—, pero has demostrado merecerte ese mucho más que yo.

Ahí acaba la conversación.

Media hora después, el camión aparca delante del local que los organizadores del evento —Óscar y su familia— han alquilado, el típico bar donde se celebran graduaciones y ascensos. Como lo conocemos de ocasiones anteriores, arreglamos las mesas y disponemos los cócteles en tiempo récord. A las ocho menos cuarto, la hora a la que se acordó que empezarían a llegar los invitados, un grupo de mujeres aparece escoltado por Óscar. Una rubia con un moño más grande que ella encabeza la marcha. Exclama un «¡Hola, hola!» cantarín y se dedica a examinar minuciosamente cada uno de los detalles: el bordado de los manteles, la selección de vinos, la limpieza de las copas, la distancia entre los asientos y la mesa, la alineación de las servilletas de tela con respecto a los platos... Tamara, que es adorable con quien no la ha llamado «zorra» hace un par de horas, se adelanta para saludar a las recién llegadas con los calurosos abrazos que le he repetido, una y otra vez, que no se les deben dar a los clientes.

Estas, al menos, están encantadas con ella.

En cuanto a Óscar... Con el rabillo del ojo me fijo que se une a la conversación en la que se enzarzan la rubia —la presunta Eulalia— y Tay. Lleva una sencilla camisa blanca, unos vaqueros informales y unos zapatos elegantes. Se ha afeitado.

*Se ha afeitado*.

Cierro las manos en dos puños, como si así pudiera reprimir

el picor de mis dedos. Sé lo suaves que son las mejillas de un hombre cuando acaba de quitarse la barba. Lo que no sé es cómo son las de Óscar, ni tampoco si llegaré a descubrirlo algún día.

Mientras se celebran los reencuentros y los invitados se distribuyen por el local, yo permanezco apartada, con la espalda pegada a la pared. Debo de estar transmitiendo una pésima impresión, pero este solo es un efecto colateral de la dichosa timidez. ¿Por qué Tamara no entiende eso? ¿Por qué no quiere ver que no me resulta tan sencillo como a ella eso de acercarme a un hombre, hacerle tres cumplidos y enroscarme a su cintura para bailar un chotis con final feliz? La he hecho sentir mal con mi comentario sobre sus andanzas sexuales, pero la verdad es que la admiro por su coraje. Incluso la envidiaría si necesitara o quisiera su valor para ligar con alguien.

Noto una punzada en el estómago, señal de que mi cuerpo se rebela contra ese pensamiento.

No es del todo cierto que no quiera acostarme con alguien. Tengo delante de mis narices a un hombre con el que no puedo dejar de fantasear. Ya no solo se cuela en mi mente mientras duermo; también acompaña mis pensamientos cuando tengo los ojos bien abiertos. ¿Y acaso no es ese un motivo suficiente para estar asustada? Sé que Tamara daría cualquier cosa por sentirse de esta manera, que vive por y para el amor, aunque aún no le haya llegado a ella, pero eso es porque no sabe cómo duele un corazón roto.

Yo lo recuerdo con nitidez.

Me obligo a enderezarme, sonreír y alejarme de la nube de negatividad cuando la rubia nerviosa y perfeccionista se acerca a mí.

—¡Tú debes de ser Eli! —exclama con efusividad y un marcado acento mallorquín. Me toma de las manos—. Está todo perfecto, ¡maravilloso! Es tal y como lo quería. Ni Tomás lo habría hecho tan bien, y eso que es mi hombre de confianza. No para lo que te imaginas, ¿eh? Aunque es bien guapo, seguro que lo conoces. Adrián Maderos. Es del *catering* Maderos S. A., al que suelo recurrir para todas las bodas que organizo fuera de las islas de mis amores. Por cierto, soy Eulalia. Lali, en realidad. Mi hermano me ha hablado mucho de ti.

Un rubor se extiende por mis mejillas. Cedo a la tentación de lanzar una mirada dudosa por encima de su hombro, ahí desde donde Óscar me observa mientras otra de las que supongo que serán sus hermanas le cuenta algo.

Vuelvo a centrarme en Eulalia. Parece Campanilla, y no solo por el moño, los ojos y la cara de muñeca, sino porque la veo capaz de caer fulminada, muerta y rematada, si alguien le dijera que no cree en su talento.

—A ti también te ha mencionado unas cuantas veces —miento por cortesía.

—Apuesto a que no en los mismos términos que a ti...

La puerta del local se abre y lo que Eulalia iba a decir a continuación se queda en el aire. Me olvida completamente en cuanto aparece el homenajeado. Lo escolta un grupo de cincuentones disfrazados de mujer. En cuestión de segundos, los ritmos tropicales que sonaban de fondo quedan enterrados bajo los gritos entusiastas, las carcajadas y las conversaciones elevadas.

Lo que sucede durante las siguientes horas es el desmadre habitual. Gente que se derrama copas encima, gente que quiere más de esto o más de aquello; gente que quiere conocerme porque nuestros clientes han sido generosos al hablar de nosotras y pretenden contratarnos para la jubilación de su tío, la boda de su nuera, el cumpleaños de su hijo, el bautizo de la sobrina... Conozco personalmente a Caliope, a Violeta y a Allegra, hermanas de Óscar por orden de nacimiento: a la madre, a su padre, al tío, al otro tío, a los mejores amigos de los novios, a los compañeros de trabajo del novio, y como éramos pocos, parió la abuela al aparecer ella misma en persona, una señora de ochenta años a la que le precede el tintineo de las doce mil pulseritas de oro que le cuelgan desde la muñeca hasta el codo. A doña Antonia no se le ve otra cosa que el voluminoso collar de perlas y las pestañas postizas, que podrían levantar un vendaval. Le encanta ir arrastrando del pescuezo a un hombre de edad similar —que supongo que será su marido—, mortificado como solo podría estarlo una persona tímida que se enamoró irremediablemente de la alegría de la huerta y con la que ahora le toca apechugar. Al menos sabe dar el cante como su mujer: don Antonio luce, orgulloso, un bigote rizado por los extremos, igualito que el de Poirot, y viste como un noble prusiano, chaleco gris marengo y pañuelo de seda anudado al cuello incluidos.

Me olvido de los nombres en cuanto me los dicen, pero no me saco de la cabeza la pelea con Tamara, y estoy más pendiente de cómo hace todo lo posible por no cruzarse conmigo que de mi propio trabajo. Por si fuera poco, noto la mirada de Óscar sobre mí durante toda la tarde y parte de la noche.

Y yo no soy de piedra.

Al principio puedo tolerarlo. He trabajado el estoicismo durante toda mi vida. Pero al cabo de unas horas, el persistente interés de Óscar me ha abrumado tanto que necesito esconderme en la cocina. Como no la hemos usado para elaborar nuestro menú, está impoluta. Tan solo la salpican unas cuantas botellas de vino y bandejas de saladillas cubiertas con film transparente, por si acaso se quedara corta mi estimación y hubiera que sacar la segunda ronda de tentempiés.

Como el vino lo he pagado yo y no tiene pinta de que vaya a necesitarlo nadie, descorcho una de las botellas y doy un largo trago.

Me dejo caer contra el borde de la encimera y suspiro.

—*Quel malheur...*[18]

—¿Qué esperabas? Hoy tu horóscopo no decía nada bueno.

18. Qué desgracia.

Respingo al escuchar la voz de Óscar. Tiene un hombro apoyado en el quicio de la puerta, una mano en el bolsillo, y, por cierto, la cara más bonita que he visto en mi vida.

—¿Ahora lees el horóscopo? —Busco en el fondo de la botella una excusa para no fijarme en su encantadora sonrisa.

—Solo cuando necesito anticipar de qué humor estarás. Pareces fácil de llevar, por eso de que en tu grupo de amigas te adjudicaran el papel de la sensata, la que huye de los conflictos y la que tiene el corazón noble... —comenta como si tal cosa, acariciando distraídamente la encimera conforme se aproxima a mí—, pero creo que eres la persona más difícil que he conocido, y, créeme, he tratado con unas cuantas mujeres imposibles.

El eco de sus mocasines, que apuntan en mi dirección, me pone el corazón en un puño. Mi cuerpo no puede evitar reaccionar como si estuviera ante una amenaza mortal.

Decido poner fin a la tontería antes de que empiece cortándolo de raíz:

—¿Necesitas algo, Óscar?

Él se detiene a medio metro de distancia. Yo no oso moverme de donde estoy, ya no apoyada, sino *agarrada* al borde de la encimera. Observo que abre la boca para decir algo, pero sé que lo que sale de sus labios no tiene nada que ver con lo que había pensado decir al principio.

—He escuchado la discusión que has tenido con Tamara. Las paredes del edificio en el que vivimos son más finas que el papel de fumar.

Me doy un golpe mental en la frente.

«Mierda. Debería haberlo previsto».

Trago saliva y practico la respuesta para mis adentros antes de hablar.

—Todo estará bien entre nosotras.

—Lo sé. Os queréis con locura. Lo decía por la parte en la que se me menciona. —Encoge un hombro con aire risueño—. Soy así de egocéntrico.

«No lo mires, Eliodora. No lo mires».

—No recuerdo haberte mencionado en la conversación.

Él bizquea, exasperado, pero manteniendo todavía el deje desenfadado.

—Eli, por favor. ¿A qué estás jugando?

¿Que a qué estoy jugando? No me lo puedo creer.

*Lo que faltaba.*

Lo encaro con una sonrisa incrédula.

—¿Yo? ¿*Yo* soy la que juega? ¡Pues menos mal! ¡Soy la única persona en la calle Julio Cortázar que no se toma su vida ni la de los demás como una partida de *Cluedo*: a ver quién mató a quién, y con qué, y dónde, y cómo! —Me señalo el pecho, al límite de la paciencia—. Tamara y Edu se pasan el día haciendo conjeturas sobre ti, y tú, dependiendo de con qué pie te levantes, decides que vas a ser una *drag queen* o el icono heterosexual que todas las adolescentes quieren colgar en su cuarto... —Él ahoga una sonrisa—. ¿De qué te ríes? No tiene ninguna gracia. Nin-gu-na. Yo, precisamente yo, no juego a nada. Yo estoy en el banquillo, mirando el partido, y solo porque me queréis presente, no porque me interese un carajo lo que os traéis entre manos. ¡Solo quiero mantenerme al margen! ¿Es que nadie lo entiende?

—La que no entiende las cuestiones más simples eres tú, Eli. ¿No se te ha ocurrido que no puedes mantenerte al margen cuando alguien ya te tiene en su punto de mira? —Pierdo la sensibilidad en todo el cuerpo, y para rematar, me lanza un vistacito de cuerpo entero y agrega, con voz gutural—: No pasas desapercibida, Eli.

El corazón me late tan deprisa que mi mano sale disparada al pecho. Disimulo el *shock* frotándomelo, agarrándome el polo de la empresa. Él me está mirando de *esa* manera: como me miró cuando me dijo que algún día me diría qué deseo había pedido.

Las piernas me flaquean.

—Déjame en paz. —Aparto la mirada—. Eres gay.

Él suelta una carcajada.

—Con esos comentarios que haces, voy a empezar a pensar que odias a los gais.

—¡No odio a los gais! ¡Te odio a ti porque... porque...!

—¿Porque finjo serlo cuando en realidad no es así, volviéndote loca de anhelos imposibles mientras tanto? —aventura, quitándome las palabras de la boca.

Óscar suspira. En lugar de dejarme en paz, reduce del todo el espacio que nos separa y se planta delante de mí.

No me atrevo a mirarlo a la cara. Tengo la sensación de que, si lo hago, la habitación empezará a girar y yo perderé el equilibrio. Hay cosas a las que me estoy aferrando y en las que debo seguir creyendo por el bien de mi paz mental; para no acabar dándome un golpe de realidad. Cosas que me mantienen segura, estable. Cosas que me alejan de un hombre al que deseo, pero que me salvarán de un terrible desenlace. Cosas como que es homosexual y nunca me correspondería.

Con gentileza, Óscar me toma de la barbilla.

Solo eso. Un simple roce, y mi cabeza lo obedece.

*Traidora.*

No se me ocurre mover ni una pestaña al cruzar miradas con él.

—Nena —susurra con suavidad—, sabes muy bien que no soy gay.

—Yo... yo no s-soy a la que le importa, ve y d-díselo a Tamara, ella es la que t-tiene... d-dudas. Además, ¡claro que lo eres! —exclamo, desesperada por defenderme—. En el «yo nunca he» dijiste que tuviste un lío con un hombre, nunca has mencionado novias, sino «parejas», cosa que suelen hacer los gais, y el día que fui al colegio le confesaste a Fernando que... Dejaste bastante claro que no hay nada malo en serlo, y que nada debería molestarle de tu forma de vida.

Óscar me sostiene la mirada con un respeto que no me

merezco. Estoy quedando como una histérica y dando un espectáculo digno del más cutre programa de testimonios.

—Haber probado la carne en una ocasión no te convierte en carnívoro, te hace curioso y, en todo caso, atrevido. Y mantengo lo que le dije a Fernando, que era exactamente lo que necesitaba para sacudirse las ideas rancias que su padre le ha inculcado: no hay nada de malo en ser gay.

Muy despacio, Óscar desliza las manos por mi cintura y me trae hacia sí a la vez que se proyecta contra mis caderas. Algo se desprende de mi cuerpo —¿el recelo?, ¿las murallas defensivas?— cuando siento una dureza contra el estómago. Y no parece que sea el móvil... a no ser que el muy cerdo lo tenga metido en la bragueta.

—Dime que no te gusto —me pide en voz baja—. Dímelo y te dejaré tranquila.

Me tiemblan las manos. Me tiembla el cuerpo. Me tiembla la voz.

—¿Lo... prometes?

—Lo prometo. Dime que no te intereso ni un poco, que todo esto son imaginaciones mías, y no volveré a arrinconarte.

El corazón se me parte al escuchar eso. ¿Por qué de pronto la idea de que no vuelva a arrinconarme me parece tan dolorosa? Conozco la respuesta a esta pregunta, aunque haya intentado acallarla por todos los medios: porque él lleva siendo mi esperanza de recuperar la fe en el género masculino y el deseo de amar desde que coincidimos en aquel ascensor. Algo dentro de mí lo reconoció como uno de esos raros especímenes en los que se puede confiar, y quise hacerlo. La cuestión es... *¿puedo* hacerlo?

Inspiro hondo hasta que el pecho se me bloquea y solo puedo boquear.

—¿Por qué no puedes ser gay? —me quejo con voz infantil.

Él sonríe casi sobre mis labios.

—Porque existes.

No he negado que me guste, y tampoco he dicho abiertamente que lo haga, pero él sabe lo que hay. Lo ha sabido desde el principio. Ha descifrado lo que yo soy incapaz de admitir sin tapujos, y, aparte de avergonzada, me siento agradecida por haberme liberado de la obligación de confesarlo. Por primera vez, estoy dispuesta a permitir que alguien ponga en mi boca palabras que no he dicho, a que me interprete como debo ser interpretada, y lo demuestro quedándome en el sitio cuando roza sus labios con los míos.

Es solo una pequeña caricia, no más que un anticipo de lo que es capaz de hacer... Incluso una trampa, porque su boca no me trata con ninguna suavidad. Un gemido quiebra mi garganta la última vez que tomo aire antes de dejarme arrastrar por las sensaciones, todas tan intensas que me empieza a arder el pecho y las rodillas me fallan.

Lo intento retener todo. La respiración, los latidos, el pulso... Trato de permanecer sólida, compacta, para que los deseos reprimidos que llevan meses ahogándome no le ganen por la mano a mi sentido común, pero él me derrite deslizando la lengua sobre la mía, recorriéndome los costados con unos dedos veloces que no podrían igualar mi desesperación por él ni en mil años. Y, aun así, se queda muy cerca. Veo mis fantasías y mis propios anhelos en su manera de levantarme, con prisa, y sentarme sobre la encimera; en la forma en que sus manos me agarran, posesivas, y su boca trata de absorberme con las ansias de alguien que aún no ha terminado y ya sabe que va a querer más.

Todo pasa tan deprisa que no me da tiempo a paladear nada más que la sensación de estar en brazos de un hombre, tan distinta de la última, y ese sabor a champán y a dulces que se ha quedado impregnado en sus labios.

Óscar hunde los dedos en mi coleta y la deshace. Las ganas de tocarlo están a punto de consumirme, y eso hacen: me consumen de tal manera que pierdo la rigidez que me reprime y enrosco las piernas en torno a su cintura.

Esto es el hambre. El hambre *real*. La que hace rugir tus tripas como un depredador y revoluciona tu cuerpo. La emoción me tensa los músculos, pero a fuerza de voluntad consigo devolverle los besos que necesito para calmar un resentimiento anterior, una amargura antigua que él, mágicamente, logra que olvide.

—¡Si es que lo sabía! —exclama una mujer.

Óscar se retira tan rápido que no me da tiempo a recobrar el equilibrio. Tiene que rehacer sus movimientos en tiempo récord para sostenerme por la cintura antes de que me dé de bruces en el suelo. Pestañeo varias veces y lucho por enfocar la vista, ignorando esos detalles que me desorientan como que la sangre me quema en las venas, que mi boca ya no sabe a mí y que...

Y que sus hermanas, su madre y su abuela están en la puerta, mirándonos sin poder creérselo.

Él no me suelta. Es más, me sostiene con firmeza.

—Eh... estábamos... —balbuceo, y busco en su expresión una buena excusa, pero no la hay. Tiene mi pintalabios burdeos por toda la cara, y no sé en qué momento le he desabrochado dos botones de la camisa, pero ahí están los dos saltarines, riéndose de mi arrebato de locura—. Eh...

—¿Óscar? —dice la madre, mirando a su hijo con gesto interrogante.

Está claro que no piensa marcharse de aquí sin una explicación.

—Ya veo que os sigue costando muchísimo respetar la intimidad de los demás —protesta él.

—Te estás dando el lote con una mujer en una cocina abierta, *rei* —señala una de las hermanas. Allegra, creo recordar: la treintañera explosiva que confecciona vestidos de novia—. Sabías a lo que te exponías.

—Bueno, es que resulta que no es «una mujer» —replica Óscar con serenidad—. Es mi novia.

# Capítulo 13

## QUE ME GUSTAN LAS PERAS,
## NO LAS MANZANAS

### *Óscar*

Estiro una mano vacilante hacia el timbre del 4.º B. Un segundo antes de pulsar el botón de marras, retiro el dedo igual que si me hubiera dado un calambre. Como lo haga una sola vez más —sería la sexta que intento llamar a la puerta—, lo habré convertido en un ritual obsesivo-compulsivo.

Me tengo por un tipo competente a la hora de gestionar los problemas. Ninguno de mis padres tuvo que acudir a tutorías individuales para solventar los rifirrafes que se daban entre algunos compañeros y yo, jamás he pedido dinero prestado, ni siquiera en épocas de escasez económica, y no me cuesta pedir disculpas si sé que me he equivocado, como tampoco tengo problemas para reconocer mis errores. En definitiva, si caigo, lo hago solo. Nunca he intentado arrastrar a alguien conmigo al meterme en un berenjenal.

Ahora sí. Y es cuando queda claro que no soy tan dueño de mis acciones como desearía. Supongo que la vena kamikaze de los Casanovas tenía que dominarme en algún momento.

Inspiro hondo y alargo el brazo hacia el timbre por séptima vez.

De nuevo, me quedo en blanco cuando estoy a punto de pulsarlo.

Aunque no lo expresó en el momento, Eli debe de estar furiosa. Todos, incluida ella, se quedaron en *shock* por lo que absolutamente nadie se esperaba: que Óscar presentara una novia a su familia. La cara de mi madre fue un poema, mi abuela rompió a llorar de alivio y mis hermanas no supieron qué decir hasta que Eulalia, eterna abanderada del romanticismo, saltó hacia nosotros y nos felicitó como si fuéramos a celebrar nuestras bodas de oro. Por poco nos acerca una de sus tarjetas de contacto, por si necesitamos el servicio de una *wedding planner* para organizar nuestra ceremonia.

La conmoción de Eli fue tal que me guardó el secreto, más por imposibilidad de desmentirlo que por hacerme el favor, hasta que mi familia entera me sacó de la cocina a tirones para aplicarme el tercer grado. Caliope, Eulalia y mi madre me avasallaron con preguntas sobre «la afortunada» que no podría haber respondido aun siendo mi novia de verdad —¿y yo qué coño sé si padece alguna patología?—, mientras Violeta y Allegra me compadecían, cruzadas de brazos al margen del interrogatorio. De pronto, la fiesta dejó de girar en torno al compromiso del tío Juan, y Eli y yo nos convertimos en la gran atracción de la noche. Menos mal que pude avisarla para que no saliera de la cocina si no quería ser abordada con preguntitas impertinentes.

—Más te vale traerla a la boda —me advirtió el tío Juan, pasándome un brazo por los hombros. Estaba encantado con las últimas noticias, aunque le hubieran robado el protagonismo que tanto buscaba—. Quiero tener la oportunidad de conocerla muy a fondo, y ya sabes cómo es tu hermana: nos tiene terminantemente prohibido ir a alguna de sus fiestas sin acompañante, por eso de que «de una boda sale otra boda».

Vuelvo a pasarme las manos por la cara al acordarme de cómo degeneró todo aquello. Siento que el sudor que me provocó la tensión de ayer sigue pegado a mi piel, y es asfixiante. Me he metido en un percal del que no sé si voy a poder salir, pero una parte de mí me dice que, ya que tengo que estar en esta situación, debo dar gracias de que me haya tocado con Eli.

Incluso debería regodearme por los beneficios que me pueda reportar.

Por fin reúno el coraje necesario para llamar al timbre. Espero con las manos en los bolsillos, en apariencia relajado, a que la puerta se abra. Eli la entorna sin comprobar quién es; tan solo lleva un sujetador de encaje, unos *shorts* lenceros... y una escoba entre las manos, como buena bruja del horóscopo que es.

—La hucha está en la cocina —me recuerda en tono desapasionado—. Tercera vez esta semana que se te olvidan las llaves, tercer eurito para chuches directo a mi bolsillo.

Debe de pensar que soy Tamara. Las he oído discutir a voz en grito porque la mexicana siempre se las deja, y cuando no, está tan segura de que se las ha olvidado que toca al timbre directamente, molestando a Eli o a quien ande por allí.

Sin decir nada, entro y cierro la puerta. Ella acaba de salir de la ducha y se ha puesto a limpiar, un curioso orden de actividades. Lo sé porque se está desenredando el pelo húmedo con los dedos y un agradable olor a flor de cerezo japonés flota en el aire. Sé que ese es el gel que usa. Lo he visto en las bolsas de la compra transparentes que utiliza para no pagar las del supermercado.

—Puedo dejar cincuenta céntimos extra por las molestias, no vaya a ser que te quedes sin chucherías por mi culpa.

Eli da un respingo y se gira hacia mí con los ojos fuera de las órbitas. Su reacción es tan desmesurada —de acuerdo que vaya en sujetador, pero ya la he visto antes en bañador, ¿tanto cambia la película?— que tengo que hacer un gran esfuerzo por no echarme a reír. No me cuesta en cuanto su mueca se transforma en una mirada fulminante que me tengo muy merecida.

—Con lo de ser mi novio te estás tomando unas cuantas libertades, como la de entrar en mi casa cuando te da la gana —me espeta con sarcasmo.

—Y parece que con el título también vienen algunos privilegios, como el de verte semidesnuda. —Me guardo las manos en los bolsillos para quitarle hierro al comentario—. Me gusta tu top.

Ella se ruboriza y desaparece a toda prisa en su habitación. Un clásico de Eliodora Bonnet: me vacila, y cuando le contesto en los mismos términos, se avergüenza de lo que ha dicho y hace bomba de humo.

Me pregunto si será algo típico de los libra.

Eli aparece unos segundos después. Se ha puesto una camiseta blanca que reza: «Mármoles González».

Mi ceja sale disparada hacia arriba.

¿De dónde ha sacado una prenda de propaganda de mármoles?

—Supongo que has venido a pagarme por los servicios de anoche —deduce, cruzada de brazos.

Desaprovecho la oportunidad de comentar lo sugerente que ha sido eso. No me gusta cuando me ponen las gracietas, o cualquier cosa en general, en bandeja. ¿Acaso no se nota en el hecho de que me haya fijado en Eli y no en una mujer accesible?

—Te he hecho la transferencia hace una hora. Ya deberías tenerlo en el banco. Pero esa no era la única cuenta pendiente que teníamos —agrego, tratando de sonar desenfadado—. Creo que deberíamos hablar de lo que pasó ayer.

Ella pone los ojos en blanco y empieza a barrer con energía, como si yo no estuviera.

—¿Por qué tienes esa obsesión con hablar?

—¿Porque el ser humano es un animal social y relacionarse es una de las tres funciones vitales del hombre? —replico como si pretendiera resolver un acertijo—. ¿Prefieres otra forma de comunicación, como el lenguaje de señas o las señales de humo? Porque creo que eso podría crear más confusión.

Eli hace un mohín.

—No te pases de listo, Óscar Casanovas —me advierte, y debo decir que me pone su lado enfadica. Demuestra un carácter que no creo que ni ella sepa que tiene—. Querías hablar de lo del túnel, y luego querías hablar de la discusión entre Tamara y yo... No es necesario profundizar en todos los temas del mundo.

—¿Te refieres a... los temas en los que estoy implicado, por activa o por pasiva, y que han quedado inconclusos?

—Me refiero a los que hacen sentir violenta a la otra persona.

—A ti te violenta hablar y a mí me violenta que hagas como si no hubiera pasado nada. Está claro que tenemos un pequeño conflicto de intereses. ¿Se te ocurre alguna buena idea para ponernos de acuerdo? Porque habrá que solucionar esto, tarde o temprano.

Ella deja de barrer y me lanza una mirada exasperada.

—¿Por qué quieres solucionarlo?

«Porque te quiero follar hasta el hueso, y si estás enfadada, no va a ser posible».

—Porque vives enfrente de mi apartamento y creo que entre vecinos debería haber buen rollo —respondo en su lugar, con mi cara de no haber roto un plato.

Eli muerde el anzuelo.

—Mira, lo que sucedió ni siquiera es un problema como tal. En el túnel tuvimos una especie de «momento», y ya está, no hay más; Tamara quiere que me eche novio y a mí no me parece que sea buena idea, de ahí nuestra pelea, y en cuanto a lo de ayer... —Carraspea. Para no tener que mirarme, retoma sus labores de limpieza con energía. Como siempre que se convence de estar hablando para sí misma y no para el hombre que la pone histérica, cambia el tono cauteloso por uno desenfadado que me descoloca—. Ayer cuestioné tu orientación sexual, y me imagino que, como no estás listo para salir del armario, sentiste la necesidad de demostrar que me equivocaba. Yo te pillaba cerca, así que me usaste para autoconvencerte, o para darme una lección por entrometida. Y me lo merecía, eso seguro. Pero ya está, son cosas que pasan. No hay nada más que hablar.

Parpadeo una sola vez, no muy seguro de haber escuchado lo que acabo de escuchar.

—¿«Como no estás listo para salir del armario, sentiste la necesidad de demostrar que me equivocaba»? —repito—. ¿«Me usaste para autoconvencerte, o para darme una lección»?

Eli me sostiene la mirada a una absurda distancia. Tan tan absurda que apenas se distinguen las pecas que sé que tiene espolvoreadas por la nariz.

Yo no me muevo de donde estoy, aún a las puertas del apartamento, aunque el cuerpo me pide a gritos cruzar el salón y espabilarla a sacudidas. Al final solo sonrío con incredulidad.

—Ahora sí que estoy sintiendo la necesidad de demostrar que te equivocas, y podría hacerlo poniéndote en horizontal, como en la foto del beso en Times Square, y dejándote mareada de un meneo. Pero no puedo sacarte del error si es ahí donde quieres estar, Eli. Una cosa sí te voy a decir: por más que repitas que soy gay, no me vas a pasar a la otra acera. Soy mayorcito como para estar confundido con mi orientación sexual.

Espero a que me conteste apoyando las manos en el respaldo del sillón que me pilla más cerca. El salón es una sorprendente fusión de los estilos de Tamara y Eli, y digo «sorprendente» porque nadie diría que dos personas tan opuestas pudieran compenetrarse tan bien a la hora de decantarse por un estilo decorativo. El piso en general es una explosión de colores estridentes —amarillos y aguamarinas— y tonalidades más suaves —beige y blanco roto— repartidos en tapices estampados sacados del imaginario mexicano, cojines bordados y coloridos y alfombras geométricas. Es una mezcla entre una cabaña en medio de la nieve y una bodega, solo que con mucha más luz y sin chimenea. Y todo esto puedo observarlo porque Eli se ha quedado de una pieza. No reacciona hasta un rato después, cuando se le escapa una carcajada.

—Oye, en serio, deja el teatro, que no pasa nada. El misterio quedó resuelto ayer. Solo hubo que ver la cara que puso tu madre cuando le soltaste a bocajarro que soy tu novia. Está claro que no se lo esperaba... y por qué no se lo esperaba. —Levanta las cejas en mi dirección de forma significativa.

—¿Qué pretendes decir con eso? ¿Que no se lo esperaba porque soy gay?

—Hombre, no le va a sorprender que tengas pareja porque seas tan feo que no hay manera de encontrarte una —espeta con ironía—. Algo pretenderías demostrar al actuar como lo hiciste.

—A lo mejor quería demostrar que me atraes y me moría por besarte.

Ella me fulmina con la mirada, como si la hubiera insultado.

—No me refiero al beso, sino al hecho de presentarme como tu novia. —Planta la escoba a un lado de su cuerpo, como un guerrero guanche su lanza de combate—. En un momento estábamos... —traga saliva, incapaz de verbalizarlo—, y al momento siguiente, tu madre me miraba incrédula. No creo que sea ninguna locura deducir que me besaste para que tu familia, que todavía no sabe que te va la carne, crea que eres heterosexual. Tu abuela tiene ochenta años, sería normal que se le hiciera cuesta arriba.

—¿Estás llamando homófoba a mi abuela? —No doy crédito.

—A ver, no, yo solo digo que los ancianos suelen ser intolerantes...

—Aquí la única intolerante, además de ser incapaz de aceptar mi orientación sexual, eres tú, Eli —gimo, ya desesperado—. No es ninguna locura sacar en conclusión todo eso que has dicho si eres Edu, Tamara o alguno de los vecinos, a los que entiendo que les puedan quedar dudas sobre mi sexualidad, pero después de todo lo que *tú* has vivido conmigo, me cuesta entender que no aceptes lo evidente. Eres la que recibió ese beso —le recuerdo, en parte por el placer de verla ruborizarse—. ¿Te pareció mentira? ¿Lo sentiste como si estuviera fingiendo?

Ella se frota los muslos, nerviosa.

—No lo sé. Ya no distingo lo que es verdad de lo que es mentira. Y ni mucho menos contigo. ¡Eres un liante! —suelta abruptamente—. Desde que llegaste, lo único que has hecho ha sido confundir a los demás y reírte de sus dudas en lugar de expresarte con claridad. ¿Qué me garantiza que no estabas confundiéndome a mí también al abalanzarte sobre mis labios?

Me paso una mano por el pelo.

«Paciencia, Óscar. Ten paciencia».

—¿Qué tiene de confuso besar a una persona, Eli? Creo que el hecho de haberme lanzado acaba con todos esos rumores y confirma lo que Tamara lleva meses defendiendo.

—No debes haber visto tanto mundo como crees si piensas que un beso no es otra manera de mentir.

—No lo fue en mi caso. ¿Y por qué no hablamos del verdadero quid de la cuestión? —propongo, cansado de andarme con paños calientes. Rodeo el sofá para acercarme a ella—. Hace mucho tiempo que esta historia dejó de ir sobre el equipo en el que bateo. Esto va de ti, Eli Bonnet, intentando convencerte (y convencerme a mí también, ya de paso) de que soy gay, algo que yo tengo descartado desde que soy un crío, para no hacer nada al respecto.

Eli se escabulle por el pasillito entre el sofá y las habitaciones para que no la alcance.

—No tengo ni idea de qué estás hablando.

—Después de lo que pasó en el túnel, me soltaste que «ya sabías que no me gustan las mujeres». —Dibujo en el aire unas comillas con los dedos. No permito que se aleje y rehago mis pasos para perseguirla por el otro lado del salón. Eli se queda un momento quieta antes de tomar el camino opuesto, manteniendo así la distancia inicial: cada uno en un punto cardinal—. Y ahora, después de haberte besado, te inventas que lo hice para que lo viera mi madre. Manda cojones.

Justo cuando voy a alcanzarla, Eli vuelve a cambiar de sentido y se protege detrás de un butacón de piel. Desde allí me lanza un reproche:

—Es que tu madre lo vio. ¡Y tú te regodeaste!

No me muevo más que para apuntarla con el dedo.

—Estás obsesionada con alejarme de ti, aun cuando me quieres cerca. Admítelo.

—Yo no estoy obsesionada con nada. Eres tú el que está obsesionado conmigo.

—Sí que lo estoy —aclaro sin tapujos, los brazos en jarras—. ¿Necesitas que reconozca algo más para cerrar la cuestión de una vez por todas? ¿Tengo que explicártelo con peras y con manzanas, o lo has pillado? No soy gay, soy heterosexual. Me gustan las mujeres. Me excito con las mujeres. Me ponen las mujeres. No todas, solo algunas. Y en estas últimas entras tú —explico con lentitud, como si estuviera dirigiéndome a alguien corto de entendederas—. ¿Quieres más concreción, o ya te vale?

Eli suelta el borde del sillón y abraza la escoba. El silencio se instala entre nosotros unos segundos en los que parece concentrada en un pensamiento incómodo. Aprovecho que se pierde en sí misma para acercarme sigilosamente.

Ella se percata de que estoy al acecho y hace el amago de

esquivarme. Me las arreglo para darle esquinazo y aproximarme un poquito más, pero entonces levanta la escoba y la interpone entre nosotros.

—¡Quieto *parao*! —me ordena con voz chillona.

Observo el palo que nos separa y pienso en lo tentador que sería apartarlo de un manotazo y volver a sentarla en una encimera, esta vez totalmente desnuda.

—¿Tienes un palo y no dudarás en usarlo? —me burlo—. Si quieres jugar a las espadas láser, deberías darme una a mí también, mi joven *padawan*.

—Qué gracioso eres.

—No quiero ser gracioso. Quiero ser coherente, lo que tú no eres. Fíjate —señalo la escoba, sacudiendo la cabeza—, no quieres ni que me acerque.

—A lo mejor es porque no me gustas y te considero un acosador sexual.

Agarro el borde de la escoba y tiro de ella bruscamente para acercarla a mí. Ella se tropieza con sus propios pies y cae a mis brazos. La escoba acaba en el suelo y el rostro de Eli, a un palmo del mío.

—Y una mierda —susurro con dulzura.

Ella aprieta los labios y me gira la cara para que no vea cómo se ruboriza. Yo no lo permito y la tomo de las mejillas. Huele a flores y no puedo quitarme de la cabeza la idea de ensuciarla, de dejarla sudorosa, cubierta de saliva y de esperma para que tenga que volver a ducharse.

Paso la lengua por el borde de sus labios entreabiertos. Así la convenzo de abrir la boca con timidez y aceptar un beso húmedo. Deduzco con su entrega que no hay nadie en casa, o que quizá me desea demasiado para reprimirse por miedo a que Tamara nos descubra. Suelto sus mejillas acaloradas y deslizo las manos por sus estrechos hombros, sus brazos, retorcidos en el pecho en una especie de plegaria...

Quiero hacerle una cochinada tras otra. Sueño con ponerla a cuatro patas y sacarle la timidez a azotes. Fantaseo con que me mire a los ojos y me pida que me la folle desde que se ruborizó en el ascensor, y que esa locura de sexo frenético quede tan lejos me frustra. Profundizo el beso como si quisiera castigarla, porque es verdad que tiene la culpa de que no podamos saciarnos los dos. Arremeto contra su boca tierna y su cuerpo tembloroso igual que un animal, agarrándola de las nalgas y tirando de los *shorts* hacia arriba hasta que asoman las dos medias lunas de sus cachetes.

Eli da un respingo y se separa, roja hasta las puntas de las orejas que asoman entre su pelo despeinado. En lugar de echarme en cara que la haya vuelto a besar, algo que los dos sabemos demasiado bien que no le molesta, pregunta con un hilo de voz:

—Si no era tu intención convencer a tus padres y a mí de que eres heterosexual, ¿por qué me has presentado como tu novia? ¿Qué necesidad había de hacer eso?

Lo mínimo que puedo hacer es explicarle a qué demonios vino mi impulso, porque hay un motivo, pero cada vez que intento hablar de ese tema, me desinflo. No me salen las palabras, quizá porque evito incluso pensarlas.

Esta vez no es distinto. Bajo la atenta mirada de Eli, la garganta se me cierra y todo cuanto puedo hacer es asentir con la cabeza, reconociéndole el derecho a saber, pero nada más. Ella debe sobreentender, a partir de mi tensa postura, que algo no va bien, porque relaja los hombros y señala el sofá con un dedo, invitándome a sentarme.

—No fue premeditado —le juro, mirándola a los ojos—. No decidí seguirte a la cocina y besarte hasta que mis hermanas aparecieran para luego presentarte como mi pareja. Fue... un impulso. O una venganza. O me vino el deseo de hacerlas felices, no lo sé. Tenía cinco pares de ojos encima, todos ellos rebosantes de una ilusión que sé que no voy a poder darles nunca, y... las palabras salieron de mi boca, sin más.

—La ilusión de saber que van a tener sobrinos biológicos

porque eres heterosexual, supongo —señala con retintín—. Ni tu propia familia parece tener claro qué es lo que te gusta.

Suspiro profundamente.

—Digamos que... que llevan unos años esperando que algo así suceda —explico con dificultad. Viendo que me cuesta expresarme, Eli suaviza la expresión y se muestra paciente—. No sabes lo desesperante que puede llegar a ser tener a cinco mujeres al teléfono preguntándote si estás saliendo con alguien. A veces sin andarse con paños calientes, a veces con pullas... a veces incluso lloran porque les aterra que esté tan cerrado al amor. En fin, eso no importa. Siento mucho haberte metido en esto. Insisto en que no era mi intención ponerte en un compromiso, pero hay veces en las que te ves acorralado por las expectativas de otros, y el instinto te impulsa a soltar lo primero que te viene a la cabeza para salir airoso. Y... supongo que yo mismo llevaba mucho tiempo fantaseando con darles el gusto de saber que tengo a alguien. Están muy preocupadas por mí, y en ese momento, por un solo segundo, quise... quitarles la angustia de encima.

Busco en sus ojos alguna emoción que revele lo que está pensando. No me mira. Tiene la vista fija en las rodillas y parece meditar sobre un tema que no tiene nada que ver conmigo.

Aun así, sé que me ha prestado atención.

—Entiendo cómo te sentiste —dice al fin, con la boca pequeña—. No es una sensación desconocida para mí.

—Lo siento, de verdad.

—No te preocupes. A fin de cuentas, no es como si tuviera que seguir fingiéndolo, ¿no? Les has dicho que tienes novia y ya está, ahora te dejarán en paz.

Tuerzo la boca.

—No exactamente. —Eli me observa con expectación. Yo entrelazo los dedos sobre el regazo—. Verás... Ya sabes que mi tío se casa en una semana, más o menos. Me ha dicho que le gustaría que vinieras y así poder conocerte mejor.

Se le ponen los ojos como platos.

—¿Qué?

—No solo él... también mis hermanas. Con ellas nunca es «tienes novia y ya está», y menos si se trata de mí. Se mueren por conocerte.

—Ya me conocen.

—Conocerte en profundidad —aclaro—. He tenido que inventarme toda clase de excusas para que no vinieran a verte hoy en tropel. Por si te preguntan en un futuro, no olvides que este fin de semana estabas ocupada con un *catering* en Barcelona.

Tal y como hacía cuando tenía nueve años y mi madre aún picaba con mi cara de ángel, compongo una mueca de culpabilidad que logra el efecto esperado: Eli, que ya estaba preparada para increparme, vuelve a cerrar la boca y bufa.

—¿Qué pretendes? ¿Que me presente en Mallorca como si tal cosa y juguemos a ser la parejita feliz? Has perdido la cabeza, Óscar.

Se pone en pie y abandona el salón. No tardo ni dos segundos en levantarme e ir tras ella, que, como parece habitual, escoge la cocina para refugiarse.

—Solo son dos noches, Eli. No habrás llegado y ya estarás haciendo de nuevo la maleta. Además de que mi pueblo es precioso. Tendrás una excusa perfecta para hacer turismo, y te aseguro que no te arrepentirás de haber ido.

—Y luego ¿qué? —se queja, de brazos cruzados—. Si vienen tus hermanas a verte para Navidad, ¿tendré que estar ahí, poniéndote la manita en el brazo y diciéndote que no te pases con los langostinos? O si hay un funeral, que Dios no lo quiera, o un bautizo...

—Para ese momento les diré que hemos roto.

—¿Así de fácil? ¿Un día tienes novia y al otro no? —Menea la cabeza, decepcionada—. ¿Cómo puedes jugar con los sentimientos de tus hermanas de esa manera?

—No creas que no me preocupa ese tema, pero es algo con lo que lidiaré yo. Tú solo tienes que ayudarme a sostener la mentira por unos días. Unos días, Eli —insisto, implorante.

Junto las palmas y apoyo la cadera en la encimera para cerrarle el paso. Desde donde estoy, tengo una visión magnífica de la enorme cocina, del ventanal que da al patio de los tendederos y de las mejillas arreboladas de Eli.

—Te daré lo que quieras a cambio —prometo en tono sugerente.

Eli pestañea muy rápido.

—Yo n-no quiero n-nada —farfulla a trompicones.

«Claro que sí lo quieres».

—Pon tú las reglas. Las acataré, sean cuales sean.

—No quiero poner reglas.

—Me las arreglaré para que mi hermana te llame cada vez que quiera celebrar una boda en Madrid. Se ha enamorado de tu forma de trabajar y te aseguro que es la mejor organizadora de toda España; que te tenga en su agenda incrementará tus ingresos y te dará la fama con la que siempre has soñado.

—¿Quién te ha dicho a ti que quiero fama?

—¿Tampoco quieres pasta?

—Oye, no intentes sobornarme —me amenaza—. Mi cuerpo no tiene precio.

—Confío en ganarme tu cuerpo por méritos propios, pero eso será a su debido tiempo. —Me regocijo para mis adentros al ver que se muerde la lengua—. Hablo de una relación de nombre, aunque, si quieres los beneficios físicos que conlleva, sería cuestión de hablarlo. Sé que eres buena negociando. No puedes tener una prometedora empresa de *catering* si no sabes cerrar tratos.

Estamos tan cerca que su aliento entrecortado me llega como una confirmación de lo que nunca admitirá en voz alta: que la pongo nerviosa. No podría alterar su pulso de esa manera si fuera inmune a mí, y ya ha quedado demostrado que no lo es, y no solo gracias a su lenguaje corporal, que, de todos modos, es más que elocuente; lo sé porque se entrega a mis besos con la clase de desesperación que solo se ve en las despedidas de aeropuerto. Nunca me han besado como si temieran que fuese a desaparecer, pero estaría dispuesto a fingir un adiós todos los malditos días si esa es su manera de homenajear al que se marcha.

Lamentablemente, ella no es la única que tiene dudas con respecto al trato. Las mías no han desaparecido solo porque haya descubierto —o más bien confirmado, porque ya me lo imaginaba— que es puro fuego. Eso solo hace más difícil y peligroso que decida dar un paso hacia ella.

Eli necesita a otra clase de hombre, uno que yo no soy. Tal vez no lo parezca a simple vista, pero en el fondo de su corazón espera a un príncipe azul, y yo solo soy un caballero cuando me conviene. Uno que aún no ha conseguido matar a ese dragón que amenaza con prender de un solo soplido el castillo que intenta construir sobre las ruinas de un antiguo amor. Estoy seguro de que Eli sabría muy bien de lo que hablo, de que ella también ha tratado de rescatar algo de esperanza bajo las cenizas de una relación espantosa, pero aunque partiéramos de una misma situación, yo no sueño con que alguien venga a hacerme cambiar de opinión. Y debería haberme molestado en dejarlo claro desde el principio, mucho antes de besarla y admitir que hay interés por mi parte.

—Necesito pensarlo —murmura al fin.

Intento disimular mi sonrisa victoriosa, que se llena de amargura en cuanto asoma a mis labios. No sé cómo decirle que a mí no me gusta la idea mucho más que a ella.

—No lo pienses demasiado. Las mejores cosas son las que suceden sin haberlo planeado.

—Eso díselo a las adolescentes que descubren que están embarazadas en el quinto mes de embarazo.

Suelto una risa floja y me inclino para darle un beso en la mejilla.

—Consúltalo con la almohada y luego ven a verme. Ya sabes dónde estoy. —Hago una pausa necesaria para mirarla pensativo—. Y confío en que también te haya quedado claro dónde me gustaría que estuvieras tú.

—¿Dónde? —pregunta, no muy segura de querer saber la respuesta.

—Al alcance de mi mano.

# Capítulo 14

## ANORMAL

### *Eli*

Cuando estaba triste o preocupada, mi madre me levantaba del sofá y me arrastraba al supermercado más cercano. Allí comprábamos chucherías, «patatajas», como ellas las llamaba, y luego nos pasábamos por el videoclub a alquilar una película. Era un ritual al que me gustaba tanto rendir culto que a veces fingía andar de capa caída para tener la excusa de tumbarme a su lado, palomitas en mano, y discutir las diferencias entre las adaptaciones cinematográficas de *Cumbres borrascosas*.

Ahora que ella no está, me toca hacerlo sola.

Ya sabía que el videoclub lleva cinco años cerrado debido al auge de la piratería, que hizo que el negocio se fuera a pique; ya sabía que retiraron del mercado las que eran sus patatas preferidas y lo más parecido que existe son las Lays campesinas, pero hasta hoy no me he parado a pensar en todo lo que eso implica: que el mundo sigue girando y lo único que permanece intacto de todas nuestras costumbres, lo único que demuestra que alguna vez hubo un anciano encantador alquilando películas a una madre y a su hija, son mis recuerdos. La que los mantiene vivos soy yo, que los guardo como oro en paño en los rincones más íntimos de mi memoria.

Cuando mi madre murió, pensé que me había quedado sola en el mundo. Estuve meses de luto, encerrada en mi habitación y aislada de la sociedad, y cuando terminé de lamerme las heridas, ahí estuvo Matilda, demostrándome que me equivocaba. Es como si aún la tuviera de pie al otro lado de la puerta, con dos bolsas llenas de comida casera colgando de las delicadas muñecas y esa sonrisa que te asegura que todo saldrá bien.

Salió mejor que bien, porque un tiempo después, nada más iniciar un curso de cocina para mantener la mente ocupada, conocí a Tamara.

Tamara no respeta ni el silencio ni la intimidad de nadie. A veces tampoco respeta las ideas de los demás, porque no entiende que la gente decida llevar su vida de manera diferente: ella tiene la razón, como buena reina de Saba que es, y el resto del mundo está equivocado. Tamara ve el respeto como una barrera para la comunicación. Según ella, en el momento en que tienes que imponer la cortesía a la sinceridad, la relación está viciada, así que no ofrece su respeto, pero tampoco lo exige, y por eso vives con la sensación de que no tienes derecho a enfadarte con ella.

Quiere que todo sea instintivo, sin filtros entre la cabeza y la boca. Quiere a su lado a gente a la que poder expresar libremente lo que siente, aunque «lo que siente» hiera sensibilidades ajenas y sea como para horrorizarse. Y aunque ese es el motivo por el que a veces pierdo la paciencia, también es una de las razones por las que llevo años agradeciendo que me pusieran con ella a elaborar ese dichoso *vol-au-vent*.

Con Tamara no te puedes sentir sola porque, si pudiera, se metería hasta en tu cabeza. Es la única en este mundo que ha reunido suficientes papeletas para llenar el vacío que me dejó perder la amistad de mi madre, y también la razón por la que vuelvo a casa con una bolsa en cada mano, sudando y con dolor de espalda.

El sol está a punto de ponerse cuando estoy subiendo por Julio Cortázar. Es una calle realmente bonita, y no lo digo porque aquí haya vivido algunos de los mejores momentos de mi vida. Son los colores vivos de los edificios, pintados como en el barrio de La Latina, el empedrado asesino que no pierde su encanto rural ni cuando te hace resbalar, y la tradición de los vecinos de sacar las macetas de geranios y claveles al balcón para darle un toque de naturaleza al centro más contaminado de la capital. El cansancio y mi distraída observación de los viandantes que justo ahora vuelven de trabajar hacen que tarde un rato en fijarme en que Tamara viene hacia mí. También lleva unas cuantas bolsas encima, y, al igual que yo, se dirige a casa, solo que baja la calle en lugar de subirla. Cuando se celebra esta feliz coincidencia, Tay suele gritarme alguna obscenidad desde la otra punta, pero esta vez no abre la boca. Y tampoco lo hace cuando, unos minutos después, las dos nos paramos delante del 4.º B, cara a cara, y dejamos las bolsas a nuestros pies.

Tamara entorna los ojos sobre mí, como cada vez que está maquinando algún plan perverso que no sé si quiero conocer.

—¿Qué llevas ahí?

—Eh... —Finjo pensármelo—. Jalapeños picositos, enchilada con salsa mexicana y gratinada al horno con queso, burritos con especias y verduras asadas, taquitos dorados al pibil... y fajitas de pollo.

Ella no se mueve.

—¿Son del restaurante de Alberto?

—Obviamente.

—¿Van acompañados de nachos?

—¿Qué otra guarnición iban a tener los burritos?

—¿Con guacamole?

—No se me han olvidado tus placeres culpables de un día para otro, Tamara. ¿Y tú? ¿Qué traes?

Tay suspira, como si me estuviera haciendo un favor, y mete la mano en una de las bolsas. Se oye el entrechocar de los cristales.

—Un garnacha rosado, un Barbera d'Alba, dos marsanne y un Vintage Franciacorta. Iba siendo hora de reponer todas las botellas que me he empinado sin tu permiso.

—Pues se te ha olvidado el merlot.

—¡Vergas! Sabía que me estaba dejando uno.

—Tampoco pasa nada. No es mi preferido.

Mentira cochina, y ella lo sabe. Por eso su expresión se dulcifica en la primera mirada que compartimos desde la discusión.

Como si nos hubiéramos puesto de acuerdo, yo sonrío con resignación —si es que no puedo vivir sin esta tarada de remate— y ella hace un puchero antes de arrojarse a mis brazos con su energía de vendaval. Mis risas se escuchan por encima de sus sollozos infantiles hasta que está llorando a lágrima viva y no puede ni respirar.

—No me pareces aburrida —berrea entre hipidos—. Solo eres más aburrida que yo.

Suelto una carcajada.

—Yo siento haberte dicho que eres un putón verbenero. Solo lo eres más que yo.

—Tampoco es que sea muy difícil —suelta con la boca pequeña. A mí me da por reírme otra vez—. Sabes que no quería matarte, ¿verdad? Te necesito para mantener el negocio a flote.

—Y para llevar una dieta razonablemente saludable.

—Y para que cojas el correo y hagas los números.

—Todavía me acuerdo de aquella vez que le cobraste mil euros a Martiño en lugar de cien. —Suspiro, risueña.

—Pues los pagó encantado —farfulla contra mi hombro.

—No sé si encantado, pero le debemos novecientos por tu culpa.

—Tendrá que seguir esperando, porque me he gastado toda mi parte de la fiesta del tío Juan en tus vinos. *Chale*, Elisenda, ¿no podrías tener gustos más baratos? Si fueras Matty, te habría comprado unos pósits en el paquistaní de la esquina y me habrías besado los pies.

Me separo de ella y la miro divertida.

—Buena suerte haciendo enfadar a Matty lo suficiente para tener que compensarla con regalos. Anda, vamos adentro. —Le paso el brazo por los hombros—. No querrás que se te enfríen los burritos.

Esas son las ocho palabras mágicas que ponen a Tamara en marcha. O, más bien, la palabra: basta con oír «burritos» para que deje lo que esté haciendo, ya sea ver su telenovela preferida, atender una urgencia médica o estar cabalgando a algún güerito, se ponga el babero, agarre el cuchillo y el tenedor y presida la mesa del comedor con una sonrisa ansiosa.

Lo del cuchillo y el tenedor es un decir, claro. Si pudiera, Tay se comería con las manos hasta el cocido.

Dispongo la compra en la mesa de la cocina, donde tenemos por costumbre cenar todas las noches con el invitado que se nos ocurra. Unas veces son Edu y Akira; otras vienen Virtudes y Daniel, y a veces nos visitan Matty y Julian. Esta noche solo somos ella, yo y nuestra culpabilidad.

Tamara no se relaja del todo conmigo ni siquiera después de intercambiar unas cuantas bromas, lo que tiende a hacer —con mucho éxito, por cierto— para quitarle hierro al asunto. Ya he servido el vino que va bien con la comida picante cuando ella se sienta con carita de perro pachón y se me queda mirando como si hubiera sacado un cero en Mates y le diera pánico mi reacción.

—Tay, no pasa nada —la apaciguo, empleando mi tono conciliador—. Está todo olvidado, ¿de acuerdo?

—No es eso. He pensado en lo que me dijiste... y en lo que te dije.

—¿Y qué?

Tay se distrae un momento trazando las líneas de las servilletas. A mí me gustan las blancas de toda la vida; como mucho, rojas con ribetes si estamos en época navideña. Pero ella, siempre que puede, trae un arsenal de paños y telas coloridos y llenos de dibujos. La semana pasada compró unas con la temática de *Frozen 2*, y ahora... no sé de qué son, porque cuando voy a preguntarle, ella me interrumpe.

Al ver que rompe a llorar de nuevo, tengo que soltar el cuchillo con el que iba a cortar el pan y rodear la mesa para mecerla entre mis brazos.

—Es que yo... —Sus sollozos son como una metralleta—. No lo hice adrede, p-pero es verdad que quiero q-que seas feliz, y... y creo que él es... el hombre p-perfecto.

«Él». Solo ese sinónimo de Óscar Casanovas me eriza el vello, y no es para menos.

«A lo mejor quería demostrar que me atraes y me moría por besarte», me dijo.

Y se quedó tan pancho, el muy capullazo.

—El hombre perfecto no existe —me oigo decir.

—Por lo menos es más perfecto que el Anormal —bufa, enfurruñada.

Una sonrisa hace temblar mis labios.

No creo que haya nombrado a Normand de modo diferente a «Anormal», así, con la «a» mayúscula de nombre propio —porque, según Tay, debe ser insultado *con propiedad*— en toda su vida. Es posible que ni siquiera recuerde su nombre real, aunque al menos tiene en cuenta su nacionalidad y lo pronuncia como si fuera francés: *Anogmal*.

—Sé que no te gusta hablar de él... —Tamara me abraza por la cintura como Marco a su madre: «No te vayas, mamá; no te alejes de mí»—, pero tenía que mencionarlo para que entiendas cómo me siento. Para que sepas que comprendo por qué te alejas e intentas poner una barrera entre el mundo y tú.

Sé que lo haces para protegerte, pero vergas, es que no hace falta que te protejas. El Anormal te hizo daño porque yo no estaba para defenderte, pero ahora me tienes aquí para destruir a todo el que se intente pasar de listo. —Y mirándome fijamente, añade—: Ahora vas a negar todo lo que he dicho y vas a insistir en que todo está bien, en que no pasa nada, en que...

Niego con la cabeza suavemente.

—Todo lo que dijiste es verdad, y todo lo que dices ahora... pues también.

A diferencia de lo que esperaba que pasara al confesarlo por fin —nervios, sudor, vergüenza—, me siento liberada. Por fin saco el puño que tenía escondido a la espalda y le muestro a mi amiga lo que ahí había encerrado: una fascinación absurda por el vecino, y el miedo a que me rompa el corazón como los anormales del pasado.

Tay se ha quedado en silencio.

¿A quién se lo voy a contar, si no es a ella? Nunca lo usará en mi contra. Nunca será motivo de burla. Sé que mis sentimientos están a salvo con ella, porque incluso cuando parece que los desprecia, solo está despreciando a la persona que me convirtió en lo que soy ahora.

—Me gusta. Y yo le gusto a él. Pero ¿y si empezamos una relación, del tipo que sea?

—¿Que chingaréis a toda madre y seréis muy felices? —sugiere, a punto de darse golpes en el pecho—. ¿Es que tienes miedo de que no te quiera de la misma manera?

—No tengo miedo de que no se enamore de mí. Me aterra hacerlo mal, ver cómo pasa de estar ilusionado conmigo a ser testigo de su decepción. No soy una buena novia, Tay, ni una buena *follamiga*. Solo hago unos canelones de muerte.

—Pues tampoco hay mucha diferencia entre un canelón y un pito, y se te da igual de bien comerte los canelones que hacerlos. —*Señoras y señores, con todos ustedes... Tamara*—. Sé que fuiste tú la que se tragó la mitad de la bandeja la otra vez.

—Supongo que no soy tan tímida con los canelones que no tienen expectativas —ironizo.

—Güey, no sé si eres consciente, pero tienes miedo de un riesgo que ya estás corriendo. ¿Qué te garantiza que yo no dejaré de mirarte como a mi mejor amiga de un día para otro? Nada, y tu vida sigue adelante. ¿Y qué diferencia hay entre eso y que Óscar dejara de sentirse atraído por ti?

—Pues que tú jamás me dejarías porque no puedes vivir sin mí. —Pestañeo con coquetería.

—Pura verga. —Desestima mi respuesta con un aspaviento, pero sonríe de ladito—. Órale, responde.

—La diferencia es que él quiere acostarse conmigo. Por cierto, no es gay.

—No me digas, ¡qué sorpresa! —Pone como platos esos ojos de reina de la morería que tiene; Camarón escribió aquella canción por ella—. Pero si estaba claro que «le molabas», como decís los españoles, desde que te preguntó si querías un vasito de agua porque estabas tomada.

—Eso de «molarte alguien» no lo dicen los españoles; lo dicen los menores de edad.

—No me cambies de tema y déjame citarte una frase de un gran pensador: «Si las miradas mataran, la suya te hizo el amor».

—¿Descartes? —ironizo.

—Bad Bunny. Insisto: las miraditas que te lanzaba durante el «yo nunca he» y la lectura de la novela erótica eran de sátiro lujurioso. ¡Pues obvio que le van las morras!

—Vamos, que me tiene como la vecina buenorra, situación que cambiará de forma radical después de echar un polvo porque, por si no lo sabes, no se me da bien el sexo. ¿Tanta rabia te da que no quiera que me haga *ghosting* porque en la cama doy pena?

—Dices eso tan a menudo que tendremos que coger para que averigüe si lo tuyo es falsa modestia, o qué chingados

—masculla por lo bajini—. Eli, te has acostado con un hombre en toda tu vida, y ni siquiera te gustaba. ¿Qué te crees, que se puede aparentar que alguien te pone? A lo mejor puedes fingir unos cuantos orgasmos, pero si no te sale la diosa porno de dentro no es porque seas asexual, sino porque él dejaba mucho que desear. O porque no está hecho para ti, vale —cede al final, de mala gana—. No vamos a culpar de todo al Anormal. Con un noventa y nueve coma nueve por ciento de tus desgracias es suficiente.

Suspiro y me dejo caer en el suelo, a un lado de la silla en la que Tamara sigue sentada. Apoyo los codos en sus muslos y la miro con la respiración contenida.

—¿Sabes que ayer le dijo a su madre que somos novios?

Tamara abre la boca.

—¿Qué?

—Y esta mañana me ha pedido que siga manteniendo la mentira para no decepcionar a su familia.

—¿Cómo?

—Quiere que vaya a la boda de su tío Juan.

—¿Cuándo?

—Como sigas así solo te van a quedar el «dónde» y el «por qué» para terminar el interrogatorio.

—Ahí van: ¿por qué no le has dado una respuesta afirmativa ya? ¿Dónde vas a echar la pasión con él por primera vez? ¿Aquí, en Madrid, o allí, en Mallorca? Mira, hasta te recuerdo los demostrativos de lugar. ¿Qué tal acá, como dicen los argentinos? ¿Allá, tal vez?

—Tamara...

—Tienes que decirle que sí.

—Oye, habíamos quedado en que no ibas a meterte más donde no te llaman.

—También quedé en bajar diez kilos el año pasado, y creo que usé la servilleta en la que apunté los propósitos de esa Nochevieja para limpiarme una mancha de pico de gallo.

—Tamara... —repito en tono de advertencia.

Ella suspira y deja caer los hombros.

—¿Acaso te va a hacer ningún daño? Te vas de vacaciones gratis, con un vato de toma pan y moja y un montón de morritas que son buena onda, y nada más y nada menos que a Valldemossa.

—Lo dices como si hubieras estado.

—Lali me enseñó fotos ayer y está fregón.

—Llego a saber que Valldemossa te hace tanta ilusión y le digo a la madre que en realidad la novia eres tú, que su hijo debió de confundirte conmigo por culpa del vino.

—Claro, porque somos idénticas, gemelas separadas al nacer. —Pone los ojos en blanco—. Estoy ilusionada por ti, mensa, no por mí. A mí ir a Mallorca me daría la excusa perfecta para tragar hasta morir sin gastar ni un varo,[19] pero para ti es más que eso: es la oportunidad de conocer a fondo a alguien que te atrae y cuyo sentimiento es recíproco. La neta, Elisenda, ¿tienes idea de lo afortunada que eres? —Se le quiebra la voz. Carraspea para controlarla, y aunque sigue hablando un par de tonos más bajo, se nota que le ha tocado la fibra sensible—. Yo mataría por estar en tu lugar.

—Anda ya, exagerada. ¿Por qué dices eso? Ni que te faltaran pretendientes.

Tamara desvía la mirada a la ventana que da al apartamento de Óscar.

—¿Y qué? Tú misma lo dijiste. Me paso el día pegando la oreja a las puertas. Me tengo que conseguir una vida.

—Lo dije en un arrebato, y...

—No, está bien. —Alza una mano—. Me meto en la vida de los demás porque la mía es un asco. Trabajo en algo que me gusta y adoro a mis cuates, pero vivo a miles de kilómetros de mi familia y soy incapaz de enamorarme de un hombre. Y créeme

19. Jerga para referirse a los pesos mexicanos.

que me esfuerzo. Intento que me gusten todos aquellos a los que les gusto. Pero no funciona.

—Es que eso no va así, Tay. No puedes forzarte a enamorarte de alguien.

—Lo sé. Por eso te envidio tanto. A ti te ha pasado sin querer... y es mágico, y... y no lo aprovechas. ¡Lo que daría yo por sentirme así por alguien! A veces pienso que tengo el corazón podrido y que lo máximo a lo que puedo aspirar es a Tomás. Que yo lo quise mucho, la neta, fue mi novio durante años y eso no se olvida, pero... quiero más.

—Y lo tendrás —le prometo, palmeándole el muslo—. Ya verás que sí.

—Pero mientras tanto tengo que asegurarme de que lo tienen los demás —continúa, ignorándome—, y eso te incluye a ti. ¿No vas a fingir ser su novia ni siquiera para alegrar un poco mi vida vacía con el chisme? ¿Me vas a obligar a seguir acostándome con desconocidos para entretenerme con algo?

—Tamara, por Dios...

Mi intención es echarle una bronca, pero se nota que tiene sus problemas interiorizados de sobra para que ahora encima venga yo, con la falta de tacto que he demostrado, y le repita en pocas palabras —pero con más educación— que tiene que curarse esa obsesión por encontrar al hombre perfecto.

En lugar de continuar por esa línea, algo que ella no quiere y demuestra volviendo al tema de Óscar, contesto sus preguntas después de sentarme en el asiento de al lado.

—¿En serio te ha dicho que pongas las reglas? Voy a por papel y bolígrafo.

—¿Qué? ¡No! ¡Siéntate y come!

—Órale, no me digas que no te late elaborar una listita de obligaciones. Debería ser algo como... Primero: deberemos chingar cada una de las tres noches. Segundo: pagarás tú la cuenta, vayamos a donde vayamos. Tercero: tienes que decirme lo bella que estoy cada vez que me cambie de ropa... ¡Puta madre, la ropa! ¡Hay que ir a comprarte!

Quitando lo de su extraño orden de prioridades —yo preferiría que pagara la cuenta antes que lo del sexo, la verdad—, debo admitir que la lista sí me resultó tentadora, sobre todo por la manera en que Óscar insinuó que yo estaría al mando. Lo dejó caer con un tonito lleno de intenciones al que no podría hacer justicia si tratara de imitarlo para deleite de Tamara.

Lo cierto es que, me guste o no, todo lo que tenga que ver con Óscar me parece irresistible. Y eso de poner unas normas, más aún. Me gustan los tratos desde que jugué al *Monopoly* por primera vez y conseguí hacerme con todo el tablero. Llevo en la sangre el talento para negociar gracias a mi padre, el propietario de uno de los mejores viñedos de Burdeos. Además de que marcar unos límites evitaría que tuviera que ir con pies de plomo y me ayudaría a tratar con él.

Lo que aún me hace vacilar es si debería hacerle ese favor, y qué me convendría anotar en esa lista.

Tamara carraspea y me recuerda su presencia presionando el botón del extremo del bolígrafo. Me sostiene la mirada, expectante: «Órale, Elisenda, tírame datos», me dice.

Puede que Tay sea solo una sola persona, no un escuadrón de SWAT, y puede que en esta habitación haya tres salidas posibles: la puerta al salón, la puerta al lavadero y la ventana, pero cuando entra en juego la determinación de mi mejor amiga, ni siquiera la alarma de incendios me garantizaría que pudiera irme de rositas.

—Muy bien, tú lo has querido. Apunta esto.

## Capítulo 15

### Negacionista de los besos

*Óscar*

Creo que por fin he superado la pequeña crisis y puedo afrontar este viaje con algo de filosofía. Es verdad que me he buscado yo el problema —y también he sido yo quien lo ha resuelto, ojo—, pero eso no significa que no me queden dudas con respecto a la farsa. Ni que no me sienta culpable. Ni que, en cierto modo, esté nervioso.

Bueno, no estoy nervioso «en cierto modo», sino en todos los modos que existen. La cantidad de cosas que pueden salir mal es infinita, y el que deberá pagar los platos rotos si se da cualquiera de las posibilidades seré yo.

—Se va a rajar —le dije a Álvaro un día antes del viaje. Él ni siquiera despegó los ojos de la pantalla, donde la buena reputación del Real Madrid de sus amores dependía de su manejo del control—. ¿Qué hago si se raja?

—Busca a alguien que se le parezca. Solo la vieron un segundito, ¿no? Si das el cambiazo, a lo mejor ni se dan cuenta.

—Sí, claro, porque hay muchas mujeres de metro setenta y dos, talla de modelo y ojos azules por ahí.

Él soltó una carcajada ronca.

—Coño, lo has dicho de tal manera que parece que estés hablando de una tía buena.

—Es que estoy hablando de una tía buena. —Dudé antes de cambiar de estrategia y dirigir a mi centrocampista del Mallorca al otro lado del campo—. ¿Por qué lo dices? ¿Es que Eli no te parece mona?

Álvaro puso los ojos en blanco.

—Mira, chaval, solo tres tipos de persona usan «mona» en su vocabulario: las pijas, los gais y los tíos que no quieren herir los sentimientos de alguien. Y salvo estos últimos, utilizan la palabra para referirse a un fular. —Y añadió en voz baja—: Lo que quiera que sea eso.

—¿Y?

—Que al decir que Eli es mona has dejado claro indirectamente que no lo es. Una tía guapa de verdad está «maciza» o «follable», y es solo «mona» cuando necesitas echar un polvo con urgencia y te acostarías con ella porque no hay nada mejor en el mercado. Yo me acostaría con Eli si no hubiera nada mejor. —Y se encogió de hombros.

—Gracias por la clase de sinónimos apropiados —ironicé, refunfuñando—. ¿Y me lo estás diciendo en serio? ¿Qué hay mejor que Eli? ¿De verdad que no te parece guapa?

—La gente debe enterarse de una vez de que tener los ojos claros no te hace directamente guapo. El atractivo te lo tienes que ganar. Eli es adorable, simpática y alta, por decirte algo, pero no te inspira nada sexual.

«No te lo inspirará a ti, tonto del nabo».

—Adorable, simpática y alta. ¿En ese orden?

Álvaro se levantó de golpe para celebrar un gol y me restregó por la cara el tres cero con el bailecito del *Fortnite*. Conseguí que se sentara y actuara conforme a su edad tras dirigirle una mirada significativa.

—Y si Eli no te parece guapa, ¿quién te lo parece?

—Adriana Lima me la pone durísima. Y Alessandra Ambrosio.

—¿Una que no sea de Victoria's Secret?

—Alison —contestó sin pensarlo—. Parece que tengo algo con las mujeres cuyo nombre empieza por «A». Perdí la virginidad con Ana, mi primera novia fue Amelia...

—¿El nombre de tu mujer también empezaba por «A»? A Álvaro se le pasó la tontería en el acto.

—No. —Eso fue lo único que dijo.

«A lo mejor ese es el motivo por el que te fue mal con ella», me dieron ganas de replicarle, ardido por su incapacidad para apreciar las virtudes de mi novia falsa.

—Entonces... —retomé en tono conciliador, temiendo que se hubiera mosqueado—, ¿te gusta Alison? —Él me lanzó una mirada de reojo que sonaba a «no me toques los cojones, que bastante información te he dado ya»—. ¡Pero si también es alta y tiene los ojos azules, hombre!

—También tiene dos buenas peras, piernas de gladiadora y un portapedos para llorar. Y mucho estilo —agregó, volviendo a poner los cinco sentidos en la partida—. Es la fantasía de la secretaria a la que corromper, con sus camisas de azafata, los tacones sin plataforma y las gafas... Esa tía es una jodida diosa. Si yo fuera tú, les habría dicho a mis padres que ella es mi novia para tener la excusa de llevármela a Valldemossa con una maleta llena de condones.

Solté una carcajada.

—No creo que colara. Y menos después de haber presentado a Eli.

—Como ya digo, Alison tiene más culo, así que no —meditó mientras pulsaba los botones como un loco—, pero vamos, Óscar, que por un buen precio hasta yo me haría pasar por tu novia.

A veces no sé por qué me llevo bien con Álvaro. No tenemos nada que ver. Yo salí corriendo de la casa de mis padres en cuanto tuve oportunidad, ansioso por conocer el mundo sin la cómoda trinchera desde la que la familia te protege, y él va a cumplir los... ¿treinta y siete?, ¿treinta y ocho?, en el sillón *gamer* de su habitación de la infancia. No trabaja, apenas sale a la calle, y para hablar de su sentido del humor habría que definir una tonalidad de negro más oscura que el sobaco de Usain Bolt. No voy a decir que nos caigamos de lujo porque seamos diferentes, porque, en este caso, los polos opuestos no se atraen. Nuestra relación funciona porque no nos metemos en la vida del otro, simple y llanamente.

Es imposible no agarrarle cariño, pero tiene la misma inteligencia emocional que un zapato. Y entre todos los zapatos, creo que el menos empático sería el de tacón, así que ese sería Álvaro: unas plataformas de modelo un par de tallas más pequeñas. De las que hacen rozaduras.

—Si se raja —retomó con brío—, les dices a tus padres que se ha puesto enferma, o que tenía mucho trabajo, o que debía ir a otra boda, o que a su abuela le ha dado un ataque epiléptico y está ingresada en el hospital, o lo que sea. A la gente le surgen imprevistos.

—No se lo creerían.

—Claro que se lo creerían. —Pausó un momento el juego y se giró para mirarme como si supiera algo que yo no—. Han invitado a una boda con solo una semana de antelación a una mujer que lleva un negocio prácticamente sola. Lo más lógico habría sido que no se pudiera permitir ese viaje por cuestiones de agenda, pero en lugar de inventarse una excusa factible, Eli ha aceptado, lo que significa que quiere ir. Si no fuera así, te habría soltado a ti la trola que tú pretendes colarle a los Casanovas: que tiene una fiesta de jubilación ese fin de semana. Y, por cierto, te lo habrías creído, porque, de hecho, la tiene, pero la va a dejar en manos de Tamara.

Parpadeé, perplejo.

—¿Cómo sabes que tiene una fiesta de jubilación?

—Porque en este edificio uno se entera hasta de quién tiene incontinencia urinaria por la cantidad de veces que tira de la cadena... y porque el que se jubila es mi padre y les pidió que se encargaran de la comida. El caso es que no se va a rajar. Tiene las mismas ganas de ir que tú de que ella vaya. Ahora bien, ¿para qué quiere ir? ¿Para hacer turismo o para follar como animales? —Encogió los hombros—. Pues lo veremos en el próximo episodio.

Fruncí el ceño.

—¿De dónde te has sacado eso?

—¿Te refieres a «lo veremos en el próximo episodio»?

—No, lo de que tengo ganas de que vaya. Yo no tengo ningunas ganas de que venga a ninguna parte —insistí con tozudez.

Él arqueó una ceja.

—Anda ya, chaval. Podrías haberle dicho a tu tío Juan que Eli tiene un trabajo muy demandante y no puede hacer planes a corto plazo y, en su lugar, le fundiste el timbre para pedirle que siguiera con la farsa.

—Fue para hacerlo más creíble.

—Fue porque quieres que vaya —zanjó. Y no me permitió que replicara, muy típico de él, por otro lado: volvió a poner el juego y se aprovechó de mi momento de confusión para marcarme el cuarto gol desde la banda.

Ahora, unos cuantos días después de ese partido catastrófico, espero en la puerta de embarque del aeropuerto de Barajas intentando no dar vueltas a sus desvaríos sin sentido. Es Álvaro: sabe lo mismo de la mente humana y las relaciones sociales que de moda femenina. O de féminas a secas. Pero es verdad que a veces, y casi de pura chiripa —hasta un reloj parado da la hora dos veces—, dice algo que podría hasta tener sentido.

Tampoco tendría nada de malo que quisiera que Eli me acompañara en este viaje, ¿verdad? Necesito un poco de apoyo moral. Será la primera boda a la que asisto desde que estoy soltero, y la segunda vez que viajo a Valldemossa desde que anuncié que no volvería a poner un pie en la isla. Desde un punto de vista meramente psicológico, es coherente que este humilde servidor agradezca tener a alguien durante unos días que se prevén tensos. No para tener un hombro en el que apoyarme, porque mi familia es perfecta para eso. De hecho, son muy capaces de retarse a duelo para ver quién se alza con el honor de abrazarme si me echo a llorar. Más bien para todo lo contrario. Eli puede aportar un poco de equilibrio a mis caóticas emociones, de forzarme con su sola presencia a mantener el tipo. Debe haber algo en el aire de Mallorca, porque no soy el mismo allí que en Madrid, y no estará mal que me recuerden que debo permanecer tan sereno e íntegro como en la capital.

En esas ando pensando cuando Eli aparece con más retraso de la cuenta bajando el pasillo de entrada al avión. Lleva el pelo recogido en un moño deshecho, las gafas de sol colgando del escote y unos pantalones cortos que hacen sus piernas infinitas.

Debo admitir que me decepciona no toparme con ningún logo estampado. Nada de mármoles, camiones, inmobiliarias o electrodomésticos. Solo ella, y con cara de pocos amigos.

—No me puedo creer que vayas a hacerme pasar por esto —dice nada más llegar a mi altura.

Si me preguntaran por qué sonrío, no sabría qué responder. Le quito la maleta de mano, en la que no llevará más que un par de conjuntos, y se la llevo.

—«¿*There are worse things I could do?*».[20]

—Prohibido citar canciones de *Grease* —me advierte.

—¿No te gusta *Grease*?

—No me gusta que me arrinconen y me pongan en una situación tensa.

20. Podría hacer cosas peores.

—Entonces *Dirty Dancing* mejor: *Nobody puts my baby in a corner*[21] —me mofo. Ella me lanza una mirada perdonavidas—. ¿No te gustan los musicales?

—No me gusta nada de lo que sale de tu boca últimamente.

«No dirías lo mismo si me dejaras besarte».

—Dame directrices, entonces. ¿Qué es lo que me está permitido citar y lo que no? ¿Tienes ya una lista de requerimientos o me vas a dar manga ancha?

—¿Manga ancha? Ni lo sueñes. A saber cuántos ases te puedes sacar de ahí. Voy a Valldemossa siendo tu novia, pero nada me asegura que no me declararás tu prometida una vez ponga un pie en Mallorca —ironiza de mal humor.

Una sonrisa melancólica me salva de contestar verbalmente.

Esperamos a que los de delante avancen en el pasillo del avión y se acomoden para sentarnos en nuestros asientos, los más cercanos al motor.

Va a ser un viaje ruidoso.

—Pero de hecho sí tengo una lista de normas —agrega cuando ha reunido el valor.

Termino de acomodar el equipaje de mano y pongo los brazos en jarras.

—Tú dirás.

Eli espera a que me siente a su lado para sacar del bolsillo de los vaqueros —siempre vaqueros— un trozo de papel. Lo desdobla y se aclara la garganta.

—«Lo primero es que no puedes besarme sin mi consentimiento» —empieza a leer.

—Creo que me ofende que tengas que poner eso por escrito —señalo con una ceja arqueada.

Ella me ignora.

—«No puedes besarme delante de nadie, y menos para

---

21. La frase original de *Dirty Dancing* es: «*Nobody puts Baby in a corner*» («nadie arrincona a Baby»).

reivindicar nuestra relación, así que olvídate de hacerme carantoñas durante la boda».

—Me tienes por un abusador, un exhibicionista y un aprovechado. Estoy ansioso por descubrir cómo me vas a insultar entre líneas con el tercer requisito.

—«Nada de besos en la boca».

No puedo aguantarme una sonrisa.

—Estoy seguro de que Freud haría una lectura muy interesante acerca de que todas tus normas giren en torno a los besos. ¿Algún deseo inconsciente mal gestionado, brujita?

Eli me fulmina con la mirada. Yo alzo las manos para advertir que vengo en son de paz, pero vuelvo a sonreír socarrón cuando se ruboriza al leer la cuarta norma:

—«Si quieres hacerlo más creíble, puedes besarme en la mejilla o en la frente de vez en cuando».

—¿En qué mejilla? ¿Derecha o izquierda? —«No te pases de listo, Óscar», me amenazan sus ojos entornados—. Vale, vale, lo dejaré a mi improvisación. Joder, contigo *Bésame mucho* se habría quedado en *No me beses ni un poco*. Está claro que no compartes la opinión de El Canto del Loco de que «lo bueno y lo que importa está en los besos».[22]

—Pero coincido con ellos en que, aunque digas que se te ha hecho tarde, eres un poquito insoportable.[23]

Ahogo una carcajada.

—De acuerdo con tus normas, parece que no puedo besarte en los labios ni tampoco si no quieres, lo que significa que, con invitación previa, y tal vez en el cuello, sí me darías luz verde —maquino en voz alta.

—No vas a recibir ninguna invitación.

—¿Y si tuviera que hacerte una RCP de urgencia, como la última vez? ¿Tampoco puedo besarte?

22. Tomado de la canción *Besos*.
23. Tomado de la canción *Insoportable*.

—La última vez no recuerdo que tuvieras que hacerme una RCP de urgencia. No me estaba ahogando con el vino en la fiesta de compromiso de tu tío —me recuerda, no tan indignada como le gustaría.

—Pero ¿y si surgiera un problema que requiriese esa clase de atención inmediata? ¿Y si tu vida corriera peligro y solamente un beso pudiera salvarte? Entonces, ¿tampoco me lo permitirías?

Que nadie me pregunte a qué estoy jugando, porque no lo sé ni yo.

Sí, un hombre tiene sus necesidades, y no me puedo sacar de la cabeza que la besé, ni que quiero hacerlo de nuevo, pero mi autocontrol es envidiable y me gusta pensar que tengo las cosas muy claras. Me dije que nada de flirteos con Eli, menos ahora que me está haciendo un favor, pero me basta con ver cómo se ruboriza para que las provocaciones salgan disparadas de mi boca.

Es extraño, porque yo nunca he sido así. He pasado años conteniendo este lado juguetón, por mi bien y por el de los demás. Aunque quizá lo de «contener» sea un adorable eufemismo de que debo extirpar de mi personalidad todo lo relacionado con el noble arte del *roneo*.

—Con esas cosas que dices, queda claro que has leído más novelas románticas que yo, y luego te extraña que no me fíe de lo que significan tus acercamientos —murmura Eli, meneando la cabeza—. A ver, ¿en qué caso dependería mi vida de un beso?

—A lo mejor necesitas que te haga el boca a boca en algún momento. Te quedas sin aire, te estás ahogando, recibes una descarga eléctrica, tu corazón deja de palpitar... O tu madrastra te da una manzana envenenada, o te pinchas con el huso de una rueca, o...

—Vale, de acuerdo —cede ella, alzando las palmas—. Si mi vida corre peligro y solo un beso puede salvarme, tienes mi permiso y mi bendición para besarme.

Una sonrisa victoriosa curva mis labios.

—Anótalo. Escribe la lista de excepciones. No me las quiero ver luego con tus abogados si cambias de idea.

—Los acuerdos verbales también tienen validez legal... Y parece que la azafata cuenta como testigo, porque no deja de mirarte y apuesto a que, a falta de tocarte los labios, se conforma con leértelos.

Ladeo la cabeza hacia el pasillo, donde un par de auxiliares de vuelo hacen su coreografía con el chaleco y el oxígeno. En efecto, la más cercana a nosotros, una rubia que no debe de tener más de veinte años, reproduce las indicaciones sin quitarme ojo de encima.

En cuanto termina, se acerca a mí con una sonrisa solícita.

—¿Puedo traerte algo?

Le devuelvo el gesto con cortesía.

—En principio no, gracias.

—¿Seguro que no? Tengo refrescos en cabina. Incluso vino.

—Va a ser un vuelo muy breve, no creo que me dé sed. Gracias.

—¿Y nada de comer? —intenta de nuevo. Apoya la mano en el lateral de mi asiento y se inclina para hablarme un par de tonos más bajo—. Es verdad que en estos vuelos no hay mucha variedad, pero puedo conseguirte algo más elaborado.

Intento no exteriorizar mi incomodidad al repetir un «no, gracias» que ella ignora una última vez para decirme su nombre, uno que se me olvida en cuanto sale de sus labios pintados.

—Estaré ahí atrás por si me necesitas —me recuerda. Pasa por mi lado acariciando el asiento y, sospecho, contoneando las caderas. Yo me quedo inmóvil donde estoy, y como si tuviera el aliento de un monstruo en el cuello, me voy girando muy despacio hacia Eli.

Verla sonriendo con incredulidad me desconcierta.

—«Algo más elaborado», dice. Parecía que te quisiera vender drogas de diseño —se descojona ella sola—. ¿Todas las azafatas tienen tan interiorizado que deben flirtear con los hombres, o esta solo intentaba sobornarte con bolsitas de frutos secos porque le hace falta deshacerse de las caducadas? Y yo que pensaba que este tipo de auxiliares eran una leyenda urbana, y que, en todo caso, les hacían la ola a los de primera clase.

—Lo siento.

Ella arruga la frente.

—¿Qué es lo que sientes?

Cambio de postura en el asiento, incómodo.

—Bueno, estamos sentados juntos, vamos solos, tenemos más o menos la misma edad... y estábamos hablando de besos. Debería haber dado por hecho que no eres mi hermana, ni tampoco una amiga. Nada le asegura que seas mi pareja, vale, pero podría haber sido algo más prudente, por si acaso. —Carraspeo antes de proseguir—: Odio que hagan eso. No entiendo la necesidad de flirtear con tíos que viajan con alguien. Me parece grosero, y siempre incomoda al acompañante.

Me callo cuando ella coloca una mano sobre la mía. Al girarme, temo encontrarme con una mueca molesta por el espectáculo, pero ella solo me sonríe con su encanto natural.

—Oye, no te preocupes por mí. Al que han incomodado es a ti. ¡Si ha tenido hasta gracia! Nunca he visto a un hombre tan tenso por la atención de una mujer.

—¿Seguro que no te ha molestado? —Meneo la cabeza—. Debería haberle dicho algo...

—¿Como qué? No seas ridículo. Pues claro que no tendrías que haberle dicho nada. De hecho, si te gusta, podrías haberle pedido su tarjeta. Estás soltero, Óscar. Solo somos una pareja delante de tu madre; los pasajeros del avión no cuentan. Aunque si quieres hacerlo creíble, vas a tener que andarte con cuidado una vez pongamos los pies en tierra firme —agrega, pensativa. Retira la mano y me dedica una mirada elocuente—. Ya sabes... No te líes con nadie en la boda, y si lo haces, sé discreto. No es que esté contenta con el papel de novia, pero convertirme en la cornuda, aunque fuera para una familia de desconocidos, sería el colmo.

—Yo nunca haría eso —rezongo, indignado.

Debo de haber sonado muy radical, porque la sonrisa divertida que esbozaba se va atenuando hasta convertirse en una expresión solemne.

—Vale, eso nos vendrá muy bien de cara a nuestro teatro; así no correremos el riesgo, pero sabes que, en realidad, no me debes nada, y yo a ti tampoco, ¿verdad?

Asiento con la cabeza, repentinamente tenso.

¿Qué significa eso? ¿Que se da permiso para enrollarse con quien le apetezca en la boda, el mismo que me da a mí? No sé cómo me sienta eso. Si lo hace, no lo veré porque será disimulada. Tampoco me lo contará. No hay tanta confianza entre nosotros. Toda la que puede haber teniendo en cuenta que llevamos caminando en círculos desde que nos cruzamos en el ascensor, y desde entonces solo ha habido malentendidos. Pero si la imagino liada con otro tío, me sobrevienen unos celos de agarra y no te menees, y también cierta incomodidad. Debe ser porque no la veo como la clase de chica que tiene noches de desenfreno y mañanas de ibuprofeno. Parece elegir concienzudamente a sus parejas, y no conformarse con menos que una relación equilibrada. Por eso intento mantenerme al margen y no cruzar la línea del flirteo sano.

Pero ¿y si Eli no fuera lo que aparenta? ¿Y si sale de caza todos los viernes y se despierta acompañada cada sábado? Supongo que lo sabría gracias a los vecinos, a los que les falta crear una revista del corazón que incluya los cotilleos de los mayores de dieciocho que vivan en un radio de doscientos metros a la redonda.

Si Eli fuera una *devorahombres*, sería un delito no llevar «esto», sea lo que sea, a la siguiente base. A fin de cuentas, su supuesta sensibilidad femenina es lo único que me detiene.

—Ha sido la costumbre —me disculpo, rascándome la barbilla—. Inconscientemente me pongo a la defensiva cuando pasan estas cosas.

—¿Cuando te hace caso una mujer, dices? Debes de pasarlo muy mal —se mofa.

—Ya no tanto, pero en su momento era un infierno —confieso con un rastro de amargura—. Mi expareja sufría muchísimo con estas cosas, y... bueno, tardé mucho tiempo en modificar mi comportamiento para que no se molestara.

Llevo años sin hablar de Nieves. Lo evito incluso con la gente que la conoció, aun sabiendo que verbalizar el recuerdo en voz alta, en lugar de guardármelo para mí, significaría que estoy sanando. Pero a Eli le tengo que dar una mínima explicación, o de lo contrario no entenderá el panorama con el que se encontrará una vez lleguemos a Valldemossa. Con mi madre y mis hermanas nada es un secreto durante mucho tiempo, y estoy convencido de que le soltarán la sopa a la menor oportunidad, incluso si les pido explícitamente que mantengan la boca cerrada.

No es una cuestión de lealtad. La indiscreción corre por la sangre de las Casanovas —«las» y no «los», porque es un defecto del cromosoma XX—, y no es algo que se pueda erradicar. Ni por las buenas, ni por las malas.

Lo sé porque lo he intentado.

Mi intención es hacerle un resumen rápido de la que es mi situación sentimental, pero el avión despega dando un brusco zarandeo y con esto pierdo por completo la atención de Eli. Se sobresalta con el acelerón que nos llevará a las nubes, y cuando ya estamos volando, lejos de relajarse en el asiento, me clava las uñas en el brazo y se queda inmóvil.

—¿Eli? —Ella no contesta—. ¿Estás bien?

Echo un vistazo a sus dedos hundidos en mi antebrazo.

Es posible que esto empiece a doler dentro de unos segundos, aunque ese es un mal menor comparado con su cara de susto.

—¿Has volado alguna vez? —tanteo con prudencia.

—Sí. Cuando vivía en Burdeos y me vine a Madrid, cuando fui de Madrid a París, y cuando volví a Madrid desde allí. —Hace una pausa—. La primera vez lloré de miedo y en la segunda tuve que hacer el viaje drogada. Ese último vuelo me lo pasé haciendo ejercicios de relajación con mi compañero.

La aerofobia no tiene ninguna gracia, lo sé, pero la Eli desvalida es tan adorable...

¿Eso me convierte en un psicópata?

No lo descarto.

—Estaremos allí en una hora. El vuelo a Francia es mucho más largo. Verás que en unos minutos se te pasa.

Pero no se le pasa. Eli clava la mirada en el sillón de delante y no aparta las uñas de mi carne sensible.

Creo que me está abriendo heridas.

Es difícil saberlo.

—Eli...

—¿Crees que podrías manipular a la azafata con tu belleza divina para que te dé esa botella de vino? —me pide con un hilo de voz—. Me da igual si no es un rioja gran reserva, con que sea un licor de alta graduación me vale.

—No sé si bebiendo se te van a quitar los nervios. A lo mejor acabas vomitando, o...

Ella me dirige una mirada glacial.

—Como si me hago un Melendi, Óscar. No me han dejado meter en el avión los ansiolíticos para controlar el pánico, así que voy a tener que relajarme de alguna manera. Pídela, vamos. Dale alguna utilidad a tu cara de Chris Evans.

—Y dale con Chris Evans —bufo, hastiado—. ¿Qué tendrá que ver el Capitán América conmigo? Puede que, si me dejo barba, nos parezcamos, como se parecen todos los tíos barbudos de este mundo, pero sin ella somos...

—Óscar. —Chasquea los dedos en mi cara—. El vino.

—Ahora quieres que sea tu tapadera, ¿eh, borrachuza?

—Y tú quieres que yo sea tu Dermot Mulroney —me espeta, cruzándose de brazos—, y te recuerdo que a él le pagan seis mil dólares por hacer de novio en una boda.

—¿De qué estás hablando ahora?

—¿No has visto la peli *El día de la boda*? —Menea la cabeza, decepcionada—. Vaya gay de pacotilla estás hecho. La comunidad LGTB no te perdonará esta falta de cultura, que lo sepas.

Pongo los ojos en blanco.

—No te pienso pagar —le advierto—. Si lo hiciera, la situación adquiriría connotaciones bastante problemáticas, aunque claro, si quieres convertirte en mi *escort* de lujo, allá tú.

—No te he pedido seis mil dólares. Te he pedido alcohol —me recuerda, con los ojos inyectados en sangre. No me gusta el tono que usa, como si estuviera hablando con alguien corto de entendederas—. Me parece que el precio de un par de botellas en clase turista es bastante inferior a esa cantidad, así que menos quejarse.

—¿Ahora hemos pasado a un par de botellas?

—Sigue sin llegar a los seis mil dólares, Óscar.

Y dale con los seis mil dólares.

No me queda otro remedio que suspirar, resignado, e ir en busca de la coqueta auxiliar.

# Capítulo 16

## Un beso que vale lo que la cordura

*Óscar*

Llevo toda mi vida viajando de Madrid a Mallorca sin inciden-cias. En una hora y diez minutos no te da tiempo a ver una película, pero sí a empezar una serie, terminar esa novela que siempre llevas encima por si te entra la inspiración —aunque, en realidad, hace tiempo que te diste por vencido con ella— o adelantar trabajo. Nadie diría que en tan corto periodo de tiempo, una persona sería capaz de emborracharse hasta el ex-tremo, ni que yo me las vería en serias dificultades para evitar que hiciera el ridículo más estrepitoso.

—¿Por qué no me dijiste que te daba miedo volar? Podría-mos haber cogido un ferry en Valencia.

—Porque es vergonzoso, y porque los barcos me dan más miedo todavía. Es el mar lo que me aterra, ¿sabes? No es lo mismo cruzar España y media Francia cuando hay tierra de por medio. Ahora estamos pasando por encima del agua.

Observo cómo se lleva la botellita a los labios y da otro trago largo. ¿A partir de cuántos sorbos puedo quitársela de la mano u ordenarle que se detenga? ¿Realmente me he ganado el derecho de decirle lo que debe hacer, cuando soy el causante de que tenga que coger un ciego para sobrevivir?

¿Quién soy yo para cuestionar los métodos con los que la gente bloquea el pánico?

—Siempre dicen que hay más posibilidades de sobrevivir a un siniestro aéreo si te estrellas en el mar —comento con despreocupación.

Ella se vuelve hacia mí, pasmada.

—Hombre, gracias. Eso es justo lo que quería oír.

—Perdona. No sé por qué imaginé que estarías acostumbrada a los aviones. Creo recordar que tu padre es francés.

—Mi padre es un capullo —suelta de repente. Su voz suena gutural al hablar con la boca pegada al cuello de la botellita. Luego se echa a reír con ganas. Creo que el tipo que viaja en el asiento de delante, el que no para de girarse para mirarla con una ceja enarcada, piensa que Eli padece trastorno bipolar—. Vaya, eso es algo que jamás me habría atrevido a decir estando sobria. Parece que esta asquerosidad de vino está surtiendo efecto.

—Lamento que no sea del agrado de su majestad —ironizo, bizqueando.

Ni que me molestara que se desahogue conmigo. La Eli sin pelos en la lengua tiene su qué.

—A ver, no es que esté repugnante, que también, sino que tengo un paladar exquisito, ¿entiendes? Y también mucha tolerancia al alcohol —agrega, apuntándome con el dedo—, así que cambia esa cara, que no me voy a desmayar. Estaré perfectamente incluso si me empino otras cinco como esta.

Eso lo dudo bastante, pero me cuido de replicarle.

Sí, sé que tiene un paladar exquisito. He visto la bodega de la cocina, en la que colecciona los vinos más caros del mercado —algunas marcas ni siquiera se comercializan aún, deben de mandárselas los productores para que las cate—, y a veces la observo desde mi ventana mientras cocina. Cuando no cuenta con la colaboración de Tamara, es una copa de un buen tinto la que le hace compañía. Claro que mientras le da la vuelta a la tortilla de espinacas que le gusta cenar —y que deja mi apartamento oliendo al alimento preferido de Popeye durante toda la noche— no se pone como una cuba. Ahora, en cambio, tiene las mejillas coloradas, los labios húmedos y le brillan los ojos, lo que me da una ligera idea de cómo se vería después de echar un polvo.

No sería la primera vez que follo en un avión, por otro lado.

«¿En qué coño estás pensando, tío?», me reprende la voz interior.

—Preferiría que no lo hicieras —contesto un rato después—. Lo de seguir bebiendo como un cosaco, me refiero.

—Si temes que pierda la compostura, descuida, estás a salvo —dice, haciendo un gesto en el aire con la mano—. Es verdad que he cometido locuras estando borracha, pero la época de no saber medir la cantidad de alcohol que me meto en el cuerpo la superé a los veinte.

—¿De qué clase de locuras estamos hablando?

—Quitarme el sujetador en público y sacudirlo por encima de la cabeza, besar a un desconocido por culpa de una apuesta, bailar en una tarima mientras le doy ginebra de beber a todo el que abra la boca... —Menea la cabeza—. *Mon Dieu*, qué vergüenza. No sé en qué estaba pensando.

—No pensabas. Y solo para que quede claro, no temo que pierdas la compostura —agrego con paciencia—. Más bien me preocupa que hagas algo de lo que puedas arrepentirte.

Ella me observa con fijeza durante unos segundos. Es decir, con toda la fijeza con la que se puede mirar cuando vas con semejante lobazo. Se ha quitado el cinturón porque, «si nos estrellamos, de poco va a servir», y se ha sentado de espaldas a la ventanilla porque «ver el mar me da vértigo». Apoya la mejilla en el hombro y hace morritos mientras me evalúa, pensa-

tiva. Yo me río y copio su postura contra las quejas de la azafata, que no deja de insistir en la importancia de nuestra
seguridad.

—¿De qué crees que podría arrepentirme, Óscar Casanovas?

—De cualquier cosa que tenga que ver conmigo. Y no es
una afirmación sin fundamento, porque ya has demostrado
que, de una forma u otra, acabas dando el cante siempre que
pululo a tu alrededor. Será que te cuesta relajarte conmigo porque no me ves con buenos ojos.

Ella bufa sonoramente, una reacción que no le pega nada.

—Como te vea con mejores ojos, voy a desarrollar ultra-
visión. O hasta rayos X.

Me echo a reír.

—¿Eso es una confesión o una advertencia?

—Es un halago, pero no te vayas a venir muy arriba.

—De acuerdo, de acuerdo... Pues espero que, si consigues
esos rayos X, los aproveches bien. Tengo entendido que podrías ver lo que hay debajo de la ropa de la gente, lo que sería
el sueño de unos cuantos sujetos.

—No me hace falta tener rayos X para verte desnudo. Con
echar una ojeadita desde mi ventana, ya tengo regalada la vista.
—Su confesión me deja de una pieza, pero es que no acaba
ahí—. ¿Qué es lo que pretendes paseándote en paños menores
por el salón, y con las cortinas corridas y la ventana abierta de
par en par? Quieres que la gente te mire, está claro. Y eso estaría perfectamente bien si no fueras por ahí con la careta de
humilde y pudoroso, pero fíjate, ahora actúas como si te molestara ser el centro de atención, o que una azafata te tire la
caña, y eso es... contradictorio.

Pestañeo una sola vez.

¿Acaba de admitir que me ha visto desnudo?

—Yo nunca actúo. Siempre soy yo mismo —replico—.
Además, ¿cuándo me has visto tú a mí desnudo? —Apoyo el

codo sobre el respaldo y la miro de hito en hito—. ¿Y qué te pareció?

Sé que esta es solo otra manera de aprovecharse de que alguien está borracho; en este caso, para sonsacarle la verdad, pero me muero por recibir un cumplido de Eli Bonnet.

Tampoco es que esté atentando contra ninguna ley haciéndole preguntas comprometedoras, ¿no?

—Estás fofo. —Y se echa a reír.

*Qué cabrona.*

—No te lo crees ni tú. ¿No vas a admitir que te gusto? —Ella sacude la cabeza con coquetería—. ¿De verdad, brujita? ¿Ni un poco?

—Define «poco».

Finjo pensármelo antes de juntar los dedos índice y pulgar. No llegan a tocarse, pero casi. Ella se esfuerza por medir a simple vista el escaso milímetro que los separa.

—Definitivamente, no —se decide al fin, segura de sí misma, y se recuesta en el asiento de brazos cruzados—. No me gustas *ese* poco.

—¿Ni ese *poco poquísimo* pero suficiente para que aceptaras venir conmigo a Mallorca porque querías que pasáramos el rato juntos?

Ella se ríe con ganas.

—Creo... creo que con lo único con lo que *no* he fantaseado sobre ti es con... con conocer a tus padres —balbucea, burlándose de sí misma, antes de dar otro largo trago—. La gente no fantasea con tratar a la suegra. O, dicho de otro modo, la gente no dedica sus sueños subiditos de tono a imaginarse siendo la novia de Óscar Casanovas.

Dejo que el codo en el que estoy apoyado se vaya escurriendo un pelín más en la dirección de Eli.

—¿Por qué no? —pregunto a un palmo de su nariz pecosa—. ¿No te parezco *boyfriend material*?

—Nunca lo he pensado —reconoce con sinceridad—, pero

si no lo fueras, ese no sería el problema. Soy yo la que no es *girlfriend material*, ¿entiendes? Quizá lo descubras en estos tres días. Si se me daba mal serlo de verdad, ¡imagina fingirlo!

Evito que vuelva a empinar la botella retirándosela de la mano sin que apenas se dé cuenta. Antes de que se queje, cambio de tema para distraerla:

—¿Y con qué has fantaseado, si puede saberse?

Ella desvía la vista un momento al asiento de delante. Como ya está colorada, es difícil saber si la he ruborizado con mi atrevimiento, pero apuesto todo lo que llevo encima —las llaves del piso de mi tía abuela, mi DNI y un billete de cinco euros— a que lo ha hecho.

—Una mujer debe tener sus secretos —contesta con ambigüedad, aleteando las pestañas.

—Venga ya, estamos cruzando el mar en avión —le recuerdo. A ver si cae la breva y se asusta y se arroja a mis brazos con un gritito de dama en apuros.

—¿Y qué? —replica con aparente indiferencia.

—Que cabe la posibilidad de que nos estrellemos y nos matemos. ¿Y si esta es nuestra última conversación? —sugiero en tono apocalíptico—. ¿No te gustaría confesarte?

—Si el cura supiera qué clase de pensamientos he tenido sobre ti, rompería su juramento con Dios y se suicidaría.

Ella, como siempre, eligiendo las frases más románticas para conquistarme.

—Joder. ¿Por qué? ¿Has soñado con matarme? ¿Con robarme? ¿Con amarme a mí por encima de Dios y del resto de las cosas? ¿Qué mandamiento vulneras en mi nombre durante tus fantasías?

—El noveno.

—Me vas a tener que recordar cuál es ese.

—Sí, claro —dice, bufando a desgana—. Haber ido a un colegio de monjas a culturizarte, como hicimos todas. Yo no te voy a decir la solución al enigma, listo.

Saco el smartphone del pantalón y desbloqueo la pantalla para mostrarle el menú de opciones.

—¿A que quito el modo avión y busco en internet los mandamientos?

Eli pone los ojos como platos.

—¡Ni se te ocurra! ¡Que nos estrellamos de verdad!

Si alguna de mis hermanas pensara de veras que teniendo los datos móviles activados en pleno vuelo puede provocar un aterrizaje forzoso, me burlaría de ella hasta el día del Juicio Final. Pero como es Eli, me parece terriblemente adorable.

—El noveno mandamiento o la muerte —le exijo en tono tétrico.

Eli claudica con un suspiro.

—Digamos que mi confesor habría determinado que ni doce mil padrenuestros ni tres duchas diarias con agua bendita habrían sido suficientes para hacerme un exorcismo. He tenido al diablo dentro por tu culpa.

Me encanta por dónde va esta conversación.

—Pues ese diablo es de lo más afortunado. ¿Sabes qué creo? Que la mejor forma de enfrentar la tentación es cayendo en ella... y, bueno... —alargo una mano hacia su pelo y me engancho al dedo uno de los mechones que escapan de su moño—, de consentir pensamientos impuros a cometerlos solo hay tres mandamientos de distancia. Y esta se recorre en un ratito. Yo diría que en quince minutos de footing.

Me observa casi sin pestañear. Se ha olvidado de la botella y ahora hiperventila, nerviosa. Sigue con la mirada la caricia de mis dedos sobre su pelo liso.

—No sé si estoy interesada en hacer esa clase de ejercicio.

—¿No estás interesada en el ejercicio de la liturgia? Qué pésima cristiana, Dios santo, menos mal que fuiste a ese cole de monjas. —Ella deja escapar una risa divertida—. Vamos, brujita, dime con qué fantaseas. Imagina que el avión nunca aterriza. ¿Tendré que morirme sin saber lo que quieres de mí?

—Esto no va de ti, pesado, va de mí, que prefiero morir por el impacto que de humillación.

—¿Por qué de humillación? A lo mejor yo también te he visto desnuda...

Mi respuesta tiene la reacción esperada. Eli abre mucho los ojos.

—¿Perdona?

—... en mis sueños —concreto, riéndome con malicia para mis adentros—. He tenido fantasías muy descriptivas.

Eli aparta la mirada.

—No me digas eso.

—¿Por qué no? Esto es un país libre y tolerante que abandera la libertad de expresión. No puedes quitarme el derecho a decir en voz alta que yo...

—Calla, *putain*.[24] —Se humedece los labios antes de confiscarme la botella y darle el último trago—. Joder, odio esta sensación. A veces me gustaría no ser tan tímida y poder hablar como las personas normales.

—A las personas normales también les cuesta admitir que les atrae alguien. Y la timidez forma parte de tu encanto —añado con coquetería.

Ella resopla y pone los ojos en blanco.

—Si no lo fuera... No sé. Tal vez hubiera flirteado contigo, ¿sabes? Tal vez lo estaría haciendo ahora en lugar de querer sellarte los labios con cemento. Tal vez me habría animado a, no sé, quizá... salir una noche. Y sería capaz de decirte que me gustas —continúa con dificultad. Ahoga una risilla histérica—. Incluso si es una locura, porque, en realidad, no te conozco de nada.

—Bueno, conoces a la gente que es capricornio —se me ocurre decir. «Ah, muy bien, Óscar, eso es justo lo que una chica que acaba de confesarse espera que le digas»—. Parece

24. Joder.

que con eso basta para tenerme calado. ¿Dirías que somos signos compatibles?

—Hum... Aire y tierra... —Mueve los morritos, pensativa—. Sí, hay una alta compatibilidad, pero no va a pasar nada entre nosotros porque soy muy reservada y aburrida, me estreso con facilidad y no soporto decepcionar a los demás.

—¿Aburrida? —repito con incredulidad—. Me has dado el vuelo de mi vida.

—Pero no precisamente para bien.

El cambio en la inclinación del avión me interrumpe en medio de una respuesta que podría haber acabado con todas sus dudas. El aterrizaje nos espera después de una curva. El motor, que lleva bombeando detrás de nosotros todo el viaje, emite un sonido que podría alarmar a un escrupuloso. Y Eli, que está demasiado borracha para entender qué está pasando, se aferra a mí temblando como una hoja.

—Señorita, siéntese bien —le ordena la azafata.

Ella no hace caso.

—Al... al final sí que nos vamos a estrellar —balbucea, mirando hacia todos lados—. ¡Nos vamos a estrellar!

Algo no debe de funcionar muy bien en mí porque me derrito de ternura con su faceta cobarde, pero cuando tienes un metro de piernas femeninas a cada lado del regazo y unos labios tiernos a un beso de distancia, puedo asegurar que lo último que haces es cuestionarte la naturaleza de tus emociones.

La abrazo para protegerla de un miedo que no sabe que se ha inventado ella.

—A lo mejor sí nos estrellamos... —le concedo en voz baja, aunque no me refiero al sentido literal—, o a lo mejor no. Pero habrá que estar seguro de que el desenlace será fatal antes de lamentarse, ¿no? Ponerse en lo peor antes de dar el salto no sirve de nada.

Ella entiende a lo que me refiero. Lo sé porque se separa lo suficiente para mirarme con la curiosidad cautelosa de un perrillo abandonado. La azafata insiste e insiste en que se siente donde debe, pero ninguno de los dos le hacemos el menor caso; ni siquiera cuando intenta forcejear con nosotros. Se da por vencida con un suspiro y una palabrota que no sabría repetir porque me quedo embelesado con los ojos vidriosos y los labios entreabiertos de Eli, con su aliento con olor a vino. Mi corazón aletea a la vez que sus pestañas, que enmarcan una mirada entre confusa y halagada.

—Considero este aterrizaje una cuestión de vida o muerte que requiere mi ayuda inmediata.

Ella traga saliva, pero no se mueve.

—Puede que lo sea, p-porque es verdad que... que no puedo respirar. Y siento q-que se me ha parado el corazón.

Rozo su nariz con la mía.

—Síntomas de sobra para llevar a cabo una intervención.

En lugar de asentir, dándome carta blanca para hacer lo que me venga en gana, Eli toma la iniciativa rozando mis labios con timidez. Sorprende que algo tan simple e inocente pueda secarme la garganta y encender esa pólvora mojada que ya pensaba que nunca más volvería a prender. Pero claro que prende. Prendió en la cocina del local, en su salón, y ahora no es distinto. Eli tiene una dulzura y una sencillez que me conmueven y me calientan los huesos. Igual que lo hizo la primera vez, lo hace ahora y lo hará cuando suceda por cuarta ocasión, porque la habrá, estoy seguro.

Eli vibra y se estremece conmigo. Me aprieta contra su estrecho cuerpo, como si quisiera fundirse con mi piel. No la puedo besar con precipitación, con la intención de acabar rápido. No puedo tomar su boca sin más y luego largarme dejando las sábanas revueltas, como llevo haciendo estos últimos años con algunas parejas sexuales, y no porque ella sea frágil y me importe su sensibilidad —que también, como descubro ahora—, sino porque no podría conformarme con tan poco. Porque con ella quiero más.

Deshago su moño y hundo los dedos en su melena para buscar más a fondo, en su boca, los demás retrogustos del vino. Y lo que ha empezado como una manera de decirle que ya vale de caminar en círculos, que se entregue a mí de una vez, se convierte en una manera de tener sexo sin que nos puedan multar por escandalosos. La azafata ha dejado de decir que «eso no se puede hacer en un avión» y ahora no se oye nada, ni se ve nada... Solo degusto, paladeo y siento cómo se mezcla conmigo. Y quiero que se mezcle más, hasta que no sepa dónde empieza ella ni dónde termino yo.

El avión aterriza y se va deteniendo paulatinamente, los pasajeros empiezan a salir a trompicones —o eso me imagino por el ruido ajetreado que zumba sobre nuestras cabezas— y yo sigo con ella encima, sin aliento y con una erección de caballo que me va a meter en un serio aprieto.

Eli se separa, atolondrada, y echa un vistazo desorientado a su alrededor antes de mirarme sin palabras.

Y sin pintalabios.

—Pues sí que es efectivo el boca a boca para detener ataques de ansiedad.

Juraría que se me han dormido los labios, porque me cuesta sonreírle.

—La próxima vez empezaré con esto antes del despegue. Así nos ahorraremos las botellas.

# Capítulo 17

## Un hombre de verdad
## y una novia de mentira

*Eli*

Me bajo del avión tambaleándome igual que si acabara de desmontar del toro mecánico de la feria. Noto bajo la lengua el toque amaderado del vino barato y ese cálido recuerdo de un aliento que no es el mío.

No estoy tan borracha como para haber olvidado que me he bajado yo solita unas cuantas botellas, por eso no asocio mis síntomas visibles —leve mareo, sonrisa de idiota, estómago burbujeante— con el enamoramiento de una quinceañera, algo totalmente inadmisible.

Me parece bien que Lara Jean se enamorase de Peter Kavinsky durante su falso noviazgo. Necesitaba arriesgarse a tener una relación real para superar el miedo a la pérdida. Ahora bien, yo no voy a ser tan estúpida como para incumplir mi breve pero contundente lista de normas y obsesionarme con él.

Eliodora Bonnet no se anda besuqueando con su noviete de mentirijilla. Fin. Ni tampoco tiene permiso para que le parezca especialmente simpático, encantador, sensible o cualquier otra apreciación que pueda desembocar en algo parecido al afecto.

Pero es que *es* simpático. Y lo que es peor: las consecuencias del vino elevan su encanto a la enésima potencia. No sé mucho de matemáticas, pero puede que solo esté preparada para resistir hasta la sexta potencia, y solo si no me coge de la cintura para meterme en el taxi...

Cosa que hace.

No es que me preocupe caerle bien o no a mis presuntos suegros. Conviviré con ellos durante tres días y dos noches, así que no siento la obligación de dar lo mejor de mí y demostrar que soy digna de su hijo, pero tampoco pretendía hacer mi gran entrada tropezándome con mis propios pies y ruborizada por la borrachera...

Cosa que hago.

Espero recibir indulgencia por no poder describir la belleza bucólica del pueblo mallorquín donde Óscar se ha criado. En primer lugar, he estado muy ocupada intentando no vomitar todo el vino ingerido —seguro que el sueño dorado del taxista es ser piloto de *rallies*, porque menudas curvas ha cogido—, y, en segundo lugar, me las he visto magras tratando de aparentar que estoy perfectamente sobria delante de una familia con más miembros que las Kardashian.

Los padres de Óscar alimentan las mismas bocas que Julio Iglesias habría tenido que llenar si se hubiese hecho cargo de sus incontables bastardos, que, por lo que tengo entendido, no son pocos.

—¿Cómo has dejado que beba tanto? —le espeta la madre nada más verme, toqueteándome la cara—. Esta chica necesita descansar. Menos mal que las habitaciones ya están preparadas.

—Eli es una mujer independiente. Toma las decisiones que le parecen correctas y yo ahí no tengo nada que decir —se defiende Óscar.

Esa ha sido una muy buena respuesta, pero su madre, una

señora regordeta y con fuerte acento mallorquín a la que deben de encantarle las mariquitas —las lleva estampadas hasta en los calcetines—, tiene toda la pinta de ser de esas a las que le importan un pito las moderneces, como la Thermomix, la Roomba y el feminismo.

—Debería darte vergüenza, *nin*.[25]

No puedo hablar por Óscar, pero yo estoy deseando que me trague la tierra.

No estoy acostumbrada a llamar la atención. Por lo menos, no más de esos segundos en los que mi padre, durante catas, exhibiciones o visitas multitudinarias a sus viñedos interrumpía sus monólogos para señalarme y decir: «Ah, por cierto, esa es mi hija, la que lleva la tabla de quesos porque eso es lo único que se le da bien». Las miradas de unos cuantos viejales lo bastante pagados de sí mismos para dar por hecho que me complacería que me revisaran de arriba abajo solían perseguirme durante el resto del día, vale, pero no era eso. Un día. El escrutinio colmado de curiosidad de todos esos parientes —debe haber venido hasta el tatarabuelo y el primo de Vancouver— no terminará hasta que concluya el fin de semana. No deben encontrar nada más interesante, porque el interés de los mirones se intensifica y yo de repente me encuentro siendo la atracción del momento.

No me miran como si no estuviera a la altura, pero son veinte pares de ojos, joder, creo que no habría tenido tanto público ni celebrando las campanadas de Nochevieja desnuda en la Puerta del Sol.

—Debes cargar un dolor de cabeza terrible —sigue diciéndome la madre, que se ha agarrado a mi brazo como si quisiera cortarme la circulación. Por lo que vociferan el resto de sus parientes, debe de llamarse «la Maricarmen»—. No quiero molestarte más de la cuenta, pero no te imaginas la ilusión que

25. Niño.

me hace que hayas podido venir. Tenía mis serias dudas, ¿sabes? No solo por tu trabajo, que ya me dijo Óscar que es muy exigente, sino por lo reservado que es él con su vida personal. No me cuenta nada, nunca. ¡Cómo es el nene, siempre nos tiene con el «Jesús» en la boca!

Asiento con una sonrisa cortés a todo lo que me dice. Efectivamente, tengo la cabeza como si me acabaran de integrar un taladro, y no ayuda que estemos dando vueltas al salón como hiciera Elizabeth Bennet con la estúpida de Caroline Bingley. Yo no estoy llamando la atención de ningún Darcy, pero sí que noto algunas miradas calculadoras pegadas al trasero. Calculadoras y... ¿compasivas, o lo estoy soñando?

—Yo también me alegro de haber venido. Óscar me ha hablado mucho de su familia. Los aprecia mucho a todos, señora.

—Por Dios, no me trates de usted. Me haces sentir una vieja de sesenta años.

—Que es la edad que tiene —apostilla la famosa Lali, apareciendo de pronto como un brote de setas—. ¡Qué ilusión verte, Eli! ¿Cómo estás? ¿Ha ido bien el vuelo? ¿Has comido algo antes de venir? ¿Te apetece tomar algo?

—No, gracias...

—¡Creía que era un espejismo! —exclama otra mujer de más o menos la misma edad. Me suena su cara. Seguro que me la presentaron en Madrid—. Estaba segura de que no iba a venir. Incluso pensaba que se había inventado lo de la novia.

—Allegra, me debes veinte pavos —le dice una tercera a la cuarta cercana, que me estudia con ojo crítico—. Ya los puedes ir soltando. Y da gracias que no te he sacado más.

—¿Habéis apostado que...? —Me corto para echar un vistazo alrededor. Todo el mundo parece participar en la divertida conversación, aunque solo sea escuchando. Óscar, en cambio, es ajeno a cómo una marabunta de mujeres me acorrala por todos los flancos, asfixiándome con su mezcla de perfumes dulzones.

—Habría apostado mi vida porque Óscar jamás traería a una chica a casa —afirma rotundamente la de los veinte pavos—, pero solo por llevarle la contraria a Allegra, aposté a favor. Nos va a tener que pagar una buena suma a todas. Lali, ¿cuánto pusiste tú?

Intento ubicarme en la situación, pero entre la cantidad de gente, el mareo y cómo luchan por alzar sus voces, lo único que logro asimilar es que habían apostado que Óscar no tenía novia.

¿Su orientación sexual también es un misterio para su propia familia?

—No les hagas caso —insiste la madre, tirándome del brazo—. Es verdad que eres la noticia del año, incluso del lustro, pero no te dejes intimidar por eso. No tienes que hacer nada para que te adoremos. El simple hecho de que Óscar te haya traído ya te convierte en la estrella del fin de semana. Te trataremos como a una reina... Ay, ¡qué emoción! ¡Cuéntamelo todo! ¿Cómo os conocisteis?

—¿Dónde fue el primer beso? —se suma Lali.

Abro la boca para contestar, pero solo consigo que me tiemblen los labios. Ni siquiera me ha dado tiempo a dejar la maleta en el dormitorio —que compartiré con Óscar— y ya me están bombardeando con preguntas. No ha hecho falta que nadie me diga que soy un prodigio de la naturaleza; me están mirando como tal, como una aparición mariana, y debo admitir que no lo entiendo hasta que...

—Eres... eres un milagro —balbucea la madre, con los ojos anegados en lágrimas.

Y ahora sí lo entiendo. Está todo clarísimo.

He vuelto heterosexual al hijo cuyos genes pensaban que se iban a desaprovechar. ¿Cómo no voy a merecerme el apelativo de «milagro»?

Pero, sinceramente, a no ser que pertenezcan a alguna de estas organizaciones sectarias que creen que la homosexualidad se puede curar con el incentivo adecuado, no entiendo por qué tanto alboroto.

¿Cuál habría sido el problema si Óscar no hubiera traído a una mujer a casa? ¿Cuál habría sido el problema si se hubiera confirmado que le gustan los hombres?

Estoy preparada para echar un sermón sobre la identidad sexual y los gustos en la cama, cuando un brazo masculino me envuelve por detrás.

—Vamos a dejar las maletas y ponernos cómodos —me sugiere Óscar—. Ya tendremos tiempo para charlar a la hora de la cena, ¿os parece, familia?

Debo reconocerle el talento de no quedarse con los labios resecos después de repartir besos al coro de voces blancas que tiene por familia, solo que esta no solo llenaría el reparto góspel de la iglesia, sino también las banquetas de la asistencia. No tiene parientes, tiene dos puñeteros equipos de rugby. Y eso, además de la actitud con la que me han estado pasando de manos, igual que un tazo en el patio de recreo, me hace sentir fuera de lugar. Y no solo porque yo sea tímida y mi familia estuviera compuesta por un matrimonio fallido y su hija única, lo que ya supone un contraste; a fin de cuentas, si vives en una comunidad vecinal como la mía terminas por perderle el miedo a la interacción social. Es porque pensaba que tendría que mentir a una madre, a un padre y a cuatro hermanas, y resulta que voy a tener que hacer el papelón hasta delante del tío abuelo medio ciego venido de Singapur con su novia de *Gran Hermano*.

Soy de las que piensan que una mentira se vuelve más o menos grave dependiendo de a cuánta gente se le cuente. Así pues, y como este paripé está destinado a un ejército de, en su mayoría, rubios de ojos verdes —joder, parecen el sueño ario de Hitler—, voy a ir al infierno con doce cadenas perpetuas.

Gracias al cielo, Óscar me conduce lejos de la escena del crimen... solo que ni Agatha Christie mezclaba tantos personajes en una sola novela.

—¿Adónde vamos?

—Lejos del interrogatorio al que te habrían sometido si nos hubiéramos quedado en ese salón dos minutos más.

—Pensaba que se trataba de eso, de fingir delante de ellos. De vender un cuento.

—Es mucho más creíble que te lleve aparte a que te empuje a los brazos de mis parientes como si estuviera presentándote en sociedad. Nunca he sido la clase de tipo que luce a su novia como un trofeo.

—No, si está claro que las novias o novios que hayas tenido los has guardado en secreto. Habían apostado a que no traerías a nadie, ¿sabes? Y tu madre dice que soy un milagro. Es evidente que piensan que eres gay, o asexual... o qué sé yo, ya se me han agotado las alternativas.

Después de subir tantas escaleras que me empieza a doler el trasero —ahora es cuando debo darle la razón a Tamara: es verdad que bajándolas no haces ningún ejercicio—, Óscar se detiene con gesto severo delante de una habitación.

Me lanza una mirada exasperada.

—¿Vamos a volver a lo de ser o no ser gay otra vez?

«Tantas veces como sea necesario».

—No.

—Bien.

Abre la puerta y me hace una señal para que pase.

Mi barbilla casi abre un boquete en el suelo al ver el papel de pared con florecillas rosas, los pósters de las Pussycat Dolls, la colcha fucsia y lila y la alfombra de pelo blanco. Sobre las estanterías hay unas cuantas novelas románticas apiladas —de Bianca, ojo: los protagonistas son jeques árabes y magnates multimillonarios— y varios peluches, incluido un oso amoroso, además de maceteros con geranios y figuritas coleccionables de princesas Disney.

Cojo aire y lo retengo en los pulmones antes de decir lo que lleva persiguiéndome desde que he puesto un pie en esta casa:

—En serio, estás a tiempo de confesar que soy tu tapadera —digo, tratando de sonar comprensiva.

Óscar pone los ojos en blanco.

—Mi hermana Violeta se fue de casa a los dieciocho y me tocó quedarme con su habitación porque mi padre quería usar la mía, que es más espaciosa y está decorada con sobriedad, como despacho. Los detalles decorativos de Viví me importaban un carajo a los veinte años. Pasaba por aquí exclusivamente para dormir y me iba a independizar al año siguiente, así que la dejé tal cual estaba, también por respeto a sus pertenencias.

Acaricio con los dedos los cristales de colorines que cuelgan de la lamparita de la mesilla. Desde ahí arqueo la ceja en su dirección.

—Es imposible que todo tenga una explicación lógica.

—¿Qué es «todo»? —replica con cansancio.

—Todo lo que haces y dices y que provoca que la gente piense que eres gay. Y oye, que conste que ese «todo» al que hago referencia no tiene nada que ver con los prejuicios. Hay comportamientos, gustos y aficiones que se asocian a los gais porque una inmensa mayoría se sienten identificados con ellos. De hecho, han tenido que tolerar que los discriminaran por dichas actitudes e intereses, y no es hasta hace poco que al fin los abanderaron con orgullo. No puedes tomar todo lo que define a una parte del colectivo LGBT y decir que no eres gay. Eso tiene un nombre y...

—¿*Queerbaiting*? —prueba en tono cansino. En cuanto deja la maleta a los pies de la cama de noventa, toma asiento en el borde—. Que yo sepa, no le hago ningún mal a nadie. No es que vea *RuPaul's Drag Race* para enamorar a Edu, ni enfoco mi vida según el marketing. Da la casualidad que veo *realities* de *drag queens* porque a Cali la vuelven loca y nos gusta comentar los resultados juntos. Pero venga, ya que estamos, ¿qué es lo que le he robado al colectivo? —se mofa—. Vamos, dímelo. Puedes hacerme quince preguntas sobre todo eso que creas que me he apropiado.

—¿Por qué quince?

—Porque es el número de la niña bonita. —Me guiña un ojo. Me permito la vanidad de sonreír como una tonta.

—Adulador.

—Puedes llamarme algo mejor.

—Y algo peor.

—¿Como qué?

—No quieres saberlo. Venga, explícame racionalmente tu pasión por las novelas románticas.

—Muchos hombres leen novela romántica —se queja, cruzado de brazos—. Yo, en concreto, disfruto de todos los géneros, pero no podía prestarle mis relatos de terror o policiacos a Lali o a Cali. Y antes de que preguntes, mis amplios conocimientos sobre cine romántico parten del mismo deseo: encajar en una casa llena de mujeres.

—Te depilas —le recuerdo en tono acusatorio.

—Como muchos hombres —repite—. Yo lo hago porque, cuando estudiaba en la universidad, competía como nadador de alto rendimiento y el vello me frenaba.

—Te echas cremas faciales. Edu me lo ha dicho. No conduces, escuchas a Enya y sabes distinguir entre rosa, salmón, magenta y... y todos esos tonos.

Óscar me mira divertidísimo y empieza a enumerar levantando el pulgar:

—Tengo la piel atópica; o me la trato con especial cuidado, o me despellejo vivo, y apuesto a que nadie me perdonaría que dejara de ser guapísimo. Distingo esos tonos porque no soy daltónico. La de Enya es la música idónea para hacer yoga y pilates. Y... ¿y qué tiene que ver que no conduzca?

—Edu tiene una teoría: los gais, o no saben conducir, o no saben hacer matemáticas, o no saben cocinar. Nunca completan ese triángulo de habilidades.

—Pues otra razón más para descartar mi supuesta homosexualidad: sé conducir, se me dan de lujo las matemáticas y cocino de maravilla...

—Sí, claro, ahora eres el hombre perfecto.

—Distinto es que no me interese conducir en Valldemossa o en Deià, porque todo está al alcance de la mano en el pueblo, y en Madrid menos aún, con las buenas conexiones de metro que tiene. Tampoco es que necesite más contaminación, por cierto.

—A los heterosexuales no les importa el medioambiente.

Óscar suelta una carcajada.

—¿A ti no te importa el medioambiente? Porque te he visto reciclar plásticos.

—Pero no tanto como para hacerme vegetariana, y tú lo eres. Y comes ecológico. Me lo ha dicho Edu.

—¿Te ha dicho también qué talla de pantalón tengo? —ironiza. «Sí. La cuarenta y dos»—. Vamos a ver, brujita de mis entretelas... Mis hermanas traerán niños al mundo, ¿sabes? Hago todo cuanto está en mi mano para que no se topen con un planeta destruido. ¿Eso es todo lo que tienes para desestimar mi heterosexualidad?

No tengo que quebrarme los sesos para seguir contraatacando con nuevos argumentos.

—Fuiste a un bar gay.

—No te hacen pasar por un escáner de gais para entrar en un garito donde ponen a Lady Gaga, alma de cántaro. —Se descojona él solo—. Iba porque a mis amigas siempre les ha encantado ir a discotecas de gais. No corrían el riesgo de que un puñado de guarros les sobaran el culo mientras bailaban y, encima, podían elegir la música.

Tiene sentido.

—Sabes de maquillaje —insisto—, ¡y te encantan los bebés!

—Tengo unos veinte sobrinos por parte de primas hermanas. Si no me gustaran los bebés, tendría que pasar las Navidades escondido en una alcantarilla. Y después de esperar a mis hermanas durante horas para ir a cualquier sitio porque necesitaban tener el maquillaje perfecto, a ver quién es el listo que no aprende a distinguir para qué sirve cada pincel de marras.

—Coleccionas zapatos.

—No colecciono zapatos. Solo tengo muchos pares porque no me han crecido los pies desde los diecisiete, y cuando haces senderismo, vas a la sierra, nadas, juegas al fútbol y al golf, necesitas un calzado distinto para cada deporte.

—Genial, entonces no eres gay y estábamos todos confundidos. Solo eres un pijo.

—Yo no soy el que lleva viviendo unos años en el centro de Madrid, y sin pagar ni alquiler ni hipoteca.

—No pongas la pelota en mi tejado. ¿En serio? ¿Golf?

Los ojos de él brillan.

—No pongo la pelota en tu tejado; es que tú tampoco pasas por una humilde ciudadana del mundo. Sé que tu padre es prácticamente millonario y que te has movido por las cocinas de los mejores restaurantes parisinos. —Y agrega, alzando las manos—: Me lo ha dicho Edu.

*Jodido Edu.*

—Pero para cocinar solo necesitas unos zapatos cómodos —replico con retintín.

—Y veinte tipos diferentes de vino para servirte en la piscina y mientras cenas, ¿no? —Entorna los ojos—. Cada uno tiene sus vicios. Tú misma lo dijiste: todos somos frikis de algo. Yo, tras estudiar INEF, soy un loco del deporte y practico tantos como puedo. Tú, como amante de la cocina, tienes buen paladar. No hay más que hablar. ¿Alguna duda más en el tintero?

Vacilo antes de rebuscar en mi memoria algún detalle que haya pasado por alto.

—Tienes una casa muy femenina.

—Supongo que eso es lo que pasa cuando la decora una mujer.

—Yo no vi a ninguna mujer ayudándote a decorar nada.

—Debe ser porque pillé el piso ya amueblado. Es en el que solía vivir mi tía abuela antes de mudarse a Valldemossa para casarse con mi tío abuelo, y no me ha permitido mover ni una vela aromática.

—Entonces... ¿las velas no son tuyas?

—Algunas lo son. Me ayudan a concentrarme y relajarme cuando hago yoga.

Maldita sea, no me puedo creer que la Gran Conspiración se esté haciendo añicos delante de mis ojos. Una parte de mí lo celebra, aliviada; si se molesta tanto en convencerme de que es heterosexual, será porque lo es, ¿no? Y aunque no pretenda hacer nada con su heterosexualidad, como, por ejemplo, ponerla a prueba con mi cuerpo desnudo, una humilde acosadora no puede evitar emocionarse por esta noticia sobre su amor platónico.

Hay otra parte, no obstante, que lamenta haber estado equivocada.

No me puedo creer que la investigación más ardua de mi vida —y de la de Tay y Edu— haya concluido en que simplemente tiene zapatos específicos para jugar al golf y le gustan los bebés porque es el hombre perfecto. Como mujer a la que le impone demasiado respeto eso de la perfección, y más en un hombre que es el puro virtuosismo físico, debo decir que habría sido mejor que le fuera la carne. El caballero ideal es tan o más terrorífico que el Kraken, porque no enamorarse de él es imposible.

—Entonces ese póster de las Pussycat Dolls es de tu hermana.

—No, es mío. Me gustan las Pussycat Dolls. Tienen mucho talento, su música es perfecta para hacer cardio y, además, son lo suficientemente monas para no desentonar en una pared.

—¿En serio? ¿*Monas*? ¿Por qué no dices que están buenas y punto?

—Siempre me ha parecido desagradable hablar así de la gente, como si fuera un pedazo de carne. Y no se puede decir que Nicole Scherzinger sea guapa, que es el término que uso. Es... despampanante. Un monumento. Pero no guapa.

—Sigues sonando como si te costara decir que una mujer te pone.

Óscar me mira de una forma muy extraña.

—No es algo que haya sentido la necesidad de decir jamás.

—¿Porque tú eres gay y la gente, muy mala? —adivino con el rostro iluminado.

—¿Porque tú eres muy pesada? —contraataca, enarcando la ceja.

—Cincuenta kilos de vino blanco. —Hago una venia—. Encantada de conocerte.

Él suspira, hastiado.

—¿En qué situación social se puede decir que alguien te pone? El interés sexual es algo privado. Me resulta desagradable comentar con amigos estos temas íntimos, y no porque los considere un tabú, sino porque a nadie debería importarle una mierda a quién meto en mi cama. —Y encogiendo un hombro, añade—: De todos modos, Nicole no es mi tipo.

—No puedes ser así de perfecto —rezongo antes de medir mis palabras. Casi doy una patada al suelo para desahogar mi frustración—. No es justo.

—¿Perfecto?

—¿Es que no lo ves? ¡Eres tan educado y respetuoso con las mujeres que por eso han pensado que eres gay!

—Eso no es mi culpa, sino de que algunos defiendan su masculinidad siendo unos babosos.

—¿Ves? —Lo acuso con el dedo—. Encima eres consciente de los defectos de tu sexo, estás a favor de la igualdad sin ir de activista o de ultradefensor, solo tratando a todo el mundo de la misma forma. No te da miedo ser diferente...

—Es que no soy diferente, Eli. A lo mejor no voy chillando que pondría a cuatro patas a una modelo de Victoria's Secret, pero lo pienso, y eso ya hace que sea como los demás.

—No eres como los demás. Fíjate en tu alumno, ese Fernando. Te escupió la palabra «maricón» como si fuera una enfermedad letal, y tú le dejaste creer que eres gay para enseñarle los valores de la diversidad. ¡Y has aceptado dormir en un cuarto rosa sin poner el grito en el cielo!

Él cabecea, aceptando a regañadientes el... ¿cumplido?

—Lo he aceptado porque no tengo doce años para andar llorando por una colcha fucsia. Dicho esto, es verdad que lo he pasado mal por lo que lo suelen pasar mal los gais. Me han discriminado por mis gustos «femeninos» —hace las comillas con los dedos— y por tener más amigas que amigos o aficiones reservadas a las mujeres.

—Tu infancia debió ser un infierno. Sé cómo tratan a la gente de la comunidad LGBT en el instituto.

—Los siguen tratando así —lamenta, mirándose las manos entrelazadas sobre las rodillas—, pero no fue un infierno para mí en concreto porque no lo permití, y porque sabía muy bien quién era yo. Imagina cómo me habría sentido si hubiera sido gay de verdad. Habría sido terrible, porque me habrían odiado por algo que no habría podido controlar y que ni siquiera hace daño a los demás. No es solo el desprecio de quien te rodea lo que te trastorna —dice con el tonito de orientador de colegio que se le pone a veces—, sino llegar a creer que tienen razón. La mayoría de los niños LGBT no están en guerra con los demás; están en guerra consigo mismos por culpa de esos prejuicios. Se creen que son una aberración, y eso es injusto.

»Pero como te digo —continúa—, yo sabía que era hetero y por eso no he interiorizado del todo esa discriminación por la que tú me estás poniendo como la última esperanza del género masculino. No me uses a mí para criticar la homofobia, sino a los que de veras la padecen.

—No te he usado para denunciar la homofobia, sino para resaltar que no eres como los demás.

—¿Qué «demás»?

—Pues como los otros hombres.

—¿Cómo son «los otros hombres»? Sorpréndeme.

—Se tienden la mano los unos a los otros en lugar de saludar con dos besos, como si les fueran a contagiar algo, pero se arrojan los primeros a besuquear a las mujeres. Tienen miedo a llorar, por ejemplo, y reivindican su grandiosa masculinidad gritando barbaridades por la calle.

—Entonces lo que quieres decir es que soy educado —resume con humildad—, e intento predicar la misma cortesía para que mis alumnos se conviertan en gente decente.

—¿Tienes algún alumno en una situación parecida a la que tú pasaste?

—¿Niños afeminados que reciben burlas, dices? Claro. —Suspira—. Hay un par en el curso. Lo típico: se ríen de ellos porque mueven la mano al hablar, prefieren el rosa, se disfrazan de princesa en carnavales o juegan a ser sirenas en el recreo en lugar de participar en el partido de fútbol. No tienen por qué ser gais solo por eso, evidentemente, pero es lo que tú has dicho antes: son actitudes o gustos que representan a una mayoría.

»Intento integrarlos en la medida de lo posible, igual que al resto de los críos discriminados por los chulos de la clase; hijos de inmigrantes, chavales con Asperger, TDAH o síndrome de Down... Creo que lo consigo, pero yo no controlo lo que sucede fuera del aula, y solo Dios sabe qué pasa entonces. Reconozco que dedico mucho tiempo al día a pensar en cómo tratarán a esos niños en su casa. Hay uno, Pablo, al que le dejan pintarse las uñas para ir a clase. Su madre es adorable. Pero el otro, Alfonso... He tratado a su padre y creo que lo pasa peor en casa que en el colegio, lo que ya es decir estando rodeado de críos como Fernando.

Óscar se queda un momento en silencio.

No había tratado hasta ahora con su faceta de docente entregado, y he de admitir que me impresiona que no solo se curre los aspectos prácticos de la asignatura o le guste lo que hace; también adora a sus niños. Quiere protegerlos. Ese descubrimiento despierta en mí el deseo de protegerlo a él, como si un tío con unos hombros que no caben por la puerta necesitara alguna clase de guardaespaldas.

—Entiendo que puedo parecer... original —continúa, sonriendo de lado—. Ya sabes, por todas esas cosas que has dicho. Pero también tengo las peores cualidades de un hombre.

—¿Por ejemplo? —lo animo mientras me siento a su lado.

—Por ejemplo... —Remolonea un momento antes de mirarme a la cara con una sonrisilla culpable—. Tenía pensado invitarte a cenar, acostarme contigo y no volver a llamarte. Pero entonces dijiste todo eso de los hombres que se acercaban y se aprovechaban de ti, y entonces reculé. Me diste una lección antes de empezar.

Parpadeo varias veces, catatónica.

—¿Cómo?

—Lamento tener que arruinar mi reputación de caballero, pero quería llevarte al huerto.

—¿Quién dice «llevar al huerto»? —Bizqueo—. Solo un caballero.

—O alguien que no quiere decir «follar». —Encoge un hombro—. Me parece muy poco elegante, y después de haber oído a mis amigos decir eso de «me la follé», con una falta de aprecio total hacia la otra persona, lo considero peyorativo.

No me puedo creer que hayamos pasado de la homosexualidad a las Pussycat Dolls y ahora estemos a punto de descomponer la palabra «follar» en monemas. Lo prefiero cuando se pone modosito, la verdad, porque yo soy modosita y esta sinceridad tan cruda sobre querer llevarme al huerto me inquieta. Y con «inquieta» quiero decir que hace que se me vayan los ojos a donde no se tienen que ir, y mi cabeza rescate retazos de fantasías nocturnas en las que me pone contra el buzón.

¿Por qué ha tenido que decir esa palabra? ¿Y lo de invitarme a cenar?

Menos mal que no lo hizo. Detesto la comida vegetariana y los alimentos ecológicos me dan asco.

—¿Me estás diciendo... —carraspeo— que te fijaste en mí?

—Sí. Temblabas tanto ese día en el ascensor que no podría no haberte visto. Creo que incluso temblaba el propio ascensor por tu culpa.

Le doy un manotazo en el hombro. Él se ríe, me agarra la mano y la aprieta contra su pecho.

—En serio, me gustas —insiste, sin tener en cuenta lo mucho que peligra el ritmo de mi pobre corazoncito de pollo—, pero me dio la impresión de que alguien te había hecho daño y preferí no meter el dedo en la herida, porque puedo ser muy puñetero si me lo propongo. Además de que no parecías la clase de mujer que se acuesta con alguien al azar.

—No sabes qué clase de mujer soy —digo de golpe.

¿Hola? ¿A qué ha venido eso?

Ah, al alcohol, que sigue circulando por mis venas.

Pero por supuesto que sabe qué clase de mujer soy: la que se aferra a la remota y ahora falsa esperanza de que sea gay para no tener que afrontar sus sentimientos y así poder seguir huyendo de él sin necesidad de aportar los verdaderos y ridículos motivos por los que lo rechaza, como, por ejemplo, que le aterra que le dé un gatillazo estando en la cama con ella.

—¿No? —Baja la voz una octava—. ¿Me he equivocado? ¿Eres juguetona?

Trago saliva.

No, sin duda que no se ha equivocado, y en el fondo odio

que sea así. Odio que sea observador y perceptivo. O, siendo justa, y trasladando la culpa a quien la tiene de verdad, lo que odio es ser tan fácil de leer cuando llevo toda mi vida matándome para ocultar mis sentimientos.

No me he puesto máscaras, no he fingido ser otra persona, pero sí he guardado muchos silencios para evitar discusiones o conversaciones que pudieran desvelar mis debilidades. Incluso mis opiniones. Ha funcionado con la mayoría, que han terminado deduciendo que no tengo corazón, que me creo superior a los demás, que carezco de historias interesantes que contar porque soy aburrida de narices..., pero no con la persona que quería que funcionase.

Justamente *él* se ha tenido que dar cuenta de que me rompieron el corazón por una estúpida frase que dije.

«¿Y qué, Eli? ¿Cuál es el problema?».

Pues el problema es que le gusto por lo poco que sabe de mí, y me conozco lo suficiente para saber que cuantos más aspectos de mi personalidad descubra, más cerca estará ese incipiente sentimiento de morir aplastado por la mediocre realidad.

A nadie le gustan las mujeres emocionalmente vulnerables. A nadie le gustan las mujeres que se quedan quietas en la cama y prefieren hacerlo con la luz apagada. A nadie le gustan las mujeres que, en el fondo —muy en el fondo, porque se avergüenzan de sus propias aspiraciones—, sueñan con el príncipe azul.

¿Qué puedo hacer yo para gustarle sin que sepa quién soy en realidad, cuando la verdad me sale por los ojos y los labios y él está alerta para que no se le escape nada? ¿Qué hago para que se quede con la imagen falsa de lo que soy, la única que está a su altura y merece la pena?

Debe de pensar que bajo mi timidez hay un temperamento volcánico, una diosa voluptuosa deseando que la desaten, cuando en su lugar hay una niñita asustadiza y sensible a la que el amor de los adultos, el que no es platónico o inocente, le viene grande. Y aunque me duela saber que le intereso por una imagen ideal que se ha formado de mí, me gustaría seguir siendo su prototipo. Me gustaría ser esa Eli que se ha inventado para siempre, sea quien sea. Pero para mantener esa ilusión tengo que mantenerme lejos, porque, para mi desgracia —o para mi inmensa suerte—, él no tiene la menor intención de permitir que abra un espacio entre los dos. Lo deja muy clarito al inclinarse sobre mí para besarme. Y yo dejo más claro aún que soy una blandengue al permitir que me recueste sobre la cama de la princesa del guisante.

—Sobre eso de mi lado respetuoso y educado... —murmura cerca de mis labios mientras me acaricia la cara con la yema de los dedos—, ¿lo has dicho porque te gusta o porque preferirías que te dijera guarradas?

—No... no lo sé.

Mi cabeza tiene presente que esto no puede suceder. La reputación de mujer sexy e inalcanzable de Eli debe permanecer intacta, y para eso hay que ser una frígida. Pero mi cuerpo se rebela todo el rato, como si no supiera ya que el sexo no es tan divertido como lo pintan y quisiera probarlo de nuevo a pesar de todo.

La voz de Tamara me persigue: «No tiene por qué ser igual con él».

—¿Y qué es lo que te gusta? —Ronronea un sonido interrogante que me pone el vello de punta. Me agarro a sus brazos para no terminar de tocar el colchón con la espalda—. ¿Te gusta que...? ¡¡¡AAAAAAAH!!!

Óscar se aparta de mí como si le hubiera dado la corriente, y lo hace tan bruscamente que rueda por la cama y cae de costado sobre la alfombra.

Hiperventilando por Dios sabe qué, me incorporo a toda prisa.

—¡¿Qué ha pasado?! ¿Qué ocurre?

Él se recupera del *shock* y del golpe y señala la pared con un dedo. Tardo en entender a qué se refiere, porque lo único que reconozco a primera vista, camuflado entre los pósters, es un bichejo con las patas muy largas.

Una araña normal y corriente.

Hasta que, al ver su cara de susto, asimilo que el problema es justamente ese.

La araña.

—Mátala —me ordena, sentado aún en el suelo.

Pestañeo, perpleja.

Un tío de metro ochenta y pico, más cuadrado que Bob Esponja y seguro de sí mismo, pretende usarme para deshacerse de un pobre y desvalido artrópodo.

—De pobre y desvalido, nada —me espeta. *Vaya, parece que lo he dicho en voz alta*—. No soporto las arañas. Me aterran.

—¿Me lo dices en serio?

—De crío me pasó algo parecido a lo que le ocurrió a Batman con los murciélagos.

—Lo estás adornando para no quedar tan mal, ¿no?

—Si cierro los ojos, aún siento a las arañas corriendo por mi cuerpo... —Se estremece—. Mátala, Eli.

—De eso nada. Es un ser vivo. Merece respeto y consideración. Parece mentira que se lo tenga que decir al vegetariano... ¿No tienes algo parecido a un táper? Hace poco vi un vídeo de Elsa Pataky rescatando una araña que debía de pesar un kilo.

—¿Puedes por favor reservarte las aventuras arácnidas de la mujer de Thor y quitar ese bicho del medio?

No puedo ocultar una sonrisilla divertida.

—Puede que seas Capitán América, pero olvídate de que te promocionen a Capitán Australia. Allí hay cada monstruo de la familia de los insectos que...

—Eli.

No me lo tiene que pedir otra vez. Rescato a la araña con mis propias manos y la encierro con cuidado de no tocarla demasiado. No es de las que pican, sino de esas con patas largas totalmente inofensivas.

Aun así, Óscar me mira como si acabara de desactivar una bomba.

—¿La estás tocando de verdad? ¿Qué eres, la jodida Pervinca Periwinkle con su tarántula?

—¿En serio te has leído *Fairy Oak*? —Levanto las cejas—. ¿Cabe la posibilidad de que fueras gay de pequeño, te tomaras algo (unas gachas especiales, o las espinacas de Popeye, o un batido hiperproteico de musculitos de gimnasio) y se te haya pasado?

Me fulmina con la misma mirada que usa para perseguirme hasta que dejo al pobre animalito en el alféizar de la ventana.

—Yo siempre me he identificado más con Shirley Poppy que con Pervinca —puntualizo. Óscar sigue inmóvil sobre la alfombra. Una sonrisa perversa aflora en mis labios—. No me lo puedo creer. ¡Eres tan tierno...!

—No soy tierno —se queja él, incorporándose con gesto contrariado—. Soy un tío duro.

—Sí, duro como el Blandi Blub. —Me río.

—¿Acaso ser tierno me sumaría puntos?

—¿Por qué? ¿Quieres una sartén gratis?

—¿No hay nada más en el catálogo? —pregunta en tono sugerente.

—Creo que una mochila y un cronómetro. Tendré que consultar la web de la gasolinera.

—Eres difícil, ¿eh? —se queja, mirándome con un brillo especial en los ojos—. ¿Qué tiene que hacer un hombre para que Eli Bonnet le diga algo bonito?

—¿No asustarse ante una araña? —sugiero, dándome golpecitos en la barbilla.

—Entonces parece que sí te va el prototipo «macho ibérico».

—Solo cuando tengo que colgar una estantería, y en esos casos, mi macho ibérico es Tamara, que armada con un taladro tiene más peligro que Chuck Norris. ¿Por qué quieres que te diga algo bonito, si puede saberse?

—Quizá porque eres la única que no me lo dice.

La sonrisa muere en mi boca al asimilar lo que esconde el comentario y de lo que tal vez ni siquiera él se ha percatado.

Solo confirma lo que intuía.

Le gusto porque soy inalcanzable, porque represento un reto, porque soy la única que no lo perseguía —aunque sí lo vigilaba gracias a la proximidad de las ventanas—, y eso hace que me idealice como individuo e inconscientemente crea que soy mejor que el resto: solo porque le costará mucho más «conseguirme».

Y no soy ni mejor ni más difícil.

No voy a poder mantener a flote esta fantasía suya por mucho más tiempo. Si sigue besándome, se dará cuenta de que Eli Bonnet no solo es lo peor que un hombre se puede echar a la cara —o a la *cama*, más bien—, sino que no soy en absoluto especial porque he babeado por él tanto o más que el resto.

Ahí acabará la magia.

Los hombres que no miden el valor de las mujeres por su atractivo físico utilizan su grado de inaccesibilidad para definir cuánto valen, y se acostumbran a plantearse su cortejo como un desafío.

Parece que Óscar, por muy distinto que parezca, no se libra de esta generalización.

Mi gozo en un pozo.

Aunque eso no hace que me guste menos, por desgracia.

—¡Óscar! —chilla la madre desde la planta baja. Salvada por la campana—. ¡Ya está preparado el almuerzo! ¡Bajad ya!

Pero Óscar no baja ya. De hecho, no baja la mirada tampoco. Me observa con una mezcla de incomprensión y curiosidad, como si acabara de darse cuenta de que ha dicho algo mal y no supiera el qué.

No seré yo quien se lo diga.

—Entonces lo que tienes que hacer es esperar un milagro —contesto con naturalidad, poniéndome en pie. Me quito una pelusilla invisible del pantalón—. No regalo mis halagos a cualquiera.

—Pero yo no soy cualquiera. —Hace un puchero adorable—. Soy tu novio.

—No en esta habitación —le recuerdo.

Él suspira con amargura.

—Qué pena. Es donde más me gustaría ostentar ese título. Pero bueno, he sido estudiante y ahora soy profesor, así que sé que los títulos hay que trabajarlos para merecérselos.

—Venga ya... Tú no quieres ese título de verdad. Solo quieres el beneficio físico.

—La pregunta es... ¿qué quieres tú?

Me muerdo el labio para contener una respuesta sincera. Después de tanta trola, una confesión del estilo «A ti, entero» sería el acabose. Sobre todo porque no es del todo cierto: no sé si lo quiero a él o solo quiero gustarle para satisfacer mi orgullo maltrecho y mi vanidad femenina. Tal vez desee gustarle tanto que nunca deje de observarme como lo está haciendo ahora, porque no hay nada peor que ver cómo la decepción y el aburrimiento se van apoderando de los ojos de la persona por la que respiras. Esos ojos que una vez te miraron con adoración.

Yo no respiro por Óscar. En realidad, nunca he respirado por nadie. Pero algunas veces se me ha olvidado cómo coger aire al recordar el primer fracaso, y también me quedo sin aliento cada vez que pienso en fracasar de nuevo... O en ser el fracaso de alguien nuevo.

Al final, me pongo de pie y suspiro.

—¿Que qué quiero...? Pues lo imposible. Eso quiero.

## Capítulo 18

## ¿Quién da más?

### *Óscar*

Las primeras dos horas en Valldemossa han ido razonablemente bien. He podido evitar las zonas de la casa que me traen malos recuerdos, manejar con cuidado ciertos temas al conversar con mis parientes y mantener una enorme sonrisa de exconvicto rehabilitado en el proceso. Pero dudo que haya conseguido colársela, porque son mi familia —incluso el tío al que veo una vez al año me conoce tan bien como para saber que estoy fingiendo— y mi sonrisa no deja de ser la de un hombre que acaba de salir de un infierno y necesita convencer al público de que está en sus cabales para que no lo lleven de regreso.

Sabía que, a pesar de las ventajas —un rato con mis seres queridos, respirar el aire de mi tierra—, la visita no iba a ser agradable. Era algo que tenía asumido por experiencias anteriores. Volver a Mallorca como si no hubiera pasado nada, hace más o menos cuatro años, fue una de las peores decisiones que podría haber tomado.

Por eso no he vuelto a poner un pie en la isla.

Confieso que no tenía la menor intención de presentarme. Estaba preparado para rechazar la invitación a la boda e inventarme cualquier pretexto absurdo, a riesgo de que mi tío armara un escándalo y no me dirigiera la palabra durante eones. Pero, de alguna manera, Eli me dio ese impulso. O me lo di yo a través de Eli.

Quién sabe.

Al contrario que yo, ella ha pasado unas primeras horas infernales. Durante el almuerzo bajo la pérgola del jardín, mi madre la ha llevado de un lado para otro como si fuera su bolsito de mano, apretándole tan fuerte el brazo que parecía que quisiera detener una profusa hemorragia. Solo la ha soltado para que mis hermanas se la fueran pasando igual que si se tratara de la patata ardiente del juego. Haciendo caso a su expresión de «sálvame», he intervenido todo cuanto he podido, pero ni siquiera un miembro del clan puede vencer a una horda de Casanovas.

Pasadas ya las horas de alta tensión en las que al fin se ha decidido por unanimidad darle el visto bueno a mi novia, Eli está ahora relajada conversando sobre comida —su terreno neutral— con una de mis tías, la que tiene una tienda de pasteles en Palma.

A mí ya me empieza a costar mantener la pose.

Control. Control. Control.

Intento que no se me note, distraer al que me mira de refilón con una charla insustancial, pero no me deshago del acertado presentimiento de que están esperando que suceda. Están esperando que me rompa. O, peor aún, que hable de ello. Lo veo en sus caras. Mis tías me miran con lástima, y las que no, con curiosidad. Incluso con cierto asombro. Hay quien me ha preguntado sutilmente, y con uno de esos apretones en el hombro que sirven de consuelo en un entierro, si «ya estoy mejor de lo mío».

Me vigilan igual que a un depredador, y aunque una parte

de mí quiere tirarse del pelo, la otra no quiere darle la tarde a nadie. No, nadie sería feliz si empezara a chillar, empezando por mí. No les estaría dando ninguna clase de gusto, porque me quieren y esto es simple preocupación, ni tampoco la razón: la manera que han tenido de acoger a Eli demuestra que estaban ansiosos por aumentar la familia por mi lado. No querían temerse lo peor. Pero supongo que, durante este tiempo desaparecido, les he dado motivos de sobra para que una parte de ellos duden de este paripé, de mi sonrisa de anuncio de dentífrico y de la propia Eli, a la que algunos dirigen su compasión cuando creen que no me doy cuenta.

Después del almuerzo, pongo como excusa que tengo que hacer una llamada al centro deportivo para darle instrucciones a mi sustituto de la *master class* del fin de semana, y entro en casa.

Hasta ahora habíamos estado yendo y viniendo por el jardín, el indiscutible lugar preferido de mi madre, una amante hasta el trastorno de todo ser vivo que haga la fotosíntesis, especialmente de las mariquitas. Está muy orgullosa de su colección de flores, y apenas sale un rayito de sol, le falta tiempo para sacar las mesas, poner el toldo y hacer una barbacoa.

En Valldemossa no nos podemos quejar del clima. De hecho, a los Casanovas nos han apodado «los salvajes» en la zona porque estamos acostumbrados a evitar los techos y hacer nuestra vida a la intemperie. Quizá por eso habría preferido que, por una vez, mi madre celebrara su banquete familiar en el comedor: porque he reído, llorado, bromeado, bailado y vagueado en compañía en este jardín tantas mañanas y tantas noches que la sombra que proyectan todos esos recuerdos ya no solo me pisa los talones, sino que me tiene tiritando de frío.

Nada más meterme en la cocina, tropiezo con un corrillo de marujas cotilleando. Las marujas no son otras que las cuatro *elementas* que tengo como hermanas, con los hombros apoyados en los de las otras igual que si estuvieran en el patio de parvulitos. Muy pocos resistirían la tentación de pegar la oreja. Si ya despierta la curiosidad sobre qué hablarán las mujeres cuando están solas, los temas a los que las Casanovas van saltando seguro que son dignos de estudio, pero yo prefiero respetar su intimidad —y ahorrarme descubrimientos desagradables, porque apuesto lo que sea a que con ese «¿Creéis que la quiere?» se refieren a mí—, de modo que carraspeo para hacerme notar.

Igual que si hubieran tirado una bomba fétida al centro del círculo, las cuatro se disgregan a la velocidad del rayo.

—¿Hablando mal de mí?

—No necesariamente mal —responde Allegra, con su indiferencia habitual.

Ahora está de pie junto al fregadero, que suele usar como cenicero cuando no tiene uno a mano. Un cigarrillo cuelga de sus labios pintados de rojo, a juego con la clase de vestido corto que podría provocar un accidente de tráfico.

Me consta que los hombres la temen, pero ninguno puede quitarle los ojos de encima. Además de la guapa, la fumadora y la superestrella con fama mundial de la familia, es una cínica de manual, le sobra arrogancia y está enfadada con el mundo, aunque en esto último tiene más razón que un santo.

A su lado se acaba de sentar Caliope, la mayor, una fuente de sabiduría inagotable. Acumula en el disco duro los mejores consejos y se merece que compartas con ella cada risa que te inspira. Es la niña de mamá: lleva años casada y, en lugar de procurarse su propio nidito de amor, se trajo al marido a la casa familiar. Además de masacrándonos con juegos de mesa, se entretiene quejándose de su peso, de su frente y de su boca, aunque sea la persona menos superficial del mundo y ni todos los defectos habidos y por haber pudieran restar encanto a sus hoyuelos.

Violeta ocupa un espacio sombreado por donde debe correr una brisa más fría. Se abraza los codos con la postura dejada —quizá un poco encorvada— de siempre. Ese es su adjetivo. Dejada. Ropa oscura y sin forma, y ni amago ni intención de agradar al público con una sonrisa. Supongo que tiene muy interiorizado que no le merece la pena, y esa es la actitud de la que debe armarse para criticar grupos musicales emergentes. Se dedica a aplastar las ilusiones de los demás, lo que en cierto modo justifica que parezca consumida. Los remordimientos envejecerían a cualquiera.

Y luego está Eulalia, a cuyo paso podrían crecer las flores. Es la Rapunzel de *Enredados*, solo que ella tiene mucha maña para recogerse la melena rubia y en vez de cargar una sartén, lleva el iPad a todas partes. Es una prolongación de su brazo.

Ahora lo trastea para poner música.

—¿Qué estáis tramando esta vez? —Hago una mueca de dolor—. No sé si quiero saberlo.

—Mejor, porque no lo sabrás —aclara Allegra.

—Si estuviéramos tramando algo, ya te habríamos llamado para que fueras nuestra cabeza de turco —resuelve Violeta.

—El pequeño siempre se come los marrones, ya. —Pongo los ojos en blanco.

—¿Se puede saber qué haces ahí parado? —me espeta mi madre a la espalda, y aparece cargada con una montaña de vasos en cada mano—. Ayúdame a traer los platos, *nin*.

Es la paradigmática ama de casa. La eterna luchadora, la leona; la que nació para ser madre. Pero no únicamente eso. Mantiene un empleo a tiempo completo, la floristería de sus amores, y, como ya se ha visto, aún le sobran unos minutitos para increparle a su hijo menor.

En serio. Nada de «mimado» o «caprichoso». El pequeño es el que se come los marrones siempre.

—¿Por qué no los traen ellas? —rezongo—. Estaban aquí cuchicheando cuando he llegado. Míralas, si hasta están jugando a las cartas.

—¿Qué cartas? —se desentiende Caliope, escondiendo la baraja del continental.

—Las que te has llevado a la espalda.

—¿Cuál es el problema? Los mentirosos se juegan rápido —rezonga, exagerando un puchero.

—Y son siempre ellos, los mentirosos, los que pierden —apostilla Allegra, dirigiéndome a la vez una mirada que lo dice todo—. ¿No se pillan antes que a los cojos?

—¿Por qué creéis que la gente miente? —pregunta Violeta, enrollándose un mechón oscuro en el dedo. Se tiñe el pelo de negro desde los quince años, para espanto de mi madre—. ¿Producirá alguna hormona parecida a la de la felicidad?

—Teniendo en cuenta que requiere de una gran imaginación, no me extrañaría que los espíritus creativos lo considerasen un hobby —interviene Allegra.

—Además de que es una señal de inteligencia. Se sabe que las almas más retorcidas y las mentes perversas son capaces de idear los peores engaños —concluye Caliope.

Lali está demasiado ocupada con su iPad, y mi madre ha dejado los platos a un lado para mirar alternativamente al corro de marujas chaladas y al pobre que las tiene que sufrir.

Sin volver a rechistar, me sitúo junto a mamá y le voy pasando la vajilla usada.

—Yo lo que tengo claro es que los mentirosos no deben estar muy satisfechos con su realidad, o, de lo contrario, irían con la verdad por delante —retoma Allegra con aire distraído. Da una calada al cigarrillo—. Me parecen unas criaturas amargadas e inseguras.

—Depende del tipo de mentiroso —comenta Lali con alegría, que siempre está preparada para arrojar un poco de luz sobre todos los temas—. Hay quienes mienten para hacer felices a los demás.

—¿Se puede saber a qué se debe esta disertación sobre los genios engañadores? —Estoy tan hastiado que suelto un bufido—. Ya que estamos todos aquí, podríamos pasar a otro tema menos filosófico. Son solo las cuatro de la tarde. Esta noche estaréis leyendo a Kant en voz alta.

—Es de lo que se nos ha ocurrido hablar mientras reposamos todo lo que nos hemos tragado durante el almuerzo —dice Violeta—. Algunas estamos aún digiriendo ciertas mentiras.

—Pero, si quieres, podríamos hablar de *tu novia* —propone Allegra, con una de sus escalofriantes sonrisas—. Guarda su relación con el tema.

—Sí, ¿por qué no? —murmuro, distraído con los platos que le voy pasando a mamá—. ¿Qué os parece?

Mi madre lanza un suspiro al aire. Coge el paño húmedo para limpiar la encimera y me da un latigazo en la cadera. De los que duelen.

—¡Eh! ¿A qué viene eso?

—¡Hay que ver, si es que no te enteras de nada, y mira que has vivido con estas cuatro elementas toda tu vida! —se queja.

—De verdad, chico, si es que no eres más tonto porque no entrenas —bromea Caliope, alargando un brazo para darme un azote en el culo.

—Me he perdido.

—Óscar, *rei...* —Mamá me pone una mano en el hombro—. Ya sabemos que te has traído a la boda a la primera que has pillado.

—Te lo pusimos demasiado fácil apareciendo en el momento oportuno —admite Violeta—. Quién sabe si la habrías traído de no haber sido por el beso de Judas de la despedida de soltero. Yo, desde luego, había apostado a que ni vendrías a la boda del tito.

—Yo aposté a que vendrías solo —confiesa Allegra.

—Yo dije que la traerías, pero que no la presentarías como tu novia. Nos dirías que soltaste lo de tu noviazgo en el momento por la tensión de la «pillada» y lo mucho que impone la idea de decirle a mamá que te estás tirando a alguien sin comprometerte, pero que en realidad no es nadie —admite Cali.

—Pues yo ya sabía que te gustaba —se mete Lali—, así que no aposté nada.

Dentro de la familia, la tendencia de las Casanovas de apostar por cualquier cosa se tiene como una tradición encantadora, aunque de puertas afuera comienza a adquirir los matices de enfermiza y obsesiva. Yo ahora lo veo desde una posición lejana, y debo convenir con los que las acusan de ludópatas. Se han gastado más dinero defendiendo sus neuras y sus complots que un asiduo de las máquinas tragaperras.

Y luego me preguntan que por qué no me molesto con mis vecinos. Ya quisieran los habitantes de la calle Julio Cortázar llegar al nivel de conspiración y compenetración de estas palurdas. Verlas maquinar es todo un espectáculo. Se montan unos diálogos improvisados que ya quisieran algunos monologuistas para sus espectáculos.

Hoy ha dejado de entusiasmarme que hayan puesto su dinero sobre el tapete.

¿Cómo que «me han pillado»? ¿Cuándo? ¿Qué he hecho para que se den cuenta? Es bastante obvio que me gusta Eli, y no estoy tratando de ser un caballero distante. Todo lo contrario. Me he acercado a sobarla discretamente en alguna que otra ocasión para reforzar mi coartada... y para darme el gusto, no voy a negarlo.

¿En qué se supone que he fallado? ¿Debería haber sido más evidente, o menos?

No voy a decir que no valgo como actor porque no estaba actuando, pero está claro que si tuviera que vivir de las mentiras que cuento, me moriría de hambre.

Decido jugar la carta del Ofendido.

—Os parecerá muy divertido apostar sobre la vida sentimental de vuestro hermano.

—Seguro que no es tan divertido como traer a una desconocida para que finja ser tu novia —se mofa Allegra.

—Menos mal que te gustó más *El día de la boda* que *La boda de mi mejor amigo*, o en vez de convencer a alguien para acompañarte, te las habrías arreglado para quitarle el novio al tito, igual que Julia Roberts —ironiza Violeta.

—A ver si la que ha visto demasiadas películas no eres tú —me defiendo.

—Yo las veo y tú te las montas. Hacemos un tándem perfecto.

Si es que no hay manera de sonar convincente. No suelo mentir, y menos a mis hermanas, que están tan acostumbradas a sus mentirijillas piadosas —y a sus terribles engaños calculados— que saben reconocer bien rápido cuánto hay de verdad detrás de una afirmación.

—Si es que no sé cómo se te ocurre —masculla mi madre, indignada. Se acerca a la silla que Cali ha dejado libre para sacar una cerveza de la nevera y se sienta en el borde con los brazos en jarras—. Mira que siempre pensé que terminarías trayendo a alguien para cerrarnos la boca, y por lo menos no es ninguna putilla de esas que cobran por horas y hacen una fortuna mientras van a la universidad... Pero igualmente me has decepcionado muchísimo, Óscar.

—Te estoy diciendo que no...

—Corta el rollo antes de volver a mentirle a la cara a la mujer que te trajo al mundo —se mete Caliope, primera y máxima defensora de la *sua mamma*.

—Deberíais haberos preparado mejor el teatro —me regaña Lali—. ¿Por qué no inventasteis una historia conjunta? O, si no, podrías haberla cogido de la mano, o haberle dado un beso delante de todos...

—Por lo menos ha traído a alguien que le gusta —comenta Violeta, soltando un suspiro—. Imaginaos que se lo pide a la vecina. Espera... ¡Pero si es su vecina! —Finge asombro—. No te rompiste mucho el coco, ¿eh, campeón?

—El pobre tampoco tiene la culpa de que los clichés a veces superen la vida real —me defiende Allegra.

Después de unos segundos en el *shock* más profundo, consigo resurgir meneando la cabeza. Está claro que ya no tiene sentido seguir sosteniendo la trola inicial.

—Vale, no, no es mi novia.

—¡Lo sabía! —exclama Cali—. Sabía que poniéndolo entre la espalda y la pared conseguiríamos sonsacárselo. Mis veinte pavos, Violeta. Y tú también, Eulalia.

Ella pone los ojos en blanco.

—¿Perdón? ¿Qué es lo que habéis apostado ahora? —pregunto, confuso—. No hay quien os siga el ritmo.

—Viví estaba segura de que no lo ibas a admitir. Y Lali tenía la remota esperanza de que no fuese cierto, así que...

—¡Pero yo dije que le gusta y es verdad! ¡No tengo que pagar nada!

—Eh, eh, eh. ¿De dónde habéis sacado que me gusta? Eso no es cierto. La traje porque es atractiva y nada más.

Ya sé, la mejor forma de deshacer una mentira no es soltando otra, especialmente cuando esta es menos creíble si cabe, y tampoco estoy quedando muy bien convirtiéndome en el ridículo tío que, para ir de duro con el personal, se refiere a la mujer con la que sale como si de una secretaria se tratara. Pero las veo dispuestas a emparejarme con Eli aun sabiendo que el noviazgo es fingido —aprovechándose de ello, incluso—, y no voy a tolerar que cinco celestinas de manual revoloteen a mi alrededor durante tres días consecutivos. Setenta y dos horas pueden parecer un periodo muy breve, pero mis hermanas y mi madre son como la jodida gota china: con veinte minutos de tortura ya estás rogando por la eutanasia.

Las cinco intercambian una de esas miradas cómplices que me he pasado veintiséis años intentando descifrar sin el menor éxito. Si los Casanovas en general somos una secta, las Casanovas en particular son la secta de la secta.

La secta al cuadrado.

—Es verdad. ¿De dónde has sacado eso, Lali? —la interroga Caliope—. ¿Cómo le va a gustar Eli a Óscar? ¿Es que no la has visto?

—¿Qué le pasa a Eli? —pregunto, alarmado.

—Bueno, a ver, si lo pones así... Es verdad que no es una belleza —conviene Violeta, ignorándome—, pero Óscar no es de los que se guían por el físico, ¿verdad que no?

—Al físico de Eli no le pasa nada. ¿De qué hablas?

—Tienes razón —interviene Allegra—. Es muy poca cosa para nuestro pequeño Óscar. No solo en cuanto al físico. Se nota que la chica no da para más. Es aburrida como ella sola.

—¿Poca cosa? ¿Os estáis oyendo? Sois mujeres, se supone que tenéis que apoyaros unas a otras. Y de poca cosa, nada —insisto, irritado—. Eli es preciosa.

—Entonces te gusta —resuelve Eulalia.

—¿Qué? No.

—Pero has dicho que es preciosa.

—Eso no significa nada. Tú también me pareces preciosa.

—Pero yo soy tu hermana. Ella no.

—Podría serlo —suelto.

«¿Qué coño?».

—Claro que no significa nada, porque Eli no es una chica «gustable» —interviene Violeta.

—Es perfectamente «gustable» —replico—, sea lo que sea que signifique eso.

—Lo dices por experiencia, ¿no? Porque te gusta —sugiere Eulalia.

—Ya he dicho que no.

—Y no te gusta porque... —me anima Caliope.

—¡Pues porque no!

—Es demasiado galante para decir que le parece fea y sosa. Pobrecito —lamenta Allegra—, nuestro Óscar encerrado en su cárcel de buena educación y...

—No me gusta porque no me gusta, y sanseacabó.

—Solo sabe que no sabe nada —resume Violeta.

—Pues me alegro de que no te interese, porque no me ha caído bien.

—A ti no te cae bien nadie, Allegra. Y ni siquiera la conoces para decir eso.

—¿Por qué? —quiere saber, ladeando la cabeza—. ¿Crees que, si la conociera, me gustaría?

—Sí. Rotundamente.

—Pues tú la conoces y no te gusta —me pincha Violeta, dándose unos toquecitos en la barbilla—. Qué inconveniencia.

Allegra menea la cabeza.

—¿De qué deberíamos fiarnos? ¿De tu palabra o de tus actos?

—Es una pena que no le guste, porque la chica está coladita por él —continúa Caliope.

—Ni que lo digas —confirma Lali—. Esa mujer lo mira como Ryan Reynolds a Blake Lively en la Gala MET de 2022.

Parpadeo.

—¿En serio me mira así?

—¿Por qué? —me interroga Violeta, atravesándome con sus ojos profundos—. No es como si te importara, ¿no? Si no te interesa, es como si no existiera.

—De que no te interese alguien a no reconocer su existencia hay un camino.

—¿Y cómo reconoces su existencia? —insiste Violeta—. ¿Como algo agradable, parcialmente agradable o extremadamente agradable? También está la opción de «neutral».

—Joder, sois peor que un grano en el culo —claudico, harto—. Sí que me gusta. ¿Y qué?

Lali da un saltito y todas sonríen satisfechas.

—¡¡Lo sabía!! Lo llevo sabiendo desde que me la mencionaste por teléfono por primera vez. Sabía que acabarías pidiéndole que viniera a la boda.

Lali no lee el futuro, pero es tan ridículamente romántica que no me sorprendería que se hubiera montado un guion de Nicholas Sparks en la cabeza. En el planeta Lali, como nos referimos siempre a ese mundillo particular en el que todo son vino y rosas, siempre hay arcoíris y la gente monta en unicornios a pelo, y los romances se suceden como en las películas que protagoniza Katherine Heigl. Y cuando no, corten y vuelvan a grabar la toma. Lali es tan sensible a que le digan que la vida no es una comedia romántica como un niño a la invención de los Reyes Magos. Solo que a los niños se les confiesa la verdad o eventualmente se dan cuenta.

Eulalia va a cumplir veintiocho años y todavía no se entera.

—Lo que es muy obvio es que a ella le gusta él —medita Caliope—. Pobre chica... ¡Mira que tener que aguantar a un tío que no es ni capaz de decirles a sus hermanas que le gusta! Seguro que ha accedido a todo este paripé sin que tuvieras que pedir nada a cambio.

—Es una buena chica —la defiendo.

—Está coladísima por ti —anuncia Lali—. Se lo veo en los ojos.

—No quiero meter el dedo en la llaga, pero hasta hace poco pensabas que el repartidor de Amazon estaba enamorado de ti porque te sonreía al entregarte los paquetes.

—¡Esto es distinto!

—¿En qué lo es? ¿O es que te has olvidado de la historia de amor que montaste en torno al chico de tu clase que te pedía los apuntes todos los días? Creías que era para llamar tu atención y solo se aprovechaba de ti.

—No es lo mismo...

—¿O aquella vez que te chocaste con un hombre por la calle y pensaste que lo había hecho adrede para pedirte el número?

—Luego no me llamó —repone, haciendo un puchero.

—Todos aquí sabemos que, para Lali, la sencilla cortesía

de dar los buenos días es un acto de amor a la altura de poner un candado en el puente Milvio —zanja Allegra—, pero a Eli le gustas muchísimo. *Finito.*

Eso ya lo sé. Me fue muy fácil desentrañar el motivo de su timidez cuando descubrí que yo era el único al que evitaba y que conseguía alterarla con mi sola presencia. No son nuevas noticias. Pero entonces ¿por qué me molesta tanto que me lo digan? ¿Por qué no lo quiero escuchar, cuando llevo un tiempo sabiéndolo?

Si fuera porque no pretendo hacer nada al respecto, comprendería mi propia reacción: la de un tío tan resignado a no mojar por culpa de su rígida moral que no quiere ni oír hablar del tema. Pero ya he decidido que no voy a ser un caballero y la seduciré en cuanto se me presente la oportunidad. ¿Cuál es el problema, pues? No me molesta gustar a otras mujeres. No me molestan las fanáticas del yoga, ni las perseguidoras y perseguidores convencidos del edificio, ni las azafatas, ni las que me han declarado sus afectos en distintas épocas de mi vida y han tenido que lidiar con un rechazo. Lo que sí me molesta es atraerle a alguien cuyo interés es recíproco.

A lo mejor lo que me pasa es que soy imbécil.

O que tengo miedo.

—Lamento que os hayáis dado cuenta de la trampa, pero, por favor, no se lo digáis a nadie más... y, menos aún, a Eli. No quiero que se sienta incómoda estos tres días.

—Cariño, todos aquí sabemos que no es tu novia. Desde el tío Juan hasta la prima segunda Petra, que se ha metido a pediros que os deis un beso solo para regocijarse. Esa niña es el diablo —masculla Violeta.

La miro directamente.

—¿Ah, sí? ¿Y qué me ha delatado? —pregunto con un brazo en la cintura—. ¿No será que en el fondo estabais todos desesperados por confirmar lo que lleváis años sospechando: que soy incapaz de pasar página?

Un ángel pasa por la cocina, sumiéndola en un silencio tenso.

—Desde luego, esto lo ha confirmado —responde Allegra sin entonación.

Su acusación velada me enerva y no mido mi reacción:

—Tener que traer a alguien para cerraros el pico dice más de vosotras que de mí: dice que me habéis acomplejado y perseguido hasta tal punto que tengo que fingir delante de mi propia familia. Lo único que confirma es que como no sois capaces de respetar el tiempo de duelo de una persona, esta ha tenido que contar una trola de proporciones cósmicas para poder pasar un fin de semana en paz.

—No te enfades, *nin* —me pide mamá, mirándome con lástima.

—Encima que nos has intentado colar este cuento, ahora te haces el digno —refunfuña Violeta.

—No me hago el digno. Estoy harto. De vuestras llamadas a deshoras, de vuestras investigaciones, de las apuestas, de las conversaciones que tendréis a mis espaldas, de la cuenta falsa que creaste en Tinder a mi nombre —señalo a Lali, que hace un pucherito avergonzado—, de las amigas tuyas que crees que me interesará conocer —apunto a Caliope con el dedo, que se exculpa alzando las palmas— y de todo lo relacionado con la manera en que he decidido llevar mi vida.

—Ser madre significa estar todo el día preocupada —se defiende mamá—. Entiéndelo.

—Y tener familia significa que debes acostumbrarte a que se metan en tus asuntos y opinen sobre ellos —añade Allegra.

—Pues en tu vida no dejas que nadie se meta. A ver si somos un poco menos hipócritas y más consecuentes con lo que decimos —la increpo.

—Si querías engañarnos es porque sabes que no estás bien, Óscar —murmura Lali—. Porque sabes que te encuentras en una situación preocupante y ya tienes bastante con tu propia inquietud como para soportar además la del resto.

Esconder mis emociones no me ha servido de nada. Acaban por derramarse igual que el agua por los laterales de una olla a presión.

—¿Qué queréis de mí, joder? —Extiendo los brazos y las miro a todas alternativamente—. Cuando traigo a alguien, le ponéis pegas, tanto si me gusta como si no; si no lo hubiera hecho, habríais pasado todo el finde incordiándome, incluso tratando de emparejarme con cualquier mujer del pueblo. ¿Qué hay que hacer para contentaros, hostia?

—No podemos estar contentas por ti si tú no eres feliz, Óscar —explica Cali con suavidad—. Es tan sencillo como eso. Y sabemos muy bien que no estás en tu mejor momento.

—Más aún —agrega Violeta—, has hecho de tu peor momento el nidito en el que habitar. Estás abrazado a una zarza espinosa, y duele ver que andas tan hundido en tu propia situación que ni siquiera puedes sacar la cabeza para entender por qué esto nos tiene alarmadas.

—¿Por qué lo es? Por qué es preocupante querer estar solo, ¿eh?

—No es preocupante querer estar solo. Es preocupante que sigas *con ella*.

Mi corazón se detiene abruptamente.

No es porque hable de Nieves. Tanto si me gusta como si no, es una constante en mi vida, un pensamiento anclado al subconsciente que se mueve por mi mente despierta con la naturalidad de alguien que ya se ha paseado por tu casa, que ha vivido en ella; que una vez dominó tu corazón, e incluso ahora, a pesar de todo, lo sigue arropando. Pero no estoy acostumbrado a que Allegra, precisamente Allegra, sea la que la mencione, porque para ella es tan tabú como para mí.

De pronto es como si no hubiera nadie más en la cocina.

—¿Qué dices? —murmuro.

—La tienes tan presente que por un momento he podido verla —responde, comedida—. Ella ve a través de tus ojos.

A veces siento que es ella quien me mira cuando te diriges a mí... ¿Y todavía te preguntas por qué no nos ha convencido tu actuación?

—Hay hombres que salen con mujeres por aburrimiento, pero tú no eres de esos —explica Violeta—. Tú eres un Casanovas, y jamás estarías con alguien a quien sabes que no le puedes dar todo tu corazón. Y por lo poco que he hablado con Eli, me ha parecido sobradamente inteligente para no enredarse con alguien para quien sería la segundona.

Sacudo la cabeza.

—La gente cambia. La gente... evoluciona. Podría haber tenido una novia ahora, aunque hace tiempo ni se me hubiese ocurrido.

Mi madre me sonríe con ese afecto velado por la compasión.

—La gente cambia y evoluciona cuando se mueve, *rei*. Tú llevas años en el mismo sitio.

No se me ocurre nada que responder.

—Eli no sabe nada de esto —les recuerdo al fin en tono de advertencia—. De Nieves.

—Ahora tiene sentido que esté aquí poniéndote ojitos —afirma Violeta—. ¿A qué esperas para decirle que no estás emocionalmente disponible?

—No se lo dice por compasión —medita Allegra—. Es una cortesía de las suyas, y esta debo admitir que la comprendo. Habría sido demasiado que le hablara a la chica de su verdadero y único amor —añade—. Hay cosas que no se deben decir y que se sabe que no gusta escuchar; por eso se lo ha ahorrado.

—O porque no quiere que se bata en retirada —expresa Lali, siempre preparada para dar la visión más positiva y romántica. Me mira con una chispa de esperanza—. No se lo dices porque sabes que tiene orgullo y no permitiría que la colocaras en un segundo lugar, y te dolería que te dejara porque tiene papeletas para reparar tu corazón.

Solo Eulalia puede decir esas tonterías y quedarse tan pancha.

—No tenéis ni idea de la clase de relación que tengo con Eli. No somos nada, para empezar. No le he hecho ninguna promesa, ni la he traído aquí para... Vosotras no... —Las palabras se esfuman. Por un instante no sé qué decir, y visto que carezco de cualquier defensa posible, solo se me ocurre despedirme. Pero antes de salir por la puerta de la cocina, me giro hacia ellas con el dedo en alto—. No sabéis nada. Nada de eso de dejarme, o del segundo lugar o de... Aquí no ha pasado nada, ¿estamos?

—Pero pasará —sostiene Caliope, sonriendo con tristeza—, y es nuestro trabajo advertirte.

# Capítulo 19

## LOS PRÍNCIPES AZULES DESTIÑEN

*Eli*

Mamá me enseñó a no escuchar detrás de las puertas cuando se enteró de que pegaba la oreja para oír sus peleas con mi padre. Decía que era de mala educación inmiscuirse en conversaciones ajenas, y le hice caso sin cuestionármelo, porque en la bendita infancia, la palabra de una madre es ley. Ahora me doy cuenta de que la verdadera razón por la que no hay que hacerlo es porque, en el noventa por ciento de los casos, uno acaba enterándose de algo que no debe... y, a veces, de algo que le va a doler.

Me ha dolido que Óscar les dijera a sus hermanas que no le gusto. Esa es la verdad. Sí, ha dicho que soy atractiva, incluso preciosa, pero no le intereso de verdad.

Es importante recalcar que a mí, cuando me duelen las cosas, me regodeo. Me revuelco en ese dolor. Llevo horas dándole vueltas al tema, y por mucho que me esfuerzo, no consigo dar con un solo motivo por el que le diría a su familia —esa a la que hemos venido a engañar— que no soy nada para él.

¿Y si he estado flipando todo este tiempo y en realidad

nunca le he atraído? La única conclusión coherente a la que he llegado es que Óscar creyó que no le ayudaría si no se inventaba que se siente atraído por mí. Pero ¿a qué quería que lo ayudase, entonces? ¿A quedar como un capullo que crea falsas esperanzas a las mujeres delante de, ¡bingo!, un grupo de mujeres? ¿Pretende poner celoso a alguien?

Si fuera así, ¿por qué no me lo diría desde el principio? Los vecinos me valoran porque me muestro racional, lógica y comprensiva ante los problemas ajenos. ¿Óscar pensaba de veras que no comprendería su situación, sea la que sea? ¿Por quién me ha tomado, que se ha creído que mentirme era la única solución viable? Supongo que por la clase de lunática que le da un manotazo cuando intenta comerse un bizcocho y, al quedarse atrapada en el ascensor con él, reacciona como si acabara de sacar el cuchillo jamonero.

Por un momento he pensado en preguntarle a qué viene todo este paripé; abordarlo directamente y espetarle qué juego se trae conmigo en particular, pero he reculado porque:

1. Tendría que admitir que he escuchado parte de la conversación, y eso no sería muy francés por mi parte.
2. Seguro que la respuesta no me hace ninguna gracia, y no quiero pasarlo peor.
3. No tengo por qué pedirle explicaciones... ¿O sí?
4. Óscar parecía turbado. No era un buen momento.
5. Revelaría que me ha dolido porque siento algo por él, y una mujer tiene su orgullo. No voy a declarar sin tapujos que me gusta cuando acaba de quedar claro que está riéndose de mí.

Antes de que descubra cómo me siento, tengo que gestionar yo, en soledad y con madurez, que me han dado ganas de llorar al escucharlo.

Llorar. Dios santo. Yo casi nunca lloro. Menos por un tío.

Y menos todavía en una casa llena de extraños. Gracias al cielo que he conseguido alejarme y perderme un poco con la excusa de «dar una vuelta de reconocimiento», o habría acabado con la cabeza como un bombo. O a lo mejor Óscar habría terminado con la cabeza como un bombo, porque ganas de arrearle un sopapo no me han faltado.

¿Por qué es tan raro? Ya no hablo del dilema homosexualidad/heterosexualidad, porque eso ya son simples estereotipos asociados por costumbre, y, después de haber escuchado a Enya en profundidad, confirmo que todos los seres humanos de este mundo deberían hacerlo porque calma los corazones huracanados. Hablo de que *no lo entiendo*. No sé de qué va, ni qué quiere, y su horóscopo de hoy no dice nada claro. Los astros apuntan a que no es un tío de fiar —aunque tendría que saber su ascendente—, pero supongo que, como viene siendo tradición, me tendré que pirrar por él para no romper con mi tendencia a coleccionar novios capullos con las cosas muy poco claras.

Hombres... Me tienen que arruinar hasta el atardecer desde el balcón del cuarto de Óscar, que no es poca cosa. Como la casa está situada en una elevación —Valldemossa se encuentra entre las montañas—, las vistas son una auténtica maravilla. Desde aquí se ve mejor el pueblo, formado por modestas casitas de piedra, calles empedradas y estrechas coloreadas por las macetas y flores que cuelgan de azoteas y balcones, todo ello medio oculto entre la frondosa vegetación de la zona. Es un lugar de cuento de hadas y tiene un encanto familiar muy distintivo.

No resulta difícil imaginar a alguien viniendo aquí para empaparse de la calma que se respira.

A pesar del histerismo inicial y de lo que he escuchado, el ambiente me ha ayudado a templar los nervios. Pensaba que el efecto Valldemossa pesaba sobre todo el mundo, pero Óscar es una notable excepción. Ya al aterrizar se ha sumido en un silencio meditabundo de los que hay que temer, y horas después está directamente intratable.

Parece que no se siente cómodo.

Y también parece que no me voy a enterar de por qué.

—¿Cómo es que todavía no estás vestida? —pregunta alguien a mi espalda.

Me doy la vuelta, y hela ahí: el hada de este pueblo de cuento. Eulalia lleva un vestido veraniego de color celeste que resalta su bronceado natural, la melena rubia que debe de pesarle un quintal libre sobre los hombros y los ojos verdes más grandes que he visto nunca.

—Nadie me ha dicho que tuviera que vestirme.

—¿Cómo que no? Esta noche vamos a ir al bar playero de siempre a beber como cosacos.

—¿Por qué?

—Segunda despedida de soltero.

—Pero... yo ahí no pinto nada.

—No tienes que pintar nada, Monet —bromea, adorable como ella sola—, solo tienes que sorber de una pajita y mover el esqueleto.

—¿No se supone que deberían ir solo hombres, para empezar?

—Esa separación por sexos es ridícula. Además, desde que el tito ha salido del armario, le gusta que le hablen en femenino, así que cuenta como mujer. —Airea la mano—. Vamos, ven conmigo. Te prestaré algo con lo que estarás monísima. Haremos que Óscar se caiga de espaldas —añade, y me guiña un ojo.

Accedo porque esta Campanilla tiene encanto para dos y porque creo que ser simpática con las Casanovas entra en mi contrato no firmado de noviazgo fingido y de todo punto fraudulento. En otro orden de cosas, sospecho que, como no le haga un placaje a Óscar o le meta un rodillazo en las pelotas, no va a haber otra forma humana de hacer que se caiga de espaldas, porque, por si Eulalia no lo sabe, para eso tendría que gustarle. Y no es el caso.

—¿Qué talla tienes?

—Treinta y seis.

Voy a decirle que tengo ropa para usar, pero la decoración de su cuarto, al que me conduce dando saltitos, me deja pasmada. Es una de esas habitaciones indudablemente femeninas en las que el dosel cae sobre la cama doble como una nube de algodón y los tiradores de los cajones están decorados con pompones. Lo que más me llama la atención es el corcho tamaño lienzo que cuelga de la pared. Incluso teniendo en cuenta que es organizadora de bodas, sorprende toparse con una serie de recortes de revistas de vestidos de novia, muestras de flores ya marchitas, fotos de banquetes, listas de posibles regalos y quién sabe qué más.

Lali, que no se avergüenza de su obsesión, me sonríe orgullosa.

—Ese corcho tiene más de quince años.

—Nadie puede decir que no te estés ganando la vida con lo que siempre te ha gustado.

—Es mi vocación —expresa apasionadamente. Acaricia el borde de uno de los recortes, en el que aparece un vestido «cola de sirena». Lo sé porque lo ha escrito con rotulador, no porque tenga alguna idea de costura—. Este corcho en concreto es el de mi futura boda.

—¿Vas a casarte pronto?

—Algún día. Lo tengo todo preparado. —Después dice, dejándome pasmada—: Solo me falta el novio.

—Eso es optimismo —murmuro para mí—. Con tanta energía y positividad no tardarás en encontrarlo. Me recuerdas mucho a una de mis mejores amigas.

—¿Mejores amigas? —Se sorprende—. ¿En plural?

—Ajá.

—¿Eso no contradice el propio término? O sea, tienes una mejor amiga porque es mejor que todas las demás.

—Puede haber dos personas mejores que las demás.

—Pero esas dos también están sujetas al criterio al que has sometido a las otras, y alguna saldrá ganando.

—No podría elegir entre una y otra. Matilda lleva toda la vida conmigo y es... dulce, generosa, divertida. Tamara es un huracán, para lo bueno y para lo malo, y no puedo imaginarme un mundo sin ella. —Me encojo de hombros.

—Yo creo que siempre hay alguien a quien se quiere más. Lo mismo pasa en el aspecto sentimental. No creo en los triángulos amorosos.

Pues claro que no cree en ellos, si es la abanderada de la monogamia y el tradicionalismo. Solo hay que ver dónde estamos. Esto parece el hangar de *La casa de papel*, pero en vez de un atraco, describe sus planes para llevar a toda la humanidad al altar... Lo cual es igualmente escalofriante, si no más.

—El encanto de los triángulos amorosos es que defienden que se puede querer a dos personas a la vez de maneras diferentes. Quiero decir... —carraspeo al ver que me dirige una mirada curiosa—, Tay y Matty son muy distintas. Cada una aporta una cosa a mi vida, con cada una tengo un tipo de relación, y ninguna es mejor o peor. Creo que es imposible tener a una sola persona en el corazón, y exigirle a alguien que elija es una crueldad.

Lali me observa con ojos brillantes. Tiene una mirada vívida, limpia y alegre, como si estuviera riéndose por dentro, pero ahora me da la impresión de que está... agradecida. De que le he dicho justo lo que quería oír.

—Buena respuesta.

Desaparece detrás de la puerta del armario para rebuscar durante medio minuto. Cuando aparece, lo hace con manos ocupadas y gesto satisfecho. Me enseña un vestidito azul marino y levanta las cejas varias veces.

—¡Dios, qué bonito!

—¿Verdad? Sabía que te gustaría. Tengo un don.

—¿Para qué? ¿Para acertar el estilo de vestir de alguien?

—Ese es uno de los talentos que derivan de mi don. —Cabecea—. Digamos que conozco a las personas. Solo con mirarlas ya sé qué es lo que quieren.

—Un don que le habría venido bien a Ryan Gosling en *El diario de Noa*.

Ella suelta una carcajada.

—*What do you want? It's not that simple... What do you want?* —dice bajando el tono, imitando al actor. Luego niega con la cabeza y pone la voz en falsete—: Es más divertido cuando lo hago con Cali. En fin, está claro que quieres este vestido. Póntelo y vayamos a partir la pana.

Después de prepararme con sus complementos y zapatos —tengo el mismo pie que Violeta—, y cuando ya estamos bajando a la playa del Port de Valldemossa para unirnos al festivo grupo, tiene que hacer *esa pregunta* que arruina el buen rollo:

—Bueno, ¿qué tal con mi hermano?

Es una pregunta lícita, pero me dan ganas de responderle que no es obligatorio que entre mujeres limitemos la charla a nuestros hombres. Sobre todo cuando no son nuestros hombres y nos han utilizado con Dios sabe qué retorcido pretexto, y especialmente cuando dichos hombres se han puesto una camisa celeste abierta por el escote y encabezan la marcha con ese aire circunspecto de los buenorros del Hollywood de Oro.

Qué injusticia. ¿Cómo se puede ser así?

Mi corazón se salta unos cuantos latidos al vigilar a Óscar en el grupo de la segunda despedida, con las manos metidas en los bolsillos y el pelo algo alborotado. Aunque tiene una sonrisa dibujada en los labios, se nota que solo atiende lo que le dice su tío por cortesía. De hecho, parece algo incómodo, fuera de su salsa.

Así ha estado toda la tarde.

Literalmente, este hombre me ha dejado como la *follamiga* sin importancia delante de su familia. ¿De verdad quiero preguntarme qué le pasa? ¿En serio voy a preocuparme por lo que sea que parece que le atormenta?

Supongo que sí.

—¿Eli?

—¿Con tu hermano? —respondo enseguida, recordando que Eulalia sigue esperando mi respuesta—. Pues... bien. Es un chico muy agradable. Educado. Respeta el medioambiente, a las mujeres y a sus mayores.

Eulalia se ríe.

—Cuéntame algo que no sepa.

—Besa fenomenal. Si esto ya lo sabías, me voy a preocupar.

—Lo sabía, pero no por experiencia. Llevo toda la vida aguantando las babas y obsesiones por él de parte de nuestros amigos en común, a quienes nunca ha temido llevarse a la cama. —Y pone los ojos en blanco—. Por una vez es interesante estar con alguien a quien no conociera de antes. Seguro que ya te lo ha dicho mi madre, pero estamos todos muy felices de que te haya traído. No lo esperábamos. Es un gran alivio.

A lo mejor no he mencionado cuántas veces me han dicho esas tres frases, juntas o por separado, pero después de toda una tarde escuchándolas con educación, empiezo a notar cierto tufillo. No puedo evitarlo y, aprovechando que todos se están metiendo en el bar de playa, me detengo justo a la entrada para preguntarle directamente:

—Si lo dices porque estabais todos preocupados porque Óscar fuera gay, me parece que esos comentarios son muy desacertados. Respeto a toda la familia, pero es evidente que os ha aliviado que fuera una mujer y no un hombre, y eso, de donde yo vengo, se llama de una manera. Solo por sacaros de dudas —agrego envalentonada—, me consta que tuvo una novia.

Empiezo a pensar que Lali solo sabe sonreír. Ni ceños fruncidos, ni pucheros, ni muecas de ninguna clase. Solo sonríe; esta vez, con un rastro de compasión.

Me coge de la mano y me la aprieta.

—Sé muy bien que tuvo una pareja. Era de las mejores amigas de mi hermana Allegra, una chica cercana a la familia.

Enmudezco de golpe, consciente del ridículo que acabo de hacer.

—Oh.

La he acusado de homófoba. Como mínimo debería quitarse el guante —porque los lleva— y abofetearme. Pero no es eso lo que hace; al contrario, me da una explicación que no merezco:

—No nos alegramos porque seas una mujer, sino porque pensábamos que no iba a volver a interesarse por... salir con alguien. Lo de Nieves lo dejó muy tocado.

—¿Cómo de tocado? ¿Fue su novia mucho tiempo?

Si no me lo cuenta él, tendré que encontrar información en otra parte, ¿no?

—Fue su novia de los dieciséis a los dieciocho, y su mujer hasta los veintidós.

La sonrisa irreverente que la ironía había puesto en mis labios se esfuma.

Nunca pensé que «mujer» podría convertirse en una de esas palabras con una sonoridad tan apabullante. Se queda atrapada en mis oídos y se repite como un eco lejano. Toda yo reacciono: la piel se me pone de gallina, mis ojos vuelan a la zona de la barra donde está Óscar, como si pudiera verlo desde la puerta, pero mi boca no logra articular una frase.

Entonces recuerdo ese detalle: ese anillo que lleva y al que yo me referí como señal de su castidad cuando estuve en el apartamento.

No era un anillo de castidad, ni siquiera algo decorativo.

Era su jodida alianza.

En mi defensa diré que era un anillo demasiado original como para llamarlo alianza.

—Dios mío —murmuro—. Dios mío, Dios mío, Dios mío. DIOS MÍO. ¿Está divorciado?

Eulalia me sonríe con tristeza.

—Es viudo.

Segundo golpe de gracia. Me tambaleo al cambiar el peso de pierna.

—Pero... solo tiene veintiséis años. No entiendo... Yo...

Me callo al comprender lo que mi estúpido balbuceo insinúa: que no tengo ni idea de quién es la persona con la que supuestamente salgo. De todos modos, no parece que esa sea la conclusión a la que Lali ha llegado. Ni mucho menos algo a lo que pretenda prestarle atención ahora que mis ojos se quedan pegados a la figura de neón de Óscar. Ajeno a mí y a la conversación, atiende a una historia que su hermana Calíope le cuenta haciendo grandes aspavientos con las manos, a punto de derramar la cerveza alemana que sostiene.

—No me extraña que no te lo haya contado. Odia que le digan que no lo ha superado —explica Eulalia en voz baja—. Te lo cuento porque sé que, si lo hiciera él, se dejaría muchas cosas por explicar; cosas que él no ve y de las que parece que no se da cuenta.

—¿Como cuáles?

Lali hace una mueca.

—Tengo sentimientos encontrados. Siento que eres la última persona a la que debería decirle esto, pero, a la vez, la única que merece saberlo.

—Dímelo —le pido casi en un ruego, y siento que apenas me reconozco por haberlo hecho.

Qué fina es la línea que separa el cotilleo del verdadero interés. En la curiosidad también subyace siempre un interés, claro, pero de esos que rozan el amarillismo. En mi caso, no estoy ansiosa por conocer una buena historia. Estoy ansiosa por conocer a Óscar.

—No nos preocupaba su luto porque fuera incapaz de salir con otras mujeres. Cada persona necesita su tiempo. Lo terrible es que sigue teniéndola presente, ¿sabes? No lo entenderás del todo porque no lo conociste antes, durante y después de la relación, pero Nieves se llevó una gran parte de lo que era mi hermano.

—¿En qué sentido?

—Tenían una relación muy tormentosa. Ella... Odio hablar así de ella, porque era mi amiga y la adoraba, pero era tan insegura y desconfiada que asfixiaba a Óscar. Él siempre fue un tipo deportista, extrovertido, fiestero y coqueto, y su relación con Nieves lo obligó a quedarse más en casa, a renunciar a ese flirteo sano, a esas relaciones bonitas con amigas de siempre; a sus competiciones de natación, incluso, por la obligación de desplazarse a otras ciudades... Y ahora dudo que conozcas a alguien más hermético que él. Ya nunca habla de sí mismo. Nunca dice nada que pueda comprometerlo.

»Por ella tuvo que hacer muchas renuncias —prosigue—, y las hizo sin darse cuenta. Por eso no es capaz de ver que mantiene las obsesivas costumbres de Nieves para sentirla cerca de él.

—¿Qué obsesivas costumbres?

—Ahora es profesor de yoga. Por ella. Es en lo que trabajaba. La música de Enya, la meditación, el ritual de las velas, lo de evitar a las mujeres y rechazar cualquier coqueteo, porque antes Nieves le montaba unos pollos de agarra y no te menees incluso si él no hacía nada... Evita los destinos que visitó con ella, de ahí que no pisara Valldemossa desde el entierro y dejara su casa en Deià. Está haciendo la misma vida que hacía con Nieves, cada detalle milimétricamente calculado, y, a la vez, la evita con fervor, y no se da ni cuenta, pero es lo bastante listo para alejarse de nosotras, su familia, porque sabe que le diremos las verdades a la cara y sin tapujos.

No sé qué es lo que espero ver al revisar a Óscar de arriba abajo. Dudo que la cicatriz de la viudedad sea visible, o se les marque la frente como en los Miércoles de Ceniza. Pero aunque no noto ningún cambio respecto a la última vez que le eché un vistazo, el impacto no es el mismo.

Es como mirar a otra persona.

Creo que no solo me afecta porque no haya tenido la amabilidad de contármelo, sino porque ni se me había pasado por la cabeza. Y es aquí y ahora cuando me doy cuenta de que lo tenía (y sigo teniendo) idealizado por su comportamiento dócil, por su actitud respetuosa; por su carácter afable. Me sorprende esta nueva realidad porque daba la impresión de que nada puede turbarlo, de que la miseria no llega a su vida. Sin embargo, ahora que lo miro, tal vez porque lo sé, me parece una de las personas más tristes del mundo. Nada me asegura que, donde yo veía serenidad, no haya simple resignación; de que donde había paciencia, prevalezca el aburrimiento, la falta de interés por su entorno y porque su entorno lo conozca.

De que su educación solo sea una manera de poner distancia.

—Me dijo que solo se ama una vez —me oigo decir, recordando—. Que el resto del tiempo buscas sentirte de la misma manera, y en el proceso utilizas a otras mujeres como consuelo.

—Tan listo para unas cosas y tan rematadamente imbécil para otras. —Eulalia suspira—. No me puedo creer que te dijera eso justo a ti.

—Está bien que sea honesto. Siempre he preferido esa sinceridad hiriente a...

*Sinceridad hiriente.*

Como si me doliera que Óscar no se pueda enamorar otra vez.

¿Me duele? ¿Tendría sentido que lo hiciera?

Por un lado, por supuesto. Así funciona la empatía. Siempre es descorazonador saber que hay gente buena ahí fuera padeciendo, mientras los malos se van de rositas. Pero es que por eso se les llama *buenos*: porque *sienten* ante la tragedia. La tristeza es una forma de sentirse vivo y saberse generoso, compasivo; un privilegio al que los crueles nunca podrán aspirar.

Por otro lado, no puedo negar el trasfondo egoísta. No quiero que tenga el corazón roto porque, de ser así, no podría ambicionarlo; igual que quería que fuese heterosexual para tener una sola posibilidad.

—Te gusta en serio, ¿eh?

Miro a Lali con un suspiro atravesado en la garganta.

—Eh... yo... —Carraspeo—. Estoy impresionada, supongo. Es el hombre con el que soñaba cuando era adolescente —reconozco avergonzada—. Ese que me resigné a no encontrar jamás después de mi primera y única experiencia amorosa.

—Dicen que al primer amor se le quiere más, pero que a los siguientes se los quiere mucho mejor.

El brillo en sus ojos no es mera simpatía. Es esperanza. Lali está poniendo sobre mis hombros la responsabilidad de salvar a su hermano, la que imagino que será su fantasía más recurrente, puesto que no deja de ser una romántica empedernida.

—Oye... —empiezo, alarmada—. Tu hermano y yo no... O sea, que él y yo...

Lali me mira con calidez. Posa una mano amable en mi hombro, compadeciéndome.

—Lo sé.

*Lo sabe.* Sabe que miento.

De repente no noto mi cuerpo, solo un cosquilleo en la nuca.

—¡Un brindis! —exclama Caliope de golpe, encaramándose con dificultad a la barra.

Ante el descontrol de gritos jubilosos que se desata, experimento una sensación de extrañeza: la de estar en un lugar al que no pertenezco, al que, para empezar, no debería haber venido, y en el que no se me ocurriría haber aparecido si hubiera sabido lo que había detrás de todo, una verdad que no solo me ha ocultado Óscar, sino que parece que no tenía la menor intención de contarme jamás.

No duele por la falta de confianza, pues no la tenemos. Duele por las implicaciones que conlleva. Definitivamente, todo ha sido un espejismo. No le intereso en absoluto, pero, por una vez, estoy segura de que no me he engañado yo sola. Él ha contribuido a que me crea que había un sentimiento genuino tras su decisión de traerme.

Dentro del bar hay un estallido de confeti, risas envolventes, aplausos y hurras, parientes con los que no tengo nada que ver apretándose en abrazos eufóricos. Entre todo eso, capturo la mirada de un Óscar que sonríe por obligación ante el espectáculo.

Nos observamos con cautela en la distancia, sin movernos. Los papelitos de colores flotan lentamente en el aire, y a ese mismo y parsimonioso ritmo, la incertidumbre y la incredulidad que me han estado dominando desde la conversación de la cocina se transforman en una estúpida desesperación.

No sé cómo ni por qué, pero Óscar la percibe y su actitud festiva se apaga de golpe.

Ni me molesto en quedarme a ver cuál es su siguiente paso. Me doy la vuelta, temblando por la humillación, y salgo del local.

Siempre he pensado que la peor sensación de todas es la de haber hecho el ridículo. El enfado se puede afrontar con mesura; la tristeza, con un poco de racionalidad. Pero saber que lo que has hecho es absurdo y que otra persona te ha arrojado a esa absurdidad, una persona en la que habías depositado una mínima esperanza, es desquiciante.

Eulalia lo sabe. Todos aquí saben que hemos mentido. Quizá por eso Óscar estaba en la cocina repitiendo que no le gusto; tal vez antes de eso les hubiera confesado qué pinto aquí. Eso le deja a él como al impostor, vale, pero ¿en qué lugar me pone a mí?

De repente siento que todo es patético. Llevar este vestido, este pintalabios, estos zapatos...

—Te lo han contado.

Me doy la vuelta justo cuando estoy a punto de subir las escaleras que conducen de la playa al pueblo, estrechas, más altas de lo recomendado y muy empinadas. Desde el tercer peldaño, le saco tantas cabezas a Óscar que podría jugar a ser Dios si mi temblor no revelara mi condición de simple humana.

Él está tan calmado como siempre; si acaso, algo más serio que de costumbre. Manos en los bolsillos, un par de botones de la camisa desabrochados y el pelo mecido por esa brisa que se cuela entre los mechones más largos.

Es increíble la cantidad de connotaciones que pueden adquirir o perder las virtudes de una persona dependiendo de cómo te sientas en el momento: si su atractivo físico fue lo que me llamó la atención de él en primer lugar, lo que nos acercó, ahora siento que es el culpable de que me distancie, incluso un elemento engañador. ¿Cómo he podido pensar que alguien así, tan perfecto, podría estar interesado en mí? ¿Por qué he permitido que me convencieran —mi subconsciente soñador y mi mejor amiga— de que esto es lo que me merezco?

—¿Sabes? —empiezo—. Podrías haber sido un poco más concreto cuando me dijiste que necesitabas fingir tener una novia delante de tu familia. Podrías haberme dicho por qué. No llevo aquí ni veinticuatro horas y he hecho el ridículo tanto como lo llevo haciendo desde que te conozco, y soy muy sensible a eso. ¿Te produce algún tipo de placer dejarme por los suelos?

Él arruga el ceño.

—Sabía que te lo iban a contar —replica—. Era cuestión de tiempo. Nunca pensé que mi pasado tuviera nada que ver contigo.

—¿No? ¿No se te ocurrió que debía estar al tanto de qué clase de papel interpretar? No me importa que me traten como si fuera tu novia, pero me molesta que me miren como si fuese el consuelo de un enfermo terminal, o peor aún: su putilla.

Óscar apoya la mano en la pared para subir un escalón. Me está mirando con esa cara que odio que me pongan, esa de la que huyo evitando alzar la voz: la cara de «estás perdiendo los papeles». La cara de «estás diciendo cosas sin sentido».

La cara de «estás loca».

—¿Qué dices?

Me abrazo los hombros antes de responder impulsivamente.

¿Es para tanto? A fin de cuentas, ya sabía que esto iba a ser una simple actuación. Pero *se siente* como si fuera para tanto.

—He oído lo que les has dicho a tus hermanas —consigo decir sin que me tiemble la voz—. Que si Eli no te interesa. Que si Eli es solo una cara bonita. Y, para colmo, todos saben que no soy la novia por la que me has presentado. ¿Por qué me has traído aquí para pasearme como si fuera tu *escort*? ¿Qué es lo que quieres demostrar, Óscar? ¿Que ya no piensas en tu ex?, ¿me equivoco? ¿Y para eso necesitabas hacerme quedar como alguien con quien entretenerse una noche y avergonzarme? ¿Me vas a decir de una maldita vez de qué vas?

—Yo no te he... —Se frota las sienes—. Lo que has escuchado en la cocina ha sido un fragmento de una conversación larga y mucho más compleja que eso. Lo que he dicho... Joder. —Se pasa una mano por el pelo—. No debería haberte traído.

Una punzada de dolor me atraviesa el pecho.

—Estamos de acuerdo en eso, pero ya no podemos arreglarlo. ¿Qué quieres?, ¿que me vaya a un hotel?

—No digas tonterías, Eli...

—Yo no digo tonterías, ¡tú las dices! ¡Tú las haces! —le grito—. Y lo peor es que te crees que no tienes que dar explicaciones. Me has metido en un berenjenal sin permiso, me has ocultado los motivos reales y los matices de tu relación familiar, y encima me has mentido. —Trago saliva—. ¿Qué necesidad había de decirme que... te gusto para traerme aquí? Te habría ayudado igual, ¿sabes? Porque para eso... para eso están los vecinos.

Óscar deja de subir escalones de repente, como si una idea hubiera colapsado el resto de sus pensamientos. Con una mala sensación en el cuerpo, observo que su mirada se oscurece. Se ha dado cuenta de por qué me afecta tanto que siga enamorado de su mujer.

*Su mujer, Dios santo.*

No es gay. Solo ha renunciado al amor. Para siempre.

Y así me lo dice.

—Lo siento si en algún momento he dado a entender que estaría dispuesto a tener una relación seria —dice con gentileza—. Eres preciosa y encantadora, pero...

Levanto la mano.

—No tienes que romper conmigo. No somos nada, ¿recuerdas? Y tampoco es que me hayas hecho una promesa.

—Pero parece que tú sí te has hecho ilusiones —responde con un hilo de voz, mirándome a los ojos.

Me gustaría ofenderme, pero tiene razón. Me estaba haciendo ilusiones incluso cuando me reprimía. En algún momento entre mis ojeadas a través de la ventana de la cocina y este momento, mis inofensivos delirios se han transformado en algo más. Ni siquiera sé aún al cien por cien quién es como hombre y ya siento que cumple todos esos sueños románticos a los que renuncié hace mucho tiempo. ¿Es de ahí de donde viene mi frustración? ¿De que mi caballero idealizado sea un ser humano con un pasado, una esposa y un pésimo criterio a la hora de tomar decisiones? ¿O de que haya quedado claro que no puede quererme?

¿Para qué necesito yo su amor, en primer lugar? ¿Para darme valor, para sustituir el mal recuerdo del último hombre que me dio el suyo, o porque presiento que podríamos hacernos alguna clase de bien?

Qué estúpidas son a veces las corazonadas. Y qué engañosas las expectativas.

—Dime en qué estás pensando —me ruega, inmóvil ante mí—. No me gusta la cara que estás poniendo.

—Es la cara de tonta que me has dejado tú, Óscar. —Suspiro, exasperada—. A veces parece que disfrutas quedando por encima de todos, incluso si para eso tienes que tomar al resto por imbéciles.

—No tomo a nadie por imbécil, Eli. Solo quiero tener control sobre la información que se tiene de mí. Dársela a quien es digna de ella.

Una sonrisa amarga se dibuja en mis labios.

—Eso no lo arregla, ¿sabes? Pero bueno, solo has dejado claro lo que ya sabía: no soy digna de que me des información esencial, ni siquiera cuando vas a utilizarme para quedar bien.

—No quería quedar bien. Ni tampoco mal. Solo... —Se mira las manos desnudas, como si ahí estuviera la respuesta—. Solo estar tranquilo.

—Pues espero que lo hayas conseguido, porque lo vas a necesitar para explicarle con tranquilidad a tu madre que me largo a dormir a un hotel. Dile que las acompañantes no trabajan de noche a no ser que se les soliciten otros servicios, y esos no los tengo disponibles.

—Eli, joder. —Se pasa una mano por la cara, nervioso—. No les he dicho que seas ninguna *escort*. Saben que no eres mi novia, pero también que eres mi vecina y una chica totalmente normal.

—Sí, y creo haber entendido que ese era justo el problema para una de tus hermanas. A lo mejor, si hubiera sido lo bastante buena, me habrías presentado como a una novia de la que estás enamorado, pero imagino que no era creíble por lo normal y aburrida que soy y tuviste que conformarte con que soy un pedazo de carne. Podrías haberme avisado de que iba a tener que hacer este papel de mierda, ¿entiendes?

—Eli, espera... —empieza cuando ve mi intención de largarme—. ¡Espera!

No tengo fuerzas ni me queda dignidad para echar a correr escaleras arriba con unos tacones, así que permito que me alcance.

Me coge de la mano y me rodea para cerrarme el paso. Su olor me envuelve como si intentara anestesiar mis nervios, y durante un instante de debilidad casi lo consigue.

—Ahora mismo no quiero escuchar nada de lo que tengas que decir, Óscar.

—¿Ni siquiera si lo que diga puede resolver el problema?

—No quiero que resuelvas el problema. Quiero saber por qué lo has mezclado conmigo, alguien a quien en realidad no quieres en tu vida de ninguna manera.

Mi contestación lo descoloca. Su cara es un poema, y no tarda ni un par de segundos en soltarme la mano como si le hubiera quemado. Seguramente acabe de vérselas de frente con sus contradicciones, y no le ha gustado lo que ha visto.

Por lo menos tenemos algo en común: a mí tampoco.

# Capítulo 20

## LA VIDA MISMA

### *Óscar*

Qué noche tan pésima. Y qué mañana. Ha sido aún peor. Pronostico que la tarde será un infierno, y por la noche me subiré por las paredes, si es que llego consciente. Teniendo en cuenta que está a punto de comenzar una boda, espero no estar lúcido como para saber qué sucede a mi alrededor.

Por cosas como esta llevo años obligándome a tener el control de mis emociones, de la situación en la que me encuentro; a veces, hasta de la gente que participa en ella, por lo que a menudo se me tilda de «manipulador». Es una forma de evitar que las cosas se vayan de madre, una obligación que me impongo para no ir de un lado para otro como un alma en pena, histérico por si Eli aparece o no aparece.

Esto se me ha ido de las manos. Lejos de admitirlo en el momento, me quedé ahí pasmado, ante su carita decepcionada, esperando que me leyera la mente. Que solucionara el lío de sentimientos enredados que me estaban (y me siguen) nublando la razón.

Pero Eli aparece a la hora acordada, y eso me alivia, porque así se parece mucho más a la mujer que yo conozco: a la que está muy por encima de irritabilidades y orgullos que no llevan a ninguna parte. Aunque, ¿cuánto la conozco, en realidad? Hasta anoche no se me habría ocurrido que me enfrentaría, ni que lo haría en nombre de esos sentimientos que me está costando que confiese. Es evidente que a nadie le gusta que le oculten información, pero una mujer tan cautelosa y aparentemente imperturbable no se va a dormir a un hotel después de algo así si no es porque lo que siente es mucho más intenso de lo que le gustaría admitir.

Eso fue lo que me dejó sin palabras. Lo que subyacía en esa discusión.

Entre otras cosas.

El tío Juan se empeñó en celebrar la boda en la playa, pese a que todos lo avisáramos de que no iba a ser agradable pasar todo el día bajo un sol abrasador. Como es natural, Lali se ha encargado de todo, y eso significa que la separación entre las sillas forradas de lino blanco es de cuatro centímetros exactos, que la melodía nupcial está programada para sonar a las once en punto, repetirse a las once y veintidós y ponerse una última vez a las doce menos cuatro minutos, según lo que dure el discurso de los enamorados, y que un banquete tropical nos espera al otro extremo de la pasarela.

Viendo que todo el mundo está a punto de sentarse, busco con la mirada a Eli. Mis familiares están dispuestos a fingir que no saben que le pedí a última hora que fuera mi novia, así que no tiene ningún sentido seguir actuando como tal. Aun así, espero con impaciencia a que corte su conversación con mi madre —prefiero no pensar en qué están hablando— para acercarme y saludarla con cariño.

Está impresionante. *Es* impresionante. Lleva un sencillo vestido rosa sin ningún detalle, de tirantes y escotado, largo hasta los pies. La tela se intuye tan suave que tengo que cerrar el puño para no estirar la mano y acariciarlo. Quiero decirle que se la ve mejor que nunca, pero creo que me ha sido vetado el derecho a hacerle halagos, y, de todos modos, no sería verdad, porque como se la ve en realidad es seria e incómoda.

Ella no me dice nada. Asiente con la cabeza, tan solo tolerando mi cercanía, y se recoge la falda con una mano para ir hasta nuestros asientos.

Por lo menos no me fulmina con la mirada. Aunque el mosqueo siga ahí, se ha apagado, y no sé si eso es una buena o una mala señal.

—Tenemos que hablar —susurro, una vez estamos sentados.

Eli vuelve a menear la cabeza sin apartar la vista del frente, donde los dos novios se chinchan como adolescentes. Yo también los observo con resignación, sintiendo esa presión ya familiar a la altura del pecho.

Hacen una bonita pareja. Una bonita pareja que hace no mucho tiempo habría mirado con la envidia enfermiza y la impotencia del que estuvo en ese mismo lugar y ya no puede regresar.

Siempre me sorprende cómo pueden dolernos tanto las cosas, las personas, las vivencias que nos han sido arrebatadas. ¿Dónde está la lógica en que se sientan más vívidas que las que permanecen con nosotros, que las que podemos tocar? Cuando alguien se marcha, se lleva las risas, el calor de su abrazo; se lleva a sí mismo. Entonces ¿cómo es posible que a veces sienta a Nieves conmigo?

En *El curioso caso de Benjamin Button* decían que puedes maldecir al destino, pero al final tienes que resignarte. Creo que son los fuertes los que consiguen resignarse; los que se consuelan con que el desenlace trágico era inevitable y dejan de cuestionarse qué habría pasado si hubiera sido diferente. Pero a mí, a ratos, me parece que nunca se me acaban los gritos; que siempre me quedará un hilo de voz para clamar que el final fue injusto, que tanto ella como yo merecíamos otra oportunidad.

—Debería haber sido más comprensiva —dice Eli de pronto, en voz baja—. Anoche solo pude pensar en lo que todo este embrollo significaba para mí, pero no se me pasó por la cabeza lo duro que ha de ser para ti estar aquí, en la casa de tus padres, y... y en una boda, para colmo.

Agacho la mirada a mis manos entrelazadas y sonrío a desgana.

—No tienes por qué empatizar conmigo, Eli. Sé que la he cagado. —La miro de reojo, agradecido por haber tenido ella la iniciativa de hablar—. Cómo me sienta no justifica que haya sido un cabrón y te haya involucrado en mis problemas contra tu voluntad.

—Pero que no lo hayas hecho por maldad es un consuelo para mí. Entiendo que necesitabas a alguien y... bueno, yo estaba allí, ¿no? —Encoge un hombro con resignación.

Su naturalidad y su empatía me ayudan a respirar hondo, a tomarme un segundo para organizar mis ideas.

Cuando me encaró en las escaleras, no supe qué actitud tomar. No entendía todavía qué demonios me había poseído para irle a mis hermanas con ese absurdo cuento de que Eli no significa nada para mí, ni por qué no se lo conté todo a ella desde el principio. Pero tras una noche de reflexión en una cama con dosel rosa, he visto de frente algunos fantasmas.

Claro que la necesitaba, a ella en concreto, porque es la primera mujer que me ha interesado más de cinco minutos desde que Nieves se mató.

Este era un favor que solo podía hacerme Eli.

—Hace unos cuantos años que visitar a mis padres suponen algo jodido para mí —confieso en voz baja—. No es que no tolere que me compadezcan. Parte del duelo fue fácil porque mis hermanas también sufrieron la pérdida. No solo tenía con quien llorar, sino que comprendían por lo que estaba pasando, conocían a Nieves tan bien como yo. Pero ellas son más fuertes, tienen más mundo recorrido, y, salvo Allegra, lo encajaron rápido. Yo me sentí traicionado porque les costara tan poco seguir adelante, y por eso no me planteé quedarme en Valldemossa después de enviudar.

—Entiendo esa sensación —dice Eli con suavidad—, pero ahora que ha pasado un tiempo, deberías ver el afán de superación de tus hermanas como algo bueno. El mundo nunca va a detenerse, aunque tú sientas que tu vida se ha acabado, ¿sabes? La muerte forma parte del ciclo vital, y no por encajarla con naturalidad se es insensible.

—¿Qué se es, entonces?

Ella se encoge de hombros.

—Asimilar la muerte es la única obligación con la que nacemos. Esa crueldad de la que tú hablas, el hecho de seguir adelante pese a todo, al final es la vida misma. Pero te entiendo —insiste, mirándome de soslayo. Tiene las manos apoyadas sobre el regazo, y la certeza de que nunca he conocido a una persona tan sabia empieza a rondarme la cabeza—. Después de que mi madre falleciera, yo también me quedaba mirando el calendario como si de pronto no entendiera los números, preguntándome cómo era posible que los días se solaparan los unos con los otros. Me negaba a reconocer que ya estábamos en abril, porque yo me había quedado anclada a la fecha en que murió... —Coge aire—. Al final comprendes que es el dolor lo que te estaba cegando.

—¿De qué murió tu madre, si no es indiscreción?

—Leucemia. Se la detectaron en un estado muy avanzado. En apenas un mes, se la llevó por delante. —Hace una pausa—. ¿Qué le pasó a Nieves?

—Accidente de tráfico. Entonces iba a cumplir la edad que yo tengo ahora, veintiséis.

—Lo siento muchísimo, Óscar. La muerte de la gente tan joven es... doblemente traumática.

Me limito a asentir con la cabeza.

—Sí que era joven. Me casé con ella con dieciocho años,

¿sabes? Y aunque tuviera sentido dar ese paso, porque la conocía como a la palma de mi mano, recuerdo que, cuando nos estábamos separando, pensaba que nos habíamos equivocado, que no debimos precipitarnos... Era solo un crío.

Eli pestañea, asombrada.

—¿Os estabais separando?

—¿Lali no te contó esa parte de la historia? —A juzgar por el modo en que me está mirando, yo mismo diría que no. Eli menea la cabeza, sin pestañear por la impresión—. Lo nuestro no funcionaba, pero teníamos la esperanza de solucionarlo.

—Vaya... Normal que parezcas un buda elevado que conoce todos los secretos de la vida. Con veintitrés años ya habías amado y perdido.

—No creas que me siento mucho mayor o maduro que entonces. Quizá por eso que has dicho del tiempo: me he quedado estancado en esa fecha. Podría decirse que ahora estoy más perdido, pero se me hacen raros esos pensamientos que tuve sobre la boda porque ahora... ahora lo veo como la mejor decisión que he tomado en mi vida.

—Es normal después de una experiencia tan traumática —responde con pies de plomo—. No quiero renegar de Nieves, que seguro que era maravillosa, pero con el tiempo uno suele ver las cosas mejor de lo que fueron. Si os estabais separando sería porque algo no funcionaba, ¿no?

—Fue por mi culpa. Era un cabrón.

—No es eso lo que Lali me insinuó.

—Lali cree que soy el hombre perfecto. Si matara a alguien, me ayudaría a esconder el cadáver. —Me río flojito. Mis ojos salen disparados hacia su posición en la tediosa ceremonia civil: como con cada trabajo bien hecho, Lali abraza su iPad, llorando a lágrima viva—. Allegra, por ejemplo, no tiene tan clara mi inocencia.

»Yo era muy inconsciente. No me daba cuenta de todas esas cosas que le hacían daño, y ella no quería decírmelas para evitar el conflicto hasta que estallaba, y entonces era tarde para cambiar lo dicho o lo hecho.

—¿A qué te refieres con «lo dicho o lo hecho»?

—Siempre me ha gustado el tonteo, salir por ahí, conocer gente nueva... Nieves no era tan extrovertida y pasaba noches enteras preocupada, pegada al teléfono. Los celos la mataban, y yo tardé en darle importancia porque, la verdad sea dicha, no tenía nada de lo que preocuparse. Quiero decir... —Sacudo la cabeza—. Jamás la habría engañado, pero ella estaba convencida de que lo haría porque «era más joven y tenía que vivir mi etapa universitaria a lo loco» —hago las comillas con los dedos, parafraseándola—, y porque siempre había mujeres revoloteando a mi alrededor. No confiaba en mí, en definitiva.

—Pero eso no es tu culpa, Óscar. No lo era... —insistes, mirándome horrorizada—. ¿O es que le dabas motivos para desconfiar?

—No lo sé. Ahora todo está muy borroso. Pero ¿acaso importa? La hice muy infeliz, y hacer infeliz a una persona durante tantos años, durante la única juventud que tuvo, es como... es como haberle arruinado la vida. —Tuerzo la boca—. Para más señas, míranos a ti y a mí. Ni siquiera tengo una relación seria contigo y casi te vuelvo loca. Está claro que el problema es mío.

—No creo que sean situaciones comparables. La discusión de ayer no ocurrió porque lo hicieras todo mal, sino porque... porque no me eres indiferente —reconoce a regañadientes—. Las emociones también tienen parte de culpa, solo que las muy cerdas nunca la quieren aceptar.

Al girarme para mirarla directamente, ella ladea la cabeza y clava la vista en el suelo, como si no quisiera que viese sus mejillas coloradas.

Un cosquilleo tonto me recorre el estómago.

—Las emociones no son las únicas que no quieren aceptar

las cosas —respondo, bajando el tono—. A mí también me está costando asimilar algún que otro sentimiento.

Eli no me pregunta cuál es porque ya lo sabe.

Cualquier otra persona en su lugar, o en el mío, ya habría puesto las cartas sobre la mesa, pero nos frenamos. Somos conscientes de que hay una inexplicable complicidad entre nosotros y de que lo lógico no es flagelarnos por sentirla, sino transformarla en algo útil o que por lo menos nos quite la tensión del cuerpo. Pero seguimos dando vueltas alrededor del otro, callados.

No sé para ella, pero para mí, desde luego, es extraño querer saberlo todo sobre una persona. Es extraño sentirme cómodo y a la vez exaltado en la compañía de alguien. Es extraño que me mortifique por haberla defraudado, decepcionado o solo irritado. Y en esa extrañeza hay descontrol e incertidumbre, algo que no quiero volver a experimentar.

Pero no puedo seguir negándolo como hice delante de mis hermanas, ni puedo darle una falsa explicación a mi intención de esconderle la historia de Nieves. Es cierto que no se lo dije porque no es algo que contar a la ligera, pero también porque no quería ahuyentarla. No quería que supiera la clase de hombre que soy: uno capaz de arruinar la vida de una mujer.

Un tío como yo no debería haber pasado por el altar ni debería involucrar a alguien como Eli en sus movidas, pero soy egoísta. La quería aquí, como dijo Álvaro, igual que la quería ver cuando me rehuía y por eso la observaba desde mi ventana mientras cocinaba, del mismo modo que he querido quitarle la ropa desde que la vi o me esfuerzo siempre tanto por sacarle conversación.

Las únicas veces que no la he buscado sin querer han sido aquellas en las que lo he hecho queriendo.

—Corta el rollo y vamos al grano, que tengo hambre y esta gente está muriéndose de calor —le bufa el tío Juan al alcalde de Valldemossa.

Una sonrisa entre divertida y melancólica se dibuja en mis labios.

—Por lo menos no va a haber manera de que esta boda me recuerde a la mía —retomo con buen humor—. Yo me casé a solas con Nieves en el registro civil y luego se lo comunicamos a mis padres. Nada de grandes fiestas con muchos invitados. Todo fue en la más absoluta clandestinidad. Así lo quisimos. Sin embargo...

—Son una pareja, y eso ya lo hace difícil —resume Eli.

—Hay algo en las parejas felices que me entristece, y mi tío y Raúl lo son. —Me fijo en el intercambio de alianzas, y hablo para mí mismo en murmullos—: El matrimonio es tan frágil como la vida y, sin embargo, uno atiende al momento en que intercambian los anillos con el corazón encogido, como si esa promesa de fidelidad eterna no fuese más que circunstancial. Como si no pudiese romperse de mil maneras diferentes. La muerte no es lo único que los puede separar.

Nada más decirlo, Eli apoya su delicada mano sobre la mía. Al notar su peso, me giro hacia ella, sobresaltado. Me sonríe sin enseñar los dientes, con esa humildad tan atractiva de su personalidad, la que le sale naturalmente al quitarle importancia a todo lo que hace cuando, en realidad, la tiene.

*Ella* la tiene.

Entrelazo los dedos con los suyos y devuelvo la mirada a la pareja de enamorados.

Y entonces se me ocurre una locura.

Sí, mirarlos es doloroso, pero a lo mejor lo que duele no es lo que he perdido, sino lo que me estoy perdiendo.

## Capítulo 21

## MANOS ARRIBA: O ME DAS TU CORAZÓN, O TE LO ROBO

### *Eli*

No estoy en mi salsa.

(Que diga esto una cocinera podría entenderse como un chistecito culinario. Como ya se ve, nunca he sido muy bromista, ya que ese es el nivel).

Durante la boda ha sido fácil pasar desapercibida. Había una pareja gay dándose el «sí, quiero» en un altar atestado de floripondios a la que mirar mucho antes que a mí. Y si me han mirado, no me he dado cuenta. Francamente, no me estaba preocupando tanto por el ambiente familiar en el que no pinto nada como por el hecho de que se me estaba acelerando el pulso por culpa de un tío que aún no ha superado lo que le ocurrió a la que todavía era su mujer, y que da la casualidad de que me gusta a rabiar.

Ahora, en medio de la celebración, vuelvo a convertirme en el bicho raro que no sabe por qué demonios ha venido.

Por lo menos, así me siento hasta que empiezan a sacar los vinos.

Parece ser que el tío Juan se hartó de grandes fiestas después de las dos despedidas de soltero, porque decidió, junto a su prometido, que celebrarían la boda en un chiringuito con bodega cerca de la playa. Ellos, lo del baile nupcial, cortar la tarta, lanzar el ramo y todas esas patochadas que caracterizan una boda tradicional se lo han pasado por el forro. Han sustituido a Luis Miguel por electrolatino de hace diez años, los dulces por una serie de tapas típicas de la zona, y creo recordar que Juan es alérgico al polen, lo que no deja de ser paradójico teniendo en cuenta que regenta, junto a la madre de Óscar, una floristería.

Se nota que el garito en cuestión lo llevan viejos amigos de la familia. Es un bar corriente, con su barra pegajosa, sus taburetes cojos y su zona con luces de neón para seguir el ritmo de los pesados altavoces.

¿Cómo fue la parranda?

Con una sonrisa algo incómoda, me distancio del grupo y me dirijo a un lugar apartado para responder los tropecientos mensajes que me ha mandado Tamara; ese entre ellos.

Matilda también me pregunta qué estoy haciendo.

Esa misma duda tengo yo. *¿Qué estoy haciendo?*

Sin duda, haber pasado la noche en un hotel que casi no puedo permitirme —Baleares está diseñado para el salario mínimo alemán, que no es el español, por cierto, ni se le acerca—, pensando en que Óscar me ha traído aquí para sacar a la luz todas mis inseguridades, me ha dado una pequeña idea: lo que estoy haciendo es un ridículo estrepitoso. Pero esa posibilidad ha perdido fuerza cuando he recordado que no tiene una fibra de maldad en todo su cuerpo serrano, y tampoco está de más ser comprensiva de vez en cuando. Uno no pierde todos los días a su esposa veinteañera.

Todo mal. Han servido vino tinto
con tapas mediterráneas.
Muchas de ellas incluyen
pescado.
¿Quién estará al mando de todo
esto?

Eso no era lo que te estaba
preguntando.
Me vale vergas el vino.

Por cierto. No te vas a creer
lo que ha pasado...

—¿Qué hay de malo en el vino tinto?

Doy un respingo y me giro para mirar a Óscar, que se ha tomado la libertad de revisar los mensajes por encima de mi hombro. Quiero fruncir el ceño, pero está tan guapo con su *outfit* ibicenco que lo que me cuesta es no sonreír como una idiota.

La carne es débil.

—Con la comida ligera y mediterránea combina mucho mejor un rosado, y con los mariscos siempre debería beberse vino blanco. El tinto se reserva para asados, parrillas y platos algo más elaborados.

—¿Y eso por qué?

—Por sentido común. El vino blanco quedaría anulado con una comida de sabor fuerte, y el vino tinto le daría un regusto metálico a los tentempiés más ligeros, como uno elaborado con pescado.

Óscar me coge de la mano de repente y tira de mí.

—Ven, seguro que a mi tío le encantará saberlo.

Dejo que me arrastre por el bar con una sonrisa de circunstancias. Sé lo que pretende: integrarme en el grupo. Es de agradecer, y también una pésima idea, por eso me resisto clavando los talones en el suelo cuando ya hemos atravesado la mitad del local.

—Óscar... —Él me mira atentamente—. La verdad es que no... Todo está bien, ¿vale? Tu familia es estupenda, pero yo... Sabiendo lo que saben, preferiría no involucrarme demasiado, ¿comprendes? Es un poco vergonzoso para mí, y... sé que no me juzgan, que son buenas personas, ¿eh? Aun así...

Óscar relaja los hombros y asiente despacio.

—Lo comprendo, sí. Pero eso no impide que me acompañes a la bodega, ¿verdad que no?

*¿Acompañarte a un sitio húmedo, oscuro, solitario y romántico para la hija de un hombre que posee dos tercios de los viñedos bordeleses? Por supuesto, ¿por qué no haría yo eso, sobre todo ahora que he reconocido para mí misma que eres una gran tentación y no estás emocionalmente disponible?*

Niego con la cabeza, seducida por el brillo en su mirada.

¿Qué? Esa era la respuesta corta de lo que me ha venido a la mente. Y contradictoria, pero qué más da. Todos pensamos y hacemos cosas diferentes.

—Miguel es muy amigo de la familia y nos deja sacar de la bodega lo que nos da la gana, cuando nos da la gana. Sobre todo en días señalados como este —me explica, sin soltarme de la mano.

Es ahí donde yo tengo los ojos clavados, en nuestros dedos entrelazados.

*¿Por qué me toca?*

He captado la indirecta, de veras que sí. He entendido que todavía no ha superado lo que sucedió con Nieves, que, según Eulalia, vive por y para ella; que no va a amar a nadie como la amó a ella, y que yo soy... un culo muy bonito, aunque se resista a denominarme de esa manera porque le gusta dárselas de caballero. En mi tierra, que no debe de ser muy distinta de la suya, todo ese rollo se resume en que él y yo no vamos a ninguna parte.

Pero me habla como si quisiera que le conociera. Me cuenta

que, cuando era un crío, le gustaba jugar al escondite en las bodegas; que era el mejor lugar donde refugiarse cuando el insoportable calor veraniego apretaba, y que se emborrachó por primera vez allí mismo, con motivo de descorchar unos lotes de whisky escocés que Miguel quería probar antes de recomendar a los clientes.

—Yo de whisky no sé mucho, la verdad. Supongo que no suelo beberlo porque mezclar es muy mala idea y, si tengo que elegir, prefiero el vino.

—Te he visto beber varios vinos diferentes —señala con una ceja enarcada.

—Pero mezclar vinos es distinto, y yo estoy acostumbrada a la degustación de Savarin, que decía que a uno le sientan bien si los consume empezando por los más alegres y termina con los perfumados. Primero los jóvenes, luego los añejos; los ligeros y, después, los potentes; mucho antes irán los frescos que los templados, y los dulces sientan de maravilla tras los secos... —Carraspeo al darme cuenta del rollo que le he soltado en apenas un segundo, y para que no sepa que me he ruborizado de vergüenza, doy una vuelta por el pasillo de la bodega hasta llegar a donde se conservan las botellas—. Aunque estas reglas pueden romperse, claro.

—Como todas —oigo que dice a mi espalda—. Han servido anchoas, langostinos y ensalada. ¿Qué vino cogemos para eso?

Como si estuviera en el salón de mi casa, estiro el brazo hacia la vitrina.

—Cava, champán, vino blanco gallego, albariño y godello, chenin blanc de Loira... —enumero, cogiendo los que me convencen—. Un jerez fino y un rosado, por si acaso. ¡El tal Miguel tiene de todo!

Vuelvo a dar un respingo cuando me doy la vuelta y casi choco con el pecho de Óscar. Me ayuda con el peso de una botella y la estrena con un sacacorchos que llevaba en el bolsillo trasero del pantalón.

*Ese gesto ha sido sorprendentemente sexy.*

O no tan sorprendente, teniendo en cuenta que me gusta el vino y todo lo relacionado con él.

—¿Siempre llevas eso a mano?

—No, lo he cogido ahora para probar antes lo que se va a servir. Lo que se quede abierto y no nos guste se lo regalará a alguna de mis hermanas. A ellas les dan igual tus criterios, se beben lo que sea con cualquier cosa, y algunas lo hacen a palo seco. —Dicho esto, se lleva la boquilla a la nariz y lo olisquea antes de hacer ademán de tragar.

Lo evito agarrando la botella del canto.

—¿Qué haces? Esa no es la manera de beberse un vino como este. Hay que olerlo con interés, no como si solo quisieras asegurarte de que no es amoniaco.

Él sonríe muy despacio y se acerca a mí. Me quedo inmóvil cuando se inclina sobre mi cuello y lo roza con la nariz, al tiempo que inhala profundamente. Casi se me caen las botellas que tengo abrazadas cuando noto sus dedos retirándome el pelo que se me ha pegado a la garganta.

Su aliento me hace cosquillas en el escote.

—No es amoniaco —aclara tras su deliberación—. ¿Cuál es el siguiente paso?

—Pues... en realidad... Solo al servirlo se puede saber si el color es el adecuado.

Óscar entorna los ojos sobre mis mejillas. Sé que estoy roja como un tomate.

Es mi puñetero sino.

—El color es el adecuado. Me gusta ese rosado.

Me muerdo el labio y miro hacia un lado, como si ahí pudiera encontrar la ayuda que necesito para huir del momento íntimo que se avecina y que no sabré cómo evitar.

No tengo fuerza de voluntad. Soy una mujer (cachonda) a la deriva.

—¿Has... has bebido? —balbuceo, tratando de quitarle importancia a su coquetería.

—Solo un par de copas. No tantas como me gustaría, ni de la manera en que tú lo haces, pero estoy dispuesto a remediarlo.

Quiero decirle que emborracharse no es la mejor manera de sobreponerse a la pena. En todo caso, sirve para esconderse de ella un rato. Alison, que es psicóloga y conoce mejor que yo la mente humana, no deja de repetir —le hace mucha gracia la rima— que «la evitación nunca es la solución».

Óscar da un trago y me ofrece lo mismo. Beber whisky de una botella puede tener su estética bohemia, pero chupar vino caro de la boquilla es una aberración.

Y no lo digo yo, lo dice mi progenitor, que sabe mucho mejor de lo que habla.

—¿Por qué pones esa cara?

—Mi padre siempre decía que los buenos vinos han de servirse en cristal fino y paladearse a conciencia.

—¿Decía? ¿Ha fallecido?

—No, solo vive en Francia. Aunque para los españoles que se toman muy a pecho el Tour, ser francés y estar en el infierno es lo mismo.

Óscar suelta una carcajada.

—¿Insinúas que tu padre irá al infierno? —Yo me encojo de hombros, esquiva, pero él no se rinde—: Vamos, sé sincera. Aprovechemos el cálido cobijo de la bodega para abrir nuestros corazones.

Me hace gracia el tono con el que lo dice.

—¿Qué te propones?

—Conocerte —contesta con humildad—. Podemos usar la botella como testigo que cede la palabra. Ahora la tienes tú en la mano, así que puedes preguntarme algo. Cuando yo la sujete, te tocará encajar mi interrogatorio como buenamente puedas.

—¿Y esa va a ser tu pregunta? ¿Si creo que mi padre irá al infierno?

—Estaba entre esa y qué tipo de ropa interior llevas puesta.

—Un tanga color carne.

—Guau. —Exagera una mueca de asombro—. Parece que hemos tocado el tema que te pone aún más nerviosa que aquellos a los que se llega a través del coqueteo. Yo pensando que del ombligo para abajo estás fuera de tu zona de confort, y resulta que el tabú es tu padre. ¿Qué te hizo?

*¿Qué me hizo?*

Meneo la botella en círculos, pensativa.

—Nada, supongo. Ese es el problema.

—Creo que te entiendo. A mí también me molesta que algunas personas no me hagan nada. Es increíble lo que te puede atormentar la actitud pasiva de una persona.

Lo miro de reojo, preguntándome si eso ha sido una indirecta.

Él se hace el inocente.

—Mi padre no ponía distancia. Al contrario. Estaba muy encima de mí.

—Espero que eso sea una forma de hablar.

—¡Pues claro! —me quejo, indignada—. Lo que pasa es que era autoritario y tan exigente que no ejercía de padre. Más que familia, parecía mi jefe, y una adolescente que acaba de perder a su madre necesita que le digan que la quieren, no que le enumeren la lista de tentempiés que tendrá que tener listos para el cóctel de la noche, o que le cuenten, como yo a ti, qué vino se sirve con qué plato —recuerdo con amargura.

Tuerzo la boca mientras observo el fondo de la botella. Se horrorizaría si me pillara bebiendo a morro. No es como si pudiera verme en pleno acto de rebeldía, pero yo sí puedo regocijarme en secreto, así que empino el codo y doy un trago.

Óscar me mira apoyado en la pared con las manos a la espalda.

—¿Por qué te fuiste con él cuando murió tu madre?

—Tengo la botella yo —le recuerdo, agitándola. Ni siquiera finge estar interesado en el reto que él mismo ha propuesto.

Sigue observándome, y la única manera que se me ocurre para tolerar la intensidad de su mirada comprensiva es volviendo a beber—. Era lo único que quedaba. Estaba muy perdida y necesitaba consejo para decidir qué camino iba a tomar con respecto a mi futuro. Y a él le encantó marcarlo. Se lo pasó de maravilla modelando a su hija a su antojo. Me enseñó todo lo que hay que saber sobre la viña y me matriculó en cursos de alta cocina. Le gustaba pavonearse sobre lo maravillosa que era, aun cuando todo el prestigio que gané lo obtuve solo porque me enchufó en restaurantes.

—Por eso volviste. Porque querías ganarte la vida por tu cuenta, sin ayuda de nadie.

Oculto una sonrisa temblorosa dando otro trago.

—En parte —acoto, ambigua—. Me sentía sola y traicionada.

—¿Por tu padre?

«Y por el Anormal».

—La experiencia no fue como imaginaba. Ninguna de las que viví. Ni la de la alta cocina, ni la de los viñedos, ni la de ser la hija de Bonnet, ni... —Sacudo la cabeza—. Odio decir esto, la verdad. Siento que me victimizo, y que, si lo he pasado tan mal en cada lugar en el que he estado, con cada persona con la que he compartido mi tiempo, es porque yo soy el problema.

Óscar se impulsa desde la pared y se aproxima con cautela para, gentilmente, arrebatarme la botella. Gracias al cielo, porque ya he bebido suficiente para que se me suba a la cabeza y todo me dé vueltas.

—Mientras haya una sola persona o un solo lugar en este mundo en el que puedas ser tú misma, no eres el problema. Ni tampoco tiene por qué serlo el otro, ¿eh? Lo normal es sentirte fuera de eje en todas partes menos en lo que te es familiar. Excepto en lo que consideras tu hogar.

Alzo la barbilla hacia él.

—¿Y cuál es tu hogar?

—Mi autocontrol. A lo mejor hay veces en las que me siento incómodo y no estoy en paz, pero he construido mi fuerte en mí mismo para no tener que ir a ninguna parte en busca de tranquilidad, y para que nadie pueda destruirlo.

Le sonrío con compasión.

—Eres muy ingenuo si piensas que nadie puede destruir lo que hay dentro de ti. El amor, el deseo, las expectativas... Todo eso está en nosotros, sí, pero lo inspiran los demás. Al final, estamos en sus manos.

—Eso es lo más peligroso en lo que se me ocurre pensar —susurra, distraído, y me acaricia el borde de la barbilla—. Estar en manos de alguien.

—Desde luego, con... con la cantidad de despistados que hay... —empiezo a balbucear, nerviosa—. Por ponerte un ejemplo, el otro día, Tay estuvo diez minutos buscando las llaves, y las tenía en la mano. Da pánico pensar en lo que podría hacer con un corazón a su cargo. Y piensa en toda esa gente que no se las lava después de ir al baño, o que lleva las uñas llenas de roña —continúo, envalentonada—. Si no se cuidan las manos, ¿por qué iban a cuidar lo que les damos para que lo sostengan?

Óscar se ríe de buena gana.

—Que Dios maldiga a todos esos *asquerosos manos sucias* —pronuncia, poniendo la voz y la expresión desdeñosa de Draco Malfoy—. Que conste aquí y ahora, ojo, que las mías están desinfectadas y, de hecho, me echo crema para que no se despellejen con el frío. Puedes usarlas si quieres bailar un rato, y tomarlas cuando necesites consuelo.

Trago saliva al sumergirme en los matices de sus ojos verdes. Me está diciendo que él y yo podríamos funcionar siempre y cuando no espere comenzar una historia de amor para toda la vida, solo para bailar un rato, solo para consolarme.

Nada que no supiera.

—No sé yo... —Le doy la vuelta a su mano para recorrer con el dedo las reveladoras líneas de su palma—. Creo que han aguantado demasiado para tener que levantarme si me caigo. Y me caigo con mucha frecuencia, porque soy insegura, temerosa y no soporto decepcionar a los demás.

—Créeme, brujita, mis manos pueden soportarlo todo. Es mi corazón el que a veces siento que no aguanta. Pero a ese no quieres llegar, ni mucho menos quedarte colgando de él..., ¿verdad?

Niego con la cabeza mecánicamente, aun cuando ni me lo he planteado. Y no lo he hecho porque sé cuál es la respuesta.

Claro que quiero llegar a su corazón. Sentirse amada por él debe de ser una experiencia inenarrable.

—¡¿Qué hacéis ahí?! —grita una voz femenina. Me asomo por encima del hombro de Óscar para ver a su hermana Calíope haciéndonos gestos desde las escaleras—. ¡Subid a bailar!

Óscar se gira hacia mí con aire risueño.

—¿Qué opinaría tu padre de eso?

—Bailar reguetón sería impensable, y no parece que Miguel tenga vinilos de Nina Simone, que es lo que haría aceptable moverse al son de la música.

—En ese caso, ya estamos tardando. —Guiñándome un ojo, consigue que mis recelos desaparezcan, aunque quizá tenga algo que ver con mi estómago ardiendo por el jerez—. Vamos, brujita, pierde los modales. ¿Para qué te han servido hasta ahora? Podría entender que quisieras complacer a alguien a quien admiras, pero si lo único que le tienes a tu padre es rencor, dime de qué sirve acatar sus normas.

—No las acato adrede —me quejo—. Solo estoy acostumbrada a cumplirlas. No es tan fácil borrar todo lo que te han enseñado.

—No —reconoce, compasivo. Vuelve a tirar de mí con una sonrisa prometedora en los labios—, pero seguro que el alcohol y mis manos limpias ayudan a que se te olvide por un rato.

# Capítulo 22

## A BAILAR SE APRENDE BAILANDO

### *Eli*

—¿T-también se te da bien m-mover el esqueleto? —tartamudeo, permitiendo que me coja de la mano y me guíe con seguridad al centro de la pista. Las luces de colores (y, por qué no decirlo, también el alcohol) hacen que no capte del todo bien los matices de su sonrisilla, pero me recuerda a uno de esos piratas de novela romántica erótica que tanto le gustan a Virtudes.

Él entrelaza los dedos con los míos y me anima a acercarme hasta que nuestras frentes se rozan, ambas sudorosas por la temperatura de mayo y el calor que se concentra en la pista.

—Ahora lo descubrirás. ¿Por qué? —Empieza a mover los hombros sugerentemente, siguiendo la cadencia de una cancioncita de Romeo Santos—. ¿La considerarías una de mis virtudes femeninas o masculinas?

—Depende de si te va el ballet o el breakdance.

Él se ríe con mi respuesta —me enorgullece que se ría conmigo; anoto como una pequeña victoria que pueda pensar que soy divertida— y me separa de un empujón sutil antes de darme una vuelta.

No me doblo los tobillos ni me piso el vestido de puro milagro.

—Fui a ballet un par de años. Era bastante bueno, pero me acabé decantando por la natación.

—¿Por qué? ¿Porque se te daba mejor?

—En realidad, no. Me costó años hacer un viraje en condiciones, y no sabía cómo empezar a abordar el tema de las competiciones porque soy más de amistosos, pero con ganas y siendo muy persuasivo, conseguí convencerla de que estábamos hechos el uno para el otro.

No sé si es porque está hablando de la natación como si fuera una mujer o porque parece que intenta decirme algo —¿este tío siempre habla en clave?—, pero se me hace un nudo en el estómago que aprieta más cuando me pasa las manos por las caderas y las acerca a las suyas. La bachata salsera que estaba sonando termina y los últimos acordes se fusionan con los primeros de una famosa canción de reguetón que él ha memorizado.

—«Si las buenas van al cielo y las malas a todas partes...» —sonríe muy cerca de mí, mirándome a través de las pestañas, y no deja de mover su cuerpo seductoramente contra el mío—, «¿dónde vas tú con tu juego? Hay algo que yo quiero demostrarte...».

Mi primer impulso en un caso como este habría sido escabullirme, pero mis caderas tienen otros planes. Incitada —o quizá poseída— por el alcohol y el ritmo criminal de la canción y de mi acompañante, me muevo como suelo cuando me voy de parranda con Tamara, sin la menor inhibición. El arte del *twerk* se me escapa, pero no parece que Óscar lo eche de menos al jadear, viendo cómo doblo las rodillas y pongo a prueba la tela del vestido para sacudir las caderas como una endemoniada. Le echo las manos al cuello para que no dude de que estoy bailando con él, para que no permita que nadie más se me acerque.

Óscar afianza las manos en mi cintura y me la rodea para acercarse a la curva de mi trasero.

—«Te garantizo que te llevaré al paraíso» —canta con la boca pegada a mi oreja excitada; tiene los labios húmedos—, «confía en mí, mujer, no tengas miedo... Esta noche solo hay un camino». —Su voz se enronquece al agregar—: «Hagámoslo en El Matadero».

Cierro los ojos y me dejo embriagar por el ritmo pegadizo del reguetón. No es mi canción preferida, pero mis sentidos apenas pueden prestarle atención a detalles nimios cuando tengo su cuerpo caliente pegado al mío, me susurra una letra insinuante y va bajando las manos hasta agarrarme las nalgas.

Con un vestido tan fino como este, es como si estuviera tocando piel, y no solo la toca: me pega a él un momento antes de darme la vuelta y seguir bailando.

*No sé por qué, cuando te busco, empiezas a cuestionarme*
*pa dónde voy a llevarte*
*si sabes que conmigo tú no tienes que preocuparte,*
*prepárate a entregarme tu cuerpo hoy.*

Creo que, si estuviera sobria, me escandalizaría con este vergonzoso comportamiento. He bailado así muchas veces, pero no con la única y clara intención de excitar a un hombre. Cuando empujo el culo hacia atrás y me muevo para sentir la erección de Óscar entre mis nalgas, lo hago precisamente para que él me abrace por el vientre y me apriete con ganas. Su descaro me seca la garganta, y el bulto contra el que me froto provoca un delicioso bombeo en el estómago que solo se aviva con cada roce.

Hay tantos cuerpos sudorosos, tantas y tan diferentes risas alrededor, que nosotros pasamos desapercibidos incluso cuando los dedos de Óscar descienden y presionan mi entrepierna para excitarme más. Pero eso es lo que me hace reaccionar, lo que devuelve toda la timidez a mi baile y hace que me avergüence de haberme desmelenado.

Me aparto de Óscar enseguida, temblando, demasiado excitada para articular palabra o correr, y salgo del bar sin mirar atrás, con una mano en la frente.

La canción sigue sonando cuando el aire fresco de la playa me acaricia las mejillas ruborizadas, rebajando la elevada temperatura de mi cuerpo. No me detengo en la entrada. Bajo hasta la orilla del mar con un puño agarrando la falda y la otra mano, abierta, apretándome la boca para no jadear en voz alta.

¿Qué he hecho? ¿Cómo he podido atreverme a moverme de esa manera? Ahora tendré que pensar en cómo me las voy a arreglar para volver a mirarlo a la cara. Me da miedo haberme sobrepasado, pero no me aterra lo que piense. Antes que nada, estoy... sorprendida conmigo misma. Y al borde de las lágrimas, porque quiero hacerlo. Quiero ir esta noche a El Matadero, o lo que sea que haya cantado Plan B.

Pero...

—¿Tan mal bailo?

Me sobresalto al oír a Óscar a mi espalda.

Siempre me enfadaba que Normand me siguiera después de discutir, cosa que pasaba con poca frecuencia porque yo evitaba irritarlo a costa de pasar luego la noche rabiando y para él suponía un esfuerzo inconmensurable aceptar sus errores, pero me alegro de que Óscar haya venido. Y a la vez no, porque verlo tan guapo, con el pelo revuelto y los ojos brillantes, la camisa abierta y la sonrisa remolona, es demasiado para mí.

Estoy loca por un tío que no ha superado a su ex. Esto solo puede darme problemas.

Y, aun así, no deja de ser un problema que me metería en la boca, hablando mal y pronto.

—No, no es eso, sino... —Sacudo las manos, enfatizando la negativa—. Siento que... Mira, es que en realidad soy... soy yo la que baila mal, ¿entiendes?

—¿Que bailas mal? —Da un paso hacia mí—. No sé a qué

Eli has visto tú bailar, pero la que me acaba de dejar con un calentón sabe bailar y sabe muchas más cosas.

Me relamo los labios, notando el sabor del vino y de los restos del gloss. No me muevo aun cuando todo me grita que debo alejarme para no dar la impresión equivocada.

—Lo siento... Siento ser tan contradictoria, y...

—Eli... —Frena a un palmo de mi nariz. Sus ojos despiden destellos hipnotizadores—. ¿Te gusto?

—Claro que sí. ¿Cómo no me vas a gustar? ¿A quién no le gustas? A un ciego, o a un sordo, o... Yo... —Intento tragar saliva, pero tengo la garganta seca—. Dios, Óscar, es que no quiero hacerlo mal. Porque... te lo haría fatal.

—En ese caso, deja que te lo haga yo. No es por fardar, pero estoy seguro de que te lo pasarás en grande.

—No lo entiendes. Hay cosas que tienes que saber de mí...

Pierdo la voz cuando él desliza una mano por mi nuca y me atrae a sus labios. Al pillarme en medio de una excusa, no le cuesta introducir la lengua en mi boca y besarme como nadie me ha besado en mi vida, tan sucio que un estremecimiento me tensa desde los pies hasta los hombros. Me echo a sus brazos, temblando de anticipación, y devuelvo los embates de su lengua incluso gimoteando. Él, sin perder el tiempo, me baja uno de los tirantes del vestido, y con eso accede fácilmente a mi pecho izquierdo. Sus dedos juguetean alrededor de la zona, trazando círculos pecaminosos, y pellizcan el pezón.

—Óscar, es-escucha... Oye... —atino a articular en cuanto me deja libre. La cabeza me da vueltas, y un latigazo de placer me nubla la vista cuando se inclina para meterse el pezón en la boca—. Ah... Óscar... Por favor...

Sus dientes sueltan el duro guijarro de mala gana, pero su mano vuelve a cubrirlo y a estimularlo sin dejar de mirarme con los ojos vidriosos. La parcial oscuridad que nos rodea es una especie de afrodisiaco, sumado al rumor de las olas y la música que llega de lejos.

—Te escucho.

—Soy... muy aburrida en la cama —le advierto con el aliento contenido, esperando que me suelte y me diga: «Ah, pues adiós muy buenas».

Sin embargo, él no se mueve ni para pestañear.

—Ajá. ¿Y qué más?

—Me quedo muy quieta. Y no hago nada.

—De acuerdo. Continúa.

Cierro los ojos cuando me baja el otro tirante y frota el pezón derecho con la palma. El vestido, que se sostenía solo gracias a esa sujeción, cae sobre la arena con un suspiro de satén. La brisa fresca y su manera de tocarme me ponen la piel de gallina.

—Estoy demasiado delgada, aunque coma como una burra, no tengo apenas pecho, y...

—Lo que estás es demasiado buena —ronronea. Mordisquea el lóbulo de mi oreja y desciende por mi garganta dando pequeños y cortos besos.

—Creía que no... que no te referías a las mujeres de esa manera.

—A veces me gusta hacer excepciones. Solo cuando la situación lo requiere o lo merece. Tienes unas tetas perfectas —susurra contra mi mejilla—. Me he tenido que contener mil veces para no meter las manos debajo de tus camisetas de propaganda y sobártelas hasta dejártelas rojas. Tienes que comprarte ropa, brujita... Se te marcan los pezones con esas prendas tan desgastadas, y no hay derecho a volverme loco.

Gimoteo antes de abrazarme a sus hombros.

—¿Algo más que no me haga falta saber pero que pareces empeñada en decirme?

—Hace m-mucho que no me d-depilo —tartamudeo, ruborizada.

—Me da igual.

—Y nunca me corro —admito finalmente con un hilo de voz.

Óscar se separa lo suficiente para mirarme a los ojos con los labios entreabiertos y una sonrisilla socarrona.

—¿Me estás retando?

—No. Te estoy diciendo la verdad. Jamás me he corrido con una pareja sexual.

—Habrá que poner remedio a eso.

Vuelve a conquistar mi boca con un beso despiadado. La barba incipiente me pincha las mejillas y sus manos no sueltan mis pechos hasta que yo, impulsivamente, se las aparto para poder desabrocharle la camisa. Me tiemblan tanto los dedos que no consigo vencer los botones, y acabo abriéndosela y sacándosela a tirones por los brazos. Las luces parpadeantes del chiringuito llegan hasta nosotros, y todo lo que no puedo ver por culpa de la noche lo percibo a través del tacto, pasando las manos por el vello de su pecho esculpido, los relieves de los músculos. Le hago un completo y atropellado reconocimiento acariciando sus hombros, sus brazos, su vientre. Está caliente y le gusta cómo le toco, porque jadea y me anima a continuar guiándome por las muñecas, apañándoselas para, a la vez, recorrer mi rostro con besos.

—Joder —bufo, meneando la cabeza—, es que estás buenísimo, cabrón.

Él suelta una carcajada que amortigua su propio suspiro.

—Adoro a la Eli borracha.

—Eso ha sonado fatal. No sé cómo tomármelo.

Sonríe cerca de mis labios y me roba un beso rápido.

—Tómatelo como que adoro otra parte más de ti —susurra con ternura.

El corazón me empieza a latir muy deprisa cuando guía mis dedos nerviosos hasta sus vaqueros.

Ahí, dudo.

—La única manera de bajar lo que hay dentro es bajando la cremallera —me recuerda con paciencia.

—No sé yo... —Me muerdo el labio—. Es que llevar la

bragueta abierta en un lugar público se considera de muy mala educación.

—A mí me parecería más maleducado que la dejaras arriba. La cremallera, digo. Y lo otro, pues también.

Óscar se quita el cinturón y desabrocha el botón. No se queda parado. Hunde los dedos en mi pelo y me atrae hacia él. Solo la ropa interior nos separa de fundirnos el uno con el otro, y estoy tan nerviosa que dejo que haga todo lo que le apetece. Con besos que respondo desesperada, me tiende sobre la arena, muy cerca de la orilla, y recorre con las manos todo mi torso, desde las clavículas hasta los huesos de las caderas.

—Me pone triste que tu tanga no anuncie nada —lamenta entre jadeos, acariciando la hendidura de mi entrepierna con la yema del dedo índice.

—S-sí que lo anuncia.

Con mucha dificultad, me doy la vuelta y me pongo de rodillas para enseñarle la tira.

Miro por encima del hombro, pero él no observa el nombre de la empresa de vibradores en la tela, vibradores que Tamara guarda como oro en paño. Aprovechando que estoy a cuatro patas, me coge de las caderas y me pega a su erección.

Pierdo de inmediato la capacidad de sostenerme y hundo las manos en la arena.

Siento que me baja el tanga muy despacio hasta que se enreda en mis rodillas. El aire me acaricia al principio los labios hinchados, y después lo hace su mano. Gimoteo, asustada por si mi tímida respuesta lo decepciona, pero en lugar de chascar la lengua, emite una exclamación admirativa.

—Qué cachonda estás —murmura, maravillado. Me penetra con dos dedos, y yo, en lugar de retirarme, me echo hacia atrás para notarlos más profundamente.

Él me complace rotándolos en mi interior.

No puedo ver lo que está haciendo. Eso solía ser un motivo para tenerme al borde del pánico, por no hablar de lo humillante que esta postura era para mí. Pero él murmura palabras que me hacen sentir incluso venerada, como si se pudiera llenar el corazón de alguien solo poniendo el cuerpo en sus manos. Eso es justo lo que hago al sacudir el trasero hacia él, pidiendo una atención que me da abandonando besos y propinando mordiscos en mis cachetes.

Aprieta la carne entre sus dedos y me da un azote que me hace suspirar.

—¿Te gusta así? —Yo solo puedo asentir mientras lo aprieto entre mis muslos—. Ah, no, guapa, no te encariñes mucho con mi mano.

Oigo el sonido de lo que puede ser el envoltorio de un preservativo al rasgarlo. No sé de dónde sale este pensamiento tan impropio, pero lamento no poder ver su erección. No habría pestañeado mientras se ponía el condón y por fin se enterraba dentro de mí, pero saber que va a hacerlo, que ya se está preparando, crea igualmente ese nudo de expectación y deseo en mi estómago.

Siento el torso de Óscar rozando mi espalda. Su vello me hace cosquillas y me contoneo con gusto. Se ha tendido casi sobre mí y ahora sus brazos me franquean por los costados.

—Pídeme que te folle, Eli —susurra contra mi pelo. El prepucio juega con mi inflamada hendidura, tentándome—. Sé que quieres decirlo. Sé que quieres decirme muchas cosas.

Cierro los ojos, sobrecogida por lo fácil que le resulta leer mis deseos.

Sí que quiero gritarlo. Y me habría gustado quitarme las bragas delante de él en una habitación atestada de gente, o llevármelo a los baños del garito para que me clavara contra la pared; incluso he fantaseado con hacerle una mamada en el ascensor cada vez que hemos coincidido, por no mencionar todo lo que pasó por mi cabeza en el túnel del terror.

Si me atreviera, lo habría empezado a desnudar allí mismo, sin temer al escándalo público. Si me atreviera, haría tantas cosas que no hacerlas me desespera y hace que me enfurezca aún más conmigo misma.

Siempre necesito un empujón para reaccionar.

Él me lo da al pedírmelo.

—Fóllame —gimoteo, con voz estrangulada. Arqueo la espalda para estar en contacto con él y lo repito más alto, sabiendo que, si puedo hacerlo, es porque estoy borracha—: Quiero que me folles, Óscar.

—¿Cómo?

—Hasta que me corra.

Él me retira el pelo de la nuca para dejar un beso ahí.

—Deseo concedido, brujita —murmura, justo un segundo antes de ensartarme de golpe.

He tenido suficientes sesiones de sexo para temer el dolor, pero no me duele esta vez porque el calor está tan concentrado entre mis piernas, y tan bien repartido por el resto de mi cuerpo, que entra dentro de mí como algo que necesitaba. Algo que anhelaba. Me pongo colorada de pensar que pudiera haber soñado hasta lo enfermizo con acostarme con un hombre. No lo admitiría en voz alta, pero, *joder, cómo me pone*. Siento hasta las orejas ardiendo cuando empieza a follarme de verdad a base de golpes de cadera. Se empuja tan dentro de mí que sus testículos marcan el ritmo al rebotar. Toda yo tiemblo, apenas sosteniéndome con las manos en la arena, y escucharlo gemir a mi espalda es la experiencia más erótica que he vivido nunca.

Siento que se incorpora, pero no me da tiempo a echarlo de menos. Al principio amasa mis nalgas y cuela una mano ahí donde estamos unidos para frotar el clítoris entre sus dedos, y cuando un calambre me avisa de que quizá voy a tener mi primer orgasmo en compañía, me cubre los pechos y los araña.

—Dime un número —me pide con voz ronca.

—El... el... tres.

—Muy asequible. Chica sensata. —Hace algo con la cadera y se clava justo en ese punto que me haría explotar—. Empieza a contar. Este es el número uno.

Es como si conociera mi cuerpo mejor que yo, porque inmediatamente después soy presa de una sacudida brutal que desmiente lo que solía pensar que era un orgasmo, no más que un instante de placer abortado en medio de un polvo denigrante.

Qué equivocada estaba. El orgasmo en compañía es una fuerza poderosa que me oxigena todo el cuerpo durante segundos, un instante en el que me parece estar volviendo a la vida. No puedo respirar ni ser consciente de nada más que de la necesidad de apretarlo más entre mis piernas.

Ni siquiera controlo cómo jadeo y pido más.

Cuando siento que esa sensación va desapareciendo de forma gradual, dejando mi entrepierna bombeando, y a pesar de que cada movimiento de cadera de Óscar en medio del clímax me excita hasta tal punto que me parece intolerable, me esfuerzo por moverme más rápido, por rascar otro segundo de placer, y, casi de milagro, esa energía pura se engancha con la casi extinguida para regalarme un orgasmo consecutivo.

—Nena... —bufa él, volviendo a moverse—, sabía que eras un portento.

Me agarra de los pechos para levantarme y me sostiene con un brazo que es como un cinturón. Con la mano libre, se cuela en mi entrepierna y vuelve a separar los pliegues buscando el clítoris.

—Vamos a por el tercero.

Cierro los ojos y me echo hacia atrás, sobrecogida por la mezcla de sensaciones. Él mueve el pulgar muy deprisa, y yo no puedo mirar a ninguna parte. Tengo los ojos cerrados y solo sé que respiro y que estoy viva porque su miembro me llena y me abandona, me llena y me abandona.

Él se hace grande por momentos, y yo no sé cómo lo aguanto, cada vez más hinchada.

—Sigue —me oigo decir, desesperada y con lágrimas en los ojos. Esto es lo que me merecía. Esto es lo que me estaba perdiendo. Esto es lo que quiero, y se lo digo porque mi deseo supera la vergüenza—: Por favor... No pares.

El tercer orgasmo lo agarramos juntos, sudando como pollos, respirando de milagro. El primero y el segundo han sido míos, solo míos, pero en el tercero soy muy consciente de con quién estoy, de quién lo ha hecho posible, y para el cuarto, que ocurre un rato después, cuando él se ha recuperado, siento tan necesario mirarlo a la cara que lo pido, y me es concedido sin necesidad de rogar.

Mis manos titubeantes encuentran la fuerza para abrazarlo con firmeza, y lo envuelvo con las piernas por la cintura en cuanto vuelve a instalarse dentro de mí.

—Me voy a dejar aquí hasta el alma —musita entre dientes, con la boca pegada al hombro, y me da un mordisco justo ahí, uno que me dejará marca—, y no me importa una mierda.

Le clavo las uñas en la espalda y aprieto los muslos para que note a todos los niveles que yo también querría que se quedara ahí para siempre. Sé que se corre cuando estira el cuello, surcado de venas, y gruñe mi nombre antes de cerrar el puño dentro de la arena. Yo me entrego un instante después, justo cuando estrella su boca contra la mía y, después de besarme a cámara lenta, dice:

—Hay que ver, Eli... Tú sí que sabes matar de aburrimiento a un hombre.

## Capítulo 23

## ENTERRADME SIN DUELO ENTRE LA PLAYA
## Y EL CIELO

*Eli*

Qué cobardía la del Creador al no partirles la barbilla a todos los hombres del mundo. Aunque, por otro lado, entiendo que ese hoyuelito no les iba a quedar a todos como a Óscar, así que reformularé: qué cobardía la del Creador al no hacer a todos los hombres a su imagen y semejanza.

Está tendido a mi vera tan solo con los pantalones puestos, una mano sobre el pecho y la cabeza ladeada hacia mí. Creo que uno solo se puede sumir en un sueño tan profundo cuando ha quedado satisfecho, y supongo que, si duerme como los angelitos, es gracias a mí.

Un punto para Francia.

Ya pensaré qué hacer con el puntaje. A lo mejor me convalida otro polvo.

Joder, ¿quiero otro polvo? ¿Qué me pasa?

Aunque soy alta y tengo gran tolerancia al alcohol, basta con incorporarme para que el lago de vino que se ha formado en mi estómago se mueva como si Nessie hubiera asomado la cabeza.

Sigo medio ciega.

*Mejor.*

Y me alegro de que me duela la cabeza. Y de que el cansancio físico apenas me deje pensar. Me conozco, y sé que, en cuanto termine de amanecer —el sol despunta al alba cuando consigo alejar la bruma del sueño pestañeando—, voy a darle tantas vueltas a lo que acaba de pasar que muy probablemente terminaré tomando un billete solo de ida a las Maldivas. Quizá me tiña el pelo y me cambie el nombre por uno típico yanqui, algo así como Britney, Tiffany o Allyson, para no tener que afrontar lo que he hecho.

Me estremezco de pensar en las barbaridades que le he susurrado al oído. Si mi madre se enfadaba cuando decía «mierda», no quiero ni pensar qué se le habría pasado por la cabeza al verme suplicar a un hombre que me...

Por favor, ni siquiera estoy en condiciones de repetir esa palabra para mis adentros.

Qué bochorno.

Hago la croqueta en la dirección opuesta al bello durmiente y busco el móvil entre los bolsillos de mi vestido, que está para tirarlo a la basura. Mientras la ilusión le gane el pulso a la ansiedad de haberme transformado en alguien que no soy —¿o que siempre he sido?—, he de aprovechar para contarle a Tamara el relato tórrido que le debo... y, de paso, rogarle que me disuada de que soy una furcia barata y la he cagado a lo grande montando el gimnasio de sexo a orillas del Mediterráneo.

Ahora no me saco la canción de Serrat de la cabeza: «Escondido tras las cañas duerme mi primer amor; llevo tu luz y tu olor por dondequiera que vaya».

Trago saliva y dirijo una mirada a Óscar, que sé que anhela todo lo que ve.

Ojalá hubiera sido él mi primer amor. O, tal vez, ojalá hubiera sido *yo* su primer amor. A veces no sé qué es más difícil, si sacar de su cabeza a Nieves o quitarme a mí el amargo sabor que me dejó Normand. Una cosa está clara, y es que la gente cuyo nombre empieza por ene es mi cruz personal.

No en vano mi padre se llama Noël.

Intentando no pensar en ello, marco a duras penas el teléfono de Tay y me alejo lo suficiente, cubriéndome con el vestido la piel irritada por la arena, para que Óscar no oiga mis susurros.

No pasan ni tres pitidos hasta que me responde.

—Dime que chingaron —suplica nada más descolgar.

—¿Tan... tan predecible soy? —jadeo, en *shock*—. Que yo sepa, no ponía nada en mi horóscopo de que fuera a hacer maldades en medio de una playa pública.

Dios santo, en unas horas habrá niños haciendo castillos de arena donde yo me he corrido cuatro veces.

Tamara me perfora el oído con un aullido que casi me deja sorda:

—¡¡Que ha sido en la playa?!! ¡Como en la canción de Big Yamo! «Amanecí en la playa después de un par de botellas... y a mi lado la mujer más bella, seguro que no estábamos contando estrellas...».

—Sé cuál es la canción que dices, no me la tienes que recitar entera.

—¡Quiero detalles! Bueno, *queremos*. Es noche de póquer y nos hemos liado tanto que se nos está haciendo de día.

—¿Es que nadie tiene que trabajar mañana?

—No. Es el día del Señor —me dice con retintín, como si fuera ella la más católica-apostólica-romana—. Órale, que pongo el manos libres y saludas a Edu y a los demás.

—¿Qué? ¡No, no lo pongas, no quiero que nadie...!

—¡Eli ha confirmado que Óscar es heterosexual! —pregona a voz en grito.

—¿Que lo ha confirmado? ¿Cómo? —Ese que oigo de fondo es Edu—. ¿Ha encontrado documentación escrita que avale su hipótesis?

—Habrá encontrado un orgasmo, o eso espero. ¿Misionero o a cuatro patas? Descarto que haya sido contra la pared, porque no hay paredes en la playa. Espera... ¿De pie en el agua?

Me froto la cara con exasperación.

Sea creíble o no, estoy tan acostumbrada a estos números que ni siquiera siento vergüenza.

—¡Qué alegría me dais! Bueno, Eli, confiesa —interviene una voz femenina inconfundible; es Susana—. ¿El *pranayama* y las clases de yoga te han servido de algo? Lo pregunto en serio, porque yo no noto que me ayude a relajar más la pelvis en pleno acto.

—El *pranayama*, dice... Lo que le habrá servido es el vestido de madama que ha llevado a la boda. Hasta a mí me dan ganas de morder unos pezones si se transparentan bajo un vestidito de seda —suelta Edu—. Si es que... parecía tontita cuando la compramos, y mírala, arrastrando a los maricones hasta la acera equivocada. No hay nada más peligroso que las que fingen que la Virgen les habla.

—A mí no me sorprende. Se pone lencería y se pinta las uñas de los pies a juego con las de las manos —acota Susana, como si yo no estuviera presente—. Las mujeres que visten ropa interior cara y llevan la manicura todo el año son, en realidad, unas bestias en la cama. Y no lo digo yo, lo acredita la ciencia.

—¿De qué estáis hablando? —interviene alguien más.

Se le escucha entrecortado, pero parece Álvaro.

—Nada —resuelve Tamara—, que Óscar es heterosexual por culpa de Elisenda.

—¿Han zumbado? ¿De verdad? Pues mira, ¡ya tenéis primicia! —exclama Álvaro, aplaudiendo—. ¿Quién va a avisar a las del bloque de enfrente? El otro día, una maruja me soltó un billete de cincuenta para que fuera a informarla si descubría algo sobre el estado civil de Óscar.

—¿En serio? ¿Y qué hiciste?

—Le pregunté que por qué clase de persona me tomaba, que yo no me meto en la vida de mis amigos... por menos de cien pavos —apostilla.

Una carcajada general me obliga a bajar el volumen de la llamada y a confirmar por encima del hombro que Óscar sigue durmiendo.

Quiero matar a Tamara por no haberme avisado con antelación de que estaría acompañada, pero tampoco soy tan ingenua como para creer que esto, independientemente de cuándo y cómo se lo contara, no se convertiría en el noticción de la centuria. Tendré que dar gracias si el periódico local no aprovecha una esquina libre en la sección rosa para informar del tema. Lo que no sé es cuál sería el titular. ¿«Elisenda por fin folla» o «Queda confirmado que Óscar es heterosexual»?

—No descartemos que sea bi —valora Susana, pensativa—. A los hombres guapos les gusta experimentar. Mirad a los actores de la época dorada de Hollywood: estaban liados todos con todos. Como James Dean con Marlon Brando. Y Tom Hardy confirmó que ha tenido experiencias homoeróticas.

Susana y sus infinitos conocimientos cinematográficos. Debería hacer como Boyero y dedicarse a la crítica de cine.

—No me parece una barbaridad poner a Óscar a la altura del James Dean de *Rebelde sin causa*, porque a los dos les dejaría rellenarme como al pavo de Navidad —dice Edu con su delicadeza habitual—, pero todos aquí sabemos que el gran amor de Dean fue la italiana esa más tonta que un botijo que se atrevió a dejarlo por otro.

—¿Y si dejamos los amores de las celebridades para luego? Ahora quiero que Eli nos dé detalles —insiste Tay.

—No pienso dar detalles si no quitas el manos libres —intervengo al fin, con la cabeza como un bombo. Y esto solo es el principio de la conversación—. No os ofendáis, pero no estoy por la labor de ponerme a explicar con detalle algo que todos hemos hecho a nadie más que a mi mejor amiga.

—Aguafiestas —me abuchea Edu—. Se te acabaron los cupones gratis en la peluquería. Y olvídate de las muestritas de suavizante.

—No le hagas caso —interviene Susana—. Está de mal humor porque se ha peleado con Akira. Fíjate si se han cabreado, que se ha venido a jugar al póquer cuando sabe que lo desplumamos —bromea.

—¿Os habéis peleado? —Pestañeo, perpleja. Me incorporo un poco y me cubro también el pecho con el vestido—. ¿Por qué?

—Porque dice que estoy más pendiente del vecino que de él —responde Edu—. Yo le he dicho que eso es técnicamente imposible, porque con quien me meto en la cama por las noches y al que empiezo a hacer cosquillitas en el muslo con el pie nada más me levanto, es él, no Óscar. Y te quedas muerta con lo que me dice: «Eso es porque Óscar pasa de ti». ¿Perdona? Óscar no pasa de mí, y si lo hace es porque Dios se dejó un alambre suelto al crearme en lugar de coserme una vagina... pero eso es otro tema.

—A ver, no me parece ninguna locura —confieso no sin cierta precaución—. Le has estado prestando más atención a la orientación sexual del vecino que a tu prometido, y tiene delito si cuentas que estáis con los preparativos de la boda.

—Pero ¿vosotros os estáis escuchando? —replica con voz de pito. Con eso me queda claro que no soy la primera ni la única que lo ha regañado al respecto—. Lo anormal sería que una peluquera maruja como yo no se pusiera a investigar sobre el nuevo vecino. Lo habría hecho tanto si hubiera sido el Capitán América como si se hubiese parecido a Jack Black. Chismorrear y meterme en vidas ajenas es mi trabajo a tiempo completo, mi verdadera vocación, y la de muchos de los que estáis aquí, así que haced el favor de no jorobarme y poneos de mi parte, que es lo que tenéis que hacer como amigos míos que sois.

—¿Y qué si no lo hago? Puedo vivir sin tus suavizantes mágicos —replico con retintín—, y tú no puedes enfadarte porque Aki se haya puesto celoso. ¿Lo habéis arreglado?

—No. Se ha largado a pasar la noche con su hermano, que vive en La Latina. Me ha dicho que ya me llamará. ¡Es que no me lo puedo creer! No lo he visto tan enfadado en mi vida. Estábamos cenando y ni siquiera he pronunciado el nombre de Óscar. Me he referido a que la película que quiero ver ganó un Óscar, y ya se le han puesto los ojos del muñeco diabólico y ha empezado a gritarme.

—¿Akira gritando? —repito, perpleja.

—Sí, sí, yo lo he oído todo —confirma Susana—. Le ha dicho que si no tiene suficiente con él, que lo diga... y muchas otras cosas.

—No entiendo a los hombres. Eli, fóllame hasta quitarme a la locaza de encima —exagera Edu con la voz en falsete—. Es obvio que, gracias a ti, a Óscar se le ha pasado la tontería. Eres la mejor terapia de conversión.

—Qué bruto eres, madre mía —musito yo.

—Las mujeres no son mejores, amigo —tercia Álvaro—. Únete a mi club.

—¿Al club de *incels*? Y una mierda. Vosotros los misóginos hacéis que esté más orgulloso que nunca de partirme el culo en compañía de un amante masculino. En fin... Y todo esto para nada —continúa quejándose, más acelerado que nunca—. La que se ha liado para que al final sea yo el único de todo el edificio al que le gusta la leche Clavel. Si Óscar fuera un *soplanucas*, entendería que Akira estuviera cabreado, pero venga ya, por favor, si llevaba todo el mes oliéndole el culo a Elisenda para que lo mirase un poquito.

—¡Eso no es verdad! —me quejo.

—Eso es verdad como que me llamo Eduardo Mario de la

Rosa y conocí a Lindsay Lohan en persona. Venga, dame una buena noticia con la que consolarme. Dime que la anaconda de la que huía Jennifer Lopez es una culebra coja al lado de su rabo y que es de los que te besan en la boca después de que se la comas.

—Nene, que las paredes son de papel y hay críos durmiendo arriba —se queja Susana—. Cuando menciones los rabos, mejor bajito, o si no, que quede claro que te refieres a los de los personajes de Marsupilami.

—Si lo dices por tu hijo, ese ya anda pasando fotos de su tranca a todas las niñatas de su clase, estoy seguro. Y cuidadito con él, que con ese carácter y esa cara se lo van a rifar de lo lindo.

—Eli, cuéntanos —insiste Tamara, acallando la respuesta de Susana—. ¿Cómo ha sido?

El silencio se hace al otro lado de la línea.

Yo, por un momento, me quedo en blanco y no sé qué decir. Una sonrisa trémula se dibuja en mis labios al recordar cómo escuchó todas mis excusas —sé que son excusas ahora, entonces creía que era verdad—, ya firmemente determinado a desnudarme. Ahora me pregunto si le habría detenido que le soltara alguna bomba, como que estoy embarazada. Quizá no. Se volvió tan loco por mí que ni siquiera me llevó a casa, al hotel donde trasladé mis cosas... Ni siquiera a algún lugar cerrado. Nos hemos rebozado frente al mar como dos animales, y yo, más allá de que ahora tenga arena metida en todos los orificios, me escueza el cuerpo entero y necesite una ducha urgente, lo he disfrutado.

*Lo he disfrutado.*

Me vuelvo a tender en la arena y clavo los ojos en las últimas estrellas que quedan por difuminarse en el firmamento. Se me escapan un par de lágrimas, pero no permito que entorpezcan la preciosa visión del cielo despejado.

Los vecinos no entenderían por qué evitaba a Óscar, por

qué me resistí tanto, y ni mucho menos por qué, ahora que ya ha pasado lo inevitable, tengo más miedo que nunca. No disfrutar con Normand era lo habitual, y que él no lo pasara bien conmigo jamás era uno de los motivos por los que me sentía una fracasada. Ahora queda demostrado que *puedo* pasarlo bien, que tengo una casa en el cuerpo de Óscar.

Pero ¿tengo una casa en el mío?

¿Y qué hay de Óscar? ¿Habrá sido tan decepcionante para él como para Normand? Sé muy bien que el alcohol me ha desatado y las mil emociones que Óscar me dispara, todas ellas a flor de piel, no han ayudado a pararme los pies, pero cuando por fin salga el sol, yo habré dejado de ser la Cenicienta reluciente de los zapatos de cristal y me convertiré de nuevo en la insípida Eli que no sabe hacer disfrutar a un hombre, y que no se quitaría la ropa mientras pudieran verla.

Si ya me sentía un cero a la izquierda y una patosa patética al lado de Normand, ¿cómo quedaré al lado de Óscar, que es un maldito dios? Como lo que dedujo Allegra, o Violeta: una anodina y vulgar veinteañera que a lo mejor, y solo a lo mejor, puede servir para un polvo.

Justo para lo que acabamos de hacer.

Fin.

—¿Eli? —me llama Tamara—. ¿Sigues ahí? Órale, estamos esperando el chisme.

Agarro el teléfono con fuerza al incorporarme. Me cuesta ponerme el vestido, pero lo hago tan rápido como me lo permite el cuerpo tembloroso, procurando no hacer demasiado ruido al sorber por la nariz.

—¿Qué habías preguntado?

—Que cómo ha sido.

Me giro hacia Óscar otra vez y me acuerdo, de nuevo, de la canción de Serrat. De todas esas asquerosidades que he soltado, guiada por la euforia del momento, y que me habrán hecho ver ridícula y desesperada.

Precisamente lo que un hombre no quiere a su lado.

«A fuerza de desventuras, tu alma es profunda y oscura».

—Ha sido demasiado bonito para ser cierto —resumo al final, con voz queda.

«Es una pena que haya que volver a la realidad».

## Capítulo 24

### MÉTETE EN NUESTROS ASUNTOS

*Óscar*

No es por perpetuar un estereotipo manido hasta la saciedad, porque sabe Dios que odio generalizar, pero he tratado a las mujeres lo suficiente para saber que, cuando dicen que no les pasa nada, sí que les pasa algo.

Por mucho que Eli me haya insistido en que «todo está bien» y que «no tengo de lo que preocuparme», estoy convencido de que, si no está tramando cómo matarme mientras duermo, como mínimo me odia por algún motivo que desconozco... y que parece que nunca conoceré.

¿En serio espera engañar a alguien? Me ofende que me tenga por la clase de orangután obtuso que pregunta qué tal por cortesía y se queda tranquilo cuando le responden que «nada» con voz de ultratumba y sin mirarle a la cara. Y esa es precisamente la dinámica que hemos reproducido durante el viaje de regreso a Madrid: miles de intentos por mi parte para llamar su atención y las correspondientes miles de salidas elegantes por su parte —o eso cree ella— para cortar la conversación.

Debe dar gracias a que estoy tan confuso todavía que ni siquiera me he planteado arrinconarla para que lo suelte. ¿O a mi educación? ¿O a que me gusta considerarme transigente y comprensivo y me parece maleducado insistir si a alguien no le apetece hablar?

En cualquier caso, Eli ha dado con el hombre que necesitaba, porque después de aterrizar —sin ningún ataque de pánico por su parte, así debe de ser su cabreo—, la dejé tranquila.

—¡No! ¡No, no, no, NO y NO! —ruge Álvaro, sacudiendo los brazos.

Como estoy frustrado, he decidido venir a verlo nada más volver del viaje. Me he sentido casi bendecido por la divinidad cuando ha quitado la última película de *Fast and Furious* para que nos echemos un *FIFA*. Dado su amor por Vin Diesel, está claro que me quiere más de lo que merezco.

—Óscar, chaval, si algo sé de mujeres, es que no puedes pasar de ellas cuando están enfadadas. Quieren que les insistas.

—No estoy seguro de que todas las mujeres del mundo sean así.

Y me siento tentado de preguntarle si la suya, su exesposa, lo tenía acostumbrado a cabrearse más aún si no le hacía caso, pero prefiero ser prudente. Presiento que si le hago una preguntita personal me echará de su habitación y no volveré a saber de él, y no es una sospecha infundada. La última vez que insinué que iba tocando confesarme cuál era el problema con su misteriosa esposa, pasó dos semanas sin invitarme a jugar a la Play.

Todo muy maduro.

Como el comportamiento de Eli.

¿Quién sabe? A lo mejor eso de «pasemos de Óscar» es el deporte nacional y no me he enterado.

—En realidad no es una cosa de mujeres, sino del ser humano. De sentido común, en realidad. Piensa en cuando tú te cabreas con alguien que te importa. Quieres un poco de colaboración por la otra parte, ¿no? Quieres que te demuestre que le quieres intentando solucionar el problema.

Todo eso lo dice sin apartar los ojos de la pantalla. Aprieta los controles a velocidad supersónica mientras yo los pulso a desgana, sin apenas prestar atención a lo que hace el Granada.

Sí, he elegido al Granada porque claramente quiero que me machaque.

—Como «colabore» para hablar con ella más de lo que lo he hecho, Eli tendría material de sobra para ir a comisaría y ponerme una orden de alejamiento. Hubo un momento en el taxi de ida al aeropuerto en el que me cronometré para tomarme con humor el asunto: intentaba iniciar una nueva conversación cada minuto y medio exacto, y ella se las arreglaba para cortarme el rollo.

—No es ningún secreto que la chica es calladita. ¿Y con el sexo? ¿Es atrevida? —Levanta las cejas hacia mí, seductor. Al ver mi cara de pasmo, se enfurruña y dice—: ¿Qué pasa, no conoces la canción de Bad Bunny?

—El taxista me hizo una rebaja en la carrera porque le di pena —continúo desahogándome con cara de mártir, ignorando sus idioteces—. Debió de confundirnos con una parejita que volvía de la luna de miel, porque en cuanto Eli bajó del coche, me dijo que se temía que nuestro matrimonio no duraría mucho.

—Pues deberías alegrarte, chaval. En vista de que los matrimonios no duran para siempre, mejor que se acaben lo antes posible —contesta sin mirarme—. Pregúntale a Tamara. Seguro que ella sabe qué le pasa, y como es una bocachancla de libro, fijo que te lo dice.

Arqueo las cejas, sorprendido porque la sugerencia no se me hubiera ocurrido a mí. Enseguida entiendo cómo es que ni se me pasó por la cabeza: porque procuro evitar resultar invasivo a los demás, y porque me gusta saber que tengo confianza de sobra con la mujer de turno para que me diga *qué-coño-le-pasa*.

—Estas cosas me dan rabia, te lo juro. Es que no he hecho nada para que de repente se comporte así.

—Tengo entendido que le hiciste el salto del tigre, o sea que algo sí que le harías. Muy mal se te tuvo que dar para que ahora se haga la sueca, chavalote. No es por hacerte sentir peor, pero si fuera cierto que eres un bute en la cama, decepcionarías a mucha peña de este edificio. —Y señala la pared con el pulgar. Aprovechando que me distraigo con uno de sus pósters de *Star Wars*, me marca un golazo que deberíamos haber grabado.

Me muerdo la lengua antes de hacer un comentario sobre mis intimidades que me deje a la altura del machito de turno. Sé que es, en parte, una provocación para que le hable de cómo pasamos la noche. No voy a darle el gusto a un tío que me ha abierto la puerta preguntándome cómo tiene las tetas. Pero sí que me quedo pensando en lo que ha dicho, contrariado.

¿Por qué iba a cabrearse justo después de que nos acostáramos? Se me dio de puta madre, y ella estuvo de Oscar, nunca mejor dicho. Aunque, ahora que lo pienso, más que molesta, durante el viaje de regreso parecía... triste. ¿O decepcionada?

—¿Qué esperaba? ¿Que me pasara la noche entera dale que te pego? —farfullo, presionando con fuerza los botones. Mi defensa consigue evitar que Benzema marque otro golazo—. Soy un ser humano. Necesito descansar.

—Pues parece que ese descanso te ha costado la churri. No me extraña. Aquí la gente se piensa que eres el Capitán América; tu humanidad les tiene que joder de lo lindo.

Fulmino a Álvaro con la mirada.

—No me ayudas.

—Si quieres ayuda, busca a la psicóloga, no te jode. Yo no tengo la respuesta a cuestiones cósmicas, que son la clase de movidas que hay en la cabeza de una mujer.

La puerta de la habitación se abre antes de que pueda replicar que la cabeza de Eli no está llena de «movidas». En todo caso, de inseguridades y dudas, pero igual que la mía y la de gran parte de la gente que sale de su cuarto para relacionarse con otra, a diferencia de alguien que yo me sé.

La persona que asoma la cabeza bajo el umbral debe de pensar con la misma frecuencia que yo que Álvaro no está en posición de hacer juicios de valor y, por el contrario, debería hacer más vida social para empezar a ir por el buen camino.

Su madre, María Sebastiana, lo mira resignada y también aprensiva antes de dirigirse a ambos:

—Veo que lo estáis pasando bien. ¿Queréis merendar?

No es la primera vez que se ofrece a hacer magdalenas caseras o a sacar las galletas Príncipe para el acompañante de su hijo de... ¿treinta y siete? —en serio, tengo que preguntarle su edad de una vez—, pero me quedo igual de perplejo que siempre y, por supuesto, declino con educación.

—¿Sabes ya qué era ese ruido que se ha oído esta mañana en el bajo? —pregunta Álvaro, después de poner en pausa la partida—. Las chonis de la peluquería son unas gritonas maravillosas, me encanta escucharlas, pero lo de hoy ha sido especialmente anormal.

—¿No te has enterado? —Sebastiana hace una mueca de pena—. Akira ha dejado a Edu.

—¡¿Qué?! —exclamamos los dos a la vez. Álvaro sigue hablando—: ¿Por lo de Óscar?

Frunzo el ceño.

—¿Qué tengo yo que ver con eso? ¿Se me va a culpar ya hasta del cambio climático?

—Del cambio climático, no sé, pero de que a las mujeres se les derritan los cascos polares a tu paso, pues probablemente sí. —Álvaro encoge un hombro y se ahueca la camiseta de algodón tirando del cuello. No le ha hecho gracia la noticia—. Parece que al japo le ha molestado que Edu te preste más atención a ti que a él, y yo no lo puedo culpar. Si fuera un tío, tendría muy claro a quién ponerle el culo en la cara para que me hiciese caso.

No voy a preguntarle a quién se está refiriendo para no darle alas...

Según dice, Akira no tiene sangre en las venas y no se figura cómo es posible que esté con un hombre tan enérgico como Edu.

O «estuviera», no sé.

—¿Y cómo está Edu? —le pregunto a Sebastiana, preocupado.

—Pues no sé, hijo, no he tenido oportunidad de hablar con él. Me lo han contado las vecinas. Por lo visto, ha tenido abierta la peluquería esta mañana, pero ha cancelado las citas por el resto del día y no hay nadie en su casa, así que...

—Joder —murmuro.

Dejo el mando inalámbrico a un lado y me levanto.

—¿Adónde vas? —pregunta Álvaro.

—Pues a decirle algo.

—¿Qué le vas a decir? Fijo que eres la última persona a la que le apetece ver.

—Oye, yo no tengo la culpa de nada. —Lo apunto con el dedo—. Mi conciencia está muy tranquila.

—Yo en tu lugar no la tendría tanto. No sé, chaval, has estado coqueteando con Edu. Admítelo. Con la imaginación que tiene ese hombre y tú encima vas y lo espoleas a pensar cosas que no son...

—Perdona, pero el que más flirtea con Edu en todo este edificio eres tú.

—Pero todo el mundo sabe de sobra que a mí no me da ni Dios por el culo. Lo tuyo no estaba tan claro y le has dado esperanzas. Apechuga, colega.

Pongo los ojos en blanco mientras me ato los cordones de las zapatillas, que Álvaro no solo me recomienda quitarme, sino que me obliga a sacar de su alfombra para que pueda durarle otros treinta años más.

En el fondo puede que Álvaro tenga su parte de razón. No

he hecho más que masajearlo cuando me ha ofrecido los hombros con la clara intención de averiguar si estaba interesado en él y darle los dos besos muy cerca de la boca. Me gusta provocar, ahora que me está permitido, y lo he hecho con quienes me provocaban a mí por mera justicia poética, pero no me extraña que Edu se lo tomara como una sincera invitación a irnos al catre. Ni tampoco que Akira haya perdido la cabeza. Nieves se enfadaba y me hacía el vacío por mucho menos de lo que Edu ha hecho.

Y con eso del vacío vuelvo a pensar en Eli, y en que se parece a mi ex hasta en los defectos. ¿A qué coño viene tanto secretismo? ¿Tan difícil es hablar como los adultos?

—¿Me vas a dejar la partida a medias? —protesta Álvaro con un bufido, y a continuación le hace un gesto a Sebastiana—. Venga, mamá, toma el relevo. Juegas con el Granada.

—¿El Granada?

—Si seguro que lo manejas cojonudamente, no te quejes.

—Álvaro, no me gusta que digas palabrotas en casa.

—Perdona, guapísima, preciosa, reina mora. Siéntate aquí... ¡Justo! Toma.

No me paro a observar cómo juega esa mujer o a criticar a su hijo por cómo de fácil me ha reemplazado, y me despido en voz baja. El padre de Álvaro está sentado en su sillón preferido del salón, que ya debe de tener la forma de su trasero. Cuando me ve pasar, lanza un suspiro y recuerdo que no hace más de una semana me abordó en la cocina para pedirme que le diera un toque de atención a su hijo. «A lo mejor se inspira a independizarse teniéndote como referente», me dijo. Una ingenuidad por su parte. Ya debería saber que los referentes de Álvaro son Maradona, Han Solo y Daddy Yankee, y francamente dudo que estos consiguieran sacarlo de su fortín repleto de medallas de los campeonatos de fútbol que ganó en la adolescencia.

Cuando salgo, me sorprende que el edificio esté en silencio. Nadie me creería si dijera que todos y cada uno de los días hay algo montado: una noche de póquer, una tarde de dados o petanca, una fiesta temática en la piscina o una simple reunión de marujeo con comida mexicana por delante. Es sorprendente cómo se las ingenian para ponerse de acuerdo para quedar cuando aquí nadie está en el paro —salvo Álvaro— y los horarios de unos y otros son tan diferentes. Ahora se nota más que nunca que los vecinos forman una unidad, y que la discusión —o separación, aunque espero que solo haya sido una pelea sin importancia— de Akira y Edu les ha afectado a todos por igual, porque el ambiente en la escalera es propio de un funeral.

Tal y como me ha avisado Sebastiana, no hay nadie en el apartamento de Edu, pero por si acaso toco al timbre un par de veces más.

En el fondo, a quien quiero encontrarme es a Akira. Yo no supe manejar en su momento los celos de Nieves, así que no tengo la más remota esperanza de convencer a alguien de que el amor de su pareja es verdadero y leal.

Aun así, me gustaría intentarlo. Creo que sé cómo ha debido de sentirse.

Ninguno de los dos abre. No me queda otro remedio que volver a casa y esperar a que, gracias a la gran sonoridad del edificio, me entere de que Edu ha vuelto.

¿En qué grado he participado en la ruptura de la relación? ¿De verdad tengo la culpa?

¿Será por esto por lo que Eli está cabreada?

Al pasar por el salón para ir al dormitorio, atisbo con el rabillo del ojo por la ventana que Eli está en su lugar preferido del mundo: liada entre sartenes, con una copa de vino tinto sobre la encimera y los AirPods puestos. No creo que esté escuchando *El Matadero* como yo sí lo he hecho doce veces desde que la bailé con ella. Si hubiera sabido que una canción la iba a convencer de acostarse conmigo, habría puesto en bucle *Physical* de Olivia Newton-John hasta que cayera entre mis brazos.

Me aprovecho de su obsesión con la cortesía —sé que no correría las cortinas de sopetón para prohibirme las vistas— y me siento en el sillón que pega a la ventana.

Desde aquí puedo captar cada movimiento que hace.

No creo que esto pueda considerarse acoso, pero me regodeo en mi voyerismo al verla bailar tímidamente mientras salpica de harina lo que parece una masa de pizza.

Confieso que me produjo un placer indescriptible averiguar que ella también usa la ventana para echarme un ojo. Más de una vez me he dado una vueltecita medio en pelotas por delante, por si hubiera suerte y la vecina se coscaba de que había un tío joven y sexualmente activo viviendo a su lado. Y eso significa que he sido mucho más paciente de lo que parece. Llevaba esperando a que me mirase o me dijera algo desde que la vi por primera vez.

Antes era más sutil al flirtear. Ahora que sé que la atención de Eli cuesta un esfuerzo extra, me ahorro eso de andarme con cuidado y abro la ventana de par en par haciendo el mayor ruido posible.

Eli escucha el chirrido de las bisagras y se gira en mi dirección.

La saludo con la mano.

Ella me sonríe por educación y vuelve a lo suyo.

Maldita sea. ¿Qué hay que hacer para que me mire durante más de dos fracciones de segundo?

Con los brazos en jarras, echo un vistazo exasperado alrededor. Ya sé que poner música a toda hostia no me asegurará un gran resultado, pero, por si acaso, conecto el móvil a mis altavoces, acostumbrados al canturreo élfico de Enya, y pongo *Physical*.

Como siempre les digo a mis alumnos, escuchar música con mensaje —aunque el mensaje sea «follemos»— a la hora de hacer deporte es muy enriquecedor. Sobre todo si tu objetivo es hacer ejercicio con otra persona. Bueno, esto último no lo comento con mis alumnos de once años, aunque estoy muy a favor de que se les den charlas de educación sexual. No quiero pajilleros y niñas asustadas por la regla escondiéndose en el vestuario.

Pero ese ya es otro tema.

Eli me mira de reojo al ver que subo el volumen más de lo que se considera cívico.

> *I've been patient, I've been good*
> *Tried to keep my hands on the table*
> *It's gettin' hard this holdin' back*
> *If you know what I mean.*[26]

> *I'm sure you'll understand my point of view*
> *We know each other mentally*
> *You gotta know that you're bringin' out*
> *The animal in me.*[27]

Yo, con la tranquilidad del que sabe que está haciendo lo que ha de hacer, agarro una libreta A4 que tengo sobre la barra de la cocina abierta y garabateo unas palabras. Me acerco a la ventana muy convencido y espero, con paciencia, a que las lea.

«No quieres hablar. OK». Le doy la vuelta al folio cuando ya ha deslizado la mirada por las letras. «¿Qué te parece esta original forma de comunicarse?».

Debe de hacerle gracia mi desesperación, porque sonríe, meneando la cabeza, y se limpia las manos en el delantal antes de dar una vueltecita en busca de algún soporte para respon-

---

26. «He sido paciente, he sido bueno / He intentado mantener mis manos en la mesa / Se está volviendo difícil retener esto / Si sabes a lo que me refiero».
27. «Estoy seguro de que entenderás mi punto de vista / Nos conocemos el uno al otro mentalmente / Debes saber que estás sacando / Al animal en mí».

derme. No pasa ni un minuto hasta que pega su respuesta a la ventana, cerrada a cal y canto.

Justo como ella.

«No es original. Lo hacía Taylor Swift en *You Belong With Me*».

«Ya decía yo que me sonaba», garabateo antes de que se lo piense mejor y decida volver a ignorarme. Sobre la marcha, escribo en grande: «Me he enterado de lo de Edu. ¿Han roto?».

Eli se muerde el labio mientras escribe. Tiene el pelo recogido en una coleta desordenada y los mechones sueltos no paran de molestarla. Me gustaría ser *elastiboy* y alargar el brazo para peinárselos con los dedos.

«Eso parece. Edu está devastado».

«No ha podido ser por los celos», escribo yo.

Ella se encoge de hombros y responde.

«Es asunto de ellos».

Arranco otro taco de papeles. Hago suficiente ruido para que ella, que pretendía volver a la cocina, tenga que quedarse donde está y prestarme atención.

«Hablemos entonces de **NUESTRO** asunto».

Eli retira la mirada rápido, como si no quisiera haberlo leído. En lugar de bajar el folio y escribir algo más, me quedo donde estoy, con los ojos clavados en ella y los dedos con los que sujeto el mensajito mucho más que crispados.

A regañadientes, Eli duda sobre lo que escribir en el suyo antes de plantarlo otra vez contra el cristal.

«No hay nada que hablar».

No escribo nada más. Agarro el rotulador y subrayo «nuestro asunto» hasta que casi gasto la tinta y vuelvo a mostrarlo con la misma solemnidad que Greta Thunberg con aquel cartel de huelga escolar por el clima.

Mi insistencia no logra rascar la menor reacción en ella, así que lo intento de otro modo: «No es justo que todo el mundo se meta en nuestros asuntos menos tú».

La frase ha debido de darle que pensar, porque suspira y coge otro folio.

«Fui a la boda y fingí ser tu novia», escribe. Usa uno distinto para agregar: «Ese era el trato». Vacilante, añade algo más: «Vuelta a la normalidad».

No doy crédito a lo que leo. Tengo que hacerle un gesto para que no lo retire enseguida y así poder cerciorarme de que *de verdad se cree* que podemos hacer como si nada. No sé con qué clase de energúmeno se habrá cruzado antes de toparse con el capullo que soy yo, pero está empezando a mosquearme que me trate como si fuera de los que la meten en caliente y luego hacen bomba de humo.

«No puedes quitarme del medio así, sin más», escribo.

«Y no lo he hecho».

«Es verdad», anoto. «Ni siquiera me has dado una explicación». Intentando contener las ganas de gritarle que abra la ventana y me escuche, propongo: «Ven aquí y hablemos».

Ella no responde. Me mira con fijeza desde la seguridad de su fuerte y niega con la cabeza.

*Muy bien. Hora de sacar la artillería pesada.*

«¿Follarme era todo lo que querías?».

Nada más leerlo, Eli se queda helada. Sé muy bien que no es tan retorcida, pero a veces la única manera de obtener una reacción por su parte es provocándola.

Por lo menos lo consigo, aunque no de la manera en que me habría gustado.

«<u>NO QUIERO NI QUE MENCIONES LO QUE PASÓ</u>», escribe con letras toscas y subrayando toda la frase. Yo anoto enseguida una serie de interrogaciones para manifestar mi confusión, pero para cuando voy a enseñárselas, ella ya ha corrido las cortinas.

Aunque sé que no va a escucharme, le grito para desahogarme:

—¡Para que lo sepas, eso no ha sido nada francés!

## Capítulo 25

### STRIKE THREE: JUGADOR ~~ELIMINADO~~ CANSADO

*Óscar*

En fin, dos no hablan si uno no quiere.

Es decir... Puedo soltar un monólogo estudiado, pero no la retendría contra su voluntad, sujetándola por los hombros, así que ella sería libre de dejarme desvariando. Y aunque no soy un tío especialmente orgulloso, creo que ya me he esforzado suficiente por solventar la situación. Como lo haga un poco más, acabaré en los tribunales o reviviendo un pasado al que no quiero volver.

Salvando las distancias, Nieves me tenía muy acostumbrado a este tipo de actitud. Cuando decidimos separarnos, tenía bastante claro que había sido, en parte, mi culpa. Y no porque me creyera en el derecho de interactuar con los demás como me pidiera el cuerpo, siendo «demasiado cercano» para su gusto, sino por cómo solía responder a sus exabruptos. En cuanto Nieves ponía una mala cara, me arrastraba hasta lo absurdo por averiguar qué la tenía mosqueada, y a ella le gustaba recibir esa atención. La necesitaba para sentir que me importaba. Así pues, yo la perseguía, le insistía, le rogaba y me ponía a la altura del betún hasta que se apiadaba de mí y tenía la gentileza de señalarme cómo la había cagado: «Le guiñaste un ojo a aquella turista que nos preguntó cómo ir al bar de tangos», «Te pusiste muy cariñoso con la amiga de Eulalia, y lo hiciste adrede porque sabes que a ella le gustas», «¿Por qué tuviste que bailar con esa mujer delante de mis narices?».

—Joder, lo siento mucho si te molestaba que aceptase el cariño que me ofrecían las demás por todo lo que tú me lo negabas —mascullo por lo bajo, con los ojos clavados en la pantalla negra de la televisión. Me veo reflejado, y soy la viva imagen del fracaso—. A lo mejor no habría bailado con nadie más si a ti no te hubiera dado vergüenza hacerlo en público. Ya sé que te sentaba como una patada en el ego, pero yo también tenía mi corazoncito, coño.

Cierro la boca al darme cuenta de que me he puesto a pensar en voz alta.

Me froto las sienes, hastiado.

Volverme loco era lo que me faltaba.

Nieves ya no está aquí y sigo discutiendo con ella. Eso debe de ser a lo que se referían mis hermanas. Incluso Eli dejó caer su opinión durante la boda: debería dejar de atormentarme por alguien a quien perdí mucho antes de que tuviera el accidente.

La relación se rompió, ¿no es cierto? ¿Qué sentido tiene que quiera arreglarla ahora, cuando es demasiado tarde? Supongo que, cuando el amor se ve truncado, uno nunca pierde la esperanza de que alguno de los inescrutables caminos de la vida acabe, en algún momento, reconduciéndolo a su punto de partida. Durante la separación, pensaba a menudo que a lo mejor coincidíamos cinco años más tarde, después de haber madurado, de haber vivido a lo loco, y lo retomábamos donde lo habíamos dejado.

Una separación no es un adiós.

La muerte, sí.

¿Y por qué demonios tengo que pensar en Nieves ahora? Ah, claro: porque parece que todas las mujeres con severos problemas de comunicación me tocan a mí. Solía pensar que estaba preparado para manejarlos, porque mi hermana Violeta no es una persona fácil y estoy orgulloso de todos los avances que he logrado con ella. Nieves no iba a ser más complicada. Pero incluso a mi ex la veía venir si la comparo con Eli. Al menos, llegado cierto punto de la relación, ya podía hacerme una idea de por qué iba a negarme la palabra en esa ocasión. Con Eli, en cambio, estoy en la inopia absoluta. Y no puedo simplemente secuestrarla, atarla de pies y manos y encerrarla en el sótano hasta que lo suelte.

*¿O sí?*

Mejor ni me lo planteo.

—¡Hombre, por fin asomas la cabeza! —escucho a alguien en uno de los pisos de abajo. Cuando estoy en el salón, me entero de todas las conversaciones. Es lo que tiene que la ventana dé al patio interior y no me quede más remedio que tenerla abierta para no asfixiarme con este asqueroso bochorno veraniego—. ¿Dónde te habías metido?

—He estado con Gaspar, en su casa —contesta Edu, desinflado—. Ha insistido en que fuéramos a beber unas birras y al final me he dejado. Total, Akira no me cogía el teléfono.

—No pareces borracho —responde la voz, que termino de identificar con Susana.

—Pues claro que no. ¿De verdad te creías que iba yo a beber esa bazofia? Vergüenza debería darle al Gas ir a esos bares donde ponen Extremoduro a pedir que le inyecten Estrella Galicia en vena. Un marica en un tugurio de roqueros se expone a lo mismo que una gacela yendo de paseo por el territorio de las leonas.

—Su intención era buena, quería que te despejaras un rato. ¿Quieres subir a mi casa y nos tomamos unos vinitos?

—Sí, por favor. Quiero estar en cualquier sitio menos en ese apartamento del diablo.

Se me hace raro escuchar a Edu con la voz apagada. Comparado con lo enérgico y parlanchín que es, ahora parece un silencioso penitente. No me gusta meterme en vidas ajenas, pero no estaré tranquilo si no hablo con él.

Más que nada, porque siento que algo he tenido que ver ahí.

Salgo del apartamento y bajo un par de pisos. Susana vive en el segundo.

Los pillo justo cuando está metiendo la llave en la cerradura.

—¿Y Eric? —pregunta Edu, de espaldas a mí—. Que no seré yo un ejemplo de moral cristiana estando sobrio, pero no quiero que el niño me vea ponerme morado, que cuando bebo mucho me convierto en la máquina de los tacos.

—Está en la calle con la bicicleta y con Minerva, sus dos cosas preferidas —responde Susana con una pequeña sonrisita.

Por fin consigue abrir la puerta.

—Pues mira, con todo el respeto del mundo, tu hijo tiene un gusto pésimo en niñas. Minerva es una cabrona consumada ya con nueve, diez... o la edad que tenga. Dale tiempo y en unos años la verás paseándose con una felpa y con su sirvienta Dorota por el Upper East Side.[28] —Se gira para decir en voz muy alta—: Lo siento si lo habéis oído, señor y señora Olivares, pero es que la verdad duele... Anda, ¡mira quién está aquí! ¡La superestrella!

Bajo el último escalón y me acerco con una sonrisa amable. Le paso el brazo por la espalda y le doy una palmadita.

—He oído lo de Akira. No estoy muy enterado de los detalles, pero... espero que se arregle. Creo que hacéis una muy buena pareja.

---

28. Me refiero a Blair Waldorf de *Gossip Girl*.

Edu me mira con sus ojazos negros como si estuviera a punto de echarse a llorar. No hay rastro de lágrimas, y tiene la clase de piel sensible que hace que se note cuándo se ha desahogado, lo que significa que está aguantando como un campeón.

Quizá porque todavía no se lo puede creer.

Lo comprendo. Yo tardé meses en asimilar lo de Nieves.

—Yo también lo creía. —Suspira, desganado—. Anda, entra y te lo cuento. La última vez, ¿eh? Que como tenga que abrirme en canal un día más, al final acabaré berreando como un estúpido.

—Han sido seis años de relación, Edu. Eso no se borra como si nada. Tienes derecho a berrear como un estúpido, que nadie te juzgará —interviene Susana, y me hace un gesto para que entre—. Espero que te guste el vino.

Es lo último que me apetece ver u oler porque lo relaciono directamente con Eli, pero no hago comentarios al respecto —a caballo regalado no se le mira el diente— y entro en la casa de la misteriosa madre soltera cuyo hijo lleva solo su apellido. No ha sido hasta hace poco que ha dejado al *sugar daddy* que le pasaba dinero para caprichos y se ha buscado un trabajo mundano.

La gente del edificio comenta esto sin hacer el menor juicio. La única que la ha criticado por vivir de la generosidad de su político quince años mayor es Sonsoles, la beata del segundo, que, aun así, le hace el favor de cuidar a Eric cada vez que lo necesita. Yo tampoco cuestiono sus decisiones, ni con quién se mete en la cama. Es una buena persona y lo ha demostrado en incontables ocasiones, como ahora mismo al acercarse a Edu y darle un abrazo maternal.

Aunque a primera vista no hay nada de maternal en ella. Como nadie puede leerme el pensamiento, diré que es una tía buena de libro, de las que cortan el aliento y el tráfico.

—Lo siento —repito, mirándolo desde la silla de la cocina.

Susana se separa para sacar la botella y Edu me mira con los ojos vidriosos y una ceja arqueada.

—¿El qué sientes?

—Álvaro me ha comentado el... origen de vuestra discusión. —Vacilo, consciente de lo ridículo que suena, antes de agregar—: Todo el tema de tus dudas sobre mi orientación sexual.

Edu suelta una carcajada y se sienta frente a mí. Cruza las piernas y clava la mirada en un punto de la pared.

La verdad es que es un tío guapo, de esos que miras y te hacen lamentar qué te falta para ser como ellos. A mí me quedaría el estilo parisino: Edu lleva cuellos vueltos incluso en verano, pantalones de pinzas y zapatos caros, y su melenaza negra de galán de telenovela no tiene nada que envidiarle a la de las bailaoras gitanas que se llenan la cabeza de ondas antes del espectáculo. Pero cuando digo que él y Akira hacían una estupenda pareja no es por el físico, aunque juntos parecieran material de portada de revista. Es por cómo se complementaban.

Edu es un cabeza loca, un culo inquieto; el que, si no se la sabe, se la inventa, y luego te convence porque tiene una gracia que se la pisa. Es una persona con unas habilidades sociales innatas, un sentido del humor desternillante y un talento increíble para toda clase de estilismo, más allá del propio de la peluquería. Akira, al que he tratado menos, es también fácil de calar. Me recuerda al amante japonés sobre el que escribió Isabel Allende, un hombre sereno que encuentra el placer en las pequeñas cosas, lo que demostraba su constancia revisando las hojas de los bonsáis que dejaba sobre la repisa de la ventana; alguien paciente y con sentido común que no se deja llevar por las apariencias y vive muy alejado del mundanal ruido.

Puedo decir, sin miedo a equivocarme, que todo el edificio estaba maravillado por cómo dos personas tan diferentes habían hallado el punto de equilibrio para llevar una relación en la que no se veía ningún fallo.

Pero parece ser que sí lo había.

—Es verdad que lo tuyo le ha cabreado muchísimo, pero no te creerás tan guapo como para pensar que puedes vencer mi relación de casi siete años, ¿verdad? —se burla—. El problema ha sido el habitual cuando dos personas se quieren y ninguna ha cometido una infidelidad: la falta de comunicación y que queremos cosas diferentes.

—Esos son dos problemas —apunta Susana, acercándose con tres copas de brindis de Nochevieja.

—Ya, pero Akira solo ha mencionado uno. El otro lo he deducido yo porque, por si acaso ese pedazo de japonés arrogante y paliducho no se ha dado cuenta, lo conozco como si lo hubiera parido y sé lo que le pasa antes de que me lo diga.

—Pues para conocerlo tan bien, no te diste cuenta de que estaba jodido con lo del matrimonio.

—Claro que me di cuenta, Susanita. —Edu espera a que le haya servido la copa y se la bebe entera de un trago—. Si estaba tan pendiente de Óscar y de otras tantas gilipolleces era porque en casa las cosas estaban raras. Sabía que no se quería casar conmigo, pero me lo pidió porque es imbécil y prefiere contentarme a contentarse a sí mismo.

—Imbécil, japonés arrogante y paliducho... Creo que echaré de menos que no lo vuelvas a llamar tu «dios del Lejano Oriente» —lamenta Susana, con una sonrisilla.

Edu apoya la barbilla en la mano y se queda mirando el zócalo de la cocina.

—Los dioses también pueden ser arrogantes y estúpidos. Ha quedado demostrado —murmura. Luego se dirige a mí—: No te sientas culpable, superestrella. La relación estaba estancada antes de que tú intervinieras. He sido un cerdo con muchos hombres y Akira jamás ha dudado de mí. Si ahora se ha puesto nervioso y le da rabia todo lo que hago es porque se siente inseguro y acorralado.

—Créeme, sé muy bien a lo que te refieres —respondo en

el mismo tono hastiado. Edu me observa con curiosidad—. Mi mujer tenía un problema de autoestima brutal. Me dejó porque no podía lidiar con mi manera de ser, o eso fue lo que dijo. Yo estoy seguro de que el problema era que no lo hablábamos en condiciones, solo nos reprochábamos. Deberías llamar a Akira y solucionar esto, Edu.

—Tiene el móvil apagado, lo cual tampoco es muy raro porque él vive en el retiro espiritual. Nada de conectarse a internet ni pasarse las horas frente a la caja tonta. —Pone los ojos en blanco—. Pero te insisto en que lo conozco, Óscar. Lo conozco muy bien. Y esto, dicho mal y pronto, se ha ido a la mierda. Queremos cosas diferentes.

—Si es lo del matrimonio, se puede discutir —comenta Susana con sabiduría—. No creo que sea tan importante poner nada por escrito. Tú mismo has dicho hace poco que lo de casarte solo es por la fantasía ñoña de ponerte un esmoquin y bailar pegaditos en un corro.

—Casarse es lo de menos. —Esboza una sonrisa desdeñosa al servirse vino de nuevo—. Se ha agobiado al entender que eso significaría pasar toda la vida conmigo. Yo he vivido lo que me ha dado la gana y aún sigo disfrutando de las parrandas que me apetece, así que casarme no me arrebatará ninguna libertad. Pero él no ha tenido noches de desenfreno, y creo que quiere... —Sacude la cabeza—. Estoy elucubrando más de la cuenta. Sea como sea, esto es lo que hay.

—No te rindas y vuelve a llamarlo. No te resignes, Edu. Es lo peor que podrías hacer.

Nada más escucharme a mí mismo, siento que estoy siendo hipócrita. Yo me resigné en su momento y me resigno ahora porque estoy harto de lidiar con los problemas que los demás tienen consigo mismos. Pero decir que son *sus* problemas y a mí solo me rozan es un análisis muy simple, y seguro que hubo matices que se me escaparon de los sentimientos de Nieves; por tanto, me queda mucho por entender de Eli.

Me pongo de pie casi sin darme cuenta.

Son las nueve y siete minutos de la noche.

—¿Adónde vas? —pregunta Susana.

—Tengo que hacer una cosa. Perdón... —Le doy una palmada en la espalda a Edu y luego un beso en la mejilla—. Sea lo que sea que necesites, ya sabes dónde estoy.

Salgo escopeteado antes de cambiar de idea. No puedo ser más paciente, ni tampoco voy a tragarme todo lo que pienso y lo que siento para no incomodar. Eso era justo lo que odiaba de Nieves, y lo mismo que ha acabado con la relación de Edu.

Con Eli no quiero cometer esos errores.

Me planto en el 4.º B y llamo con los nudillos. La puerta está entornada y enseguida descubro por qué: Tamara ha dejado un pósit en la cómoda del recibidor avisando que va a por la cena, que no tardará y que, para no molestarla y no arriesgarse a perder las llaves, no va a cerrar del todo. En cualquier otro caso lo vería una medida un tanto arriesgada, pero teniendo en cuenta que vivimos en un edificio donde los vecinos somos prácticamente familia, creo que solo allanaríamos un piso ajeno para preparar una fiesta sorpresa.

Dejo la puerta tal y como me la he encontrado y me dirijo a la cocina. Eli no está ahí. Tampoco en el salón o en el baño. Lleno de frustración y con una actitud mucho más agresiva que asertiva, empujo la puerta de su dormitorio y digo su nombre.

Ella, que estaba trasteando bajo las sábanas, da un respingo y sale de la cama de un salto.

Está colorada, despeinada y solo lleva las bragas y una camiseta. Eso, unido al recuerdo de su voz rasgada rogándome que la follara en la playa, me desconcierta un momento.

—¿Q-qué haces aquí? —jadea, casi sin voz—. ¿Sabes que esto puede considerarse un delito? Entrar en casas ajenas sin haber sido invitado no...

—¿Por qué no quieres que lo mencione? —le pregunto sin

rodeos—. No creo que sea porque no lo pasamos bien. ¿Es que sigues cabreada por la mentira que les conté a mis padres o por la discusión que tuvimos antes de la boda? Si quieres que te hable de Nieves, te lo contaré todo, pero no hay mucho más que decir.

Eli boquea un buen rato antes de articular la primera palabra.

—Eh... No... A mí no me... —Lanza una mirada preocupada a las sábanas arrugadas y se pasa una mano por la cara sudorosa—. No tiene que ver con eso. Óscar, por favor, no me insistas.

—No insistiré cuando me hayas dicho la verdad. No puedes liarte con alguien y luego pretender desaparecer, sobre todo cuando esa persona vive a cuatro pasos de distancia de ti. ¿Qué pasa, es que te acostaste conmigo para luego contarles a los vecinos que no soy gay? ¿Era tu pequeño experimento?

Ella me mira con los ojos abiertos como platos.

—¡Claro que no! ¿Cómo puedes pensar eso?

—¿Entonces? ¿Hice algo mal?

—¡No! Óscar, por favor...

—¿He dejado de interesarte después del polvo? ¿Era eso lo único que querías de mí? —prosigo el interrogatorio—. ¿O te gustaba la idea de ponerte un reto para ver si lo superabas? No es ningún misterio que aquí la gente se disputaba el honor de meterse en la cama conmigo, fuera por las razones que fuesen. ¿Te interesaba porque era «inalcanzable»? —Hago las comillas con los dedos.

—¿De qué... de qué estás hablando?

—De la frase de Cortázar. De la que han puesto este mes en la entrada al edificio, justo en la pizarrita del portal. —Apunto a la pared como si estuviera ahí colgada, y luego avanzo hacia ella, que no deja de retorcerse el borde de la camiseta con los dedos crispados—. «Creo que no te quiero, que solamente quiero la imposibilidad tan obvia de quererte, como la mano izquierda enamorada de ese guante que vive en la derecha». ¿Es eso? ¿Te gustaba porque era el tío imposible, y ahora que has visto que lo nuestro es viable te echas atrás?

—¿Qué es eso de... «lo nuestro»? —replica, azorada—. Óscar...

No quiero guardarme para mí ni una sola de todas las suposiciones que me han impedido dormir todos estos días, que pueden hacerse interminables cuando tienes al motivo de tu frustración a una ventana de distancia. Pero ella me interrumpe, y no como me gustaría, con una explicación o empotrándome salvajemente, sino poniéndose a llorar de repente.

—¿Qué te pasa? —pregunto, alarmado, mientras me acerco y la sostengo por los hombros—. ¿Qué es lo que he dicho?

—Es que yo... —Sorbe por la nariz. Se cubre la cara con las manos y me deja de piedra al gimotear—: Estoy tan cachonda que creo que me voy a morir.

Pestañeo dos veces.

No he debido de oír bien.

—¿Qué?

—Me he convertido en una guarra del tres al cuarto. Desde lo de la playa... no puedo parar de... Tengo fantasías con... —balbucea.

No sé muy bien por qué motivo, ladeo la cabeza hacia la cama y me fijo en la minúscula mancha que oscurece el blanco de la sábana bajera.

Como si hubiera pulsado un botón, mi cuerpo se calienta.

—¿Te estabas masturbando cuando he llegado? —Ella me mira como si la hubiera cazado enterrando un cadáver en medio del bosque—. ¿Qué tiene eso de malo? Aparte de que te haya interrumpido, pero claro, eso no sería tu culpa.

—Es que... yo no quiero... Lo siento mucho. No era mi intención que pensaras que cometiste algún error, o que no me gustas. Yo... sentí un montón de cosas esa noche, y cada vez que me acuerdo... Nunca he sido así.

—¿Cada vez que te acuerdas? ¿Te has estado tocando pensando en mí?

Eli me da un manotazo.

—No lo digas en voz alta. Me da vergüenza.

—¿Por qué cojones te estás tocando en vez de llamarme? ¡Me tienes en la puerta de enfrente, joder!

—¡Porque soy patética! —exclama, igual de desesperada que yo, y cuando me dispongo a replicarle, algo en su expresión me frena y me conmueve hasta lo más hondo—. Intenté decírtelo en la playa. Eres el segundo hombre con el que me acuesto, y el primero... Con el primero todo era tan horrible por mi culpa que... Óscar, yo no sé complacer a nadie, ni siquiera a mí misma. Si aquella noche lo hice bien fue porque estaba borracha, y porque tú estabas borracho y no te fijaste en lo pésima que soy, y porque estábamos a oscuras, y porque...

—No sé cómo de borracho crees que estaba, pero me acuerdo perfectamente de cada detalle —la interrumpo, sin soltarla de los hombros. Tiembla bajo mis manos de tal manera que no puedo resistirme a abrazarla—. Joder... ¿Por qué me estabas evitando? Me cuesta creer que te quedaran dudas de si me lo pasé bien o no después de haber estado persiguiéndote por todo el edificio.

—Tú no sabes cómo soy en la cama en realidad. Ni siquiera me has visto desnuda, porque era de noche y... Es que no entiendo... No sé cómo... puedo... gustarte —consigue decir al fin, mirándome con temor—. Y no es solo eso. Cada vez que me acuerdo de esas cosas que dije... me siento sucia.

—¿Por qué? ¿Te sentiste obligada a decirlas?

—No.

—Entonces las dijiste porque querías. Porque te sentías así.

Ella aparta la mirada.

—Todo lo que hago y digo en la cama me parece denigrante —prosigue con un hilo de voz—. Me siento abochornada.

—¿Por qué? —Eli se muerde el labio y sacude la cabeza—. Venga, dime por qué. Puedes confiar en mí.

—Tendrías que sentarte. Y será mejor que no te sientes ahí —murmura, mirando la cama con aprensión.

Mentiría si dijera que no me parece adorable su retraimiento, pero es porque todo lo que tiene que ver con ella me encanta, desde los colores pastel que elige para pintarse las uñas hasta cómo blasfema en francés cuando no quiere que nadie se entere de lo que dice. Y solo por llevarle la contraria y ruborizarla un poco más, me siento en el borde de la cama y espero que ella haga lo mismo.

Me imita reticente y con la cabeza gacha. Las puntas de sus orejas asoman entre los mechones de pelo castaño.

—El hombre con el que perdí la virginidad... era mi novio —especifica en voz baja.

—Me lo imaginaba. ¿Cuánto tiempo estuvisteis juntos? —pregunto, solo por animarla a continuar y para demostrar que de verdad me importa lo que tiene que contar.

—Lo conozco desde los once años, pero hasta los dieciséis no empezamos con el tonteo. Me pidió salir a los diecisiete, y desde entonces hasta hace más o menos dos años hemos estado... rompiendo y volviendo.

—Rompiendo y volviendo —repito. No me gusta por dónde va esto—. ¿Por qué?

—Tiene un carácter muy voluble y... es francés.

*Entiendo perfectamente lo que quiere decir con eso.*

*¿A quién le gustan los franceses?*

Pero no es eso lo que contesto.

—Y a ti te dan miedo los aviones, así que no os ibais a ver mucho.

Ella se retira el pelo de la cara, aún sin mirarme.

—Confieso que tampoco habría comprado billetes para ir a verlo si me encantase volar. Yo nunca he tenido nada en Francia. Mi padre me trataba como un dictador a su mano derecha, sin concederme una pequeña alegría cuando obteníamos una victoria, y Normand siempre lo ha admirado tanto que se le han pegado los aspectos más desagradables de su personalidad. Es un calco de él —concluye—. Los dos dan órdenes en lugar de pedir las cosas por favor, no tienen en cuenta la opinión de nadie y se creen que mi único deber es estar guapa y sonreír en público.

No sé por qué me viene a la cabeza la típica imagen del capullo despatarrado en el sillón, con una cerveza en la mano y una sonrisa de sobrado en la boca, llamando a gritos a su novia para darle un azote en el culo y susurrarle que lo espere en la cama.

Prefiero no pensarlo.

—Empecé a salir con él porque mi padre quería —admite unos segundos después—. No es que no me gustase. Normand es muy atractivo y carismático, tan opuesto a mí que pensé que me aportaría cosas buenas y que de alguna manera encajaríamos. Con un poco de suerte, a mí se me pegaría su vitalidad y su encanto personal.

—Tú tienes tu propio encanto. No necesitabas ni necesitas que nadie te contagie el suyo.

Ella esboza una sonrisa desvalida.

—En aquella época no creía demasiado en mí misma. Mi madre acababa de morir y solo quería rodearme de gente que hiciera su ausencia menos dolorosa. No creas que no sirvió: dejar la casa que compartí con ella y mudarme a otro país, cambiar el ambiente hogareño por otro propio de la clase alta francesa y sustituir la cercanía y el aprecio maternales por el trabajo duro me ayudaron a superar poco a poco su muerte, pero en el camino me dejé llevar y manipular. Ya te dije que permití que mi padre trazara mi futuro, y en cierto modo también me presté a todo lo que Normand pensó que me iría bien.

—¿Como qué?

Hasta yo detecto la nota de pánico que se filtra en mi voz.

—Nada grave. Es mucho más habitual de lo que crees.

Organizaba todas las salidas sin tener en cuenta si me apetecían, siempre nos movíamos en su círculo de amigos... Fue una época en la que me sentí muy sola porque no tenía mi propio grupo, y en el suyo no terminaba de encajar. Pero él era agradable conmigo, Óscar. No pienses que era un desgraciado que me maltrataba. Lo único...

Se calla al llegar al punto problemático.

—Es vergonzoso hablar de esto justamente contigo.

—Entonces imagina que soy otra persona. Soy la pinche Tamara, órale.

Ella se ríe muy flojito antes de volver a su semblante taciturno.

—Creo que yo no era... Él esperaba cosas de mí en la cama que yo no sabía cómo darle. No sé por qué, pero no me... excitaba. Odiaba que me diera besos, que me tocase íntimamente, y odiaba mucho más... tocarlo yo. Normand lo respetaba. No me obligaba a hacer nada de eso. Pero siempre que se le presentaba la ocasión, me lo decía. «Es como si me estuviese follando a un muñeco». «Ya que no me haces mamadas, por lo menos muévete un poco». «No sé ni cómo puedo ponerme cachondo contigo, con lo inútil que eres». «Estás anoréxica, deberías comer más»...

Es evidente que tiene muchos más detalles que aportar, pero la voz se le quiebra antes, y en el fondo lo agradezco. He tenido suficiente con esas frases de muestra.

—Odio contarte esto —solloza, y se seca las lágrimas con el dorso de la mano—, pero no quiero que pienses que si te ignoro es por tu culpa...

—Y yo no quiero que pienses que la culpa es tuya. Está claro que el que tenía el problema era él, porque no coincido en absoluto con su opinión de mierda.

—Pero si no coincides con él es porque contigo estaba borracha. —Se gira para mirarme por fin a los ojos, pero lo hace con aprensión—. Es verdad que empecé a fijarme en ti porque pensaba que eras imposible. El amor platónico te da la tranquilidad de que jamás tendrás que exponerte emocionalmente ante... el sujeto de deseo, llamémoslo así. Nunca tendría que contarte lo de Normand, ni decepcionarte una vez llegáramos a... eso. Soy una novia horrible y una amante aún peor. Por eso te evitaba. No quería que lo descubrieras. Suena estúpido, lo sé, pero me gustaba mucho gustarte por lo que creías que era, y no me habría perdonado destruir esa imagen que te hacía verme de un modo tan especial.

—¿Cuál se supone que es la imagen que tengo de ti? Eli... ¿Te has parado a pensar en que a lo mejor debes contrastar algunas opiniones antes de tomar como una verdad absoluta lo que un palurdo con, aparentemente, disfunción eréctil ha dicho sobre ti?

—No tiene disfunción eréctil. —Hace una pausa—. No la tuvo con su mejor amiga, por lo menos.

—Mierda.

—No me dolió, ¿eh? Ni me sorprendió. Las infidelidades suelen demostrar que la persona no te quiere tanto, y eso yo ya lo sabía. De hecho, me alivió que encontrara con quien acostarse, porque significaba que me dejaría en paz en ese aspecto. Lo que me partió el alma fue lo que dijo para justificarse: al parecer, yo me lo había buscado por no darle lo que quería, y que era obvio que esto acabaría pasando si seguía comportándome como una frígida.

—No te lo tomaste en serio, ¿no? Por favor, dime que no te lo tomaste en serio.

—He tenido tiempo para reflexionar sobre ello y, créeme, sé que Normand es un imbécil, pero tiene su parte de razón. Yo tampoco soy la amante del año. Es verdad que me quedaba casi en *shock* cada vez que nos acostábamos. Lo odiaba —insiste, con la vista clavada en las puntas de los pies. Cierra las manos en dos puños y aprieta hasta que los nudillos se le ponen blancos—. Te juro que lo odiaba tanto...

—Pero si pudiste disfrutarlo conmigo es porque no lo odias. Solo lo odiabas cuando lo hacías con él —puntualizo—. Es normal no disfrutar con una persona. No tenemos química con todo el mundo, Eli, y si estabas en una época en la que aún gestionabas la muerte de tu madre, es comprensible que no tuvieras el ánimo para acostarte con nadie. En plena depresión, la libido cae en picado, y uno no supera la pérdida de un ser querido en un año, ni en dos. Hay gente que no la supera jamás.

Ella me mira de reojo, preocupada porque eso pueda ser verdad.

—No creo que mi madre tenga mucho que ver con eso. He estado acostándome con él hasta hace dos años, y va a cumplirse una década desde que ella falleció. Por cierto, parece que quiere seguir haciéndolo, porque intenta contactarme todo el rato.

El corazón se me para de golpe. No sé muy bien qué decir para que no piense que me meto donde no me llaman, pero tampoco puedo quedarme callado. Está tan sensible que puede interpretarlo como una clara falta de interés.

—Y... ¿tú le contestas?

—No. No quiero saber nada de él.

Apenas me doy cuenta de que suspiro, aliviado.

No puedo seguir ignorando por qué me tranquiliza que Eli esté física y emocionalmente disponible, que se encuentre a mi lado ahora y que me haya honrado convirtiéndome en el primer hombre que la hace disfrutar. Está claro que ella se ve con los ojos de la persona que más daño le ha hecho en este mundo —aquellos a los que le cuesta quererse a sí mismos tienen esta costumbre tan nociva—, pero yo la miro y no veo nada humillante o vergonzoso. Veo que quiere lo mejor para los demás, o para mí, en este caso, y no sabe que se equivoca al deducir que me está librando de una buena intentando poner distancia.

Ahí tengo parte de culpa, porque no le he dicho con claridad qué es lo que supone para mí que me haya elegido, consciente o inconscientemente.

—Estoy loco por ti. —Gira la cabeza hacia mí, anonadada, y me observa con esos dos ojos grandes, redondos y azules que tanto me gustan y que ella trata de ocultar bajo el flequillo—. Por *cada parte* de ti. Incluso las que me ponen de mal humor, como cuando te escondes pensando que no quiero estar contigo y, en realidad, eres tú la que no quiere ni verse. Y eso no lo va a cambiar que lo hagamos con las luces encendidas y más sobrios que una monja de clausura.

Eli pestañea rápido para contener las lágrimas.

—¿Suena muy raro si te digo que... que es lo más bonito que me han dicho?

—No suena raro, suena reconfortante. —Le guiño un ojo antes de tenderla sobre la cama. Ella se deja seducir por mi iniciativa, aún un poco tensa, buscando un remanso de calma en mi rostro—. Me gusta ser «el que más» de tu vida. El que más cosas bonitas te dice, el que más orgasmos te da... Y ya iremos acumulando otros cuantos hitos, ¿te parece?

—¿Qué significa eso?

Le retiro el pelo de la cara con la mano con la que no mantengo el equilibrio sobre ella, y luego, lo bastante despacio para darle tiempo a decirme que me detenga, la dirijo a sus piernas. Le separo las rodillas para acariciarla entre los muslos y dejar un beso en su cuello.

—Que quiero estar contigo. Me parecería un delito que no explorásemos la química que tenemos. Creo que nos llevamos muy bien, que nos gustamos...

—No me escuchas cuando hablo. Yo...

—¿Quieres estar conmigo? —la interrumpo. Ella se ruboriza y asiente con la cabeza sin apenas pestañear—. ¿Lo único que te frena es eso que me has contado? Porque si es así, solo se me ocurre una manera de salir de dudas. —Finjo una mueca de cansancio—. Vamos a tener que follar otra vez para descubrir si eres tan terrible. Y si lo eres, pues habrá que follar más hasta que se te dé de lujo.

Eli se muerde el labio, pero sus piernas ceden a mi exploración y finalmente se relaja.

—Creía que... que no... que no te gustaba esa palabra, que la veías peyorativa.

Sonrío y rozo su nariz con la mía.

—Me encanta desde que la pronunciaste tú. Ahora me suena a liberación, y quiero que te liberes conmigo del todo.

Ella cierra los ojos y se abraza a mí. Y por un momento me creo que todo está bien, porque interiormente siento que he tomado la mejor decisión y estoy desesperado por consumarla. Pero Eli no tarda en tensarse de nuevo y apartar la cara para que no la bese.

—¿Todo bien? —susurro.

—Sí. Sí... perfecto. Es solo que... ahora mismo estoy un pelín deprimida por lo que te acabo de contar, y no sé si... me apetece. No te enfades, por favor.

Su ruego me forma un nudo en el estómago.

—¿Por qué iba yo a enfadarme? —Le planto un beso en la frente—. Lo entiendo. Si quieres, me voy y te dejo con tu... faena —añado, guiñándole un ojo.

—¡No es ninguna faena! —exclama, roja como un tomate. Me tienta convencerla de que sigamos sobándonos un rato, por lo menos hasta ponerla así de colorada en todas partes, pero en su lugar me aparto y me paso una mano por la camiseta arrugada—. Para cuando habías entrado, yo... ya había terminado.

—Me alegra oír eso, nena.

Ella se incorpora enseguida.

—¿Te vas?

—Tengo que preparar unas cosas para mañana, pero libro por la tarde. Podrías pasarte por mi casa a ver una película. Alguna con un beso bajo la lluvia que no hayas visto todavía.

—¿A tu casa... a ver una peli?

—O a lo que tú quieras. Hay infinitas posibilidades.

—¿Y tengo que elegir una? —se atreve a preguntar—. ¿No puedo quedármelas todas?

Sonrío desde la puerta, y le echo el último vistazo de arriba abajo.

—Todas son tuyas, brujita. Pero habrá que empezar por alguna, ¿no? Roma no se construyó en un día.

# Capítulo 26

## Entre el pretérito y el pluscuamperfecto

### *Eli*

—¿Qué crees que debo ponerme?

Tamara aparta la mirada del televisor. Mientras mastica, me observa de hito en hito.

Siempre me fascinará cómo se las ingenia para que el pintalabios no se le corra ni un poquito, sobre todo cuando le da mordiscos a una grasienta alita de pollo. Se ha puesto su babero americano para no mancharse el pijama como hace con los dedos de las manos.

—Algo fácil de quitar —dice, y se encoge de hombros.

—¡Se supone que es una cita! Una cita *seria*.

—Despierta, Elisenda. —Chasquea los dedos—. Todo el mundo sabe que eso de «quedar para ver una película» es una excusa para chingar.

Últimamente es mucho menos paciente con mi falta de conocimientos socioafectivos... ¿o sociosexuales?

¿Estoy diciendo algo con sentido?

En fin. Yo no tengo la culpa de haber vivido dos años de celibato.

—¿Crees que me va a meter mano? —pregunto, alarmada—. No sé si estoy preparada para eso. ¿Qué debería hacer si intenta quitarme el pantalón?

—¡No puedes llevar pantalón, mensa! —me regaña. Aparta el plato de alitas y se chupa los dedos antes de mirarme con toda su sabiduría—. Eso os quitaría tiempo, ¿entiendes?

—Claro. —Asiento, fingiendo solemnidad—. Debería ir en bragas directamente.

—No, no hace falta ser tan vulgar, y no queremos que piense que estás desesperada. Ni tampoco que eres una frígida, lo que darías a entender con unos vaqueros. Una falda es más accesible, mucho más cómoda con este pinche calor que hace, y encima te sientan de maravilla con las piernas que tienes. Si no te quieres poner nada debajo, eso ya es tu decisión. —Me guiña un ojo, coqueta.

—Vale... ¿Me pongo entonces la falda azul?

—¿La de vuelo? Ni de broma. Con una falda como esa se daría cuenta de que te la has puesto para que le sea cómodo meterte mano. Lleva una corta, pero rígida, así tendrá que esforzarse por quitarte las bragas... Si las llevas, obvio —insiste, levantando las cejas una y otra vez.

—¡Claro que voy a llevar bragas! —rezongo.

—Pues menuda decepción. Yo no veo la necesidad de ensuciar algo que va a estar en el suelo toda la noche, pero allá tú. —Hace un vago gesto con la mano, quitándole importancia, y vuelve a mirar la tele. De pronto tuerce la boca—. ¡Nooo! Pero ¿cómo ha podido caer?

Me asomo a la pantalla con curiosidad.

—¿Qué estás viendo?

—*La isla de las tentaciones*.

—Suena guay. ¿No es la que protagoniza DiCaprio?

—No, esa es *La isla siniestra*, y no entendí una verga de lo que estaba pasando. Esto es un programa en el que unas cuantas parejas van a una isla y se encierran en casas diferentes, una llena de morras y otra llena de güeyes. Los güeyes están en la de las morras, claro, que están todas bien buenas y no paran de flirtearles... En el caso de ellas, igual. Así ponen a prueba su amor.

Arrugo la nariz desde la puerta de mi habitación. Mientras, observo de reojo mi figura embutida en una sencilla camiseta de tirantes ajustada.

Da igual lo que me ponga, porque me pilló masturbándome pensando en él. Mi desesperación por causarle una buena impresión será evidente, así aparezca con un saco de arpillera.

—¿Y cuál es la gracia de ver en la tele cómo unos cuantos desconocidos les ponen los cuernos a sus parejas? Me parece auténtico terrorismo emocional.

—No hace gracia... generalmente —puntualiza—, pero da morbo. Es como *Señor y señora Smith*: tiene más encanto verla cuando sabes que, en esa peli, Brad y Angelina se enamoraron y le puso los cuernos a Jennifer Aniston. ¿Vas a vestirte, o qué?

Alguien toca a la puerta con el canto del puño. El corazón se me acelera de pensar que pueda ser Óscar, de que venga a decirme que lo ha estado meditando largo y tendido y se ha precipitado al sugerir que podríamos estar juntos.

Sé que esta no es la actitud con la que una debe afrontar que está a punto de embarcarse en una especie de relación, y que Óscar no me ha dado motivos para compararlo con Normand, pero sigo asustada. No ya por cómo me desenvuelva en la cama sin la ayudita de una botella —ese, en realidad, no es el motivo por el que me da pánico empezar algo con él—, sino por la advertencia que me hizo Eulalia.

¿Cómo de larga es la sombra de Nieves? ¿Tanto como para cubrirme a mí?

Estoy al borde de un ataque de ansiedad cuando Tamara abre la puerta, con el plato de alitas en la mano, y aparece Susana.

—Akira ha vuelto —anuncia con voz de pregonera—. Ha entrado en el apartamento hace unos minutos y está hablando con Edu.

No tiene ni que decir «venid». Tamara y yo salimos escopetadas escaleras abajo para pegar, literalmente, la oreja a la puerta.

Esto no cuenta como cotillear, que conste. Edu nos iba a contar con detalle lo ocurrido en cuanto le preguntáramos, así que en realidad le estamos haciendo un favor evitando que narre la historia más de diez veces.

—¿Oís algo? —pregunta Susana.

—No —me lamento—. ¿Vamos a la terraza?

—Ya lo he intentado ahí y no hay manera. Parece que están hablando en alguna de las habitaciones. ¿Sabéis si Julian y Matilda están en casa? En el ático se tiene que oír de maravilla.

—Después les preguntamos —propongo yo—. Si no se oye, es porque no se están gritando, al menos.

—Y supongo que tampoco lo habrán resuelto en la cama. ¿Se oyen gemidos? ¿Los muelles del somier?

—Qué va. —Tamara chasquea la lengua—. ¿Has visto si entraba usando su llave, o ha tocado al timbre?

—Ha tocado al timbre. Por eso me he enterado de que ha venido. Malísimas noticias. —Susana suspira, trágica.

Eso capta mi atención.

—¿Por qué?

—Se tuvo que llevar las llaves para cerrar la puerta por fuera. Si no las ha usado para entrar es porque ya no considera que esta sea su casa.

Es la clase de conclusión a la que yo nunca habría llegado, igual que desconozco por completo el juego de seducción implícito en algo tan sencillo como el tipo de falda que eliges para ver una película con otra persona.

Tengo tantas cosas que aprender...

—Parece que vienen —susurra Susana—. Oigo pasos. ¡Escondeos!

Las tres corremos como alma que lleva el diablo y nos quedamos inmóviles a los pies de la escalera, igualitas que unas crías jugando al escondite inglés. Akira es el primero en salir, lo que Susana recalca como otra mala señal y yo acabo de confirmar cuando veo que lleva una bolsa de deporte en la mano, las ojeras por los tobillos y carita de perro pachón.

Edu tiene los ojos inyectados en sangre.

—Ay, no —gimotea Tamara por lo bajo—. Ya valimos verga.

Es insólito ver a Edu con los hombros gachos y la cara congestionada, pero no tanto como desolador. Presenciar el derrumbamiento de alguien que, sin importar la circunstancia, siempre tiene una sonrisa para todos sobrecoge.

—Quiero mantener el contacto contigo —le dice Akira en voz baja—. Llamarte de vez en cuando.

—¿Llamarme de vez en cuando? Yo no soy tu tía la de México. Ya te lo he dicho muy claro. Si te vas, te largas con todo lo que eso conlleva.

—Edu... —Akira menea la cabeza, apesadumbrado. Emplea su tono asertivo, pero cuando Edu se cierra en banda, no escucha—. No estás siendo racional.

—Estoy siendo mucho más racional que cuando acepté irme a vivir contigo. Haz el favor de largarte ya. Y dame las llaves.

Tamara y yo nos miramos de reojo, aguantando la respiración.

Hay tres cosas que siempre he tenido claro que nunca llegaría a ver: el veganismo como dieta generalizada en la población mundial, la abolición de la tauromaquia y la ruptura de Akira y Edu.

Supongo que el apocalipsis está cada vez más cerca.

Akira saca las llaves del bolsillo, estirando el tiempo más allá de lo razonable, y se las entrega. Da un paso hacia el frente, vacilante, sin apartar los ojos de él.

—Sabes que te quiero, ¿verdad? —Lo dice tan bajito que

no estoy segura de haberlo entendido, pero la reacción de Edu habla por dos.

—Sí, ya se ha visto cuánto. Piérdete.

—No te despidas así de mí. No es justo para ninguno.

—¡Que no es justo! —repite, agitado—. Lo que no es justo es que...

La voz se le quiebra. Lleno de impotencia, decide cerrar el pico antes de perder del todo la compostura. Apenas consigue contener las lágrimas antes de cerrar la puerta justo en las narices de Akira, que se veía con intención de seguirlo.

—Mi pobre Edu... Tengo que ir a verlo —decide Tamara—. Si es que ya lo decía la madre de Bridget Jones: los japoneses son una raza malvada.

—A ver, no hay necesidad de tomar partido por un bando. Ni de ser racista —apostillo, mirándola de soslayo—. Un especialista debería observar tu tendencia generalizada a odiar a las parejas de tus amigos.

—No necesito que me lo observe ningún especialista para saber a qué se debe: a que solo salís con culeros, y a que soy una envidiosa y estoy amargada.

Su respuesta me deja sorprendida, pero no me da tiempo a replicar. Tamara baja haciendo ruido los escalones en los que nos habíamos sentado para observar. Es así como capta la atención de Akira, al que no le sorprende nada que hubiéramos estado escuchando.

—Supongo que me alegro de que estéis aquí. Así puedo despedirme.

Antes que decirle «Que te vaya muy bien», Tamara se dispara en el tobillo. Para ella, las rupturas son una guerra, y es evidente el bando que ha elegido. Pero Susana y yo intercambiamos una mirada tristona y nos acercamos a Akira para darle un abracito grupal.

—Confío en que te pasarás por aquí con frecuencia. —Le doy una palmada en la espalda.

—No dudéis que os llamaré para saber cómo estáis, pero pasándome por aquí estaría... cómo decirlo... desafiando el reinado de Edu. —Echa un vistazo alrededor, acongojado—. Este edificio es casi de su propiedad.

—¡No quiero que te vayas! —protesta Susana, antes de volver a abrazarlo.

Él apoya la barbilla en su hombro y sonríe, lloroso.

—Si algún día se pone alguno de los apartamentos buenos en venta, puede que regrese. Ha sido un placer conoceros. —Se separa de Susana y vuelve a agarrar la bolsa de deporte, que había dejado en el suelo—. Vendré pronto a recoger el resto de mis cosas. Nos veremos para entonces.

No da pie a más sentimentalismos y sacude la mano con gesto resignado. Me lo quedo mirando hasta que desaparece escaleras abajo y me pregunto, con un nudo en la garganta y muy mal cuerpo, cómo es posible que una vida en común pueda hacerse añicos en tan solo un segundo; cómo se le puede poner punto y final a una relación y a todo lo que esta conlleva simplemente cerrando una puerta.

Nunca dejaré de temer y a la vez admirar la fragilidad de los vínculos humanos. Si le tenemos miedo a todo lo fugaz porque nos recuerda que no somos eternos ni estaremos aquí siempre, como la enfermedad o la misma muerte, ¿por qué resulta tan extraño que te asustes cuando empiezas a caminar hacia el futuro de la mano de alguien? ¿Acaso una relación no corre el mismo riesgo de marchitarse, o es que no morimos un poco cuando alguien que queremos nos abandona?

—¿En qué estás pensando? —me pregunta Susana, mirándome con curiosidad—. Se te ha quedado una cara muy rara.

Me abrazo los codos, en los que noto la piel de gallina.

—En lo peligroso que es enamorarte de alguien y que no te corresponda.

Susana me mira como si me entendiese, y por un momento me parece intuir en su sonrisa un atisbo de amargura. Pero enseguida se encoge de hombros con su desenfado habitual y me da una palmadita.

—Eso a las chicas guapas nunca nos pasa. —Me guiña un ojo y se gira hacia Tamara, que lleva un rato tocando al timbre de la casa de Edu. Como no le ha respondido a la primera, ni a la segunda, ni a la tercera, ha empezado a entonar el himno de España—. ¿No quiere compañía?

Edu abre la puerta de golpe y asoma el rostro congestionado.

—Hoy no me apetece ni rumba ni té con pastas. Voy a hacerme bola en el sofá un rato y luego abro la pelu, que ya está bien de tenerla cerrada solo porque se me ha metido la *penamora* en el cuerpo. A ver si es que, además de al novio, tengo que perder dinero.

—Entonces iré a que me cortes las puntas —sugiere Susana—. Así hablamos un ratito.

—Vas a hacer lo que te salga del moño te diga lo que te diga, así que muy bien. —Luego mira a Tamara—. Lo mismo te digo a ti, reina de la sandunga. —Y se gira hacia mí—. Y tú vete a tu cita de una puñetera vez. Y ponte una falda accesible.

Su comentario me reactiva. No me importaría nada decirle a Óscar que esta tarde me quedo con Edu. Me necesita mucho más que él, y, a decir verdad, siempre preferiré un agradable rato con mis chicas de confianza que pasar dos horas en estado de alerta y al borde del ataque de ansiedad en compañía del hombre de mis sueños. Pero si lo rechazo, tanto Óscar como todos los aquí presentes sabrán que lo hago para no enfrentarme a lo que de verdad quiero, porque, si es por hombros en los que llorar, Edu los tiene suficientemente anchos.

Lo despido con un abrazo apretado.

—Cualquier cosa, me llamas.

—Sí, claro, estaré calculando a qué hora es mejor llamarte para joderte el polvo. No digas chorradas. Y ahora dejadme en paz, que una mujer tiene derecho a llorar a solas.

Me siento fatal dejando la situación en manos de Tamara y Susana, pero no va a tener mejor compañía. Y, conociendo a los vecinos, no tardarán en llegar en tropel para recordarle cosas que ya sabe: que es el más *salao* de España y que, con solo chasquear los dedos, los millones de amigos solteros que tiene lo levantarán en vilo y lo sacarán en procesión por Chueca como si de la Virgen de la Esperanza se tratase: «¡Pasen y vean al rey del Martes Santo! ¡Se aceptan ofrendas (de carne)!».

Una vez en casa, a solas, desfilo por delante del espejo como toda mujer insegura que se precie. Me cambio de ropa siete veces, me suelto y me recojo el pelo otras diez, y todo para ponerme al final lo menos provocativo.

A las nueve y media estoy delante de la puerta de su apartamento, preguntándome si de verdad merece la pena pasar por toda esta agonía solo porque esté pillada por un tío.

Que, ahora que lo pienso, ese es justo el problema: que estoy pillada.

¿Dónde conseguiré un *despillador*? «El *despillador* que me *despille*, buen *despillador* será».

La puerta se abre antes de que toque al timbre y Óscar me recibe despeinado, con un pantalón de chándal y una camiseta de algodón. Yo me he depilado y me he echado tres cremas corporales solo para estar presentable, y él parece sacado de la revista de *Men's Health* cuando seguro que acaba de levantarse de la siesta.

Está tan bueno que me dan ganas de hacerme el harakiri. Si no lo hago ni lo menciono en voz alta es porque, a partir de hoy, todo lo relacionado con Japón ha dejado de existir en este edificio. Queda terminantemente prohibido hablar de la cultura oriental, igual que deberían prohibir la cara de Óscar y cómo enrosca el brazo en mi cintura para darme un beso en la boca.

Como si fuera lo más normal del mundo.

—Al final te has puesto la falda —comenta, entusiasmado, y me guiña un ojo—. Me alegro.

*Joder. Cómo odio a los arquitectos de este edificio.*

—¡No es porque quiera que me metas mano! —me apresuro a explicar, inmóvil en el recibidor.

Después de cerrar la puerta y guardarse las manos en los bolsillos del pantalón, Óscar me mira con una sonrisa socarrona.

—¿No quieres que te meta mano?

—No es eso.

—Entonces, ¿sí quieres?

—No juegues conmigo. Me estás poniendo nerviosa.

—¡Qué tontería! —exclama. Me coge de la mano y tira de mí hacia el salón—. ¿Cómo te voy a poner nerviosa? Si ya me conoces, Eli. Por lo menos tenemos descartado que sea el hombre del saco, o que me parezca a ese asqueroso exnovio tuyo. A partir de ahí solo se puede ir a mejor, ¿no crees?

*No.* Con Normand me resultaba fácil interactuar precisamente porque su cercanía no me afectaba de este modo tan ridículo. Mi timidez es muy exquisita y solo aparece con la gente que me impone respeto o que me atrae.

Ah, y con aquellos a los que les pedí que me follaran en una playa pública.

Ni siquiera sé cómo puedo mirarlo a la cara, sobre todo porque no es solo arrepentimiento lo que se me pasa por la cabeza al recordarlo. También me invade el deseo de llegar de nuevo a ese punto, en el que me importa un comino y soy capaz de abrirme en canal y chillar lo que siento.

—Ahí tienes las películas. Ponte cómoda. Yo voy a por algo de beber. Y antes de que digas que quieres vino —añade, alzando el dedo—, esta noche prescindiremos de él por razones obvias.

Mi voz suena entrecortada.

—M-me parece bien.

En cuanto desaparece en la cocina, me siento en el adorable sofá de Ikea y echo un ojo a las portadas de DVD que reposan sobre la mesilla de cristal. Sonrío como una palurda al ver que están todas y cada una de las que mencionamos la mañana que coincidimos en el ascensor: *Cuatro bodas y un funeral*, *The Quiet Man*, *Jeux d'enfants*, *Match Point*... Cojo una al azar y la abro: el disco grabado tiene una fecha anotada y una dedicatoria:

*La vi y pensé en ti.*
N.

La sonrisa se me congela en la cara. Suelto el DVD como si me hubiera dado una descarga eléctrica y me quedo mirando las demás con recelo. Agarro otra, dudosa; dentro hay otra dedicatoria:

*La de la primera noche que pasamos juntos.*
N.

Vuelvo a dejarlo donde estaba, con el corazón latiéndome muy deprisa. Me seco las manos empapadas en los muslos y me levanto, nerviosa, sin saber muy bien qué hacer.

Esto es lo último en lo que quiero pensar, pero como si la advertencia de Eulalia hubiera activado una especie de alarma dentro de mí, empiezo a fijarme en los detalles del salón: en las velas aromáticas para hacer yoga, trabajo que ejercía Nieves; en los portafotos que conserva en las estanterías, en los cuales reconozco a todas sus hermanas y también a una chica de pelo castaño y ojos claros.

Debe de ser ella.

Al menos, su prima de Cuenca no es. Uno no mira de esa manera ni coge de la mano a su prima de Cuenca.

A lo mejor esto es culpa de mi neurosis, pero al fijarme en la alfombra, en las cortinas, en los libros que se amontonan en los estantes, no puedo evitar preguntarme hasta qué punto sigue influyendo Nieves en la rutina de Óscar.

Tras revisar que no hay moros en la costa, saco una de las novelas en cuestión.

*El prisionero del cielo*, de Carlos Ruiz Zafón. Un título que me parece muy apropiado cuando, al separar las solapas, veo una dedicatoria con la misma letra.

Óscar no parece esclavo de los recuerdos a simple vista, pero es porque la mayoría de los tíos saben aparentar, y los que no, son lo bastante orgullosos para evitar que las miserias se les graben en la cara.

Puede que sí sea prisionero del cielo, si es que es verdad que existe y Nieves y todos nuestros muertos deambulan por allí.

—¿Has elegido ya?

En cuanto me topo con la cálida sonrisa de Óscar, me dan ganas de abofetearme por estúpida. ¿Qué esperaba? ¿Que hubiera tirado a la basura todos los regalos de Nieves, que actuara como si nunca la hubiera conocido y no conservase ni un solo recuerdo? Es verdad que yo me deshice de muchas de las pertenencias de mi madre porque no quería que me persiguiera su fantasma, y porque creí que así sería más sencillo superarlo.

Pero cada uno lleva los duelos a su manera. No soy quién para juzgar. No obstante, sí soy quién para dudar, ¿no?

—*Desayuno con diamantes* —elijo sobre la marcha—. Es un clásico.

(Y la única que Nieves no le dedicó).

Estoy siendo demasiado irracional con este asunto. Creo que se me olvida más rápido de la cuenta que estuvo casado, c-a-s-a-d-o, con esa mujer. Que se enamoró tanto y tan intensamente que decidió pasar por el altar apenas cumplió la mayoría de edad. ¿Dónde estaba yo a los dieciocho años, aparte de dejándome manipular por cada uno de los hombres de mi entorno porque no me veía capacitada para tomar decisiones por mí misma?

—¿Sabes que descubrí que era heterosexual gracias a la escena de Audrey cantando *Moon River*?

Ese comentario relajado, unido al gesto de tenderme una Coca-Cola Zero y sentarse a mi lado, ahuyenta mis pensamientos negativos y deshace parte de la tensión general.

Espero que él no la esté notando.

—¿En serio? ¿Cómo «descubres» que eres hetero? Yo creo que solo se puede descubrir que eres gay. Ya sabes, por todo el rollo de que no te permiten tener una revelación con respecto a la heterosexualidad porque, desde el momento en el que naces, se da por hecho que vas a sentirte atraído por personas del sexo opuesto.

—Todo el mundo estaba convencido de que era gay, así que en mi caso sí que tuve que salir del armario heterosexual —bromea mientas se acomoda en el sofá.

—¿Y lo hiciste con Audrey Hepburn, que no se conoce precisamente por ser una diosa del destape? ¿Audrey Hepburn con el pañuelo de limpiar en la cabeza?

—Me pareció una escena muy bonita. Él, mirándola admirado desde arriba... No me costaba imaginarme como Paul Varjak. Ahora, menos aún, porque sé lo que es andar todo el día pensando en mi vecina. —Me pasa el brazo por la cintura y me atrae hacia él. Me dejo con el cuerpo laxo, pero mi cabeza sigue llena de dudas.

—Pues me sorprende que no descubrieras tu sexualidad con alguna mujer en pelotas. Eso que describes suena a admiración sana por la belleza femenina. Yo también me quedaba embobada mirándola y no me atraen las mujeres.

—Con seis años no piensas en acostarte con nadie, pero quería que Audrey fuera mi esposa, y hoy en día aún mantengo ese prototipo de mujer: alta, delgada y elegante.

—Me parece ofensivo que definas a Audrey Hepburn de esa manera tan cutre.

—Pues a mí me parece ofensivo que estés tensa entre mis brazos.

Es verdad. Ha debido de ser de forma inconsciente.

Finalmente, apoyo el peso contra su costado y recuesto la cabeza en su hombro, emocionada por habérmelo pedido.

—Siento si parece que no quiero estar aquí. No es eso, ¿vale? —le explico en un murmullo, vacilante—. Solo soy... tímida. Si te sirve de consuelo, en una realidad alternativa en la que tengo los ovarios tan bien puestos como Tamara, estaría sentada en tu regazo besuqueándote el cuello como una adolescente.

Óscar enarca una ceja, valorando la posibilidad. Sonríe sin enseñar los dientes y, en un abrir y cerrar de ojos, me sienta sobre sus rodillas.

Así de sencillo.

—Puedes empezar a besuquearme cuando quieras. No hay prisa ni tampoco presión.

No me atrevo a hacerlo sin más, y manda narices, porque he hecho cosas peores con él como para que ahora me asuste un poquito de *petting*. Acurruco la cabeza en el hueco de su cuello y, de reojo, guiándome más por los sonidos que por las escenas que tantas veces he visto, me fijo en la pantalla.

Audrey llega a su apartamento con el mítico vestido negro, que no hace mucho se subastó por unos cuantos cientos de miles de dólares, y se prepara para dormir con el antifaz de satén aguamarina.

Aunque estoy tan cómoda que por un momento olvido dónde me encuentro, aunque no con quién, no puedo evitar preguntar lo que tanto me atormenta:

—¿Hacías mucho esto con... ella?

—¿Con Nieves? —Es agradable ver que no tiene ningún problema en pronunciar su nombre, que soy yo la única con la paranoia—. ¿El qué?

—Ver películas los viernes por la noche.

Él sonríe con amargura.

—Era de las pocas cosas que podía hacer con ella. Ya te habré comentado que era extremadamente introvertida. No se le daba bien la gente, y tampoco le gustaba salir. De hecho —agrega, al borde de la risa—, la muy idiota se definía como «una planta de interior». Y lo era, en cierto modo. Algunas plantas de interior requieren el doble de cuidados que las de exterior, y ella era de esas. Creo que habré visto miles de películas y jugado millones de partidas de *Cluedo*, parchís, oca, *Uno* o *Jungle Speed* mientras mis colegas se iban a festivales de música, carnavales, verbenas de San Juan o simplemente alquilaban una pista de baloncesto para echar una pachanguita, pero bueno..., la compañía merecía el sacrificio.

—Tú habrías preferido salir, ¿no?

—Hombre... —dice, encogiendo un hombro; luego atrapa uno de mis mechones de pelo y lo enrolla en el dedo índice, pensativo—. Me encantaba el deporte, y a los veinte solo quería hacer el pardo con mis amigos por los bares. O por los polideportivos, ¿eh?, que no todo era vicio y perversión. Pero dejé de hacerlo por ella, que pensaba que la gente va a discotecas con el único objeto de ligar y se acojonaba de imaginarme con otras, y que odiaba que «me exhibiera» jugando al baloncesto en bermudas o compitiendo en bañador.

—¿Por eso os separasteis? —me atrevo a preguntar—. ¿Querías recuperar tu vida?

Él aprieta los labios.

—Sí. Y me siento injusto y egoísta por eso.

—¿Qué? —Me separo un poco para mirarlo, sorprendida—. ¿Por qué?

—¿Cómo puedes hartarte de los celos, la inseguridad y los problemas de tu pareja? En la salud y en la enfermedad. En lo bueno y en lo malo —parafrasea, con la mirada perdida al frente—. Yo me rendí en cuanto lo malo dejó de ser tolerable y lo bueno ya no me compensaba, como si se pudiera tratar el amor en los mismos términos que un balance de resultados de una empresa.

—No es egoísta aceptar que tu felicidad ya no está en el

lugar que pensabas. De hecho, me parece que para asumirlo y dar un paso atrás hay que ser muy valiente.

—Curioso. Yo me veo como un cobarde de lo peor.

—Oye. —En un arrebato, acuno su rostro entre mis manos. Óscar me presta atención enseguida—. Dejar de querer a alguien no es un delito.

—Es que no dejé de quererla. Solo dejé de querer estar con ella.

«No dejé de quererla» no es lo mismo que «Nunca he dejado de quererla», no me cabe duda. Pero también soy consciente de que muy poca gente sabe utilizar los verbos en castellano como Dios manda, y me cuesta no entender su confesión como que aún hoy no la ha olvidado. Y eso, lejos de tranquilizarme porque al menos resuelve mis dudas, me rompe el corazón.

Por un momento no puedo moverme, y no sé si es por el dolor físico —resultado de que te hayan roto el corazón— o por la fuerza con la que me ha abofeteado la certeza.

Estoy pillada. Estoy enamorada como una ridícula adolescente. Y el hombre que tengo delante está aún obsesionado con una mujer con la que no puede ni podrá reencontrarse.

—¿Qué pasa? —me pregunta, abrazándome por la cintura. Siento rechazo por su contacto, pero no tengo el ánimo de apartarlo o de quitarme yo—. Has puesto una cara muy rara. ¿Estás bien?

—Sí, es solo que... Creo que deberíamos seguir viendo la película.

Y eso hacemos. En lugar de largarme, como habría hecho, quizá, alguien con un poco de amor propio, me acurruco en posición fetal, todavía sobre él, y lo abrazo como si me fuera la vida en ello. En todo momento soy consciente de que lo más probable es que me largue luego y no vuelva a llamar a su puerta para no complicarme las cosas.

¿O sí?

Siempre he tenido muy claro que, en la vida, las cosas no van a ser perfectas. En pocos casos serán simplemente como nos gustarían. A lo mejor esta no va a ser la historia de amor con la que fantaseaba, y a lo mejor el hombre de mis sueños ha venido con algunos defectos, pero eso se debe a que esto no es una novela romántica, sino la vida real. Y, tratándose de la vida real, que el corazón de Óscar tenga dueña ni siquiera es lo peor que podría pasarme. Incluso siendo en cierto modo inaccesible, poder compartir tiempo a su lado y escucharlo, sentir que de verdad soy valiosa para él, es de las cosas más bonitas que me han sucedido.

Así que, *por ahora*, no voy a retirarme.

Quizá, más tarde, me lo piense mejor.

## Capítulo 27

## MALDITA DULZURA LA TUYA

*Óscar*

Hacía tanto tiempo desde la última vez que me sentí así que es como si estuviera de estreno.

Se ha cumplido una semana desde que Eli y yo nos quedamos dormidos en el sofá después de ver *Desayuno con diamantes* y vivo con la impresión de haber recibido un regalo inesperado. Ese que querías cuando eras crío, pero no te atrevías a pedir a tus padres porque era demasiado caro.

No es nada nuevo que disfruto de su compañía, pero desde que puedo tocar a su puerta cuando me da la gana, con la libertad de que sea algo mío —¿mi rollo?, ¿mi novia?, ¿mi chica?—, enfrento el día con otra clase de optimismo. Y es jodidamente liberador no tener que cortarme a la hora de corregir con amabilidad a mis provocadoras alumnas de yoga por miedo a que le vayan con el cuento. Es una alegría de la hostia poder irme de copas con mis compañeros del colegio si encarta, sin preocuparme de recibir un mensaje pasivo-agresivo exigiendo mis coordenadas exactas. Saber que cuando vuelva a casa, y si me paso a darle las buenas noches, no va a recibirme con cara larga porque me he demorado más de la cuenta, es tan satisfactorio que me sorprende recordar que solía vivir de otra manera.

Y cuando lo recuerdo, cuando acuden a mi mente todas esas noches que le di la espalda en la cama a la persona a la que quería abrazar porque ella no soportaba que fuera yo mismo, porque ni siquiera me perdonaba que no me sacrificara más aún, me pregunto si no estaré cagándola: si Eli no será como Nieves y en el fondo no soportará que tenga una vida al margen de ella.

En general, todo va como la seda, pero a veces observo que se queda en silencio, que se tensa de repente o no sabe qué decirme, y no sabría explicar si es a raíz de algo que he hecho o tan solo son cosas suyas. Con Nieves era fácil saberlo, porque su vida giraba en torno a mí. No tenía a nadie más. Yo era, pues, su única alegría y la gran preocupación. Pero Eli sabe distribuir su tiempo en diferentes ámbitos. Sale con sus amigas y es perfeccionista en su trabajo. Yo solo soy uno de sus tantos pasatiempos, y espero que también uno de los favoritos.

Es un alivio no ser el único motivo por el que una persona respira o se levanta cada mañana. Quita una gran responsabilidad de mis hombros.

A lo mejor el momento de buscar ayuda profesional ya pasó, pero aprovechando que Alison anunció que va a montar su consulta de psicología en el ático, de donde se marchará su hermano en cuanto llegue septiembre, me pasé a verla el martes.

—Por supuesto que me gustaría tratar esto contigo —me dijo, ajustándose las gafas en el puente de la nariz—. Ahora mismo nos pillas liados con las cajas, porque justo empezamos a embalar ayer, pero podemos charlar un rato. ¿Te apetece que vayamos a tomar un café?

Nos pasamos por la cafetería de la esquina y nos sentamos al fondo, al lado de la cristalera que da a la calle. No me pasó desapercibido que todo el mundo miraba a Alison al entrar, aunque tampoco puedo decir que me sorprendiera.

Álvaro tiene razón cuando dice que es espectacular.

Se lo conté todo, desesperado por compartir mis sensaciones con otra persona. Luego me quedé asombrado por haberlo soltado sin más; por haber dicho la verdad, mi verdad, en lugar de flagelarme por los errores que cometí antes y después de casarme, y por la mala suerte que Nieves corrió por mi culpa.

Siempre he bloqueado los pensamientos que la culpabilizaban de que nuestra relación se fuera al garete. «¿Con qué derecho la voy a difamar cuando no está aquí para defenderse?», pensaba. Pero no la estaba difamando, sino tan solo contando la verdad.

No sé qué es lo que ha desencadenado que de repente quiera deshacerme de los remordimientos, pero doy gracias a diario por haber cambiado de mentalidad.

—Has hecho un buen trabajo tú solo —me reconoció Alison—. Aunque nunca es tarde, debiste acudir a un especialista cuando pasó todo aquello, pero está claro que con el tiempo has aprendido a gestionarlo y ahora solo te preocupa en qué afectará a tus relaciones futuras. ¿Me equivoco?

—No lo sé muy bien —respondo—. Ahora mismo estoy eufórico. Con Eli me siento como cuando te encuentras en el fondo del armario una camiseta que te compraste hace años y que no te sentaba muy bien, te la pruebas ahora, que estás en forma, y te notas a gusto con tu cuerpo porque te queda tal y como querías. Porque está hecha a tu medida, ¿sabes?

Alison me sonrió detrás de la taza de café.

—Entiendo a lo que te refieres —comentó, dejándola sobre la mesa—. Verás, Óscar. Hay personas a las que queremos, pero que no encajan con nosotros. Es una realidad dolorosa y contra la que se puede luchar, por ejemplo, haciendo terapia de pareja; pero si no resulta, es importante que nos alejemos a tiempo. Luego hay otras personas a las que quizá no queremos con esa misma intensidad, o tal vez sí, pero, desde luego, hacen de nuestra vida algo mucho más llevadero y agradable. En el amor, para que triunfe, debe haber algo más que amor. Debe haber entendimiento, confianza y respeto, y no hubo nada de esto en tu matrimonio.

»La culpa es un valor cristiano muy innecesario que intento desarraigar de mis pacientes durante las terapias —prosiguió—. Así pues, no pierdas el tiempo buscando culpables. Acepta que ni tú ni ella fuisteis perfectos y mira hacia delante.

Estuve pensando en su conclusión durante los días siguientes. Tendré que esperar a que termine de hacer la mudanza y las reformas del ático para darle mi respuesta.

Mientras la medito, estoy con Eli. Me siento a verla cocinar, se acopla a alguna clase de yoga solo para distraerme, vamos al cine a meternos mano, pasamos con los vecinos por el bar del Uruguayo, una celebridad entre los inquilinos de la calle Julio Cortázar... Planes de una pareja normal y corriente que me tienen en una nube, que me hacen sentir cómodo y no un despojo humano que solo sabe herir a los demás.

Sin embargo, al mismo tiempo sigo batallando con mis sentimientos y me niego a asumir sin más que Nieves era mala para mí. ¿Cómo podría hacerle eso, después de todo?

Pienso en ella todo el condenado tiempo, incluso estando con Eli, porque se parecen. No solo en cuanto al físico, sino también en la manera de comportarse. He llegado a la conclusión, en pleno delirio, de que a lo mejor una parte de Nieves se reencarnó en Eli, o a lo mejor estoy tan obcecado por la culpa y por la vergüenza de haber fracasado con ella que la veo en todas las mujeres a las que me dirijo, en cada sitio al que voy o en cada pequeña cosa que hago. Intento convencerme de que mis corazonadas no importan, pero no me deshago de la sensación de que la estoy cagando.

A lo mejor no me merezco este brote de felicidad inesperada. A lo mejor Eli debería dejarme. Pero Eli no parece siquiera consciente de qué es lo que somos, y yo tampoco lo tengo muy claro.

Hoy es lunes, veintiséis de junio. Tiene la tarde libre y yo finalizo las clases del colegio. Son las dos y media cuando voy a entrar en el portal. Antes, me detengo para leer la frase de Cortázar que quitarán para inaugurar el mes de julio. Sigue siendo la del guante enamorado de la mano derecha, un concepto que siempre me saca una sonrisa.

Cuando voy a empujar la puerta, alguien lo hace por mí. Eric, el hijo de Susana, se abre paso como un abanto, agarrado a la mochila con tanta fuerza que se le han puesto los nudillos blancos. No ha debido de reconocerme, porque pasa de largo y, justo antes de llegar al ascensor, da un par de pasos vacilantes y se sienta en la escalera.

Le tiemblan las manos y está colorado de rabia.

No soy tutor de ninguno de los grupos de sexto de primaria, pero Eric es uno de los mejores de la clase de Educación Física y nadie se atreve a meterse con los críos que saben chutar bien al balón. Ni mucho menos si tienen el encanto de Eric, que, a punto de cumplir los doce años, ya se ha ganado el corazón de las maestras.

Con todo y con eso, de un tiempo a esta parte no me sorprende que, siendo el más querido del curso, vuelva a casa hecho un basilisco.

Ni siquiera en el Edén todo es perfecto.

—Eric. —Él levanta la cabeza y una sombra de vergüenza le oscurece el rostro. En lugar de preguntarle sin rodeos cuál es el problema, me siento a su lado y le doy una palmada amistosa—. ¿Has vuelto solo del colegio?

—Mi madre trabaja y no puede venir. Pero mejor —suelta de sopetón.

La rabia con la que lo dice me deja extrañado.

—¿Por qué?

Presiento que tiene toda la intención de soltarme un exabrupto, pero recula en cuanto recuerda que soy el profesor de Gimnasia. Entrelaza los dedos de las manos sobre el regazo y clava la vista en el suelo. Es solo un segundo antes de levantarse, no mucho más tranquilo, y pulsar el botón del ascensor con ansiedad.

—Tengo que estudiar —se excusa de repente.

Arqueo una ceja.

—Acabas de terminar las clases.

—Aún tengo que sacarme el B2 de inglés. Hago el examen el dos de julio.

Lo observo de hito en hito, la rigidez de su postura. Por la decisión con la que ha entrado y se ha sentado en la escalera, diría que tiene por costumbre llegar con ganas de liarse a patadas con todos y esconderse un rato hasta calmarse. Apuesto a que, cuando su madre le abre la puerta, o cuando llega, si es que lo hace más tarde que él, Eric ya está lo bastante tranquilo para dedicarle una sonrisa deslumbrante. Es justo lo que hacía Violeta cada día antes de entrar en casa hasta que Caliope la encontró llorando en la parada del autobús.

—Eric, ven aquí. —Intento sonar conciliador, pero el chico me lanza una mirada huraña y recelosa—. Solo será un momento.

Muy a regañadientes, Eric gira sobre sus talones y se acerca. Le pido que se siente a mi lado, en la escalera, y espero unos segundos a que se acompase la respiración, pero se le vuelve a entrecortar apenas me oye decir:

—Sé que Fernando te anda molestando. —Hago una pausa—. Podemos hacer algo.

—Puedo manejar a ese gilipollas perfectamente —masculla entre dientes. Vuelve a ponerse rojo, y no de vergüenza, sino de rabia—. Este verano, cuando nos encontremos en el campamento deportivo, le voy a dar una paliza y lo voy a matar.

El corazón se me acelera al escuchar la rabia con la que habla. Es tanta que no puede desahogarla ni siquiera expresándose con esa fiereza, porque se le atraganta y lo asfixia.

—Eric, escucha. Sé que tu tutora no ha podido hacer gran

cosa, pero podemos comunicárselo al jefe de estudios. Es un hombre intransigente con esta clase de comportamientos.

—Lo voy a matar —repite, con la respiración acelerada.

No ha cambiado de postura. Está encorvado sobre las rodillas y aprieta las asas de la mochila como si le fuera la vida en ello.

—No vamos a matar a nadie. No vamos a ponernos a su altura, ¿de acuerdo? Y no voy a pedirte que empatices con la situación de ese niño. Ahora mismo te será imposible. Pero sí te ruego que no hagas algo de lo que puedas arrepentirte.

Me lanza una mirada furiosa.

—No me arrepentiría.

—Sé que no quieres decírselo a nadie para que no se entere tu madre —replico con suavidad, y él baja un poco la guardia en cuanto menciono a Susana—. Si le tocas un pelo a Fernando, ella lo sabrá y tendrás que explicárselo todo. Para colmo, pidiéndole disculpas por tu arranque, lo que no te gustará nada hacer si no planeas arrepentirte, como acabas de asegurar.

Eric aparta la mirada con la mandíbula apretada. Sintiendo una oleada de empatía por el chaval, cambio de postura y, con paciencia, me pongo de frente a él.

—¿Qué es lo que te ha dicho esta vez?

—Lo de siempre —murmura casi un minuto después, cuando ya pensaba que no iba a responder.

—¿Y qué es lo de siempre?

No contesta.

—Puedes ser sincero conmigo.

—Se lo vas a decir a mi madre.

—¿Y cuál sería el problema? Debe saber que intentan hacerte la vida imposible.

—Es que no se meten conmigo. —Hace una pausa necesaria para recuperar el aliento—. Se meten con ella.

Me lo imaginaba, pero siempre es duro escucharlo.

—¿Dicen cosas parecidas a la que comentó Fernando el día de los disfraces? —Eric asiente con la cabeza, prácticamente dándome la espalda para que no le vea la cara—. ¿Por qué no me miras? ¿Te da vergüenza que digan eso de tu madre?

—A veces. A veces... me avergüenzo de ella.

Asiento, aunque él no pueda verlo. Yo, en cambio, sí puedo ver cómo se estremece después de decirlo y empiezan a temblarle los hombros.

—¿Hacen comentarios de esos todos los días?

—Todos los putos días —masculla entre dientes, y se le escapa un sollozo entrecortado.

Cierro los ojos un momento.

—No se lo diré personalmente si no quieres —miento—, pero hay que avisar al jefe de estudios. Y citar al padre de Fernando hasta que le ponga un bozal a su hijo, o no lo quede más remedio que cambiarle de colegio. No tolerará esto, ya sabes cómo de serio es. ¿No lo llamáis el Terminator?

—Por favor, no. —Me mira con una mezcla de impotencia y pánico—. No quiero que mi madre se entere. Si se lo dices al jefe de estudios, la llamará para hablar con ella.

—Seguro que, si se lo pido, lo manejará antes por su cuenta. Es más comprensivo de lo que parece. No te preocupes. —Le paso un brazo por encima del hombro y se lo masajeo un poco—. Esto se acabará, ¿de acuerdo?

Algo reacio a confiar en mí, asiente.

Es comprensible que se muestre receloso. Debe de llevar aguantando unos cuantos meses este acoso y su tutora no ha hecho nada. Tampoco yo he intervenido, creyendo que sus responsables en el colegio tomarían la iniciativa.

*Mea culpa.*

No sé cuánto habrá padecido exactamente, y se le nota en la cara que no hablará de ello mientras pueda evitarlo.

Lo animo a levantarse.

—Vamos, te acompaño a casa. ¿Escaleras o ascensor?

—Escaleras.

—Así me gusta, haciendo deporte. —Le guiño un ojo y él intenta sonreír, un poco más tranquilo.

Lo peor de toda esta situación, por extraño que pueda sonar, es que entiendo que no quiera contárselo a Susana, pues el problema va con ella. No es que su madre sea lo más valioso que tiene. Es que, por lo que sé, es la única constante en su vida; la persona en torno a la que gira su mundo y la responsable de su concepción de la familia y el amor. Apuesto lo que sea a que decepcionarla o infligirle el menor daño lo mortificaría para siempre, sobre todo teniendo en cuenta el sentido de la lealtad del chico.

—Tu madre es una mujer maravillosa —le recuerdo mientras subimos los escalones.

Él me mira con los ojos brillantes de orgullo.

—Ya lo sé. Los que no lo saben son ellos. Y a veces... a veces hacen que se me olvide.

No puedo añadir nada más. Susana abre la puerta en cuanto nos oye llegar al rellano y espera a que Eric se acerque con los brazos en jarras.

—¿Qué horas son estas de llegar, chaval? —le regaña, exagerando el tono admonitorio.

Eric esboza una sonrisa despreocupada y mira a su madre como si fuera una amiga pesada.

—No empieces a darme la chapa, anda —le suelta entre risas.

Antes de pasar por su lado, le da un abrazo. Uno de verdad. Nada que ver con esos gestos desganados y brevísimos que los alumnos intercambian con sus familiares en la puerta del colegio, preocupados por si sus colegas hacen alguna burla.

Nunca dejará de asombrarme ese aspecto de la adolescencia, cómo se demoniza demostrar afecto a un pariente. Como si querer a alguien y demostrarlo fuese algo de lo que uno debiera avergonzarse.

Eric se gira hacia mí en cuanto tira la mochila al suelo del recibidor.

—Gracias, Óscar.

Le hago el saludo militar.

—A mandar.

Susana nos mira a uno y a otro enarcando una ceja.

—¿Lo has entretenido tú?

—Sí. —Me corroen las ganas de explicarle por qué y cómo me lo he encontrado, de contarle lo que sucedió en el carnaval que improvisamos en el colegio, pero viéndola tan tranquila, tan maternal, me parece una injusticia intervenir. Anoto mentalmente llamar al jefe de estudios en cuanto tenga un momento libre, y a continuación le sonrío—. Cosas de chicos.

—Apuesto a que sé más cosas de chicos que tú —se burla. Agarra el pomo de la puerta y me despide con una sonrisilla socarrona—. Hasta luego, Capitán.

Repito el saludo y, después de quedarme solo en el rellano, estoy pensativo unos segundos. Tengo suficiente confianza con Elliot, el jefe de estudios, para enviarle un mensaje, así que le escribo algo por WhatsApp para que me llame lo antes posible y subo los dos tramos de escaleras hasta mi apartamento.

Ya nos han dado las vacaciones. No se verán hasta septiembre si no coinciden en el campamento de verano. ¿Merece la pena intervenir ahora? ¿No sería más sencillo para Eric y para su madre que cambien a Fernando de clase, ahora que pasan a la ESO?

Cuando entro en casa, todavía con muchas cosas en la cabeza, no me lo pienso dos veces y me dirijo a la ventana que da al patio. Es la hora de comer, y Eli, como siempre, está cocinando. Hace un calor insoportable para ella y para mí, por eso lleva solo un top y unos *shorts* de talle alto, además de la ya mítica pinza del pelo.

Doy unos toquecitos en el cristal para llamar su atención.

Ella me sonríe en cuanto me ve. Algo tan sencillo como ese gesto me insufla vida y me revuelve de emoción.

Cojo los papeles que dejé tirados la primera vez que hablamos a través de mensajes y garabateo algo.

«Hola, guapa. ¿Estás sola?».

Ella se chupa un poco de salsa del pulgar antes de responder. El modo en que asoma la lengua tímidamente entre los labios me deja turbado.

«Según tú, estoy guapa».

«Eres guapa. Y estás sola».

«Ajá».

Se tira un buen rato escribiendo para hacerme un desfile de folios con una sonrisa graciosa en los labios.

«Tamara ha quedado para comer con un tío bueno de Tinder. Dice que ya está bien de conocer a la gente en la nocturnidad. Ha pensado que, si comen en una terraza pública, es improbable que acabe abriéndose de piernas. Son sus palabras, no las mías».

«¿Y qué estás haciendo?».

Eli le echa un ojo a la olla antes de apartarla del fuego.

«Risotto. ¿Quieres?».

«¿Me invitas a comer?».

Ella levanta el pulgar.

Aunque ardo en deseos de salir y tocar a su puerta, sacudo la cabeza. Sé lo mucho que le gusta pasar tiempo sola y lo que le cuesta tener la casa para ella.

«Me puedo invitar a merendar».

«No tengo merienda hecha».

Le muestro mi respuesta y la acompaño de un significativo vistazo de arriba abajo.

«Eso es lo que tú te crees».

Eli se muerde los labios para no sonreír. Esta vez no consigue contagiarme, porque justo aprecio que tiene el botón de los pantalones desabrochado. Suda por culpa de la odiosa temperatura de finales de junio y parece de muy buen humor. En cuanto a mí... Hace ya algún tiempo que me acuesto pensando en qué estrategia llevar a cabo para convencerla de que tenemos que toquetearnos otra vez.

Tiro a la basura el rotulador gastado y cojo un permanente nuevo.

«Bonito sujetador». Finjo pensármelo antes de agregar: «Quítatelo».

Ella lo lee y se queda petrificada, pero no en el mal sentido. A mí también me ha pillado por sorpresa, y quizá por eso se me acelera el pulso de pensar en todas las probabilidades que hay de que me rechace. Estoy casi seguro de que va a escribir que lo olvide cuando, para mi sorpresa, desliza los tirantes de su top por los hombros y lo desabrocha por detrás.

Un cosquilleo me recorre la espalda al verla desnuda de cintura para arriba. Eli, no tan avergonzada como ansiosa por lo mismo que yo, o eso espero, se rasca el cuello y entrelaza los dedos sobre el regazo, obligándose así a resistir la tentación de cubrirse y dándome así una vista espectacular de sus pezones duros.

Me siento en el alféizar de la ventana y la admiro con una sonrisa perversa.

«Nada mal», escribo. «¿Y los pantalones?».

Eli se ríe, nerviosa, antes de asomarse y revisar que no haya nadie tendiendo o solo vigilando. Después de su ya característico instante de vacilación, mete los pulgares en el interior de los vaqueros y los desliza por sus piernas infinitas.

Por un momento me da la impresión de que lo estoy soñando. De que esto no me puede estar pasando. De que ella no se atrevería a hacer algo así, a plena luz del día y solo porque está harta de cocinar. Pero claro que se atrevería. Yo soy el primero que confía en su poder en sí misma. A fin de cuentas, cuando se atreve, no está saltando barreras que ella se haya puesto, sino las que otros le impusieron para contenerla. Ser el espectador de su rebeldía es tan excitante como toparme de pronto con unas bragas que se intuyen tan suaves como lo es el rubor de sus mejillas.

Es la cosa más adorable y sexy que he visto en mi vida, y nunca se me ocurrió que dos adjetivos tan aparentemente dispares pudieran ir de la mano.

«Sé que tienes un espejo en la cocina», escribo. «¿Por qué no te miras?».

Ella pestañea un par de veces, confusa.

Me fascina la Eli de cine mudo, esa a la que hay que leerle el lenguaje corporal para entender qué es lo que quiere decir. No es que me guste cuando calla porque está como ausente, como decía Neruda, ya que es precisamente al no hablar cuando ella tiene más presente que nunca dónde está, sino porque soy yo quien la deja muda y sin aliento. Me regodeo en el poder que ostento sobre su cuerpo.

Observo que tiene la intención de responderme. Agarra el rotulador, pero vuelve a soltarlo donde lo había dejado e, insegura, se da la vuelta hacia el espejo en cuestión. Me contó que lo puso Tamara porque a veces se graba cocinando para su cuenta de Instagram y no le gusta tener que ir al baño a corregirse el maquillaje o bajarse el escote para «lucir bien chingona».

De perfil a mí, Eli observa su reflejo con cara de circunstancia.

Los vaqueros ceñidos evitan que mi erección sea muy notable, pero noto cómo intenta ganar protagonismo. El calor se va expandiendo por todo mi cuerpo conforme ella se mira con aire crítico, hasta que sucede algo insólito. Sus hombros tiemblan por la carcajada que está reprimiendo, y cuando se gira hacia mí, tiene una sonrisa en la boca. Sigue colorada, sudorosa y despeinada. Sus pezones encogidos suplican una merecida atención, y tener su ombligo a la vista hace que sea tentador tomar carrerilla desde mi apartamento y saltar al suyo, aun con el riesgo que eso supondría.

«Y ahora ¿qué?», escribe en su cartulina. «Esto no tiene sentido».

Garabateo muy despacio en el folio solo por el placer de advertir con el rabillo del ojo cómo aumenta su expectación. No sabría explicar el erotismo que tiene estar tan lejos de ella y, a la vez, a una puerta de distancia.

«¿Te tocarías como lo hiciste aquella vez que te interrumpí?», anoto. «¿Para mí?».

Eli se pone tan roja que tengo que hacer un gran esfuerzo para no reírme. No es que me haga gracia su mortificación: lo que me emociona es haber descubierto que la mayoría de las veces que se ruboriza lo hace porque le he leído el pensamiento. Porque he dado de lleno en un deseo que tiene y que no se atreve a expresar.

«Nunca lo he hecho de pie», escribe ella.

*Seguro que tampoco lo había hecho antes en un sitio público. Pero ese récord también lo batimos.*

«Ya verás que sí».

Estaba casi convencido de que no lo haría, pero, una vez más, me sorprende. Y digo «una vez más» porque eso es lo que ha hecho desde que la conozco. Incluso cuando creía que podría anticiparme a sus reacciones, ella me ha demostrado que estoy muy equivocado y que puede desafiar sus propios recelos y limitaciones para dejarnos a todos pasmados. Desde donde estoy, quieto, con la nuca empapada y la entrepierna ardiendo, no pierdo detalle de cómo mete la mano en el interior de las bragas e inspira hondo antes de empezar a tocarse.

Mis ojos se quedan estancados en su fina muñeca, tensa por el movimiento rítmico al que la somete, y en el relieve que crean los dedos bajo la fina tela.

Quiero centrar los cinco sentidos en lo que sucede al otro lado e imaginarme cómo suenan sus gemidos cuando no soy yo quien la toca, algo que tengo que imaginarme porque tiene la ventana cerrada. Sin embargo, no puedo contenerme y me desabrocho los vaqueros para imitarla.

Ella ha cerrado los ojos, pero como si hubiera sabido que me moría por acompañarla, los abre y un destello de deseo ilumina su mirada al pillarme en la misma posición. Se humedece los labios y empieza a mover las caderas, a restregarse contra su propia mano y apretar los muslos con ganas. Y yo, sin apartar los ojos de mi espectáculo privado, me agarro la erección con más fuerza y me masturbo, tan caliente que escupo el aliento al jadear como un dragón. Noto la fiebre en la nuca, en el pecho, en el vientre, entre las piernas... Apuesto a que estoy tan rojo como ella cuando aumento el ritmo e, hiperventilando, me imagino con sus pechos en las manos o en la boca, con su cuerpo encima, montándome igual que cuando fantaseo con ella.

Sé que se va a correr cuando la veo inclinarse hacia delante y apoyar la mano sobre el cristal. Contagiado por su expresión de éxtasis, pego también la palma y observo, con la vista algo borrosa, que se estremece y apenas puede tenerse sobre las piernas cuando el orgasmo la atraviesa. Agacha la cabeza, ocultando su rostro de mí.

Al principio me quedo inmóvil, preocupado por si se esconde para huir de la vergüenza, pero cuando estampa el folio contra la ventana me doy cuenta de que solo estaba escribiendo.

«VEN. **AHORA**».

Me quedo a las puertas del clímax, justo cuando los espasmos previos empezaban a sacudir mi cuerpo. Pero me da igual. Salgo escopeteado del salón, sin darme tiempo a abrocharme el botón. No importa, porque apenas Eli me abre la puerta, gloriosamente desnuda y roja en algunas zonas, vuelvo a bajarme la bragueta. Me agacho para cogerla por los muslos y encuentro su boca con un gemido de liberación.

—Ahora vas a ver que se puede hacer de pie perfectamente —logro articular entre besos. Cierro la puerta de una patada y le doy una vuelta a la llave que cuelga de la cerradura, dos preciosos segundos que pierdo antes de apoyar su espalda contra la pared y meter la mano entre sus piernas—. Joder. Estás chorreando.

Ella me mira a los ojos, respirando con dificultad, y algo salta dentro de mi pecho.

No dejan de estremecerme esos momentos en los que nuestras miradas coinciden y, de repente, me fulminan todos esos sentimientos que su carita despierta en mí. Es increíble la facilidad con la que algo tan aparentemente superficial como la belleza logra conquistar por completo mi corazón, pero es que no es solo su atractivo, es todo lo que hay detrás: la fragilidad, la dulzura, la timidez.

La tomo de la barbilla y tiro de ella hacia mí para besarla en los labios.

—Mi niña de ojos tiernos —murmuro con admiración—. ¿Hoy no vas a pedírmelo?

Eli se abraza a mí y vuelve a por mis labios. Estoy tan desesperado por su libertad y he ansiado tanto su cariño, sus atenciones, que tiemblo cuando me acaricia.

—Fóllame —susurra, con voz algo temblorosa.

Me separo para no perder detalle de su expresión anhelante, y ella me sostiene la mirada, aun cuando la timidez se lo dificulta. Agradecido y tan excitado que me arden las orejas por detrás, le doy un beso lento que concluye justo al terminar de colocarme el condón que llevaba en el bolsillo del pantalón y penetrarla bruscamente.

Eli rompe el contacto visual para apoyar la cabeza en la pared y gemir.

—Ah... Sí, por favor. Hazlo.

—¿El qué?

—Muévete.

No tiene que volver a pedírmelo. La embisto con las caderas y entierro la cara en su cuello. Siento el pulso acelerado bajo los labios con los que recorro su garganta, tanto o más embriagado por su perfume que aquella noche en la playa. Allí *la sentí*. Ahora *la puedo ver*, y su expresión de gloria absoluta es impagable. Sus uñas abren surcos en la piel de mis hombros, en la espalda. Noto la torsión de su cuerpo al intentar pegarse más a mí y cómo me acoge por dentro, con toda la intención de exprimirme.

Sus músculos me aprietan tanto que me costaría separarme para volver a penetrarla si no estuviera tan resbaladiza.

—Eres perfecta... —gruño contra su boca—. Me tienes loco.

Eli me abraza más fuerte y me besa en los labios, en las mejillas, en la sien... No sé el motivo, pero no importa lo que cocine porque siempre huele a masa de galletas, a un toque de canela en polvo y a ese delicioso champú de flores de cerezo que me transporta muy lejos de donde estoy para sumergirme en una realidad en la que solo estamos ella y yo.

Adoro cómo huele, y sabe aún mejor. Y, sobre todo, adoro ese impulso visceral suyo para que nuestras pieles se fundan en una, porque nace de lo más profundo y no hay nada tan puro como eso. Nunca nadie me ha deseado de esta manera, ni me ha elegido para ser el hombre con el que descubrir sus placeres, sus gustos y su lado más atrevido, y, ahora que lo pienso, tampoco para ser la persona que saca lo mejor de sí misma.

El honor es tal que hace que me duela el pecho.

Me empujo más contra ella, que se pelea con mi camiseta para quitármela y arrojarla al suelo. Sus deditos nerviosos me acarician por todas partes. Pensar que pueda ser el primer torso que reconoce por gusto me excita y me enternece, y quiero decirle que soy todo para ella. Que, en algún momento entre esa boda en la que me dio la mano para transmitirme su apoyo y este, en el que se ha desnudado para mí para que la admire desde mi ventana, cediéndome toda esa confianza que no tiene para ella misma, me he dado cuenta de que esto no solo es lo que quiero, ni tampoco lo que necesito. Es lo que nunca he dejado de buscar hasta que la he encontrado.

Me agarro a sus muslos como si quisiera dejarle la marca de mis dedos y me empalo tan hondo que lanza un gemido lastimero. Coge una gran bocanada de aire, preparándose para lo que ambos sabemos que se acerca, y cruza los tobillos a mi espalda para sobrevivir al orgasmo. Al correrse, sus músculos me succionan con tal energía que me lleva consigo al clímax. Temblando por la intensa oleada de placer, dejo caer la cabeza contra su pecho. Ella me estrecha entre sus brazos, y no es hasta que ha terminado de estremecerse que jadea contra mi oído:

—Creo que me he enamorado de ti.

# Capítulo 28

## La costilla del hombre

*Eli*

—¡¿Que le dijiste qué?! —exclama Tamara, con los ojos como platos. El pasmo le abre la boca, lo que me permite apreciar con todo lujo de detalles entre qué muelas se le han atascado los hilillos de la carne mechada que estaba masticando—. ¡Ya valimos, Elisenda!

Me dejo caer en el sofá con el dramatismo que requiere la situación.

—Me salió sin querer.

—Un pedo te sale sin querer, no un «te quiero», mensa. ¿Cuánto lleváis viéndoos? ¿Un mes, como mucho?

—¡Pero lo conozco desde hace bastante más! —me defiendo, enfurruñada—. Oye, no es como si pudiera controlar lo que siento, ¿vale? Se supone que estabas de mi parte, que me apoyabas.

—¡La neta que te apoyo! Apoyo que salgáis juntos, que echéis pasión como locos, que os prometáis en matrimonio, que tengáis ochocientos chamacos, que celebréis vuestras bodas de oro y que os enterréis en el mismo nicho y grabéis vuestros nombres entrelazados. Lo que no apoyo es que lo arruines diciéndole que estás enamorada tan pronto.

Tiene razón. La he cagado.

Pero no pude resistirme. Me sobrepasó la impaciencia de que me quiera y se obsesione tanto conmigo como yo lo estoy con él, porque no sé cómo voy a sobrevivir mientras espero a que se olvide de Nieves, e hice lo que se me ocurrió en el momento. Me conozco, y sé que no voy a estar en paz hasta que sepa con certeza que ella ya no controla sus pensamientos.

Ahora que lo medito en frío, no sé cómo demonios va a ayudar a sacarla de su cabeza que yo le diga que le quiero, que deseo ocupar ahí dentro el mismo lugar privilegiado que él disfruta en mi corazón. Pero tenía que hacer el intento de inspirarlo con mis sentimientos. Quizá eso le anime a darme más protagonismo.

—Supongo que esa es una de las malas costumbres que se me pegaron del Anormal. —Suspiro, con las manos apoyadas en el regazo y la vista clavada en el televisor apagado—. Acostumbraba a decirle a la otra persona que la quería cuando estaba a punto de perderla.

—¿Cómo vas a estar a punto de perderlo? ¡Si lo acabas de ganar!

Miro a Tamara muy consciente de mi propio agobio, que lleva asfixiándome desde que pronuncié las dichosas palabritas.

—Creo que todavía quiere a su ex, Tay.

Ella baja las garras y me observa pensativa, el tenedor todavía en la mano y los labios manchados de salsa.

—¿Y por qué habría empezado nada contigo si eso fuera así? No lo conozco tan bien como tú, y créeme que eso me apena, pero Óscar no parece la clase de vato que se ve con una morrita solo por chingar, y menos aún para cubrir el vacío que deja otra.

Sonrío con amargura.

—Yo no he dicho que lo haga conscientemente.

Tamara abre la boca para replicar, pero tiene que cerrarla enseguida. Si ni siquiera a ella se le ocurre una respuesta ingeniosa que eche abajo mis sospechas, es que estamos jodidos.

Muy jodidos.

—Pregúntaselo. Usa las pancartas esas que he visto que garabateas para lanzarle mensajitos desde la ventana.

—¿En serio crees que me diría la verdad? No niego que yo le guste, Tay, pero no sé hasta qué punto, ni... ¡Todo esto es tu culpa! ¿Por qué tuviste que meterme en tus conspiraciones sexuales?

—¿Mis conspiraciones sexuales, dices? *Chale*, primera noticia de que soy yo la que tiene sexo —me espeta. Luego se tira a mi lado en el sofá y aparta el tenedor con esa cara de asco que pone cuando le hemos cortado el apetito. Utiliza una servilleta de *Frozen* para limpiarse la comisura con la elegancia de una señorita victoriana y clava en mí sus preciosos ojos negros—. ¿Y qué pasó después de que le soltaras la bomba?

—Nada. Todo bien. Como si no hubiese abierto la boca.

—A lo mejor no lo oyó.

—Te digo yo que sí. Se le notaba en la cara que lo había dejado descolocado.

—Madre mía, es que a mí me dice «te quiero» un güey a la segunda chingada y me cago encima. —Debe de imaginárselo al detalle, porque hace una mueca—. Imagínate la situación, toda llena de mierda en pleno coito. Qué cochina.

—Empecé diciendo «creo que» —recalco para evitar que se avive su fantasía—. Siempre estoy a tiempo de retirarlo. Imagínate: «¿Recuerdas que te dije que creo que estoy enamorada de ti? Pues nada, falsa alarma. Resulta que me lo creí un momento, pero no es cierto».

—No, no, nada de eso. A lo dicho, pecho.

—Es «a lo hecho, pecho».

—Pues eso. «A lo dicho, *pintxo*». —Se frota la barbilla—. ¿Vamos a por unos al bar de los vascos? Me apetece ir de tapas, y tú necesitas irte de parranda.

—Te acabas de comer media de carne mechada.

—Exacto. Media. ¿Dónde está mi otra mitad?

—¿Te refieres a tu otra mitad sentimental, o a la carne?

—Cualquiera me vale. Al fin y al cabo, las dos se pueden comer, y yo me muero de hambre.

Suelto una carcajada y me levanto sin muchas ganas. Me pesa el cuerpo como si acabara de darme un banquete y en realidad llevo un día ayunando.

—Pues yo no tengo ninguna. —Suspiro, frotándome el vientre—. Podrían haber avisado de que las mariposas que revolotean por el estómago son el remedio definitivo y perfecto para adelgazar.

—¡Otra razón más para enamorarme! —exclama Tamara—. Órale, si es que son todo ventajas.

Le lanzo una mirada irónica que ella ignora para meterse en su cuarto. «Quince minutos para vestirte», me advierte, como si fuera yo la culpable de que lleguemos tarde a todos los sitios. A mí me dan diez y me sobra tiempo, pero Tay sigue pensando hoy en día, después de haber pasado veintinueve años encantada de haberse conocido, que en media hora está lista, cuando en treinta minutos ni le ha dado tiempo a hacerse la raya del otro ojo.

Entro en mi dormitorio sin ningunas ganas de cambiarme, pero con toda la intención de despejar la mente. Apenas me he sacado la camiseta por la cabeza cuando el móvil empieza a sonar. Número desconocido.

A pesar de no saber quién es, lo puedo deducir al ver el prefijo de Francia.

Dudo antes de descolgar.

—¿Sí? —respondo en francés.

—Eliodora. —Reconozco la voz ronca y autoritaria de mi

padre. Sufro un microinfarto—. Llevo un mes intentando contactar contigo. ¿Por qué no coges el teléfono?

Trago saliva y me obligo a cuadrar los hombros.

—No sabía que eras tú. —«Pensaba que eras Normand, porque tú nunca llamas», podría haberle dicho, pero añado—: Podrías haberme llamado desde tu número personal.

—Me sorprende que teniendo un negocio propio no atiendas las llamadas, sean o no de números conocidos.

—Lo siento —interrumpo con voz áspera—, pero es que mis servicios de *catering* no están disponibles en territorio francés.

—Ya me lo imaginaba. Con tu falta de ambición es difícil cruzar las fronteras.

Aprieto el móvil.

—¿Qué es lo que quieres? Estoy ocupada.

—Te he comprado un billete a Burdeos para el jueves. Lo tienes en el correo. No hace falta que lo imprimas para escanear el código en el aeropuerto, solo te llamo por si acaso no lo hubieras visto.

Suelto una risilla, incrédula.

—Papá, te dije claramente la última vez que nos vimos que no pensaba volver.

—Y yo no te pediría que vinieras si no fuera importante.

—¿En qué momento de la conversación me lo has pedido? Se me ha debido de pasar. Hay muchas interferencias durante las llamadas internacionales.

Mi padre se queda un momento en silencio. Me puedo imaginar lo que está pensando: «¿A qué viene ese mal humor? ¿Dónde está mi hija calladita y sumisa?».

—No te lo pido porque es tu deber como Bonnet estar aquí el jueves. Quiero que estés presente cuando me reúna con los abogados.

—¿Abogados? —repito, alarmada—. ¿Hay algún problema legal?

—Ningún problema. Dejo los viñedos.

Pestañeo una vez. Esa y «Te quiero, hija» son las dos frases de tres palabras que jamás creí que oiría de los labios de mi padre. Y, francamente, habría preferido escuchar la primera. Sería bastante menos chocante.

Siempre he pensado que a mi padre le sería más difícil dejar de amar su trabajo que empezar a quererme a mí.

—¿Qué? ¿Por qué?

—Espero que estés aquí para entonces.

—A ver... —Me masajeo la sien—. Esto no funciona así. No me puedes decir que coja un avión el jueves, sin más. Tengo trabajo que atender. Y una vida.

—También tienes un padre. No va a pasar nada porque por una vez lo pongas como prioridad. —Y me cuelga.

Me quedo mirando la pantalla apagada con cara de póquer.

Siempre igual. «Porque soy tu padre». «Tienes un padre, aunque se te olvide». «Eres mi hija». Son sus frases preferidas, y lo peor es que consigue salirse con la suya, como si el vínculo que nos une —y que ninguno de los dos cuidó para que de ahí surgiera el verdadero afecto— fuese suficiente para mantener una relación padre e hija.

Le mandaría un mensaje diciéndole que se vaya al carajo si no me matara la curiosidad.

«Dejo los viñedos».

¿Por qué? Mi padre les ha dedicado cada minuto de su vida. Su madre lo trajo al mundo allí, en la mansión del pueblecito de Burdeos donde crea su elixir divino. De crío se entretenía correteando por las viñas, y jamás se le pasó por la cabeza dedicar su vida a algo diferente. «El vino es mi sino», dice siempre.

Salgo de mi dormitorio con la cabeza como un bombo. Tamara sale también, perfectamente maquillada, pero sin vestir.

—¿Qué haces con eso puesto todavía? —me espeta, como si ella no llevara el pijama—. Nos vamos en tres minutos.

—Tay, tardas una hora de reloj en elegir la ropa que vas a ponerte. No te engañes a ti misma. —Cierro la puerta del cuarto y me apoyo en ella con cansancio—. Me ha llamado mi padre.

Tay pone la misma cara que a mí se me quedó al oír su voz. «¿Padre? ¿Qué es eso? ¿Se come?».

—¿La neta? ¿Qué quiere?

—Que vaya a Burdeos.

Tamara lanza un gritito emocionado.

—¿Puedo ir contigo? Me hace ilusión. A lo mejor hay algún francés estirado deseando enamorarse de una mexicana bien nalgona.

—O a lo mejor hay alguna mexicana bien nalgona deseando enamorarse de un francés estirado.

—¿Qué mexicana nalgona? —Mira a un lado y a otro, esperando encontrarse a alguien que responda a la descripción—. Espero que no te refieras a mí, porque yo preferiría a un empotrador italiano.

—Entonces te avisaré cuando vaya a la Toscana. No puedes venir porque ha comprado un solo billete y me reuniré con sus abogados. Y supongo que con Normand también.

Tamara hace una mueca.

—Para una noche que quiero ir a comer *pintxos* y me la tienen que arruinar las malas noticias. Ándale, descorcha alguna botella y saca la cámara. Nos quedamos aquí a lamentar nuestras vidas, pero que quede constancia del maquillaje tan chingón que me he hecho.

Ese plan ya me gusta algo más.

Sonrío y me dirijo a la cocina, pensando en la combinación de vino tinto y el costillar que ha sobrado del almuerzo.

«Dejo los viñedos».

La frase no deja de rebotar de una esquina a otra de mi cabeza, como el símbolo del salvapantallas de los reproductores DVD. Estaba convencida de que mi padre no diría eso ni en su lecho de muerte. Lo sustituiría por algo parecido a «Dejo los viñedos en manos de mi reencarnación. Vosotros ni los toquéis, mamones», o su equivalente en francés, que, por supuesto, suena mucho mejor.

Debe de tratarse de algún tipo de encerrona.

¿Cómo va a dejar los viñedos? ¿Qué será lo próximo? ¿Que Tamara se comprometa con la dieta de verdad?

El eco de una voz masculina al otro lado de la terracita interrumpe mis pensamientos.

—*Ya. Lo sé.*

Me agacho para sacar el vino de la minibodega que tenemos, sin prestar demasiada atención. No es la primera vez que me entero de las conversaciones ajenas por culpa de la excelente sonoridad del edificio, ni tampoco me estreno en eso de respetar la intimidad ajena y hacerme la sorda. Pero apenas reconozco la voz de Óscar, me cuesta no asomar medio cuerpo por la ventana abierta.

—*Tampoco tienes que ponerte así... No todos estamos desesperados por vivir una... Pues no le dije nada.* —Pausa. El corazón se me acelera. ¿Habla de mí?—. *Me quedé en* shock, *Lali. ¿Qué te crees, que yo no me siento mal por no haber respondido?*

Me asomo un poco más, lo suficiente para ver que también tiene la ventana abierta —no me extraña, con el calor que hace— y camina de un lado a otro del salón.

Se pasa la mano por el pelo, nervioso.

—*Sí. No hace falta que me recuerdes que yo lo empecé todo, ya lo sé... No me estoy echando atrás, Lali. ¿Que por qué te llamo? Pues porque no sé qué hacer.* —De nuevo se queda en silencio. Suspira y se deja caer en el sofá.

Cuando presiento que va a girar la cabeza hacia mí, me escondo debajo de la ventana, entre las botellas.

Tay aparece en la cocina.

—¿Qué vergas ha...?

No la dejo acabar. Me pongo un dedo en los labios, y ella, más que entusiasmada por hacer de espía, se pone a cuatro patas y gatea hasta mí para esconderse.

—¿Por qué hacemos esto? —susurra, descojonada de la risa.

Vuelvo a pedirle que se calle. La voz de Óscar retumba por las cuatro paredes de la terraza, y llega hasta mí en la forma de un eco.

—*Eli es lo mejor. Ya, ya. Se parece muchísimo a Nieves, ¿no? Es... sensacional, pero...*

Tamara hace una mueca que delata la contrariedad que yo no me atrevo a expresar. «Ese orden es el equivocado», parece querer decirme. Lo bueno siempre tiene que ir después del «pero»; si no, es como si lo malo pesara más.

—*Claro que tiene que ver con Nieves. No puedo simplemente...* —No escucho del todo bien lo que dice a continuación—. *Es que no lo entiendo. Esto no debería haber pasado, ¿entiendes? Demasiado rápido, demasiado fácil.*

—Pinche puto —rezonga Tamara, de mala leche—. ¿Tú, demasiado fácil? ¿Cómo puede decir eso conociéndome a mí?

Le cubro la boca con la mano, y no sé por qué, porque no es como si quisiera oír lo que Óscar está diciendo. Odiaría que le diera la razón a mis inseguridades.

Pero es lo que hace.

—*Siento que la estoy traicionando. Debería ser solo ella y no puedo darle esa exclusividad. Ni siquiera siento ya que esté en el medio como antes, es que lo acapara todo, y... creo que no estoy siendo justo.*

Cierro los ojos y asiento muy despacio, como si así pudiera decirle, desde donde estoy, que lo comprendo. Que sé que soy «la otra» y que, como ha dejado claro en incontables ocasiones, antes y después de que me besara y todo mi mundo se pusiera a sus pies, solo amará una vez. El resto del tiempo se conformará.

Conmigo se conforma. O se *conformaba*. Suena a que va a tomar una decisión radical.

Me pongo de pie y, con cuidado de no distraerlo de su conversación, cierro la ventana y bajo las persianas.

—Nos van a comer los mosquitos si la dejamos abierta —murmuro para mí misma, ignorando que me tiemblan las piernas.

Tamara se incorpora a trompicones y me mira haciendo un puchero.

—Hijo de la chingada... Debería haberse quedado gay. O asexual, que los gais no tienen por qué sufrir a un pendejo de su tamaño.

—Me parece que nunca lo ha sido como para «haberse quedado gay» —puntualizo, intentando sonreír.

Me siento como si me hubiera pasado por encima una locomotora y todo lo que pudiera hacer fuese quedarme tendida sobre las vías, mirando cómo el cielo cambia de color. Pero en realidad hago mucho más que eso: cojo el rotulador y escribo algo antes de buscar el celo y pegarlo al cristal por el lado del mensaje.

—¿No vas a ir a decirle nada? —me espeta Tamara. También me persigue hasta el sofá—. Eli, tenéis que hablar sobre eso.

—Yo creo que ya está todo dicho.

—De su parte, puede. Pero ¿y de la tuya?

Me froto las sienes.

—Mira, Tamara. No es nada que no supiera o no me hubiese advertido de alguna manera. Ya está. Me quedaré con lo bueno de la experiencia. Por lo menos he descubierto que no soy una criatura asexuada. —Me fuerzo a sonreír, pero se me tuerce la boca—. No tengo nada en contra de las criaturas asexuadas, ya sabes, pero me alegra que... por lo menos ya no... —Envío una mirada impaciente al techo y entrelazo los dedos en el regazo para ocultar el temblor—. Tú me entiendes, ¿verdad?

—No —reconoce, con una sonrisa humilde—, pero te quiero. Así que, si necesitas un abrazo...

No espero a que me lo pida otra vez y me cobijo en sus brazos.

Tamara siempre tiene la piel ardiendo, además de suave como la de un bebé. Creía que el olor de mi madre sería el que me devolvería a casa, y que una vez la perdiera no volvería a sentirme cómoda en ninguna parte, pero he levantado en el perfume de Tamara —una fragancia a magdalenas recién hechas y azúcar glas con un toque de picante— mi nuevo hogar.

Abrazarla siempre significa sentirse comprendida y querida.

Incluso perfecta.

—Sabía que era demasiado bonito para ser cierto, pero aun así tenía esperanzas —murmuro con la boca pegada a su hombro. Ella me estrecha con esa pasión que le pone a todo lo que hace—. Es el hombre ideal para mí. No es justo que otra lo destrozara y ahora no pueda quererme.

—A lo mejor no te quiere ahora, pero ¿quién sabe? Algún día, no muy lejano...

—Prefiero no pensar en ello. Sería mejor que hiciera una lista de sus defectos para ir olvidándome, porque no voy a rebajarme a ser el consuelo de nadie.

—Esa es mi nena. —Aplaude, con una sonrisa de oreja a oreja—. Muy bien, enumeremos sus defectos. —Se palmea los muslos con ilusión y pone la que Daniel dice que es «su cara de pensar». Enseguida me mira con una mueca—. ¿Se te ocurre alguno?

Apoyo la mejilla en su hombro y suspiro.

—Pues ahora mismo solo puedo lamentar que sea hetero.

# Capítulo 29

## LA NIÑA DE OJOS DULCES

### *Óscar*

«Cerrado por vacaciones».

Eso es lo que Eli ha escrito y pegado a la ventana, y lo que Tamara me ha recordado cuando he ido a su apartamento para hablar seriamente con ella. Me ha abierto de mala gana y me ha mirado de arriba abajo como si fuera un molesto insecto.

Siempre pensé que me miraría así si perdía la apuesta sobre mi presunta homosexualidad. En teoría, debería estar contenta, porque se llevó el dinero de Edu.

—¿Es que no lees las señales, menso? —Y apunta a su espalda con un pulgar manchado de mayonesa, que lame nada más se da cuenta—. Pone *cedado po vacacione* —continúa hablando con el dedo en la boca.

—¿Qué significa eso?

—¿No te haces una idea?

Pestañeo, perplejo.

Tamara no me ha hablado con tanto desprecio jamás. Es lo que a ella le gusta llamar el *beauty privilege*: a los guapos siempre les baila el agua.

—Bueno, ¿y sabes dónde puedo encontrar a Eli?

—Aquí no está. Llámala al celu. Mucha suerte esperando que te lo coja. —Justo antes de cerrarme con la puerta en las narices, agrega en voz baja—: Pendejo.

Doy un respingo al recibir un portazo casi en la cara y me convenzo, por el bien de mi paz mental, de que eso último lo he soñado.

Sé de sobra que desde aquí no voy a averiguar nada que no sepa ya; que si Eli estuviera en casa, lo sabría, porque la habría visto, escuchado o incluso olido. En los apartamentos tan pequeños se concentran los olores.

Aun así, me quedo donde estoy y vigilo a través de la mirilla. Nada.

*Para esto me he quedado. Para ser la vieja del visillo.*

He dejado que pasen veinticuatro horas sin vernos porque, aparte de que los días de entregas de notas en el colegio son abrumadores para los profesores de Gimnasia, que tenemos que entretener a los niños en el patio mientras duran las tutorías, necesitaba encontrar las palabras adecuadas para expresar lo que siento. Al final, y pese a mis quejas sobre su incapacidad para hablar con claridad, Eli ha demostrado tenerlo mucho más fácil que yo a la hora de confesar en qué punto se encuentra. O, al menos, para ser bastante más valiente que un servidor, que se quedó como un pasmarote y creyó que sería inteligente hacerse el sueco.

*Tampoco podía ser perfecto, por favor, dadme un puto respiro.*

Vuelvo a entrar en mi apartamento y doy un paseo por el salón, nervioso. Se me ha olvidado hacerle preguntas de otro tipo a Tamara, como, por ejemplo, cuándo vuelve su mejor amiga y adónde se ha largado. Normalmente, cuando Eli va a algún sitio por motivos laborales, Tay suele marcharse con ella. Pero, por lo que he visto, solo la ha acompañado en el sentimiento de odiarme, porque si Tamara tiene esa actitud borde, debe ser porque a Eli no le sentó bien mi respuesta. O, más bien, mi falta de ella.

Todo lo que Eli calla, Tamara lo pregona a los cuatro vientos. Quizá debería volver e intentar razonar con la que a ratos parece su representante.

Me paso los dedos por el flequillo para apartarlo de la cara y me fijo en los papeles que reposan sobre el alféizar de la ventana. Ese «Cerrado por vacaciones» me está poniendo histérico. Me muero porque vuelva de una maldita vez, sentarnos a hablar y sacarme esta angustia que me corroe.

Ahora que no tengo ni actividades extraescolares que atender, ni clases de yoga que cubrir, ni un horario lectivo al que hacer frente, los minutos pasan más despacio. Siento cómo me voy desquiciando. El reloj da la una y Eli no vuelve. Las tres. Las seis. Las diez de la noche.

No puedo soportarlo más y escribo un mensaje.

> ¿Cuándo voy a verte?

Me quedo mirando fijamente las tres palabras —*vamos, vamos, venga, venga, responde*— hasta que el «escribiendo» de WhatsApp me devuelve el alma al cuerpo.

> Deberíamos hablar sobre eso.

*Vaya, nunca pensé que viviría para verla proponer una conversación.*

> Estoy de acuerdo.
> ¿Cuándo vienes?
> Quiero hacerlo en persona.

El siguiente «escribiendo» se mantiene durante dos largos minutos. Me esperaba la Biblia en verso, pero aunque contesta con un buen párrafo, en realidad es bastante escueto.

Y eso significa que ha estado comiéndose la cabeza acerca de cómo plantearlo.

Eso no va a poder ser en un futuro cercano. Pero tampoco hace falta que nos veamos las caras para zanjar lo que tenemos pendiente. Óscar, no sé qué es lo que hemos empezado, pero se tiene que acabar ya. Es obvio que ninguno de los dos estamos preparados para una relación.

La sangre se me hiela.

¿A qué te refieres? Mira, me puedo imaginar por qué lo dices, y antes de nada me gustaría dejar algo claro, pero no quiero hablar de esto por mensaje.

Solo puedo por WhatsApp ahora mismo.

Entonces esperaré a que vuelvas a casa.

No sé cuándo voy a volver.

Frunzo el ceño.

¿Cómo que no sabes cuándo vas a volver?

Ella no responde. Se queda «en línea». Nada de «escribiendo»... Hasta que aparece la última conexión, indicativo de que ha salido de WhatsApp. No me lo pienso dos veces y pulso el botón de llamada.

Demora cinco pitidos en responder, y lo hace en tono hastiado.

—Te he dicho que solo puedo enviar wasaps.

—Pues no te he visto respondiéndome por esa vía. Eli, no me gusta una mierda hacer esto. Odio insistir cuando sé que no quieres, pero es que no soporto este sinvivir. Creo que lo comprendes.

—Sí, Óscar. —Se la oye cansada—. Yo lo entiendo todo.

—Entonces háblame. ¿A qué viene eso de «zanjar»? ¿Qué es lo que hay que zanjar? Si lo dices por eso que me dijiste el otro día...

—Tiene que ver con eso, pero no tanto como puedas pensarte. Comprendo que nadie se enamora tan rápido, y si yo no lo hice nada más hablar contigo la primera vez fue porque estaba haciendo todo lo posible por resistirme. No te pediría que me quisieras ahora solo porque yo caí como una idiota, pero saber que no vas a estar disponible nunca me afecta, y yo no... no quiero volver a conformarme, ¿entiendes?

Lanzo una mirada dudosa a los folios que descansan sobre el alféizar, la mayoría con los mensajes plasmados que le he enseñado. Pero también hay otros que he garabateado a modo de prueba y que no le he mostrado.

—¿Cómo que no voy a enamorarme nunca?

—Tu corazón ya tiene dueña —declara con seguridad—. Lo dijiste tú mismo.

—Yo jamás he dicho nada parecido.

Se le quiebra el suspiro de resignación.

—Venga ya, Óscar. Aquella vez, cuando se me montó el músculo en la clase de yoga; al hablar de las novelas de viudos de Virtudes, cuando Tamara nos encerró en el baño... Incluso cuando vimos *Desayuno con diamantes*. Has dejado claro, por activa y por pasiva, más pasiva que activa, que no crees que se pueda querer más de una vez. Y ya te has enamorado una primera, lo que a mí me convierte en... en un parche, o en un premio de consolación. No quiero ser eso para nadie.

—Claro que no eres eso para mí —me apresuro a replicar, anonadado—. Lo que decía entonces se queda cuando lo dije: entonces. Hace meses. No tiene nada que ver con lo que piense o sienta ahora.

—Óscar... —Suspira de nuevo, esta vez entrecortada—. Tengo una experiencia muy limitada en esto del amor y puede que no se me den bien los hombres, pero créeme si te digo que he calado perfectamente cuál es tu postura. Quiero que entiendas la mía. No puedo verte y estar contigo sabiendo que tienes a Nieves en la cabeza, que la echas de menos, que aún la adoras. ¿Te parece muy descabellado?

—Por supuesto que no me parecería descabellado si eso fuera cierto. —Me tiro del pelo, aprovechando que no puede verme—. Eli, lo que me pasa con Nieves es mucho más complicado que eso. Pero tú...

—Yo estoy en medio, ¿verdad? Y no quieres traicionarme. —Frunzo el ceño sin comprender—. Te estoy poniendo las cosas fáciles, Óscar. No te va a ser muy difícil acostumbrarte a que no nos veamos con tanta frecuencia y seamos corteses el uno con el otro. Hace solo unos meses desde que nos involucramos y...

—Creo que ha habido un malentendido. Esto no podemos dejarlo así. Ni siquiera sé qué hacemos hablando por teléfono de algo tan...

—Estoy enamorada de ti —me interrumpe, y me quedo congelado—. No sé cuándo ni cómo ha pasado, pero adoro cada aspecto de tu personalidad, tu lado femenino, cómo te prestas a ayudar, lo bueno y comprensivo que has sido conmigo, la cantidad de referencias cinematográficas que puedes soltar en apenas diez minutos de conversación, ¡e incluso a tu familia la adoro también! Me encanta que hayas visto todas mis películas preferidas, que pueda hablar contigo como con una amiga y luego besarte como a un desconocido en un bar; que tengas opiniones y des valor a cosas que la mayoría de los hombres ven como una pérdida de tiempo, y que me hayas hecho sentir la mujer más guapa del mundo.

»Sé que eres una persona maravillosa y no has hecho esto adrede —prosigue—, que no pensabas de forma consciente que estabas sustituyendo a Nieves por mí hasta que te ha dado en la cara…, que no nos comparabas para que yo saliera perdiendo. No me cabe duda de que, si la vida fuera tan espectacular como creo que los dos nos merecemos, tendríamos una oportunidad. Pero comprendo que ella te ha marcado como tú me has marcado a mí, y si eso es así, no la vas a olvidar nunca.

—Eli…

—Te pido por favor que lo dejemos aquí. No quiero pasarlo mal.

—Ni yo quiero que lo pases mal, Eli. Todo lo contrario. Por eso tienes que escucharme…

—Tengo que dejarte. Ya va a despegar el avión —me dice con voz triste—. Gracias por todo. De verdad.

No me da tiempo a decirle que no tiene que agradecerme nada, porque esto no se ha terminado, ni tampoco a preguntarle qué hace en un avión, aparte de rifarse un ataque de ansiedad. Me cuelga, y cuando marco su número de nuevo, me sale que está apagado o fuera de cobertura.

«Y una mierda se queda esto así».

Salgo otra vez de casa y toco de nuevo al timbre del 4.º B. Tamara me abre con cara de pocos amigos. Esta vez tiene un *snack* de palomitas con kétchup bajo el brazo.

Para ser cocinera, es curiosa la pasión que siente por toda clase de guarrerías.

—¿Qué?

—¿Adónde ha ido Eli? —pregunto sin rodeos.

—A Francia. —Se pone a masticar—. ¿Por?

Voy arrugando el ceño muy lentamente.

«¿Cómo que "por"?», me dan ganas de espetarle. Pero no lo hago, porque soltándole un exabrupto a Tamara me estaría ganando el desprecio eterno de la mujer a la que quiero de vuelta.

—¿Francia?

—Sí. Su padre la llamó de urgencia hace dos días y ella ha cogido sus bártulos y se ha ido.

—Bueno, pero... —balbuceo, cada vez más nervioso—, volverá pronto, ¿no? Si se fuera por mucho tiempo, imagino que me lo habría dicho. Y no creo que sean vacaciones, porque no le gusta Burdeos.

Tamara compone una mueca de lástima.

—Mira, ya que tienes tanto interés en saberlo, te lo diré. —Coge aire—. Se va un año entero a Burdeos porque su padre necesita que atienda los viñedos ahora que se va a jubilar. Y quien dice un año, pues dice varios, ¿sabes? A lo mejor se queda allí a vivir para siempre.

—Eso son chorradas —atino a contestar, con el corazón en un puño—. ¿Cómo va a dejar el *catering* desatendido? Si se largara, los vecinos le habrían hecho una fiesta por todo lo alto, y tú estarías comiendo gofres y otras chucherías que te acercan peligrosamente a la diabetes, como cada vez que te pones triste.

—¿Cómo sabes lo de los gofres?

—Lo sabe todo el edificio.

Tamara alza las manos con las palmas apuntando hacia mí.

—Mira, Óscar, yo te he dicho lo que sé. Eli se va a Burdeos y no se sabe cuándo vuelve. Me ha dejado claro que puede que se quede allí para siempre. Y me parece de muy mal gusto que me pongas esa cara de pendejo cuando tú tienes parte de la culpa.

—¿Yo? ¿Qué he hecho yo?

Ella bufa.

—Para jactarte de que has visto todas las películas románticas del mundo, no pareces haberte enterado de cuál era la moraleja de *Ghost*. Tienes que dejar ir a los muertos, ¿sabes? —Me chasquea los dedos en la cara—. Y de eso yo sé mucho, que en mi país natal se los celebra como si estuvieran vivos. Pero solo por un día, no los trescientos sesenta y cinco, y menos aún cuando pretendes echarte otra novia.

Sacudo la cabeza.

—¿De qué estás hablando?

—De tu charla del otro día, menso. —Me apunta acusadoramente con el dedo índice—. Parece mentira que no sepas todavía que aquí nos enteramos de todo. Si querías hablar con tu hermana Campanilla sobre lo mucho que amas a tu mujer sin que Eli se diera por aludida, podrías haberte encerrado en el baño.

Abro la boca para insistir en que no sé qué milongas me está contando, pero justo caigo en la cuenta. Hace tan solo un par de días llamé a Lali, sofocado por la culpabilidad, y le estuve contando lo que me atormentaba. No recuerdo exactamente qué fue lo que dije, pero desde luego no tiene nada que ver con lo que Tamara sugiere.

«Yo estoy en medio, ¿verdad? Y no quieres traicionarme», ha dicho Eli.

Y entonces todo encaja.

—Joder... Lo ha entendido todo mal.

—¿Perdona?

Clavo los ojos en Tamara, que me sigue mirando como si apestara.

Esta mujer lleva sus lealtades al máximo nivel. Le da igual mandar al infierno sus simpatías si no le vienen bien a sus seres queridos más cercanos.

—Estaba hablando de Nieves.

—Sí, eso es lo que te he dicho —replica como si hablara con alguien corto de entendederas—. Que te vayas a hablar de Nieves donde no se te escuche.

—No. —Sacudo la cabeza—. Lo que dije.

—¿Cómo era? —Se da unos toquecitos en la barbilla—. Ah, sí... «Siento que la estoy traicionando. Debería ser solo ella y no puedo darle esa exclusividad. Ni siquiera siento que esté en medio: es que lo acapara todo, y... creo que no estoy siendo justo», o algo así. Eso que dijiste fue la neta, Óscar, porque no estabas siendo justo para nada. Mi Elisenda es la pura verga y me vale madres que estés traumatizado. No me da la gana de que juegues con ella, *capisce*?

—¿Qué es lo que se ha liado aquí, y sin que yo esté presente? —rezonga Edu, asomado a la escalera. Va vestido para salir—. ¿Por qué discutís?

—No me refería a Eli al hablar de la traición, ni de la exclusividad. Es más complicado, es... —Enfrento a Tamara con la mandíbula desencajada—. Nieves es la mujer a la que estoy dando de lado. A la que no puedo retener en mi cabeza ni en mi corazón.

—¿Y cuál es el problema, entonces? —rezonga Tamara.

—Que...

Que es difícil soltar a alguien a quien has agarrado de la mano desde que diste los primeros pasos en el amor, sobre todo cuando esa mano está llena de púas, de espinas afiladas que te atraviesan y al mínimo movimiento se te hunden más aún. Creía que lo más sabio sería dejar que se quedase dentro de mí y aceptar por ella los errores que no pudo corregir, cuya culpa, de hecho, ni siquiera llegó a asumir. Después de todo, era lo mínimo que podía hacer en su nombre, cargar con ese peso para siempre. Con el suyo, con el de todas las cosas que no le dio tiempo a emprender y que se perdió por estar sufriendo a mi lado, además de mi culpabilidad.

Pero un paso hacia Eli es un paso que estoy más lejos de ella, y no la echo de menos. No quiero mirar atrás. No quiero darme la vuelta y abrazarme de nuevo a la zarza, aunque sienta que debo, aunque los remordimientos me maten. Porque lo que yo quiero es a mi niña de ojos dulces, a la que me hace los amores más sencillos y a la vez tremendamente excitantes, a la que se levanta cada día con el propósito de superarse, por muchas dudas que la ahoguen y se le haga la vida cuesta arriba. Quiero a la chica que, si retrocede, es porque necesita impulso para sorprenderme con su valor, y no porque desee que me estanque con ella. A la que le cuesta un mundo hablar, pero siempre lo acaba haciendo.

La chica que me quiere y me lo dice incluso cuando se queda muda. Y no de cualquier manera, sino como necesito. Como me hace bien.

Exactamente como yo la quiero a ella.

—Mira, manda cojones que os pongáis románticos cuando yo me quiero rajar las venas en vertical —interviene Edu, al que se le han humedecido los ojos—. No falla, oye. Rompes con el novio y ya no puede uno ni salir de su casa sin que le metan el romance por todos los orificios, y quiero mis orificios desinfectándose por un tiempo.

Oh, vaya... Resulta que todo lo que he pensado lo he expresado en voz alta.

—Ni caso, que lo que has dicho es bellísimo —exclama Tamara, con los ojos brillantes. Qué fácil ha sido enterrar el hacha de guerra para ella: me coge de las manos y me mira muy emocionada—. Se lo tienes que contar a Elisenda.

—Está volando, y no sé cuándo vuelve. A no ser que vaya en su busca, empiezo a pensar que voy a comerme los mocos, como mínimo, lo que queda de año.

Tamara llega a la misma conclusión que yo, y casi a la vez. No sé en qué momento hemos desarrollado la complicidad de entender nuestro lenguaje no verbal, pero con esa ceja arqueada me está invitando a hacer lo que yo mismo me he propuesto.

—¿No has terminado el cole? Pues ándale al computador y te consigues unos boletos para la Galia ahora mismo —me anima, batiendo las palmas—. Yo no desaprovecharía la oportunidad de pasar con Eli unas vacaciones en los viñedos franceses.

Ni ella ni nadie con dos dedos de frente, pero alguien va a tener que conservar la cabeza fría y la lógica intacta para no subirse a un avión e ir a declararse a una mujer.

Naturalmente, ese alguien no soy yo, sino Edu.

—Espera a que aterrice y la telefoneas —sugiere—. Que sí, que el precio de establecimiento de llamada internacional sale por un ojo de la cara, pero no por más que un billete de avión a última hora. ¿Por cuánto puede salir viajar a Francia con un día de antelación? ¿Más de doscientos, cuando se puede conseguir por diecinueve?

—Tengo dinero ahorrado.

—Este se ha vuelto majara —suelta Edu, como si se dirigiera a un público invisible, mientras observa cómo regreso a mi apartamento.

Tamara y Edu me siguen con curiosidad, pero yo me quedo parado en cuanto pongo los pies en el salón y me fijo en el libro que Eli había cogido la noche del cine: *El prisionero del cielo*, aquel que me regaló Nieves cuando cumplí veinte. Y como si en el momento mi cabeza hubiera bloqueado la mitad de mis recuerdos, estos se despliegan en tropel para mostrarme a una Eli husmeando entre las estanterías y quedándose blanca al ver que todas las películas que elegí las había visto antes con Nieves.

«Imbécil. Parece mentira que conozcas a las mujeres», me reprocho.

«La tienes tan presente que por un momento he podido verla», me dijo Allegra.

Está claro que mi cabeza ha organizado un complot para, dando una vuelta alrededor del apartamento, hacerme consciente de la miseria en la que he vivido. No hay una maldita cosa que no perteneciera a ella, que no me regalase ella o que no hubiera comprado porque pensé que le gustaría a ella.

Me revuelve el estómago sospechar que Eli pudiera haberse dado cuenta.

—Necesito vuestra ayuda —murmuro, aún con el libro en la mano—. Tengo que...

Mis ojos se cruzan con los de Edu. A diferencia de Tamara, que espera una señal para prenderle fuego a la casa, él me mira de hito en hito. Porque Edu sí sabe lo que cuesta deshacerse de algo que perteneció a la persona amada. Ha pasado todo este fin de semana metiendo en bolsas de basura las colecciones de manuales para cuidar bonsáis, los vinilos de folk español y las púas de guitarra que pertenecen a Akira. Todos estos sentimientos son tan recientes que seguro que no le cuesta identificarse conmigo. Pero a diferencia de mí, Edu no quería deshacerse del cepillo de dientes, y seguro que lloró en la ducha olisqueando su champú y acarició el lado vacío de su cama antes de quedarse dormido.

Yo, por mucho que me tiemblen los dedos, sé que necesito llevar algunas cajas al trastero y dejar otras en el sitio al que pertenecen: en el pasado.

—¿Estás seguro de que quieres tirar todo eso? —me pregunta, cruzado de brazos.

—No todo. Solo lo que sobre.

Edu asiente y se remanga.

—Pues arreando, que es gerundio.

## Capítulo 30

### ¿CÓMO SE DICE *DADDY ISSUES* EN FRANCÉS?

*Eli*

Quiero aclarar que haber nacido y vivido en Francia durante unos cuantos años de mi vida, si bien puede convertir el país en mi «tierra natal», no lo hace mi patria. Cuando aterrizo en el aeropuerto de Burdeos-Mérignac, no siento esas cosquillas de familiaridad en el estómago, ni la alegría de volver a casa. Mi madre no era francesa de origen, sino española, concretamente gerundense, y supongo que, por sentirme más afín a ella, además de haber vivido casi toda mi vida en España, me siento una española de pura cepa.

Tampoco se me escapan las causas psicológicas por las que me produce malestar recorrer las hectáreas de viñedos en el Uber que me lleva directa a la que fue mi casa. Una de ellas es que las peores épocas de mi vida las he pasado aquí, y no puedo olvidar que siempre que he venido ha sido porque no me ha quedado otro remedio.

Mi madre había muerto y no se me ocurrió otro lugar al que acudir.

Pero lo que de verdad me pone nerviosa es la compañía.

Cuando el coche aparca justo a la entrada de la majestuosa verja de tres metros, lanzo una mirada aprensiva por la ventanilla, como si ya de lejos pudiera averiguar quién me está esperando dentro.

Sé que mi padre va a recibirme. Y sé que, por extensión, Normand lo hará un respetuoso paso por detrás. Y es la última persona a la que quiero enfrentarme. Sobre todo después de haber dejado a Óscar por teléfono para pasarme luego una hora en el avión llorando sin parar. Ahora me tortura la migraña, y sabe Dios —y sabe quien me las aguanta— que cuando me duele la cabeza no estoy para tonterías.

Una vez he descargado la maleta, me adentro en las profundidades del infierno, que es muchísimo más agradable a la vista de como uno imagina. El caminillo de tierra que lleva a la mansión está franqueado por unos jardines bien cuidados; tanto, que me da la impresión de estar en primavera al casi tragarme el polen del aire y advertir el brillante color de las rosas y los tulipanes de los maceteros. Hay unos cuantos jardineros trabajando mientras asciendo por la escalinata principal que me conducirá a mi peor pesadilla.

En realidad estoy exagerando. No le tengo miedo a mi padre, ni tampoco le odio. Es más, entiendo su manera de ser, y he interiorizado con resignación que su carácter choca demasiado con el mío para aspirar a una agradable relación de padre e hija. No puede decirse que yo no lo intentase, pero si la única manera de convertirme en la niña de sus ojos y ganarme su aceptación era siguiendo la senda que había preparado para mí, naturalmente no iba a funcionar. La gente —y, más concretamente, Noël Bonnet y Normand— suele dar por hecho que los tímidos somos imbéciles, porque para los hombres de negocios no hay mayor manifestación de inteligencia que el carisma. Mientras ellos daban pasos hacia delante, yo los daba hacia atrás; mientras ellos buscaban el foco de luz, deseando que los deslumbrara, yo me escondía entre bambalinas.

Diferencias irreconciliables; la que fue de hecho, la razón que aportó mi madre para divorciarse de mi padre hace más o menos quince años.

—Mademoiselle —me saluda el ama de llaves—, su padre la espera en el despacho.

Le doy las gracias y le alcanzo mi equipaje de mano. No llevo más que un vestido largo, porque conociendo a mi padre intentará llevarme a algún cóctel o reunión importante, y el pijama, aunque mi intención es largarme tan pronto como me lo permitan las circunstancias.

Recuerdo el bochorno que pasé al mudarme a España y contarles a mis nuevos amigos que tenía servicio en casa, todo porque mi mente infantil creyó que no era en absoluto extraño y, aún menos, un signo de nobleza. Estuvieron metiéndose conmigo por pija y niñata ricachona hasta que terminé el instituto. Si hubieran sabido que vivía prácticamente en la miseria con mi madre, a la que mi padre le pasaba la pensión justa, a lo mejor no se habrían reído tanto.

El ama de llaves pretendía guiarme al despacho, pero no ha pasado tanto tiempo desde que me largué, así que recuerdo dónde se encuentra la habitación que más respeto me daba de la casa. Cuando era una cría, pasaba por delante de la puerta entornada con actitud solemne. Me imponía muchísimo respeto asomarme y ver a grupos de hombres trajeados y bien peinados degustando una copa vino, expulsando el humo como dragones apagados y charlando con mi padre sobre negocios que yo no entendía. Pero lo que más me fascinaba era el comportamiento de Noël. Sonreía, era amable. Lo pasaba bien con sus socios y amigos. Yo fantaseaba con que fuera tan bueno conmigo como lo era con ellos, por eso un día me colé en una de sus reuniones. Después de la bronca que me echó, no solo no volví a asomarme, sino que empecé a mantener las distancias.

Ahora lo pienso y me dan ganas de viajar al pasado para

darle un soplamocos a esa niña asustadiza. Quizá, si no me hubiera tomado tan a pecho su ira, habría mostrado mayor predisposición a ser su aliada unos pocos años más tarde.

Además, no era como si fuera a encontrar oro en esas reuniones. A los diecinueve me permitió formar parte de ellas por primera vez y descubrí que eran lo siguiente a soporíferas.

Toco a la puerta con suavidad. Desde donde estoy se oye la tranquila conversación de dos personas, un hombre y una mujer. Al asomarme, descubro que mi padre tiene las manos de una señora de más o menos su edad entrelazadas con las suyas, y la mira con una sonrisa de embeleso.

No sé qué es lo que me impulsa a interrumpir.

Mis modales franceses no, desde luego.

—Hola.

Mi padre cambia inmediatamente de expresión.

Yo no doy crédito a lo que veo.

Noël Bonnet siempre ha sido un hombre guapo a rabiar. Está mal que lo diga yo, porque, en fin, es mi padre. Y no solo me baso en que todas mis conocidas hicieran cola, exhibiéndose con bastante descaro delante de mis narices, para acostarse con él, sino también en la armonía de las facciones, en el canon de belleza actual y en mi propia opinión. Tiene el pelo oscuro peinado hacia atrás, con apenas unas pinceladas plateadas en las patillas, la piel morena como un gitano y los ojos del mismo azul brillante que yo, lo que supone un contraste atronador. Debe de medir al menos un metro ochenta y cinco, y para haber cumplido cuarenta y ocho años, se conserva de maravilla.

Lo que me sorprende es que haya parecido rejuvenecer diez años desde que lo vi la última vez, y que no lleve traje, sino unos vaqueros normales y corrientes y una camisa con dos botones desabrochados.

Me hace un gesto para que pase. Dicho gesto, para no variar, parece una orden.

—Adelante, Eliodora.

Obedezco —es lo único que se puede hacer en su presencia— y observo que intercambia una mirada cómplice con la mujer, una rubia de metro y medio, insípida a más no poder y con los labios pintados de un tono demasiado llamativo para su edad.

Vaya, qué descripción tan desagradable.

Se ha notado que no me gusta que esté aquí, ¿no?

—Colombe, esta es mi hija Eli.

La tal Colombe se gira hacia mí con una sonrisa que es imposible no devolver. Me da los besos que dicta el protocolo.

—Tenía ganas de conocerte —dice con un impecable acento parisino—. Tu padre no deja de hablar de ti.

—No te habrá contado demasiadas lindezas.

A diferencia de Noël, que frunce el ceño, Colombe suelta una risita musical y me aprieta la mano, que no sé en qué momento ha pensado que tiene permiso para estrechar.

—Más de las que tú podrías decir de ti misma —me asegura en tono cálido—. Bueno, no quiero molestar. Será mejor que me vaya. Te espero a la una en el restaurante, Noël.

Mi padre asiente con aire saturnino. La expresión se le transforma completamente en un gesto relajado cuando Colombe lo besa con suavidad en los labios antes de marcharse.

Apenas ha cerrado la puerta tras ella cuando yo me cruzo de brazos y lo enfrento con el corazón latiéndome muy deprisa.

—Nunca pensé que una mujer te haría renunciar a los viñedos, aunque supongo que tengo esa impresión porque ni mamá ni yo pudimos.

No sé a qué viene ese comentario venenoso. Debe de ser la migraña, o que no puedo ni ver a una sola parejita haciéndose carantoñas, ahora que estoy conmocionada por lo de Óscar.

Mi padre se queda igual de pasmado que yo.

—Colombe no ha hecho que renuncie a nada. Ya había decidido nombrar a mi sucesor mucho antes de conocerla a ella. Y por tu madre habría renunciado a cualquier cosa —añade, malhumorado.

Solo él es capaz de dejar de piedra a alguien con una réplica tan dulce pero en un tono que pareciera que se está cagando en tus muelas.

Lo suyo es talento y lo demás, tonterías.

No me muevo de donde estoy y lo sigo con la mirada hasta que se sienta detrás de su escritorio. Aunque las bodegas están en el sótano y las vides a unos cuantos kilómetros, el despacho huele a ese toque amaderado del vino seco, y eso sí que me resulta muy familiar. Me recuerda a los pocos momentos agradables que he protagonizado con mi padre, dando paseos repletos de explicaciones y anécdotas a lo largo y ancho del almacén.

«Y entonces, ¿por qué no lo hiciste?», me dan ganas de soltarle.

—Supongo que es tu novia —digo en su lugar, incómoda.

—Mi esposa —corrige, más incómodo todavía que yo.

Se me olvida cómo respirar.

—¿Te has casado y no me has dicho nada? —consigo articular.

Él apoya los codos en la mesa y me mira con gravedad.

—¿Alguna vez te he dicho yo: «Has montado una empresa de *catering* y no me has dicho nada», «Has dejado a Normand y no me has dicho nada?» o «¿Te has ido de Francia y no me has dicho nada»?

Aparto la mirada, porque tiene razón.

Él decide regodearse, aunque solo un poquito.

—La mala comunicación siempre es bilateral. En fin, no te he pedido que vengas para discutir. Creo que eso ya lo hicimos suficiente hace unos cuantos años. Quiero ponerte al tanto de lo que va a pasar a partir de ahora, por si algo te importase la empresa (o yo, ya puestos) y te interesara formar parte del cambio.

—¿Qué cambio?

—Ya he mencionado que me retiro. Nunca dejaré esto del todo, claro está. Moriré aquí porque esta es mi casa, pero ya no tengo las mismas fuerzas de antes y quiero a alguien joven al cargo.

—No pretenderás dejármelo a mí, ¿no?

Él sonríe con amargura.

Esa clase de gestos, viniendo de mi padre, son una puñalada en el corazón. No soy tan estúpida como para pensar que no me quiere. Lo hace a su manera, lo mejor que sabe, pero solo lo demuestra cuando le decepciono o digo algo que le hiere. Siempre he pensado que el amor para él se reduce solamente a eso, al dolor, a la decepción. Y puede que yo no le haya ayudado a limpiar esa imagen macabra y negativa que tiene de los sentimientos.

Espero que *Colombe* —léase con retintín— lo haga mejor.

—Ya sé que tú no tienes el menor interés en esto, pero eres una experta, además de muy inteligente..., y también eres mi hija. Me gustaría que continuara la tradición, que tú estuvieras presente, aunque fuese de nombre, en todo el proceso. Igual que tus hijos, y tus nietos...

—Claro que tengo interés. Me encanta lo que se hace aquí. Pero siempre se te olvida mencionar lo que de verdad es importante en estas cuestiones: que no vivo en Francia, que tengo otro trabajo que me llena y que todos mis amigos están en Madrid.

—Sí, estoy al corriente de que todo lo que siempre te ha importado está muy lejos de Burdeos —acota con sequedad, buscando unos papeles en uno de los cajones del escritorio—. Por eso descarté ponerte al mando. Pero quiero que seas la propietaria. Conmigo. No tendrías que venir con frecuencia, solo tres o cuatro veces al año y para eventos muy señalados.

Decido ignorar el reproche inicial y limitarme a hablar de negocios.

—¿Quién sería el supervisor? ¿Quién trabajaría por ti?

—Normand.

Se me escapa una carcajada irónica.

—Vaya. Me alegro de que lamerte el culo le haya servido de algo.

Mi padre jadea, incrédulo, como si no me reconociera.

—¿Qué te dan de comer en Madrid? Has vuelto hecha una fiera.

—He vuelto diciendo lo que pienso, algo que, hasta ahora, había evitado a toda costa. —Me cruzo de brazos para que no se note que me tiemblan las manos—. Lo de salir conmigo también lo hacía por ese puesto, ¿me equivoco? Es una idea que siempre me ha rondado, pero como me costaba digerirla, decidí hacer la vista gorda.

Mi padre me mira con gesto adusto.

—No sé qué es lo que hay, hubo o pasó entre vosotros. Eso es asunto vuestro. Y si crees que apartaría a un hombre leal, trabajador e inteligente para que tú pudieras quedarte tranquila, tú, que no has hecho nada por nosotros, estás muy equivocada.

Me trago el nudo de congoja como buenamente puedo.

—Yo no te he pedido que apartes nada, pero estás igual de equivocado si crees que interactuaría con Normand por voluntad propia, aunque solo fuera «en eventos señalados».

—Muy bien. —Deja de buscar los papeles y cierra el cajón de un golpe brusco. También tiene un carácter de temer—. En ese caso, hemos acabado. Puedes volver a Madrid y desentenderte de todo, como siempre haces.

La manera en que lo zanja me deja patidifusa, y no únicamente porque sea la clase de hombre que impone, persuade o, en última instancia, te chantajea. Es porque se le nota en la cara que conocía mi respuesta.

—¿Ya está?

—Era obvio que no ibas a aceptar. Solo te he llamado porque uno nunca pierde la esperanza —murmura, con la vista clavada en el tirador del cajón. Se sobrepone inspirando hondo y suaviza el tono al agregar, mirándome con resignación—: Y porque es la única excusa creíble que se me ha ocurrido en años para pedirte que vengas.

La boca se me abre sola para replicar que no ha habido una sola petición por su parte en ningún momento, más bien órdenes, pero la vulnerabilidad que deja entrever al decir eso me frena.

—Podrías haberme pedido que viniera sin poner ninguna excusa.

No me permito pestañear por si acaso me perdiera algún matiz expresivo que fuera clave para entender qué hay en su cabeza.

Su mirada adquiere la dureza acostumbrada.

—Me harías un favor si no me tomaras por tonto. Todo lo que has hecho desde que naciste es evitarme, y ha querido la vida ponértelo fácil desde el divorcio. —Se levanta del sillón y se sacude los pantalones, intuyo que solo para tener las manos ocupadas—. Aprovechando que muy posiblemente esta será la última vez que nos veamos, creo que no estaría mal despedirnos siendo honestos. —Clava en mí sus fieros ojos azules, que ahora tienden, sin embargo, a una tristeza muy mal disimulada—. No has sentido nunca ninguna clase de apego por mí.

—¡Eso no es cierto! —me apresuro a replicar—. ¿Esta es tu manera de hacerme sentir mal para que acepte? Porque ya no puedes manipularme, ¿sabes? Ni tú ni nadie.

—No. Solo menciono las verdaderas causas por las que no aceptas mi propuesta, unas que yo ya sabía antes de llamarte y que supongo que tú no admitirás porque tienes el buen corazón de tu madre y temes hacerme daño. Sabes bien que, si ella no hubiera fallecido, nunca habría vuelto a verte la cara, y no porque yo no lo intentase, sino porque tú tuviste muy claro desde el primer momento con quién te irías tras el divorcio.

—¡Tenía doce años cuando os separasteis! —replico, mirándolo horrorizada—. Mi mente no era la más madura y racional del mundo. Elegí a mamá porque ella es la que siempre ha estado ahí. Tú no. Y cuando has estado, ha sido para machacarme una y otra vez por no ser lo que tú quieres que sea.

Mi padre se tensa al oír la primera recriminación.

Nunca antes había tenido el valor de decírselo a la cara.

—¿Y qué se supone que es lo que quería?

—Que fuera como tú.

—Pues te equivocas. No quería que fueras como yo. Solo esperaba...

Se queda en silencio.

—¿El qué? —insisto.

—Quería... dejar una huella en ti. Que hubiera algo mío en tu carácter, o en tus gustos, o en tus aficiones...

—A costa de moldearme a tu antojo —completo con rencor.

—Estabas perdida en el momento en que debías escoger qué hacer con tu futuro profesional, y yo quería que te quedaras conmigo —replica de mal humor—. Fue lo único que se me ocurrió para no volver a perderte la maldita pista. Cosa que, de todos modos, pasó, por cierto.

—¿Y acaso no eres en parte culpable de que quisiera largarme? ¡Era infeliz! —Extiendo los brazos, anonadada—. ¡Estaba deprimida! ¿Es que no lo veías?

—Eres tú la que no quería ver que podrías haber encontrado tu lugar aquí.

Sacudo la cabeza. Por un segundo me planteo largarme de aquí, dejarlo solo en el despacho con esas palabras que llegan tarde.

Esto es demasiado para mí.

—No has hecho más que presionarme —murmuro, mirando al suelo—. ¿Crees que así podía sentirme querida? Regresé a Madrid con el corazón roto porque sentía que no le importaba a la única familia que me quedaba.

—Claro que me importabas —replica, rodeando la mesa para acercarse—. Eres mi hija.

—¿Y me quieres por algo más que por haberme transmitido tus genes?

—¿Aparte de porque tienes los genes de tu madre? —contraataca, dejándome de una pieza—. Te quiero porque eres generosa, lista, educada, paciente, bondadosa, prudente, disciplinada, responsable y miles de millones de adjetivos más, incluida tu timidez, tu cabezonería y el hecho de que me rehuyeras constantemente, porque como me han señalado unas cuantas personas a lo largo de mi vida, empezando por tu madre y terminando por la propia Colombe, soy un hombre difícil y alejarse de mí es un signo de inteligencia.

Su respuesta me deja traspuesta.

—¿Cómo... cómo puedes saber mis virtudes o mis defectos si no estabas ahí para conocerme?

—¿Cómo pude saberlos si tú no estabas ahí para que te conociera?

No tengo palabras para contestar a eso. Es evidente que no vamos a llegar a un acuerdo, pero tenerlo delante de las narices, admitiendo que se sintió tan abandonado como yo, en cierto modo me reconforta.

—Tú eras el adulto. Debiste hacer el esfuerzo de acercarte a mí.

—Lo hice, solo que, quizá, no como a ti te hubiera gustado. Y a lo mejor llego tarde con este consejo, porque estoy convencido de que ya lo habrás experimentado todo y no necesitarás que te eche una mano con nada, pero Eli, hija mía, la gente no va a quererte como a ti te venga bien.

Giro la cabeza hacia la impresionante estantería de tomos antiguos que queda a mano derecha, incapaz de seguir mirándolo a la cara. De todas las cosas con las que me esperaba toparme en el despacho, esta no era una de ellas.

—Siempre se necesita un padre —musito, un segundo antes de armarme de valor para conectar nuestras miradas nuevamente. Su expresión se suaviza lo suficiente para que pierda ese gesto severo de hombre impasible—. Por muy cabrón que sea... y aunque no te invitara a su boda.

Ninguno de los dos decimos nada durante unos tensos segundos.

—Si hubiera sabido que querías venir —dice al fin, avergonzado—, lo habría hecho.

Asiento con la cabeza, aceptando a desgana su disculpa velada.

¿Será posible que él también se sintiera despreciado por mi parte? ¿En qué otras cosas me habré equivocado al asumir que tengo la razón absoluta y mis convicciones no son fruto de malentendidos?

Al parecer, tengo tanta culpa como él, solo que no había querido verla. Mi padre no me quería como a mí me habría gustado, pero resulta que yo a él tampoco. Eso no significa que nunca podamos llegar a un acuerdo, ¿no? Uno en el que no sea obligatorio que pasemos el resto de nuestra vida viviendo en países diferentes y sin llamarnos por teléfono.

—Espero que ella te haga feliz —murmuro al fin, sin saber qué más decir.

—Trabaja en el mundo de la enología, así que me entiende y eso me hace feliz, lo que es mucho más importante que ninguna otra cosa.

—¿Mamá no te entendía? —pregunto antes de meditar si es una buena idea.

No puedo evitar mencionarla. Estoy sintiendo los celos que ella habría experimentado de haber estado viva, porque, aunque estaban separados, no dejaba de llamarlo para saber cómo se encontraba y a veces la pillaba llorando después de colgar. Lo quiso hasta el día de su muerte, y por egoísta que suene, me habría gustado que mi padre la correspondiera en idéntica medida.

Él niega con la cabeza.

—Al principio sí, pero la gente evoluciona, cambia de rumbo, y a veces no coincide con el de la persona que tiene al lado. Ella ya no quería esto, y sabiendo como sabía que los viñedos eran mi sueño, no me habría pedido que lo dejara para largarme a Madrid. Además de que el aire español no me habría hecho menos cabrón, ni más soportable —añade con una sombra de sonrisa amarga.

Me cuesta no fantasear con otra infancia, con una adolescencia distinta, y sé que me sale la voz de una niña de doce años al decir:

—Mamá era muy paciente. Te habría tolerado hasta el final.

—Un final demasiado repentino —lamenta con la mandíbula apretada—. Eli... Sé que somos personas muy diferentes, pero al menos tenemos ahí un punto de unión. Los dos la quisimos. Podemos aferrarnos a eso para... ser amigos. —Y entonces se hace el segundo milagro de tres palabras que pensé que jamás oiría—: Te quiero, hija. Tu madre va a ser siempre el amor de mi vida, y tú, por extensión y también por méritos propios, eres heredera de todo ese afecto.

Por un instante, la mente se me queda en blanco y no sé cómo demonios reaccionar a este despliegue de sentimentalismo.

—Sí que te ha venido bien dejar los viñedos y echarte novia —murmuro al fin, ruborizada. Incluso me arriesgo a bromear—. De pronto parece que tienes corazón.

Él suelta una carcajada ronca.

—La edad te vuelve sentimental.

Le devuelvo la sonrisa.

—Pues yo te veo mejor que nunca.

Esto es... muy raro. Sobre todo porque no me deshago de

la sensación de que estoy soñando, y de que me he aferrado a la fantasía porque es la clase de final feliz que merezco después de lo mal que lo he pasado en el avión. Pero es real, o por lo menos se siente real el cuerpo que me envuelve en un abrazo protector.

—De acuerdo, tu chantaje emocional ha funcionado —claudico, con la boca pegada a su hombro—. Acepto ser propietaria. ¿Cuánto valen tus acciones?

—A ti te las dejo gratis. Y menos mal que ha tenido resultados, porque no habría sabido a qué otra cosa recurrir.

Suelto una sola carcajada amarga antes de separarme y mirarlo. Tiene los ojos brillantes.

Este hombre rejuvenece por segundos. ¿Será el segundo caso de Benjamin Button? Sería poco creíble que existiera uno en Norteamérica y no en Europa, cuando los yanquis nos lo copian todo.

—De verdad que todo esto me importa —insisto. Ahora me veo en la obligación de corresponder su arranque de sinceridad—. Es solo que...

—Hiciste tu vida en Madrid y yo era un dictador. Lo sé. Me ha quedado claro.

—En ese caso, espero no volver a oír un reproche por tu parte.

—Jamás. —Hace una pausa—. Bueno, procuraré evitarlos, pero no prometo tener demasiado éxito.

—Ese juramento suena más honesto. Gracias.

Mi padre se retira, incómodo por la falta de práctica —nos hemos abrazado un par de veces contadas— y me hace un gesto hacia la puerta.

—Vamos. Con el buen día que hace no vamos a hacer la reunión aquí dentro. Los abogados esperan.

## Capítulo 31

## LLUVIA SIGNIFICA BESO,
### Y BESO SIGNIFICA FINAL FELIZ

*Eli*

Dicen que, cuando una puerta se cierra, se abre una ventana. Yo prefiero no pensar mucho en ventanas, porque me traen recuerdos preciosos y, para quien no lo sepa, esos duelen mucho más que los malos. Los malos los puedes gestionar, o, de últimas, mandar castigados a un rincón del subconsciente. Los buenos se quedan contigo para siempre en la superficie de la memoria, de donde, por cierto, he podido desterrar a Óscar gracias al entretenimiento que ofrecen mi padre y su... esposa.

No me acostumbro a Colombe, y dudo que lo vaya a hacer alguna vez. Desde que soy una cría, he visto a Noël Bonnet ir de un lado para otro asfixiado por las obligaciones, demasiado ocupado para prestarme la atención que necesitaba, a mí y al resto del mundo, porque ahora veo que no era la única que se sentía desplazada. Pero todo indica que ya se sabe organizar mejor y que le va a dedicar sus años de prejubilación a Colombe.

Mentiría si dijera que no estoy celosa. Es obvio que es lo único que sé hacer últimamente, envidiar a pobres mujeres que no me han hecho nada, y que seguro que eran buenas personas a pesar de sus pequeños defectos. El gran defecto de Colombe es que no se la ve muy consciente de las fallas de mi padre, porque lo mira como si fuera Dios encarnado, o algo así.

De cualquier modo, me va a escocer ver a la parejita igual que le escoció a Óscar durante la boda de su tío.

Maldita sea, ahí está él otra vez, adueñándose de mis pensamientos.

El único motivo por el que estoy presente en la mesa del amor, donde Noël Bonnet y su esposa se hacen carantoñas entre otros tantos socios que me resultan familiares, es que me parecía de muy mala educación firmar por cientos de hectáreas de viñedos y tomar el siguiente avión a Madrid inmediatamente después. Sobre todo cuando he firmado una tregua con mi padre, al que se le ve más que dispuesto a enmendar los últimos años de relación fallida prestándome la atención que no me ha podido dar a causa de la distancia.

La verdad es que echar un rato agradable con él es justo lo que necesito, incluso si para ello debo acceder a pasar la noche entera en la terracita de la casa campestre, donde mi padre tenía que celebrar una pequeña cata para que corrieran sus vinos preferidos. Puedo entender por qué mi madre sentía que no encajaba aquí. A ella no le gustaban las bebidas ni de alta ni de baja graduación, y todo eso de tener que aguantar a sibaritas del alcohol día sí y día también se le hacía pesado. A mí también se me hace pesado llegado cierto punto, así que me levanto y pongo la excusa de que me apetece dar una vuelta por los viñedos. Mi padre se pone muy contento porque lo interpreta como que quiero intimar con mi nueva propiedad —copropiedad, en realidad—, y, la verdad sea dicha, no está equivocado. No mentí cuando dije que me importaban sus posesiones, la historia detrás de las viñas y la elaboración del vino. Pasé muy buenos ratos correteando entre las uvas y comiéndomelas solo para fastidiarlo —puedo ser mala de vez en cuando—, además de que me haya dejado en herencia la pasión por la enología. Pero, en realidad, la razón por la que me quiero distanciar es porque me veo rompiendo a llorar de repente y no me hará ninguna gracia que me pillen. Ni que me pregunten por qué, cosa de la que no veo capaz a mi padre, ese gran impedido emocional, pero sí a Colombe, que ha estado todo el rato preguntándome si me pasa algo.

«Señora, qué me va a pasar. Pues que no para usted de meterle la lengua en la boca a mi padre», debería responderle, pero no lo hago.

No me voy a acostumbrar a esto jamás, en serio. Y gracias a Dios que no tendré que verlo con demasiada frecuencia. Ni a él ni a la figura con la que tropiezo al atravesar el jardín en dirección al campo y al que esperaba evitar durante mis veinticuatro horas en suelo francés.

Lástima que no he tenido suerte.

—¡Eli! —exclama, tan anonadado como complacido—. ¿Qué haces aquí?

Normand no me infunde miedo como mi padre. Ni tampoco le odio. Creo que el odio es un sentimiento muy poderoso que se parece peligrosamente al amor, y nunca he estado lo bastante cerca de quererlo para llegar al extremo opuesto. Pero es una presencia *non grata* para mí, y cuento con que se me perdonará que deje a un lado los modales franceses para pasar de largo.

Por primera vez en mi vida, me siento con las riendas de mis actos. Toda esa sensatez que he puesto siempre al servicio de los vecinos, de mis amistades, es con la que me he estado empoderando últimamente para expresar sin tapujos lo que pienso, y he de decir que es adictivo. Empecé rompiendo con Óscar por teléfono, luego enfrentando a mi padre y ahora ignorando a Normand, porque no, no es mi obligación ponerle buena cara ni aguantar lo que crea que debe decirme.

Él me coge del brazo, sin embargo.

—¿No vas a decirme nada? —inquiere, malhumorado.

Miro por encima del hombro la mano masculina que me aprieta la muñeca. No aparto la vista del punto en el que nuestras pieles se están tocando hasta que capta la indirecta y me suelta.

—No te dije nada cuando te pusiste en plan acosador por teléfono, ¿qué te hace pensar que lo haría ahora? —Pongo los brazos en jarras—. Todo lo que tenía que decirte te lo solté en su momento, Normand, y creo que fui lo bastante clara para que me dejaras en paz. Pero por si se te ha olvidado, te lo recuerdo —añado, utilizando un tonito condescendiente que le he oído a Susana más de una vez—: No puedes tenerme de novia y follarte a otra chica al mismo tiempo. Así pues, te pongo fácil la elección quitándome de en medio.

Normand arruga el ceño, tan asombrado por mi arranque como lo ha estado mi padre hace unas horas.

Es la primera vez que lo veo desde que Tamara decidió apodarlo «Anormal». Solo de acordarme de mi amiga pronunciándolo con la «g» gangosa, atusándose un bigote de chef invisible, al puro estilo Dalí, me dan ganas de reírme en su cara.

Y eso no puede ser.

He decidido defender mis derechos, mi integridad y mis opiniones, no convertirme en una *bully* de manual.

Tampoco podría transformarme de la noche a la mañana en alguien que no soy. El tiempo no hace milagros. Por más que he imaginado este momento, y por más poderosa que me sienta, sigo con un nudo en la garganta al mirarlo, y se me revuelve el estómago al pensar en todo lo que me decía. La memoria te quiere, y te quiere bien, por eso suele seleccionar las malas pasadas para eliminarlas del disco duro; sin embargo, en mi caso jamás se irán de allí, porque una vez moldean tu comportamiento y calan en la manera en que te ves a ti misma, no hay vuelta atrás.

No obstante, ahora, por lo menos, sé cómo afrontar su maltrato verbal: como lo que es, un maltrato. Una mentira detrás de otra, porque no tenía razón.

Me dan ganas de decirle que he conocido a un hombre que folla, ama y cuenta chistes mucho mejor que él, pero prefiero limitar la conversación a las tres frases que hemos intercambiado.

Por desgracia, no he dado ni cinco pasos cuando se interpone en mi camino y me acorrala.

—No hablamos de ello en profundidad.

—Ya lo creo que sí. Te pillé en la cama con otra y tú dijiste que yo me lo había buscado. Y yo, para que no te molestaras en hacer el camino al infierno, decidí que sería mejor que yo lo hiciera hasta Madrid. A mí me parece que quedó más que zanjado.

—Fue una tontería —insiste, aparentemente dolido—. Eli, no significó nada, ella...

—Cállate, hazme el favor. —No sé a quién le sorprende más mi tono cortante y la mano que levanto, si a él o a mí—. Ni siquiera sé por qué has intentado contactarme, ni qué haces cerrándome el paso con cara de pena. Fuiste *tú* el que me puso los cuernos. Eras *tú* el que estaba harto de mí. ¿Por qué te cuesta tanto dejarme en paz?

—Porque te quiero.

Se me escapa una carcajada, y a esta le sigue otra, y una tercera. Así hasta que me sorprendo una vez más —y le sorprendo a él— partiéndome de risa ante su cara de pasmo.

—A lo mejor me lo habría creído hace un tiempo, pero ahora sé lo que es el amor y no cuela, Normand. —Ladeo la cabeza y lo miro con lástima—. Venga, dímelo. No pasa nada. Ya no me importa.

Él parece tan perdido que casi me da ternura. *Casi*.

—¿Qué quieres que te diga?

—Dime que salías conmigo por mi padre, porque querías

estar más cerca de él y asegurarte de que algún día heredabas la administración de todo esto —digo, abarcando los viñedos con un gran ademán de mano.

Normand jadea, ofendido.

—¿Eso... eso es lo que piensas de mí? Creo que me he currado suficiente mi trabajo en este sitio para que digas que conseguí el puesto que tengo acostándome contigo.

—¿Por qué te indigna tanto esa posibilidad? ¿Acaso el tiempo ha sido benevolente con el recuerdo que tienes de mí y ya has olvidado el esfuerzo que te suponía acostarte conmigo? —le suelto con rencor—. Levantarte a las cinco de la madrugada y obedecer a mi padre no sería nada comparado con lidiar con Eli Bonnet, apuesto mi alma a que lo hiciste únicamente para garantizarte un lugar en esta casa.

Normand, como siempre hace cuando se ve acorralado, cambia de tema y utiliza su tonito afectado:

—Mira, *bibou*, siento mucho lo que pasó...

—No me llames *bibou*. —Ese es el único momento en el que estoy a punto de alzar la voz—. Yo ya no soy nada para ti. De hecho, ahora que soy propietaria, no tienes ningún derecho a tratarme con familiaridad. En cuanto a jerarquía, estás unos cuantos peldaños por debajo de mí.

Él aprieta los labios y me mira con desprecio.

*Hasta que por fin asoma su verdadero rostro.*

—No sé qué coño te han hecho en España, pero has vuelto hecha una zorra.

—Será el polvo que me echaron —le espeto con el mismo lenguaje vulgar—. Al final me sacó el palo que tenía metido por el culo y que tanto te molestaba.

Intento quitármelo de en medio, pero Normand me retiene de nuevo, esta vez con violencia. Me sacude del brazo y abre la boca para decir una de las suyas.

Yo me adelanto con el corazón latiéndome a toda pastilla y un coraje que no siento.

—No querrás que mi padre se entere de que me estás molestando, ¿verdad? —Arqueo una ceja—. Está en la terraza, justo a la vuelta de la esquina. Como te pille, te matará.

—Me extraña que pienses eso. A tu padre no le importas una mierda.

Aunque ha tocado un punto débil, la puñalada no llega a atravesarme el corazón. Por fortuna, tengo muy reciente la sonrisa de alivio de Noël después de abrazarme.

—¿Sabes? Ese ha sido siempre tu error. Llevas toda la vida creyendo que, porque a ti no te importo nada, eso es justo lo que valgo para los demás. Y no es cierto.

De un violento aspaviento consigo zafarme de su agarre y dar un paso hacia atrás. Estoy frotándome la muñeca dolorida cuando la primera gota cae sobre mi hombro. Miro al cielo solo para comprobar que está empezando a llover.

Clásica tormenta de verano, romántica a más no poder, y va y me pilla justo con este capullo.

Genial.

—Vamos a cruzarnos muy a menudo, así que más te vale guardar las formas —le amenazo—. No voy a aguantar tonterías como esta ni un minuto más.

—Te vas a arrepentir de no volver conmigo, Eli. Soy el único hombre que te va a aguantar.

Levanto las cejas.

«Eres perfecta —me recuerda el Óscar de hace solo unos días—. Me tienes loco».

Cojo aire y me preparo, manteniéndolo en los pulmones un instante, para soltar toda la tensión con un suspiro liberador. Me dan ganas de gritarle que es un baboso, un desconsiderado; que se creía que meterla y sacarla era todo lo que uno debe hacer para enloquecer de pasión a una mujer, pero no le haría lo que él me ha hecho a mí, ni siquiera para vengarme. Confío en que, algún día, alguna de las muchas mujeres que seguramente se llevará a la cama se atreva a escupírselo en la cara. Alguna a la que, con suerte, le importe un carajo lo que él le diga.

Pero esa no seré yo, por desgracia. Yo solo puedo hacerle daño por un lado, por el de mi padre. El de la empresa. Y no se lo haré porque Noël confía en él y, en el fondo, aún no me merezco el lugar que me ha dado en la copropiedad como para encima atribuirme el derecho a despedirlo.

—De hecho —respondo al fin, despacio, y para que no se le olvide—, eres el último hombre sobre la Tierra al que le permitiría aguantarme.

Nada más decirlo, y como si el cielo quisiera decirme que he obrado correctamente, empieza a chispear. Ese chispeo, conforme voy dejando atrás la casa y a un patidifuso Normand y me adentro en los viñedos, se va convirtiendo en una lluvia copiosa acompañada por unos truenos ensordecedores.

Siempre me han dado respeto las tormentas, pero abrigada por las hileras de la viña, sintiendo el barro en mis zapatos, como cuando era niña y disfrutaba chapoteando, y respirando el aire denso y con olor a tierra del campo, me siento tan viva y dueña de mis acciones que no pienso en regresar de inmediato.

Es paradójico y extraño el sabor que se te queda en la boca cuando experimentas la euforia y la pena al mismo tiempo. Me gustaría llamar a Óscar y contarle lo que acabo de hacer; decirle que, en parte, gracias a ese momento en el que me pidió que mirase al espejo y me demostró que soy más que lo que Normand decía de mí, he podido enfrentarlo y sacar de dentro la rabia. Pero las fuerzas se me van acabando conforme mis pies se hunden en el barro y empieza a pesarme el vestido, porque en una guerra en la que combaten la alegría de un momento puntual y la desesperación de saber que pasarás meses, quizá años, lamentando haber perdido algo único, gana siempre lo segundo.

¿Me habré precipitado al dejarlo? ¿Habré sido injusta o habré ido contra mis propios intereses arrebatándole a Óscar la oportunidad de quererme, solo porque ahora mismo sea incapaz? Supongo que dudar es humano, pero si tomé la decisión fue porque así lo sentía y no cabe el menor arrepentimiento.

No voy a ser otra vez la chica que en las catas se pasea con la bandeja de los tentempiés. No voy a ser la niña guapa y calladita que se lleva del brazo y a la que humillan cuando se les infla la vena, siempre por causas ajenas a ella. Y no voy a ser el segundo plato, por más que tenga un valor inmenso en el mundo de la cocina, y por más que lo prefiera antes que el entrante o el primero.

En definitiva, se acabó esa *Pretty Girl* de la que hablaba Clairo en su canción: «No llevaré falditas si me lo piden, ni me callaré cuando me lo digan, ni me perderé por nadie».

—¡¿Puedes estarte quieta de una vez?! ¡Joder, cada vez veo menos, estoy empapado y empieza a preocuparme tu salud mental! —me grita alguien a la espalda—. ¡¿Qué clase de loca se pone a pasear bajo una tormenta como esta?!

El corazón me da un triple salto mortal en el pecho cuando, al mirar por encima del hombro, asombrada, reconozco los andares inquietos de Óscar y sus bufidos. Apenas llega a mi altura, calado hasta los huesos por el agua, me espeta:

—Tienes un ama de llaves y luego me llamas pijo a mí por tener zapatos de golf. Vaya cara tan dura, Eliodora Bonnet.

La frase romántica del año.

Pestañeo muy rápido y me quedo donde estoy, tan hundida en la tierra que parecen arenas movedizas.

—¿Qué haces aquí?

—Pues todo indica que gastarme la paga extra del colegio, chapurrear las tres palabras que me sé en francés hasta ponerme en ridículo delante de tu padre y ahora embarrarme los pies. —Coge aire—. Pero merece la pena si me haces caso y vuelves conmigo a Madrid. No te quedes aquí.

Me cuesta unos segundos encontrar las palabras para responder.

—¿Cómo que no me quede aquí?

—Tamara me ha dicho que te quedas a vivir un año.

—¿Qué? Pero si vuelvo en el vuelo de mañana.

Óscar masculla una palabrota por lo bajo. Yo pienso en mi amiga, que estará descojonándose en el sofá, comiendo Doritos a dos manos, y se me escapa una sonrisa de ternura. Conociéndola, a ella y a sus poderes mágicos, seguro que ha sido la que ha enviado las nubes y la que ha poseído mi cuerpo para decirle a Normand que esto se ha terminado.

No me sorprendería, teniendo en cuenta que ha sido ella la que también me ha devuelto a Óscar. La que siempre me da lo que necesito, incluso cuando ni yo sé qué es lo que quiero.

—Bueno, no importa. —Óscar se encoge de hombros y mete las manos en los bolsillos, como si la energía de la lluvia torrencial que está cayendo no le obligara a mantener los ojos entornados para que las gotas no se le claven como agujas en las córneas—. Tampoco podía esperar para decirte lo que quería.

Abro la boca para replicar, pero él empuja las palabras de nuevo al fondo de mi garganta acunando mi rostro entre sus manos heladas.

El roce familiar de sus labios derriba mis barreras y me deja la mente en blanco hasta que un furioso trueno nos obliga a separarnos. Su pecho sube y baja, sin aliento después de un beso que ha empezado siendo tierno y ha acabado contagiado de la rabia del temporal. Apenas escucho lo que murmura por culpa de la tormenta. Tiene que gritar para hacerse oír.

—¿Eso es lo que me querías decir? —Nos señala a los dos—. ¡Por si no te has enterado todavía, el beso se da al final, cuando ya te has asegurado de que la chica se queda contigo!

—Es que te vas a quedar conmigo. Lo único que te lo impide es que piensas que estoy enamorado de otra mujer, y tengo pruebas... gráficas... —rebusca en los bolsillos—, y también muy empapadas... de que eso no es cierto.

Dios sabrá por qué motivo, Óscar logra sacar un papel casi seco del interior de la cartera, un folio doblado en Dios sabe cuántas partes. Encorva la espalda para protegerlo de morir empapado, aunque sin mucho resultado, porque el viento hace que la lluvia caiga en vertical.

Me enseña unas letras pintadas en rotulador cuya tinta no tarda en correrse.

—«Creo que estoy enamorada de ti». Eso dijiste, ¿no? Pues yo estoy seguro —anuncia, señalando el papel. Eso es justo lo que pone: «Estoy enamorado de ti»—. He subido la apuesta, como ves. Ahora te toca a ti.

Por un momento no sé qué decir. Si hubiera tartamudeado, no me habría escuchado a mí misma: los latidos salvajes de un corazón que estoy a punto de soltar por la boca me taponan los oídos.

—Pero... pero... ¿y Nieves?

—¿Qué quieres que te cuente de ella? No he añadido nuevos pasajes a esa historia. Es tal cual te la conté. Estábamos juntos, nos hacíamos daño y, cuando ella murió, de alguna manera me obligué a cargar con las culpas de que la relación se fuera al garete porque era el único que estaba ahí para redimirse. Pero la verdad es que no podré hacerlo. Nunca. Porque ella no está aquí para perdonarme, ni para pedirme disculpas, ni yo para hacer exactamente lo mismo. Y si lo estuviera, Eli... —se pasa la mano por la cara, por la que corren chorros de agua—, te aseguro que, aun así, te elegiría a ti.

—¡Dijiste que nos parecíamos! —le grito, intentando hacerme oír—. ¿Cómo sé que no me quieres por eso?

—Porque en realidad no os parecéis en nada. Ella no bailaba moviendo los talones como en la época del charlestón mientras cocinaba, ni aprendió a actuar como si el rubor en sus mejillas no revelara sus emociones, ni me decía lo bueno que estaba mientras me quitaba la ropa, ni tenía una encantadora y también desquiciante obsesión con el horóscopo, ni se soplaba el flequillo cuando estaba de mal humor, ni me sacaba una sonrisa con solo aparecer con una camiseta de propaganda de Dios sabe qué empresa local. —Una sonrisa socarrona se dibuja en sus labios—. No voy a decir que a ella no la quisiera, porque la quise, Eli. Hay alguien en mi pasado a quien amé. Pero era una puta tortura hacerlo. Estar enamorado de ti es lo mejor que me ha pasado, incluso si tengo que empaparme para metértelo en la cabeza.

Me cuesta tragar saliva y apartar los ojos de él, tan esperanzados como debieron de parecer los míos al salir del ascensor el día que lo conocí. Ya entonces estaba segura de que había encontrado a alguien especial, y él, justo ahora, parece convencido de lo mismo.

Una sonrisa trémula se dibuja en mis labios. Le quito el mensaje de las manos, que ya está totalmente deshecho por la lluvia, y lo piso al dar un paso hacia él.

Sonriendo con socarronería, le abrazo por el cuello.

—Pues que sepas que ya sabía que esto pasaría. Lo ponía en mi horóscopo.

—¿De verdad? —Sonríe y me abraza por las caderas—. ¿El qué?

—Que, aunque estuviera lloviendo, acabaría saliendo el sol para mí... Y ya sabemos lo que significa la lluvia en las novelas románticas: es el momento previo a un final feliz. Así que adelante, Capitán, ahora es cuando puedes besarme.

# Epílogo

## *Óscar*

—Si bien es cierto que se ha discutido mucho acerca de si la novela romántica puede reflejar o no la igualdad entre hombres y mujeres, pues en sus orígenes se daban a menudo juegos de poder desdeñosos con la figura femenina y no era raro encontrar un importante tufo misógino, yo, como autora del género (y desde mi obra, que es sobre lo que puedo hablar), reivindico el derecho de los hombres a ser sensibles u objeto de un cortejo y el de las mujeres a tener su independencia, además de las que toman la iniciativa, sin que se les juzgue a ninguno de los dos.

Virtudes Navas concluye su discurso con una sonrisa humilde. Con esto termina de meterse a su público en el bolsillo. Son muy pocos los adolescentes que no se levantan del asiento para aplaudir, vitorear e incluso gritarle cosas como «reina» o «dilo tata».

No me extraña que la mitad del instituto esté loco con ella. No todos los días llega una septuagenaria con el pelo teñido de verde y una camiseta con la bandera del arcoíris a promover la igualdad, la abolición de los temidos roles de género y a hacer un discurso LGBT *friendly*. Los alumnos abiertamente gais se han emocionado y se enjugan las lágrimas, igual que las chicas —y profesoras— que alguna vez han sufrido acoso o han tenido que aguantar que se burlaran de ellas por sus preferencias literarias.

Lo que para Virtudes empezó como un simple artículo de quinientas palabras sobre hombres y mujeres en una revista feminista, se convirtió en un éxito en redes gracias a su fama, y aunque ha recibido numerosas críticas, como suele ocurrir cuando te expones en internet, no dudé en proponerle al director del Ángel Ganivet que se organizara una especie de conferencia en el salón de actos para los alumnos. Una presentada por ella. Y aquí estamos, apenas unos meses después, nada más iniciar el nuevo curso, presenciando cómo una autora de novela romántica se mete en temas que «no le incumben», como le han criticado algunos de sus supuestos seguidores acérrimos, y que «tampoco interesan», ya que hubieran preferido un relato erótico en vez de un discurso ideológico en un panfleto que abogaba por la igualdad.

Lo que, por otro lado, también es razonable. Yo mismo antepongo la ficción, mucho más agradecida y entretenida, a los problemas del día a día que me pueda contar el telediario.

Pero estoy orgulloso. Incluso emocionado. Echando un vistazo de reojo, me he dado cuenta de que Fernando, ese niño que no paró de molestar a Eric durante el año pasado, ha estado callado y atendiendo con unos ojos que se le iban a salir de las órbitas.

Ha habido dos charlas, por supuesto: una para los mayores de bachillerato, que podrían entender una explicación más arriesgada con terminología compleja, y otra con un contenido general y sencillo, pensado para promover la tolerancia sin entrar en detalles técnicos. Con esto no cuestionábamos la inteligencia de los críos, que, a los doce, están más avispados que nunca; solo quisimos evitar que los padres se nos echaran encima al grito de «putos manipuladores de preadolescentes, los queréis hacer a todos gais», como desgraciadamente ocurre aún hoy. Algunos han insistido en acudir a la charla por este motivo y han estado de brazos cruzados y con el ceño fruncido durante toda la exposición.

Gracias al cielo, los críos demostraron ser más listos que el hambre y mucho más indulgentes que sus progenitores, al participar con Virtudes en una de las dinámicas.

—Los hombres también podemos llorar —dijo Eric, muy serio.

—Y las niñas jugamos bien al fútbol —se defendió una de las mejores en Gimnasia, Lola, que ganaría por mucho a sus compañeros masculinos si la dejaran participar en los amistosos del recreo.

—¡Y al baloncesto! ¡A todo lo que nos propongamos! —exclamó Minerva. Fue evidente que le había quedado muy claro el objetivo de la charla: una cosa es defender que no haya que acosar o insultar a las niñas por emprender actividades prototípicamente masculinas o viceversa, y otra muy distinta es emprenderlas ella misma.

A fin de cuentas, Minerva no solo no tiene ni idea de jugar al baloncesto, sino que no correría ni en un apocalipsis zombi. Como su profesor que soy, lo sé mejor que nadie.

—A mí me gusta pintarme las uñas —reconoció otro chico, azorado—, pero mi padre dice que eso es de... dice una palabra que suena muy fea.

—Mi mochila es de la sección de niñas —apostilló un tercero. La mostró a todos: era una cartera muy bonita con una nebulosa de colorines—. Me gustó, así que simplemente me la compré.

—¡Y muy bien que hiciste! —exclamó Virtudes, aplaudiendo.

—Yo a veces me pongo ropa de mi hermano mayor. Es más cómoda. Y me siento guay —comentó sonriendo una niña de doce años.

—A mí me encantan las pelis de amor —reconoció el chico sentado a su lado, al que se le pusieron las mejillas coloradas—. Y el morado es mi color favorito.

Era de esperar que, después del éxito con los alumnos más jóvenes, los mayores la celebraran por todo lo alto. Nada más se da por concluida la segunda charla, los adolescentes se ponen en pie y rodean a Virtudes para pedirle autógrafos. Hay un chaval con el pelo decolorado que la ha cogido de las manos y le está contando algo tan emocionado que se le caen las lágrimas.

—Habría matado por una charla como esta cuando era un crío —admite Edu. Naturalmente, hemos ido la mayoría de los vecinos. Yo tenía que estar presente como profesor, pero los demás querían ofrecer su apoyo—. Mi vida en el instituto fue lo peor.

—¿Por qué? —pregunta Susana, sorprendida—. Siempre has dicho que nunca te acosaron.

—Y no lo hicieron, pero porque fingía ser heterosexual. Incluso ponía voz de machorro ibérico.

—Yo quiero oír eso —se descojona Tamara.

Edu se aclara la garganta.

—Guau, nena, estás tremenda. —Y silba, falseando el tono. Suelto una carcajada—. ¿Qué hace una chica como tú en un sitio como este? —Se ríe también y acaba apoyando la espalda otra vez en la pared. Se ha congregado tantísima gente que hemos tenido que quedarnos de pie—. En fin... Si alguien hubiera venido a decirme que no pasaba nada si me gustaba el rosa, *Sailor Moon* y, de paso, las pollas, me habría ahorrado mucho sufrimiento —prosigue—. Bueno, cuando era un niñato me gustaba el detective Conan, no las pollas en sí...

—Haz el favor de no decir esa palabra aquí en medio, corazón —le pide Eli, como siempre tan conciliadora. El brazo con el que la rodeaba disimuladamente por la cintura tira de ella para pegarla a mi costado.

—¿Por qué? Si estamos entre adolescentes pajilleros. Me estoy asfixiando entre sus hormonas, sus sobacos rancios y el olor a crema antiacné. —Tuerce la boca—. No solo saben lo que es una polla, sino cómo usarla y con quién quieren hacerlo.

Eli y yo nos reímos de manera silenciosa e intercambiamos una mirada rápida. Virtudes regresa con nosotros, y todos juntos —mejor no hablar de lo que cuesta ponernos de acuerdo para empezar a movernos en alguna dirección— volvemos a casa —nuestra casa colectiva— para celebrar que ha partido la pana.

—¡Espera! —me detiene Eli—. Tienes una pestaña en la mejilla.

—¿Qué?

Me pone una mano en el pecho para pararme, justo en medio de la calle, y rescata el pelillo suelto para mostrármelo con orgullo.

—Ahora tienes que pedir un deseo —me dice, con una sonrisa cómplice a un recuerdo de no hace demasiado tiempo.

Le devuelvo el gesto, divertido.

—Lo justo sería que lo pidieras tú. Para pedir el mío, yo usé tu pestaña, ¿te acuerdas?

—Es verdad —murmura, vacilante. Primero se queda mirando la pestaña con curiosidad científica y luego clava sus ojos en los míos—. ¿Qué pediste? Dijiste que algún día me lo dirías.

—Es cierto. —Cabeceo, fingiendo pesar. Hago una pausa para aumentar la expectación, y ella, como siempre, espera con la paciencia de una santa—. Pedí estar más cerca de ti.

—Sí, claro. Tú lo que pediste fue «llevarme al huerto», como te gusta llamarlo.

Me río y me inclino para darle un beso en los labios.

—Estar más cerca de ti incluía eso, entre otras muchas cosas —susurro, con los labios casi pegados a su mejilla.

—Vives justo delante de mi puerta. Literalmente, en el

apartamento de al lado —me recuerda, observándome con suspicacia.

—Pero es que a veces, cuando quieres estar cerca de alguien, ser su vecino no es suficiente.

—¿Y qué significa eso?

Seguro que esto no se lo esperaba.

Saco una copia de la llave de mi piso del bolsillo del pantalón y la sostengo igual que ella sostiene la pestaña.

—Desde mi ventana tengo una perspectiva maravillosa —admito—, pero que haya unas vistas increíbles implica que el monumento que admiro se encuentre a una distancia relativa de mí, y yo no quiero mirar por la ventana. Quiero mirarte a los ojos. Quiero estirar la mano y poder tocarte.

Eli contiene la respiración.

—¿Me... me estás pidiendo que me mude contigo o... o venirte tú a mi casa? —balbucea, ruborizada.

—Te estoy pidiendo que uses la llave y esa boca tan preciosa que tienes cada vez que quieras hablar conmigo, en lugar de subir la persiana y garabatear un cuaderno —replico en tono divertido—. ¿Crees que serás capaz?

—Pero si fuiste tú el que empezó con esa tontería —protesta.

—Y por eso soy yo el que la termina. Es importante acabar con los círculos viciosos, tanto como cerrar un ciclo para empezar otro, ¿no te parece? —Le guiño un ojo.

Eli sonríe con esa timidez suya que me mata, y coge la llave. Al abrazarme con fuerza, su nariz me hace cosquillas en el cuello. Ahora sostiene la pestaña y la llave, cada una en una mano diferente.

—¿Qué? —le pregunto con los brazos en jarras—. ¿Vas a pedir ese deseo, o no?

Se coloca un mechón de pelo tras la oreja y cierra los ojos. Parece un hada a punto de hacer un conjuro. ¿O son las brujas las que conjuran? No estoy seguro.

En cualquier caso, ya sabía yo que es medio brujita.

Vuelve a abrirlos segundos después, y una sonrisilla florece en sus labios, captando mi atención.

—¿Qué has pedido? —pregunto, pendiente de cada uno de sus gestos.

Eli se encoge de hombros con aire misterioso y me guiña un ojo.

—Algún día te lo diré.

# Nota de la autora

De vez en cuando a una le apetece escribir novelas sin tanta carga emocional, y esto es lo que sale. Si os habéis reído (las sonrisas también valen), aunque solo fuera una vez, me doy por satisfecha.

La escena erótica que describo en los capítulos en los que leen fragmentos de novela romántica la he sacado de mi novela *La voluntad del rey*, pero cambiando los nombres de los personajes.

Ni afirmo ni desmiento que esté haciéndome publicidad.

Respecto a todo este aire jocoso que hay en torno a las orientaciones sexuales, confío en que nadie se haya sentido ofendido y espero que se haya tomado como lo que es: una crítica o burla a cómo nos vemos cuando hablamos de los mitos de la homosexualidad. Que no quepa la menor duda de que la comunidad LGBT tiene todo mi apoyo y mi cariño, y ha sido gracias a ellos que he conseguido recopilar un montón de historias y sinónimos de «gay» (esto fue divertido) que se dicen por ahí.

Desde aquí mando un abracito a las personitas que inspiraron a los personajes (ellos saben quiénes son) porque la fusión de todos ha hecho posible a un Edu al que quiero más que a todas las cosas; a Valeria, porque me ha ayudado más de lo que podríais imaginar a cuadrar los diálogos de la mexicana linda de Tamara; al ucraniano macizo de aquella clase de inglés, por el que emprendí una investigación para averiguar si tenía alguna oportunidad o «bateaba en el otro equipo»... A las que se lo leen antes de que salga y nos aguantan, al síndrome del impostor y a mí, sollozando que «todo es una mierda» y «no vale un duro»; a la música, por estar ahí siempre para darme escenas de las que merece la pena acordarse mucho tiempo después...

Y gracias a ti por haberte leído esta novela, por estar leyendo esta nota y porque seguro que vas a dejar una bonita reseña sobre lo que te ha parecido, ¿a que sí? ;)